U0148233

乌梁素海

长篇报告文学

陈志国■著

YUANFANG
远方出版社

图书在版编目 (CIP) 数据

乌梁素海 / 陈志国著 .-- 呼和浩特 : 远方出版社 ,
2024.3

ISBN978-7-5555-2018-4

Ⅰ . ①乌… Ⅱ . ①陈… Ⅲ . ①报告文学－中国－当代
Ⅳ . ① I25

中国国家版本馆 CIP 数据核字 (2024) 第 052378 号

乌梁素海
WULIANGSUHIA

总 策 划	苏那嘎
著　　者	陈志国
责任编辑	王　叶
责任校对	杨晓红
封面设计	曹可馨
封面摄影	李志轩
版式设计	王改英
出版发行	远方出版社
社　　址	呼和浩特市乌兰察布东路 666 号　邮编 010010
电　　话	（0471）2236473 总编室　2236460 发行部
经　　销	新华书店
印　　刷	内蒙古爱信达教育印务有限责任公司
开　　本	787 毫米 ×1092 毫米　1/16
字　　数	295 千
印　　张	20
版　　次	2024 年 3 月第 1 版
印　　次	2024 年 3 月第 1 次印刷
标准书号	ISBN978-7-5555-2018-4
定　　价	59.80 元

全面实施入黄支流消劣整治、入河排污口分类整治，加快呼伦湖、乌梁素海、岱海及察汗淖尔等水生态综合治理，加强工业园区水污染整治，加快垃圾污水收集、转运、处置设施建设。加强受污染耕地、矿区用地等土壤风险管控和修复。推进“无废城市”建设。推动农牧业面源污染治理。支持内蒙古深化排污权交易试点。加强噪声污染防治。

——2023 年 10 月 5 日国发〔2023〕16 号文《国务院关于推动内蒙古高质量发展奋力书写中国式现代化新篇章的意见》

序

马永真

读了陈志国先生的长篇报告文学《乌梁素海》后，我更真切地知道了什么是大自然的神奇，为什么乌梁素海是一颗璀璨的“塞外明珠”，为什么要对乌梁素海流域进行山水林田湖草沙综合治理、系统治理。尤其让我欣慰的是，经过巴彦淖尔人七十余年的艰辛努力与不懈奋斗，乌梁素海这颗镶嵌在内蒙古河套大地上的耀眼明珠，正在祖国西部冉冉升起；巴彦淖尔正肩负着“建设国家重要农畜产品生产基地”的光荣使命，在新时代新征程上阔步前进！

金杯银杯不如百姓的口碑。《乌梁素海》中写道：“在乌梁素海边，巴彦淖尔当地人将‘山水林田湖草沙相互依存、共融共生，是一个生命共同体’印在标牌上，也印刻在心间，实践在大地上。”这是何等的豪气！经过几十年同大自然的斗争与和谐相处，如今的乌梁素海美景，活生生地印证了这一切。今天的乌梁素海，天蓝水清、百鸟竞舞、苇荡摇曳，扑面而来的水草气息，使人心旷神怡，湖面银光朗映，水天一色，波光浩渺。这就是《乌梁素海》这部长篇报告文学佳作，为我们呈现出的美丽画卷。

乌梁素海流域生态治理，无疑是我国乃至全球生态脆弱区生态治理的一个典范和标杆，让我们不禁为之震撼而又为之振奋。七十多年来，乌梁素海流域所发生的翻天覆地的生态巨变，正是巴彦淖尔人曾经经历过的一场中国乃至世界水利史上的生态革命，是一个史无前例的生态治理奇迹，更是一部反映内蒙古河套地区人民始终如一、辛勤治理乌梁素海流域山水林田湖草沙，赢得辉煌业绩的瑰丽史诗。乌梁素海流域的生态治理实践充分证明了“生态兴则文明兴，生态衰则文明衰”“绿水青山就是金山银山”“山水林田湖草沙是生命共同体”这些真理的颠扑不破，也充分证明了《乌梁素海》这部优秀作品所昭示给我们的正是，中国生态文明建设，既推动我国生态环境发生历史性、转折性、全局性变化，生态文明建设取得历史性成就，也走出一条人与自然和谐共生的现代化新道路，为全球可持续发展提供了中国智慧、中国方案，作出了中国贡献。这是一种何等的气魄，是一种多么伟大的生态观，又是一面多么真实的镜子。

该书的价值和意义是多方面的，它像一面多棱镜，从中我们可以领略乌梁素海昔日的沧桑和今日的辉煌，可以感知巴彦淖尔地区人民那种战天斗地的豪情壮志和朴实自强的时代风貌。回顾过去不平凡的岁月，在举全盟（市）之力修建乌梁素海流域七级灌溉体系、疏浚总排干的沸腾的工地上，曾涌现出难以尽数的先进群体和个人；在以磴口县为代表的防沙治沙艰苦奋斗历程中，曾涌现出杨力生、谢恭德、牛二旦等一大批治沙先进模范人物，形成了全社会关注防沙治沙、支持防沙治沙、参与防沙治沙的浓厚社会氛围。上述这些方面的奋斗历程吸引着我们，带着对乌梁素海这片神奇水域的好奇，带着对巴彦淖尔这片神奇土地的向往，带着对巴彦淖尔人民的钦佩之情，走进《乌梁素海》这个文学秘境去尽情探寻有关乌梁素海的故事。

长篇报告文学《乌梁素海》，主题鲜明，结构严谨，全书六篇十四章，以水、田、林草、山、沙、湖的顺序，编排乌梁素海流域山水林田湖草沙生命共同体的渊源及其治理历程，形象地再现了内蒙古河套地区围绕乌梁素海生态治理而走出的不凡道路，得到的宝贵经验，收到的良好的经济、社会和生态效益，谱写了河套地区在中国共产党的正确领导下，在国家、自治区的大力支持下，在巴彦淖尔几代人的持续奋斗中，经济社会蓬勃发展、人民安居乐业、黄河安澜的壮丽篇章。阅读这部厚重的《乌梁素海》，给人印象最深刻的是河套地区呈现给我们的关于黄河的故事。这里有我们未曾在地理教科书中见到过的黄河，作为我们伟大的母亲河，黄河正是在内蒙古河套地区，在“几字弯”顶部调头东流，只此一句，便将黄河的模样展现在人们面前，一下拉近了黄河与人们的距离。从《乌梁素海》这部长篇报告文学中，我们首先看到的是“黄河”的样子，看到的是令人神往、闻名遐迩的万里黄河第一闸——三盛公水利枢纽工程。从书中看到的这个“万里黄河第一闸”，同样与作为旅游景点的水利枢纽工程一样令人感到震撼，震撼于它的雄伟壮观以及在它身后那些巴彦淖尔建设者的伟大。如果说“万里黄河第一闸”给人们的第一印象已经引人入胜的话，那么接下来书中给出的描述则更令人目不暇接。人们一定觉得乌梁素海太不可思议了，它是怎么与治理该流域的山水林田湖草沙的生态问题联系在一起的，又是怎样为“再造一个河套”作出如此多的贡献的呢？这正是书中继续展开的巴彦淖尔地区“完整的七级灌溉体系”“总排干沟和十二条排干沟”“灌溉与排水配套工程”以及“净化乌梁素海　保护黄河安澜”等特别丰富的内容。“水”在乌梁素海流域山水林田湖草沙的生态治理中占有重要地位，因此在这部长篇报告文学中被作者排为治理对象的第一位，列为第一篇。接下来，在《乌梁素海》这部彰显内蒙古河套地区生态文明建设伟大历史功绩的作品中，从综合治理求得综合效益的视角，作者依次向我们凸显了对田、林草、山、沙、湖的治理经历及其显著效益，充分证明了生态文明建设是国民经济的基础，只有保有“绿水青山”，才能享有“金山银山”的理念及其正确性。生态文明建设与经济建设同等重要，如果没有高水平呈现、高质量发展的扎扎实实的生态文明建设，经济发展的高质量以及社会发展的和谐与稳定就是不可持续的。《乌梁素海》一书，继之以“从粗放经营到现代化农业”“乌梁素海流域林草修复工程”“修复‘疤痕’”“乌兰布和沙漠七十多年沧桑巨变”“源头治理　样板工程”等篇章，系统地描述了广袤的乌梁素海流域中田、林草、山、沙的治理历程及从中总结出的宝贵经验。此外，作者以独具匠心的形象思维，将“湖”作为本书的重点篇章，回过头来介绍了乌梁素海的形成与演变，并设置三章：“湖光十色”“从如日中天到日暮黄昏”“巨资修复　璀璨明珠”，提出乌梁素海流域生态修复迫在眉睫的重大问题，构成了乌梁素海流域山水林田湖草沙生态治理的“闭合系统”，不但在该作品的内容写作上，而且在作品创作安排的体现上，都很好地避免了按部就班、平铺直叙、缺乏高潮的弊端，从而使整部作品充满了历史的厚重感以及与现实相交织的对比感和审美感。

这部长篇报告文学作品，始终保持着让人想一口气读下去的“悦读”感。作品中大量的工程数据反映了，国家、自治区和巴彦淖尔盟（市）投入巨额资金，保护乌梁素海生态安全、治理乌梁素海生态问题的重大举措，以及在当前党中央对“三北”防护林等重大工程建设的现实关怀。这些都使《乌梁素海》这部长篇报告文学更具现实示范作用，具有更广泛地推动新时代生态文明建设高质量发展的引领和激励作用。

在《乌梁素海》这部长篇报告文学中，久久为功建设好“三北”防护林，筑牢北方生态安全屏障的问题，占据重要地位，在我国整个生态文明建设中，颇具典型性、代表性，其对于乌梁素海流域的生态治理，意义十分重大。作者在该书第三篇中，用浓墨重彩倾情对“三北”防护林建设决策及其渊源以及该工程在巴彦淖尔地区取得的历史性成就进行了描绘，深刻见证了确立并坚持这项功在当代、利在千秋的伟业的高瞻远瞩。

《乌梁素海》一书中介绍道，广袤的“三北”大地上，有这样一座“绿色长城”——它东起黑龙江，西至新疆，跨越13个省（区、市），东西纵横4480千米，总面积435.8万平方千米，接近半个中国。1978年，党中央、国务院从中华民族生存与发展长远大计出发，果断地作出在我国西北、华北北部和东北西部地区建设防护林体系的重大战略决策，揭开了我国大规模推进国土绿化和生态治理修复的序幕。按照规划，“三北”工程建设期限为1978—2050年，历时73年，分三个阶段八期工程进行建设。目前（2023年），已进入第三阶段六期工程建设期。用这么长的工期和时间进行“三北”防护林体系工程建设，充分体现了社会主义集中力量办大事的制度优势，在国际上产生了巨大影响，令人叹为观止。我们欣喜地看到，“三北”工程的实施，使巴彦淖尔水土流失和土壤沙化得到有效治理，森林植被快速恢复。防沙林带有效阻止了沙漠东侵，减少了流沙侵入黄河，保护了黄河和包兰铁路的安全。随着“三北”防护林工程启动实施，以农田防护林、防风固沙林、草牧场防护林、黄河护岸林等为主的防沙治沙事业得到蓬勃发展。在机制和政策上，坚持国家、集体、个人一起上，创造出了巴彦淖尔特有的通过政策调动、利益驱动、典型带动、宣传发动的“四动”模式。巴彦淖尔于20世纪90年代初，就将防沙治沙、发展沙产业纳入农业综合开发和“再造一个河套”总体规划之中，取得明显效果。党的十八大以来，依托京津风沙源治理、天然林保护、乌梁素海流域山水林田湖草生态保护修复试点工程、规模化防沙治沙、内蒙古西部荒漠综合治理项目等国家重点生态工程及社会公益造林项目，取得显著的生态效益、经济效益和社会效益，有力推进了生态环境质量持续改善，促进了沙区民生改善，推动了生态文明建设。又比如，近年来，巴彦淖尔针对乌梁素海面临的新的污染问题，制定并实施《乌梁素海流域山水林田湖草生态保护修复试点工作方案》。2018年，杭锦后旗着力推进乌梁素海流域面源污染综合治理工作，通过“四控一改”，实现了上联养殖、下联生产、中联能源的生态循环农业发展。这些事例在《乌梁素海》一书中比比皆是，充分显示出巴彦淖尔在生态文明建设中结出的累累硕果。

长篇报告文学《乌梁素海》作者陈志国先生，是中国报告文学学会会员、内蒙古作家协会会员、内蒙古河套文化研究所特约研究员、巴彦淖尔市委讲师团客座教授。迄今，他已有七部长篇文学作品出版，除了长篇小说《河套沧桑》、长篇纪实文学

《河套回眸》、历史散文集《走进磴口》，他还十分擅长长篇报告文学的撰写，如已出版的长篇报告文学《穿越乌兰布和》、散文《塞外明珠：乌梁素海》，其题材全部来自他成长、工作、生活的地方——巴彦淖尔。他对巴彦淖尔和巴彦淖尔人民，有着特殊的深厚感情。此次即将出版的长篇报告文学《乌梁素海》与他已出版面世的作品一样，在文脉上，既一脉相承，又充满新意；既磅礴大气，又细致入微；既高屋建瓴，又专注于每一个细节。

《乌梁素海》结构井然，文笔优美，是一部讲述中国生态文明建设故事的优秀长篇报告文学作品，是中国内蒙古巴彦淖尔的一张亮丽名片。中国乌梁素海，让世界记住你的芳名！

衷心祝贺《乌梁素海》出版问世！

是为序。

2023年9月22日

（马永真，系内蒙古社会科学院原院长，研究员）

目录

CONTENTS

目录

CONTENTS

坚决筑牢我国北方重要的生态安全屏障，这是党中央给内蒙古确立的战略定位、赋予的政治责任。山水林田湖草沙一体化保护和修复工程是构建祖国北方重要生态安全屏障的重大举措，也是“绿水青山”向“金山银山”过渡的重要基础与保障。

20世纪五六十年代，巴彦淖尔人靠着人背肩挑，在二黄河、乌加河、乌梁素海、黄河之间，奇迹般挖成了总长度为6.4万千米的“一首制”自流灌溉七级网络、七级排干渠系，形成了“引黄自流灌溉农田—农田排水到乌梁素海—乌梁素海调蓄净化—退水进入黄河”的完整水系。这套水系源自磴口县三盛公黄河水利枢纽工程，引黄灌溉千万亩，最终经由乌梁素海退水渠24千米复归黄河，构成一幅波澜壮阔的乌梁素海流域图画。

乌梁素海流域生态要素齐全，西部是浩如烟海的乌兰布和沙漠，东至山花烂漫的乌拉山国家森林公园，南端是“唯富一方”的长345千米的巴彦淖尔黄河段，北抵农牧交接地带阴山山脉南麓。这就是享誉祖国三个特大灌区之一——占地14700平方千米的内蒙古巴彦淖尔市河套平原。

从293平方千米到14700平方千米，从一个湖到一片流域，从巴彦淖尔到北京，从市委、市政府到党中央，乌梁素海流域牵动着多少人的心啊！从拮据的地方财政到中央支持，所有人都在竭尽全力修复乌梁素海流域——山水林田湖草，再加一个“沙”字，一体化，一个家。

2018年，内蒙古自治区人民政府将巴彦淖尔市作为全区唯一符合条件的地区，重点申报“国家第三批山水林田湖草生态保护修复试点工程”项目，并最终获得国家批复。2019年4月，乌梁素海流域山水林田湖草生态保护修复国家试点工程项目开工仪式在河套灌区总排干红圪卜扬水站启动，总投资50.86亿元。2021年，乌梁素海流域保护修复、综合治理分别入选世界自然保护联盟中国十大特色生态修复典型案例、中国改革2021年度案例。

乌梁素海流域生态修复治理不仅是十分必要的，也是十分迫切的。因为，她是——

确保民族团结与社会稳定的需要；

维系北方地区生态系统的需要；

保障河套灌区良性运行的需要；

确保内蒙古河段供水安全的需要；

确保黄河中下游安澜的需要；

缓解防凌防汛压力的需要；

构建乌梁素海水生态产业的需要。

海阔凭鱼跃，天高任鸟飞。党的十九大以来，乌梁素海的每一笔款项、每一次治理，都倾注了无数劳动者的智慧和汗水。

游鱼做证，飞鸟做证。作家笔下做证——

国家与地方合力运作，统一治理思路——开展全流域生态修复治理。指导思想是，坚持“山水林田湖草是生命共同体”和“绿水青山就是金山银山”理念，统筹乌梁素海流域山水林田湖草沙综合治理、系统治理、源头治理。基本原则是，保护优先，自然修复为主；规划引领，示范带动；突出重点，分类实施。

科技支撑是先导，以点源治理、面源治理及内源治理系统施策，破解难题。

依据流域治理分区规划，按阶段、分步骤、分区域实施，以“抢救”乌梁素海为核心，以构筑黄河最北端森林、草原、湿地三位一体的生态大屏障为根本，优先启动对水生态环境和区域生态安全产生重大影响的工程项目。

生态实践——点源、面源、内源治理齐发力。

突出水环境、水资源、水生态、水安全、水管理、水经济“六水”统筹，持续改善流域生态环境，显著增强流域生态功能，改善乌梁素海水环境质量，协同推进黄河流域生态保护和高质量发展。

乌梁素海，黄河流域的一颗璀璨明珠，正在祖国西部冉冉升起。

巴彦淖尔，正肩负着“建设国家重要农畜产品生产基地”的重任，阔步前进！

巴彦淖尔市概况

巴彦淖尔，蒙古语，意为“富饶的湖泊”。

1956年7月，在今天的内蒙古阿拉善盟阿拉善左旗巴音浩特镇成立巴彦淖尔盟，辖阿拉善旗（1961年分设阿拉善左旗和阿拉善右旗）、额济纳旗、磴口县和县级的巴彦浩特市，一并由甘肃省划归内蒙古自治区。1958年7月，巴彦淖尔盟行政公署由巴彦浩特迁至磴口县巴彦高勒镇；同时撤销河套行政区，行政区所管米仓县（后改为杭锦后旗）、临河县、五原县、狼山县、安北县及县级的陕坝镇归属巴彦淖尔盟；将乌兰察布盟的乌拉特前旗、乌拉特中后联合旗（1970年分设乌拉特中旗、潮格旗）划归巴彦淖尔盟。1969年，阿拉善左旗划归宁夏回族自治区；阿拉善右旗、额济纳旗归属甘肃省。10年后，三旗重回内蒙古自治区，成立阿拉善盟。巴彦淖尔盟府1970年由磴口县巴彦高勒镇迁临河县，盟辖临河县、磴口县、五原县、乌达市、杭锦后旗、乌拉特前旗、乌拉特中后联合旗、潮格旗至今。2003年12月1日，国务院批准撤销巴彦淖尔盟和县级临河市，设立巴彦淖尔市和临河区。

美丽富饶的巴彦淖尔市地处祖国北部边疆，位于内蒙古自治区西部，在北纬40°13′～42°28′，东经105°12′～109°53′之间。东与包头市为邻，西与阿拉善盟、乌海市毗连，北与蒙古国接壤，南临黄河并与鄂尔多斯市隔河相望。东西378千米，南北238千米，总面积为64413平方千米。截至2022年底，全市常住总人口151.76万人。

巍峨挺拔的阴山山脉，像一道天然屏障，呈东西走向延伸。山北麓至中蒙边界为高原，海拔在1020～1400米之间，面积30600平方千米，占全市总土地面积的46.7%。在新构造运动中，因南部的阴山急剧上升，形成高原向北倾斜，地势坦荡，缓缓起伏。高原属荒漠半荒漠草原，是广袤无垠的天然牧场，俗称乌拉特草原。

阴山横亘在巴彦淖尔市的中部和东南部，面积约19100平方千米，占全市总土地面积的29.1%。根据山地分布位置，分为狼山、色尔腾山和乌拉山。

狼山位于阴山山脉西端，长约370千米，宽30～60千米，呈弧形，环抱河套平原，总面积为7990平方千米，平均海拔1500～2200米。主峰呼和巴什格山位于乌拉特后旗西南部，海拔2364米。色尔腾山位于乌拉特中旗东南部，山势展开，分为三支，东西平行。最北的一支叫哈达特山，地处海流图盆地东北，长约120千米，最宽处约55千米。中间一支叫查尔泰山，在海流图盆地之东，小佘太川之北，长90多千米，宽10～20千米。山间有河流与泉水，如石哈河、摩楞河等，为小佘太川的农牧林业发展提供了水源。最南的一支叫白云常合山，在小佘太川之南、明安川之北，长约90千米，宽10～20千米。山的阴坡有山地牧场。乌拉山位于明安川之南，黄河以北，东起包头市昆都仑河，西至西山咀，东至昆都仑河，全长70多千米，平均海拔1900～2000米。其主峰大桦背海拔2324米，山势挺拔，雄伟壮观。北坡有薄层黏性土，植物生长茂盛。

阴山南麓至黄河北岸为河套平原，东西250千米，南北50余千米，平均海拔在1018～1050米之间。面积15900平方千米，占全市总土地面积的

24.2%。黄河围绕鄂尔多斯高原，形成一个马蹄形的地段突入境内。阴山山脉以弧形走向环抱河套平原。

根据地貌，河套平原可分为后套平原、三湖河平原、明安川和乌兰布和沙漠四部分。后套平原处于河套平原中部，西起磴口县巴彦高勒镇、隆盛合镇、杭锦后旗太阳庙一线，东至乌梁素海与西山咀，东西180千米，南北50～60千米，面积约10000平方千米，占河套平原总面积的62.9%。三湖河平原位于乌拉山之南，西起西山咀，东至包头市，东西长70千米，南北3～15千米，为一狭长地带，面积约700平方千米，占河套平原总面积的4.4%。明安川位于白云常合山之南，乌拉山以北，西起乌梁素海，东至台梁以东，海拔1200米，东西50千米，面积约1800平方千米，占河套平原总面积的11.3%，是山间盆地。乌兰布和沙漠分布在巴彦淖尔市西部1县2旗，是中国八大沙漠之一，在巴彦淖尔市的面积为3400平方千米，占河套平原总面积的21.4%。

巴彦淖尔地区位于中纬地带，地势较高，远离海洋，深居内陆，全年大部分时间受极地气团的影响较强，受海洋气团影响较弱，因而具有大陆性气候的特征：冬寒而长，夏热而短，春季多风沙；日照充足，太阳辐射强烈，降水量少，蒸发量大，年、日温差较大。

阴山山脉横亘中部，由于山脉的阻挡，山南山北的气候差异显著。全市就气温而言，西部高于东部，南部高于北部，平原高于山区。年平均气温：山北地区4℃～9℃，山南河套地区7℃～8℃；最冷时间为12月到翌年1月。月平均气温：山北地区零下15℃，山南河套平原零下10℃～15℃。极端最低气温：山北地区零下30℃～35℃，山南河套平原零下25℃～30℃。全市无霜期短，年平均无霜期126天，河套地区在127～136天之间，最长可达180天左右，适于喜温作物生长。

巴彦淖尔地区雨量较少。就全市范围而言，降水量西部少于东部，北部少于南部。年降水量山北地区为100～200毫米，河套地区150～200毫米，东部山区约为250毫米。降水多集中在6月至8月，约占全年降水量的60%，且多暴雨。同时，这也是巴彦淖尔市气温最高的几个月，雨热同季的现象对于农作物和牧草的生长极其有利。相反，在漫长的冬春两季，雨雪特别少，只占全盟降水总量的10%左右。与降水量相比，蒸发量要旺盛得多，年蒸发量在2000～2700毫米，蒸发量是降水量的10倍以上。

巴彦淖尔地区海拔较高，阴雨天气少，因而太阳辐射较强，日照时间比较长。全市日照时数在3100～3300小时之间，是我国日照时数最多的地区之一。日照充足能增进作物的生长发育，从而弥补了生长期较短的缺陷，相对提高了积温的利用率，并且有利于提供取之不尽、用之不竭的光能资源。

巴彦淖尔地处西风带，因而风速较大，冬春季大风是主要气候特征之一。由于阴山山脉的屏障作用，河套平原年平均风速在2～3米/秒，阴山以北地区在5～7米/秒。山北的乌拉特中、后两旗是全市的多风地区，六级以上的大风日数一般为77～166天，八级以上的大风日数为40～66天，最多可达102天/年。由于该地区风力较大，风期较长，为牧区发展风力发电，促进牧业生产和解决牧民日常用电提供了方便。

巴彦淖尔山河壮丽，幅员辽阔，资源丰富，条件优越，大自然为发展农牧林水业提供了得天独厚的良好条件。

乌拉特前旗，巴彦淖尔市辖旗，乌梁素海属地。乌拉特前旗位于巴彦淖尔市东南部，地处河套平原东端，总面积7476平方千米。截至2022年末，辖9个镇、2个苏，另辖6个乡级单位，常住人口25.25万人。

“乌拉特”有多种解释，通常认为“乌拉”系蒙古语“乌仁”的转音，意为“巧”，后缀“特”表示“多”，全意为“很多的能工巧匠”。1950年4月7日，恢复乌拉特前旗名，隶属绥远省乌兰察布盟。1954年3月6日，乌拉特前旗和安北县（抗日战争爆发前，县府驻大佘太；1939年2月，傅作义将县府迁扒子布隆，即如今的新安镇，归属绥远省绥西专员公署）划归内蒙古自治区，分别隶属乌兰察布盟和河套行政区。1958年4月2日，乌拉特前旗由乌兰察布盟划归巴彦淖尔盟管辖；撤销安北县建制，原辖区域并入乌拉特前旗。1960年7月，乌拉特前旗划归包头市。1963年12月，划归巴彦淖尔盟。2003年12月，巴彦淖尔撤盟改市，乌拉特前旗属之。

2022年，乌拉特前旗实现地区生产总值（GDP）180.6亿元，同比增长1.9%；第一、二、三次产业增加值的比例30.5:35.0:34.5；一般公共预算收入9.1亿元，同比增长18.3%；固定资产投资33.65亿元，同比增长7.7%；城乡居民人均可支配收入28893元，同比增长6.5%。

乌拉特前旗资源丰富，阡陌流金，现境内已探明煤、铁、石灰石、珍珠岩、石墨等矿产资源40多种，潜在价值100亿元以上，已初步构建起煤化工、钢铁、电力等多元发展、多级支撑的产业体系。

乌拉特前旗是自治区农产品质量安全县。这里既有肥沃的黄灌区，又有广袤的山旱牧区，日照充足，水资源丰富。耕地面积346万亩，草牧场635万亩，是绿色、有机农畜产品生产加工基地，巴音花肉羊、先锋枸杞、明安黄芪、后山小杂粮等特色农畜产品享有盛誉。旗内有大面积的乌拉山原始森林，森林覆盖率15.95%，有野生动物资源280属、503种。旗内蕴藏着丰富的水资源，有大小湖泊65个，总面积58万亩；黄河过境153千米。

乌拉特前旗交通便利，区位优势突出。110国道、京藏高速、沿黄公路贯穿全境，包兰、西金、甘泉、乌锡铁路通衢内外。全旗11个苏木、乡镇全部实现了通油路，道路建设走在了自治区前列。

乌梁素海流域解读

2018年3月至2022年3月，是中华人民共和国第十三届全国人民代表大会任期。2018年、2019年，全国“两会”期间，在参加内蒙古自治区代表团审议政府工作报告时，习近平总书记两次对乌梁素海生态治理工作作出重要指示，叮嘱要把内蒙古建设成为我国北方重要的生态安全屏障，守护好祖国北疆这道亮丽风景线。

2021年3月5日，习近平总书记在参加十三届全国人大四次会议内蒙古代表团审议政府工作报告时讲话指出：“统筹山水林田湖草沙系统治理，这里要加一个‘沙’字。”总书记对乌梁素海的生态治理表示肯定：“乌梁素海我作过多次批示。现在看治理取得了明显成效，还要久久为功。”

2021年9月18日，习近平总书记在河南郑州的召开的黄河流域生态保护和高质量发展座谈会上强调：“治理黄河，重在保护，要在治理。要坚持山水林田湖草综合治理、系统治理、源头治理，统筹推进各项工作，加强协同配合，推动黄河流域高质量发展。”

2023年6月，中共中央总书记、国家主席、中央军委主席习近平在内蒙古自治区巴彦淖尔市考察，主持召开加强荒漠化综合防治和推进“三北”

等重点生态工程建设座谈会并发表重要讲话。他强调，加强荒漠化综合防治，深入推进“三北”等重点生态工程建设，事关我国生态安全、事关强国建设、事关中华民族永续发展，是一项功在当代、利在千秋的崇高事业。要勇担使命、不畏艰辛、久久为功，努力创造新时代中国防沙治沙新奇迹，把祖国北疆这道万里绿色屏障构筑得更加牢固，在建设美丽中国上取得更大成就。6月5日至6日，习近平在内蒙古自治区党委书记孙绍骋、自治区人民政府主席王莉霞陪同下，深入巴彦淖尔市的自然保护区、现代农业示范园区、林场、水利部门等调研。

位于黄河“几字弯”顶部的乌梁素海，是黄河流域最大的湖泊湿地，承担着黄河水量调节、水质净化、防凌防汛等重要功能，是我国北方多个生态功能交汇区，是控制京津风沙源的天然生态屏障。5日下午，习近平来到这里，了解当地坚持山水林田湖草沙一体化保护和系统治理、促进生态环境恢复等情况，察看乌梁素海自然风貌和周边生态环境。习近平强调，治理好乌梁素海流域，对于保障我国北方生态安全具有十分重要的意义。乌梁素海治理和保护的方向是明确的，要用心治理、精心呵护，一以贯之、久久为功，守护好这颗“塞外明珠”，为子孙后代留下一个山青、水秀、空气新的美丽家园。

随后，习近平来到位于乌梁素海南岸的现代农业示范园区，察看土壤、种子样品等展示，对当地开展盐碱沙荒地改良改造和综合利用，推动科学灌溉，推广现代农业表示肯定。习近平走进田间，仔细察看小麦、辣椒长势，向现场农技人员询问高标准农田建设情况。他指出，示范园区要在推广现代农业方面真正发挥作用，不断探索，找到适宜这里的品种、技术和耕种方式，成本要降下去、效益要提上来，形成可复制可推广的经验。河套地区条件得天独厚，虽然不缺水，但也要节约水资源，大力发展现代高效农业和节水产业，不能搞大水漫灌。总体上看，内蒙古的草原已经过牧了，要注意休养生息。

6日上午，习近平来到临河区国营新华林场，了解“三北”防护林体系工程建设情况。自1978年起，该林场大力治理耕地盐碱化造成的土地沙化问题，累计造林3.9万亩。在林场，习近平听取内蒙古“三北”工程建设和林场治沙造林情况介绍，并实地察看正在治理的沙地。习近平强调，人类要更好地生存和发展，就一定要防沙治沙。这是一个滚石上山的过程，稍有放松就会出现反复。像“三北”防护林体系建设这样的重大生态工程，只有在中国共产党领导下才能干成。三北地区生态非常脆弱，防沙治沙是一个长期的历史任务，我们必须持续抓好这项工作，对得起我们的祖先和后代。林场的工作很辛苦，也很有成效，要继续做好。科研工作者要把论文写在大地上，把实践中形成的真知变成论文，当党和人民需要的真博士、真专家。

习近平随后来到河套灌区水量信息化监测中心考察。河套灌区是我国3个特大型灌区之一，现已形成完整的7级灌排体系。习近平结合沙盘、屏幕，听取当地利用信息化手段，提升河套灌区精细化管理水平，促进水资源绿色高效利用等情况介绍。习近平强调，河套灌区灌溉工程是千年基业，花了很大功夫，也很值得。要继续完善提升，提高科学分水调度水平。同时要量入为出，建立多元化投入机制，尽可能调动社会力量参与。

6日下午，习近平在巴彦淖尔市主持召开加强荒漠化综合防治和推进“三北”等重点生态工程建设座谈会。自然资源部部长王广华、内蒙古自治区党委书记孙绍骋、甘肃省委书记胡昌升、宁夏回族自治区党委书记梁言顺先后发言。国务院副总理何立峰、相关省区负责同志提交了书面发言。

听取大家发言后，习近平发表了重要讲话。他强调，党中央高度重视荒漠化防治工作，把防沙治沙作为荒漠化防治的主要任务，相继实施了“三北”防护林体系工程建设、退耕还林还草、京津风沙源治理等一批重点生态工程。经过40多年不懈努力，我国防沙治沙工作取得举世瞩目的巨大成就，重点治理区实现从“沙进人退”到“绿进沙退”的历史性转变，保护生态与改善民生步入良性循环，荒漠化区域经济社会发展和生态面貌发生了翻天覆地的变化。荒漠化和土地沙化实现“双缩减”，风沙危害和水土流失得到有效抑制，防沙治沙法律法规体系日益健全，绿色惠民成效显著，铸就了“三北精神”，树立了生态治理的国际典范。实践证明，党中央关于防沙治沙特别是“三北”等工程建设的决策是非常正确、极富远见的，我国走出了一条符合自然规律、符合国情地情的中国特色防沙治沙道路。

习近平指出，荒漠化是影响人类生存和发展的全球性重大生态问题。我国是世界上荒漠化最严重的国家之一，荒漠化土地主要分布在三北地区，而且荒漠化地区与经济欠发达区、少数民族聚居区等高度耦合。荒漠化、风沙危害和水土流失导致的生态灾害，制约着三北地区经济社会发展，对中华民族的生存、发展构成挑战。当前，我国荒漠化、沙化土地治理呈现出“整体好转、改善加速”的良好态势，但沙化土地面积大、分布广、程度重、治理难的基本面尚未根本改变。这两年，受气候变化异常影响，我国北方沙尘天气次数有所增加。现实表明，我国荒漠化防治和防沙治沙工作形势依然严峻。我们要充分认识防沙治沙工作的长期性、艰巨性、反复性和不确定性，进一步提高站位，增强使命感和紧迫感。

习近平强调，2021—2030年是“三北”工程六期工程建设期，是巩固拓展防沙治沙成果的关键期，是推动“三北”工程高质量发展的攻坚期。要完整、准确、全面贯彻新发展理念，坚持山水林田湖草沙一体化保护和系统治理，以防沙治沙为主攻方向，以筑牢北方生态安全屏障为根本目标，因地制宜、因害设防、分类施策，加强统筹协调，突出重点治理，调动各方面积极性，力争用10年左右时间，打一场“三北”工程攻坚战，把“三北”工程建设成为功能完备、牢不可破的北疆绿色长城、生态安全屏障。

习近平指出，要坚持系统观念，扎实推进山水林田湖草沙一体化保护和系统治理。要统筹森林、草原、湿地、荒漠生态保护修复，加强治沙、治水、治山全要素协调和管理，着力培育健康稳定、功能完备的森林、草原、湿地、荒漠生态系统。要强化区域联防联治，打破行政区域界限，实行沙漠边缘和腹地、上风口和下风口、沙源区和路径区统筹谋划，构建点线面结合的生态防护网络。要优化农林牧土地利用结构，严格实施国土空间用途管控，留足必要的生态空间，保护好来之不易的草原、森林。

习近平强调，要突出治理重点，全力打好三大标志性战役。要全力打好黄河“几字弯”攻坚战，以毛乌素沙地、库布其沙漠、贺兰山等为重点，全面实施区域性系统治理项目，加快沙化土地治理，保护修复河套平原河湖湿地和天然草原，增强防沙治沙和水源涵养能力。要全力打好科尔沁、浑善达克两大沙地歼灭战，科学部署重大生态保护修复工程项目，集中力量打歼灭战。要全力打好河西走廊—塔克拉玛干沙漠边缘阻击战，全面抓好祁连山、天山、阿尔泰山、贺兰山、六盘山等区域天然林草植被的封育封禁保护，加强退化林和退化草原修复，确保沙源不扩散。

习近平指出，要坚持科学治沙，全面提升荒漠生态系统质量和稳定性。要合理利用水资源，坚持以水定绿、以水定地、以水定人、以水定产，把水资源作为最大的刚性约束，大力发展节水林草。要科学选择植被恢复模式，合理配置林草植被类型和密度，坚持乔灌草相结合，营造防风固沙林网、林带及防风固沙沙漠锁边林草带等。要因地制宜、科学推广应用行之有效的治理模式。

习近平强调，要广泛开展国际交流合作，履行《联合国防治荒漠化公约》，积极参与全球荒漠化环境治理，重点加强同周边国家的合作，支持共建“一带一路”国家荒漠化防治，引领各国开展政策对话和信息共享，共同应对沙尘灾害天气。

习近平最后强调，实施“三北”工程是国家重大战略，要全面加强组织领导，坚持中央统筹、省负总责、市县抓落实的工作机制，完善政策机制，强化协调配合，统筹指导、协调推进相关重点工作。要健全“三北”工程资金支持和政策支撑体系，建立稳定持续的投入机制。各级党委和政府要保持战略定力，一张蓝图绘到底，一茬接着一茬干，锲而不舍推进“三北”等重点工程建设，筑牢我国北方生态安全屏障。（以上内容摘自中华人民共和国中央人民政府网）

自2016年国家鼓励各地申报山水林田湖生态保护修复项目以来，已经组织实施了三批山水林田湖草生态保护修复试点工程，共25个项目；两批山水林田湖草沙一体化保护和修复工程，共19个项目。

2018年，乌梁素海以第一名的好成绩，通过国家竞争性评审，由财政部、自然资源部、生态环境部批准，纳入国家第三批山水林田湖草生态保护修复工程试点，后加入一个“沙”字。项目总投资50.86亿元。

乌梁素海全流域综合治理如何实施？即在乌梁素海流域的上游源头实施乌兰布和沙漠综合治理，创建全国防沙治沙综合示范区，减少泥沙流入黄河、侵蚀河套平原。在流域中部加强面源、点源、内源污染治理，并实施484万亩盐碱地改良工程，减少盐碱排入乌梁素海。其中探索的盐碱地改良市场化运作模式还荣获了“2018中国三农创新十大榜样”。在流域尾部实施乌拉特草原、乌拉山受损山体治理修复工程，提高植被覆盖率和水土保持能力，最大程度地涵养乌梁素海。

从2019年6月起，巴彦淖尔围绕山水林田湖草沙生态要素，对乌梁素海流域1.67万平方千米范围实施全流域、系统化治理，重点实施七大类35个项目。

闹大了——由一个海子、一个湖，摇身一变，成偌大一片流域了！

山水林田湖草沙一体化保护和修复工程启动啦！

山——

投资8.38亿元，实施4个项目：乌拉山北麓铁矿区矿山地质环境治理工程项目，乌拉山南侧废弃砂石坑矿山地质环境治理项目，乌拉山小庙子沟崩塌泥石流地质灾害治理工程项目，乌拉特前旗大佘太镇拴马桩—龙山一带废弃石灰石矿地质环境治理项目。其目的是改善乌拉山受损山体的地质环境，提高水源涵养功能，减少入湖污染物和泥沙量。

水——

投资11.86亿元，实施7个项目：乌梁素海流域排干沟净化工程，九排干沟人工湿地修复与构建工程，八排干沟与十排干沟人工湿地修复与构建工程，乌梁素海生态补水通道工程，乌梁素海海堤综合整治工程，乌拉特前旗大仙庙海子周边盐碱地治理及湿地恢复工程，生物多样性保护工程。其目的是进一步提高排干沟水质，减少污染物入湖。

林草——

投资5.15亿元，实施4个项目：乌拉特前旗乌拉山南北麓林业生态修复工程，乌梁素海东岸荒漠草原生态修复示范工程，湖滨带生态拦污工程，乌梁素海周边造林绿化工程。其目的是拦污阻沙，涵养水土，改善水质。

田——

投资11.6亿元，实施10个项目：农业投入品减排工程，耕地质量提升工程，农牧业废弃物回收与资源化利用工程，乌拉特前旗污水处理厂扩建工程，乌拉特前旗乌拉山镇再生水管网及附属设施（第二污水处理厂）工程，乌拉特前旗污水处理厂改造工程，“厕所革命”工程，村镇一体化污水工程，生活垃圾收集和转运站点建设工程，乌梁素海生态产业园综合服务区（坝头地区）污水工程。其目的是控制点源、面源污染，提高排干沟水质。

湖——

投资5.82亿元，实施4个项目：乌梁素海西侧湖区湿地治理及湖区水道疏浚工程，东侧湖区湿地治理及湖区水道疏浚工程，水生植物资源化综合处理工程，乌梁素海湖区底泥处置试验示范工程。其目的是提升乌梁素海净化功能，改善乌梁素海导入黄河水质。

沙——

投资6.43亿元，实施2个项目：乌兰布和沙漠防沙治沙示范工程，乌兰布和沙漠生态修复示范工程。其目的是对乌兰布和沙漠进行产业防沙治沙和生态修复。

能力建设——

投资1.62亿元，实施4个项目：生态环境基础数据采集体系建设，生态传输网络建设，生态环境大数据平台建设，智慧生态环境管理体系建设。其目的是对全流域各类环境指标进行监测和评价，为生态环境的持续改善和治理提供科学支撑。

这35个项目实施结果，作者将在七大类依次叙述中，简明扼要地予以介绍。

乌梁素海流域生态修复试点工程下达后，巴彦淖尔市组织保障机构，成立了由市委书记任总指挥、政府市长任常务副总指挥的试点工程指挥部，指挥部下设“一办三组”，即综合办公室和计划财务组、工程协调推进组、工程监督管理组，分别由相关分管副市长任组长，项目相关旗县区、市直有关部门成立由主要领导任组长的项目推进领导小组，形成强有力的组织保障体系。在项目管理模式上，采用全过程咨询管理（OPMP）等管理方式，引入全过程咨询机构，负责项目决策、实施、验收和运营的全生命周期，使得各项目更具有连贯性、高效性和全面性，有助于提升对工程的整体把控能力。试点工程全面加强了社会资本的引入与合作，采取由中央财政支持基础奖补资金，市级政府统一实施、建章立制，社会资本联合体建立基金，开展设计—建设—投资—运营—移交（DBFOT）的模式，以“用活政策，增强项目自身造血机能，创新金融服务”，助力生态修复产业发展。同时，积极创新项目运作模式，通过设立专项基金、组建项目公司、引进全过程管理等方式，调动社会资本，高效推动项目，确保实现“六个好”目标，即工程质量好、工程进度好、资金匹配好、财务审计好、廉政建设好、绿色产业发展好。

四年后，至2023年上半年，项目实施完成，取得三大明显成效：一是改善了乌梁素海流域水环境质量，有力地保护了河流域中下游的水生态安全；二是恢复了乌梁素海流域“生态屏障”功能，阻止泥沙进入黄河，逐步改善黄河水质；三是实现了区域绿色高质量发展，推动乡村振兴，维护边疆民族地区安定团结。乌梁素海流域治理项目被打造成了“看得见、摸得着、较先进、可复制”的全国山水林田湖草沙综合治理样板工程。

今天的乌梁素海已经不是一个海子、一汪湖泊了，它是囊括内蒙古巴彦淖尔市7个旗县区河套灌区流域的一个整体的生态环境概念。

毋容置疑，这是乌梁素海的骄傲，是151万巴彦淖尔人民的自豪，同时也是内蒙古自治区建设“两个屏障”“两个基地”“一个桥头堡”的示范典型！

敬请读者，跟随作者走进乌梁素海流域。

第一篇 水

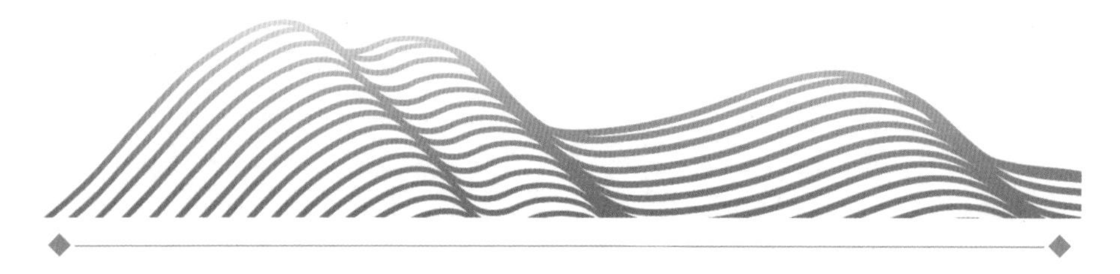

巴彦淖尔，因水而得名，因水而出名，因水而富甲一方。

据史料记载，1954年，中央确定：内蒙古东西部合并，即撤销绥远省，撤销甘肃省蒙古自治州，成立统一的内蒙古自治区。在撤销甘肃省蒙古自治州（辖阿拉善旗、额济纳旗、磴口县、县级的巴音浩特市）后，起什么名字？州委“一班人”研究确认起名“巴彦高勒盟”，意思是富饶的河流。州委书记巴图巴根由巴音浩特镇赴呼和浩特市请示自治区领导。自治区领导提议，新疆已经有一个巴音郭楞蒙古自治州，可否考虑起名“巴彦淖尔盟”，意思是富饶的湖泊，包括黄河。

第一章　黄河：在“几字弯”顶部掉头东流

天下黄河九曲十八弯，最大的弯弯是“几字弯”。“几字弯”底大平原，天下粮仓美名传。

地理学界和考古学界普遍认定，今天的内蒙古黄河段最终是在清道光

黄河在“几字弯”顶部掉头东流

三十年（1850年）改变南来北往流向，在磴口县东部拐弯，形成800里东西流向，浇灌内蒙古河套平原（包括土默川）的。

历史上，黄河下游的广大冲积平原、中游的汾渭平原和上游的河套平原都曾有过很大幅度的变迁。内蒙古巴彦淖尔河套平原，自乌加河上游入口至西山咀一带，由于黄河南北移动，原有的一些湖泊已经淤废，不复存在。不过黄河这一变迁，与下游比较起来有一些不同：第一，变迁的速度与河道的缓慢移动有关联，不是突发性的决溢改道，所以基本上没有带来重大灾害性后果；第二，变迁的结果为河套水利开发提供了有利的自然地理条件。假如河套平原仍是南北河之间经常发生泛滥的河滩地，或者乌加河仍是黄河主流，那么近代的水利开发要么是不可能，要么就是另外一种局面。因此，深入了解黄河在河套源头磴口县境内变迁的过程，对于研究河套水利开发的历史，研究乌梁素海流域山水林田湖草沙生态治理都是十分有益的。

黄河在河套平原西部磴口县境的变迁状况，在《中国自然地理·历史自然地理》中有记载："处于荒漠草原地带的乌兰布和沙漠北部，原是黄河的冲积平原，现在黄河位于其东南。古黄河流出宁夏中卫黑山峡，从沙坡头起，由西南向东北奔贺兰山南端，拐弯北流，傍500华里贺兰山，从现在的乌海市三道坎流出，向北直趋阴山脚下，河道北段渐向东改道，旧河道至今有遗迹可见的仍有三条。就是说，这段河道大体上以南北方向由西向东变动。三条旧河道遗迹中最西面的一条，是今磴口县南郊二十里柳子以上傅家湾子（今属阿拉善左旗）的古河道遗迹由南往北。对于这段古河道遗迹，清末贻谷（1906年任河套垦务大臣）派人测量乌加河图中的说明文字是，由傅家湾子至康四店一带，西循沙山，似是河堤被沙侵压，势如土崖断续30余里，疑是旧大河口，然无东岸，系多年所冲，像黄河东迁留此堤。

1963年夏天，侯仁之教授（1981年当选中国科学院院士）受命于中科院，带领考古工作队，对乌兰布和沙漠北部西汉时期垦区进行了历史地理考察，确认了这一带的位置以黄河的段落来说，就是傅家湾子村以下至乌拉河口的最上一段。

侯仁之等人回京后，在《沙漠研究》杂志上发表论文，这样描述："现在自补隆淖以西到陶升井之间，也至少有三道古代河床的遗迹。第一道在补隆淖以西约五公里处，又十五公里为第二道，再西二十公里为第三道，这第三道恰巧和傅家湾子的古河道遗迹南北相对，这应当是古河道的上下两段了。这条古河道距补隆淖附近的黄河故道相距四十公里，经历了多长时间变迁难以推断……黄河大漂移后，留下的这片空地恰好处于阴山西脉——狼山和贺兰山之间一个长达80多华里的巨大开阔地，这里成了西北季风年平均风速每秒3米的一个'走廊'。风裹着沙尘而来，穿过这里时的积淀，加上后来的人为垦殖和黄河改道后水域的萎缩乃至消失，裸露出的河底在呼啸而过的风中扬起沙尘，风的速度和方向没变，这片水草之地的肤色和质地却发生了变化……黄河改道，水随云去，留下的水底敞露出底色，形成深厚的洪积扇，西北风将贺兰山西部腾格里沙漠的沙粒通过两山间缺口源源不断地搬运过来，同时也不时掀起这里的沉沙，沙尘来往之间，堆积成乌兰布和沙漠。在乌兰布和沙漠中，至今仍可见一些古墓，绝大部分凸现于地面一米左右，可见狂风已经带走了成千上万吨黄沙。"

沙逼水走，流经河套平原的黄河早就不堪黄沙注入了，黄河巨大的胃一直承受着自进入甘肃后不断注入的黄沙，它的消化能力在一处处随两岸山坡而下的黄沙前日益减弱，使其含沙量居世界各大河之冠——平均每立方米水含沙接近6千克，每年注入大海的泥沙以亿吨计。黄河流经磴口一带，向黄河注沙的方式不再像上游地区的支流携带沙土或暴雨时顺山坡而来的黄泥，在这里，是风裹挟着乌兰布和沙漠的沙子进入黄河。

20世纪，乌兰布和沙漠每年向黄河输沙约1亿吨，使得河床年均抬高几厘米，如今黄河水面已高出河套地区2~4米，成为黄河上游唯一的一段地上"悬河"！更可怕的是，乌兰布和沙漠仍以每年几米的速度东移，照此速度，将和毗邻的库布其沙漠、毛乌素沙地连成一片。假设，在中国的腹地正北方出现面积最大的沙漠，会给整个国家生态安全造成重大威胁！

2006年10月和2007年3月，国务院总理温家宝就乌兰布和沙漠的治理工作作出过两次重要批示，要求各级政府加快乌兰布和沙漠的治理速度。据《中国历史地图集》所标绘的河套平原上的黄河，2000多年前的西汉时期，从今天的补隆淖镇河拐子村分为南北两支，南支是支流，水不大，没有名字；北支是主流，叫河水，就是当时的黄河。

关于河水从今磴口以西折而北流的一段路线，郦道元在《水经注》一书中有明确记载："河水又北，迳临戎县故城西，河水又北，屈而为南河出焉。河水又北，迤西溢于窳浑县故城东……其水积而为屠申泽，泽东西120里……河水又屈而东流，为北河，东迳高阙塞南。"黄河入套口部"北迤西溢"而形成的屠申泽，与黄河相沟通，由黄河供给水源，成为黄河入套口的一个调节大水库。但在北魏以后，由于黄河河道不断东移，使屠申泽逐渐远离水源，加之乌兰布和沙漠不断东侵，最后导致它与黄河完全隔绝而干涸。在清乾隆《内府舆图》河套南图幅上，约当屠申泽故址处尚绘有一个被称为"腾格里鄂博"的小湖，直到20世纪50年代初还保留一个小海子，叫太阳庙海子，当时测得湖水面积十二三平方千米，呈碟形，平均水深2米，这是因为中华人民共和国成立前后，乌拉河下梢的灌溉余水通过大成仁、李直、大碱湖、西大坑和土城等小海子大量地往太阳庙海子退泄，提供了水源。但1952年以后，因修起黄羊闸（后改名解放闸），乌拉河进水被控制，退水减少。据1961年6月调查，太阳庙海子面积已减少到不足2平方千米，加之水浅，海子萎缩，鱼类大量死亡，太阳庙海子基本干涸，后被辟为太阳庙农场。

黄河入套口部以下分流的南北二支，也就是南河与北河。2000年来更有明显的变化，但大变化是在近300年以内发生的。谭其骧在《产河》一文中对此有专门论证，他指出，自《水经注》后，传世历代图籍鲜有详载河套黄河河道具体方位的，唯北河为主流，南河为支流，最终在1850年，北河断流，南河成为主河。

作者在这里要强调的是，因为巴彦淖尔市磴口县的地形是东高西低，南高北低，唯有北河湮灭，改流南河，才能利用自然地形——在磴口县由东南向西北；而在杭锦后旗、临河区、五原县、乌拉特前旗套内地形，则是西南高、东北低，由西南而东北，开始大规模的开渠引水灌溉，才有了今天的河套灌区。

这样的黄河地理，不过170余年历史。

另外，北河断流后，这一段长400多千米的天然河道尚保留着较深的河槽——乌加河，为河套灌区提供了一个自然形成的总退水通道，它基本上就是今天的“总排干沟”。

没有从南黄河的引流，没有仰仗古黄河的退水流，近代以来河套水利的全面开发是不可能实现的。

第二章　万里黄河第一闸：三盛公水利枢纽工程

2023年5月28日，作者赴成都游览了都江堰，但见景区核心地带矗立一块巨石，镌刻着“都江堰实际灌溉一千万亩”11个大字。这个“一千万亩”，与三盛公黄河水利枢纽工程引黄灌溉河套平原何其相似。都江堰最具

三盛公黄河水利枢纽　杨晓军 摄

代表性的是“削山补水”工程，即在修建过程中修筑了大量石墙，使得水流顺畅，并且还在山上开凿了一条“飞沙堰”，使得水流跌落到谷底后，水流与沙子分离，避免沙石淤积，保证水源的通畅。这一技术可以说是古代灌溉工程中的巅峰之作。三盛公黄河水利枢纽工程的建构则是，18孔的黄河低于9孔的“二黄河”两米，黄河泥沙有限地带进“二黄河”。今人把磴口县三盛公黄河水利枢纽工程比作都江堰，把河套灌区喻为成都“天府之国”是中肯的。

三盛公黄河水利枢纽工程位于包兰铁路三盛公黄河大铁桥下游2.8千米处，距离巴彦高勒火车站3.5千米，它同铁路大桥一样，可以通火车、通汽车；它同铁路大桥又不一样，多了一大功能——既能让黄河水升起来，也能让黄河水降下去。它的官方全名叫“磴口县三盛公一首制黄河水利枢纽工程”。它横跨黄河，驾驭黄河，驯服黄河，至今已60多年。且不说它60多年来是怎样造福河套人民的，它是怎样建造的呢，有必要交代给读者。

历史上，巴彦淖尔的水利事业由三条线组成：一是黄河灌区，引黄河水浇灌农田；二是牧区草原水资源开发利用；三是山区和旱区，主要是打井、治沟、截伏流、修水库。其中，以黄河水引灌为重点。

这个重点，便是巴彦淖尔的农业区域，即河套平原。

清代、民国初年，这片一万多平方千米的肥田沃土属于乌拉特草原、鄂尔多斯高原和阿拉善荒漠的地域范围。由乌兰察布盟、伊克昭盟、阿拉善旗各一块地方发展而成。比如现乌拉特前旗的前山农区，即属于原乌兰察布盟西公旗的范围，五原县是伊克昭盟达拉特旗的属地，临河区和杭锦后旗则由伊克昭盟杭锦旗管辖。

1953年，结束旗、县并存的状况之前，五原、临河、杭锦后旗三个地方的牧民仍归达拉特旗、杭锦旗两旗分管；而乌拉特前旗的前山地区——东起中滩，沿阴山山脉向西直到杭锦后旗的西补隆和乌拉特后旗的乌兰哈少一带的牧民，均由西公旗管辖。

鸦片战争后，清政府迫于帝国主义国家的赔款、索地之压力，开始在包头以西的盟旗放垦，在垦区中部设立临河厅，隶属萨拉齐厅管辖。1882年，即清光绪八年，河北人王同春开始在五原县隆兴昌一带，从黄河直接开口引水，挖成河套平原上的第一条大干渠——义和渠。由于义和渠的成功开挖，顺利进水，接踵而来的便是空前的土地开发。

如前所述，那些因为战乱、天灾而无法生存的山西人、河南人、山东人，逃难的、打工的、经商的、淘金的，“走西口”走到了这块塞外北疆之宝地，落地为生。

义和渠之后，在今杭锦后旗境内，人们挖成了杨家河。以武威市民勤县为代表的甘肃和宁夏省南部山区的大批难民、流民率先“走”进来，傍河而居，租种土地，开垦荒地。

民国伊始，民垦、农垦之后，又有了军垦，挖渠挖出了“星罗棋布”。干渠级别的有永济渠、通济渠、长济渠、塔布渠、义和渠、复兴渠、丰济渠、黄济渠、杨家河、乌拉河。

1938年，归绥、包头相继为日军所占。以傅作义为首的绥远省军政首脑，被迫南迁陕西榆林避敌锋芒。是年冬，省府退守河套陕坝，开始建政，实行新县制，将水权收归政府，整顿河务。

21世纪初，中央电视台以此为背景热播了几部电视连续剧，如《走西口》《河套直烟》《大河套》《我叫王土地》，由此可见一斑。

河套大规模的渠系建设，随着社会的治乱兴衰，灌区开发时兴时废。它虽具有100多年的灌溉历史，但因直接从黄河自流引水，水位、水量均无保证。因各大干渠和支渠间40多条直口渠道均从黄河引水，且无引水渠口设施，无坝自流，难以控制。遇到洪水时流量过大，枯水时则出现引水不足或不能引水，加之渠道淤废频繁，水患不断，各大干渠都没有退水渠，用不完的水便排入阴山脚下的滩地、洼地，淹没牧民的牧场、道路和部分农田，形成牧羊海子、太阳庙海子等大小不等的几百个海子。既有水利又有水害，名为河套，其实还够不上一个灌区的标准，由此严重地限制了农业和牧业生产的发展。有民谣为证：

天旱引水难，水大流漫滩。
耕地年年变，荒草长满田。

大规模的治水工程始于1950年。绥远省人民政府在陕坝设立了解放闸工程处，专门负责修建了位于陕坝以南120里处补隆淖乡解放闸，解决了乌拉河、杨家河、黄土拉河的一首制引水，开始了全面的治水行动。至于实行一首制拦河引水，中华人民共和国成立前亦曾有人提出过建议，例如傅作义。但因战乱频仍，民不聊生，有行动而无绩效。河套水利建设在中华人民共和国成立以后才开始得到发展。

所谓“一首制”引水，就是在黄河主流河道上建设一座拦河闸，将黄河水位提高，有计划、可控制地引向灌区，以保证农牧林业生产常年适时适量用水，从而结束几百年来无坝自流、多口引水的局面。

1955年4月，水利部副部长李葆华、张含英率领黄河考察团，从兰州、银川沿黄河而下到达内蒙古河套灌区，考察拟定了三盛公水利枢纽工程坝址。1955年5月，北京水利勘察设计院开始制定河套灌区规划。1957年4月选定了以三盛公为坝址的一首制引水方案；同年10月16日，水利部批准兴建三盛公水利枢纽工程。1957年底，水利部副部长钱正英由内蒙古水利厅副厅长郝秀山陪同，专程到磴口县进一步调查了解三盛公水利枢纽工程的施工问题，并研究解决做好施工前期准备工作。1958年12月，黄河水利委员会勘测设计院完成《黄河三盛公灌溉工程引水枢纽扩大初步设计》，经水利电力部审查确定：为便于施工，拦河闸应布置在滩地上。并决定设计工作在工地进行。由内蒙古自治区水利厅和黄河三盛公工程局统一领导。1959年3月，黄委会勘测设计院派出设计组赴三盛公工地，在黄河三盛公工程局设计人员参与修改设计，同年4月完成《黄河三盛公引水灌溉工程引水枢纽扩大初步设计修改说明书》；5月13日，水电部工作组和苏联专家柯尔涅夫、勃列索夫斯基赴三盛公工地审查设计；8月，水电部下文批复该设计方案；10月，黄委会设计院和黄河三盛公工程局共同完成的《黄河三盛公灌溉工程引水当年初步设计（修正）说明书》确定：枢纽任务以灌溉为主，结合航运，照顾发电，附带在灌溉引水期间给总干渠沿线及包头钢铁工业供水。1959年6月3日，两万多人开进工地，三盛公黄河水利枢纽工程正式动工。

时逢包兰铁路建设完工。巴彦高勒火车站和黄河铁路大桥建设期间，设有开阔平坦的堆料场，甚至留有一条3000多米长的小铁路运料专线。经多方协商，铁道部将其全部移交地方使用，大大方便了枢纽工程建设。工程所需的大宗材料为国家计划内调拨的水泥、钢材、器材、机电设备，来自北京、天津、上海及东北地区，经京包、包兰铁路运进来；其中用量最大的是拌和水泥的沙子，最为方便，就近取自黄河南岸，由汽车装运；石子从100千米

乌兰布和灌域龙头工程——沈乌干渠　梁建军 摄

外的海勃湾用木船运进来；石头，最合格可用的是200千米外的乌拉山的大片石，为此，施工人员在乌拉特前旗东面的乌拉山辟建采石场，通过铁路运进来。

首先施工的是黄河北岸总干渠进水闸，而后依次是沈乌干渠进水闸、南岸干渠进水闸、拦河闸，最后是拦河土坝和库区围堤、导流堤、下游防洪堤。至1961年底，主体工程基本建成，历时两年半。

巍巍拦河闸，11个庞大桥墩，混凝土浇注量奇大。在拦河闸下游120米处，设置拌和系统1处，配有容量为400升的拌和机7台、800升的8台，铺设了两条轻便轨道运送混凝土。用电主要依靠三盛公电厂，为防突然停电，工地特别配备汽、柴油发电机3台。

千军万马锁黄河，吃喝拉撒要周到。虽然正值三年困难时期，工地仍然设立了福利点，包括商店、理发店、邮电所、医院，甚至自办了饲养场、豆腐坊。

1960年2月，枢纽工程拦河闸围堰胜利合龙。历经半年，共向黄河投入柴草600余万千克和12.5万立方米柴土混合物，从而筑起一条长1240米、宽12米的柴土埽围墙。从头年立秋到隆冬二月，全体民工战冰雪、抗严寒，你追我赶，红旗竞赛，超定额，出满勤，300多人荣获红旗手。

1960年3月，拦河闸基坑开挖动工，基础挖深7米，比黄河正常水位低10米，在三面临河、基坑四周渗流严重的情况下，基坑采用分块施工、井点排水的办法，共设置井点系统24套，由于抽水效果好，在全靠人力施工的情况下，基本上保证了基坑干涸作业，按质按量完成了闸基开挖工程。同年6月18日，基坑开挖基本完成；8月16日，拦河闸护底工程闸底板浇筑和静水池以及闸墩浇筑工程全面完工；10月27日，枢纽工程主体工程之一的拦河大坝开工；11月14日，拦河闸公路桥桥面浇筑工程完工。

当年的总工程师赵家璞和《巴彦淖尔报》记者许大俊二人，曾发表回忆文章，这样描述施工现场——

三盛公黄河水利枢纽工程的拦河引水工程，横跨黄河，由拦河闸和土坝连接而成，一线贯通，从闸的右翼墙开始，向右穿越黄河，经过一段河滩地与右岸的伊克昭盟（鄂尔多斯市）台地相接，全长2100米。拦河闸的施工，是先在闸址外围的黄河滩地上筑成施工围堰，迫使黄河主流拐弯右移，以便排水施工。1960年10月，土坝工程开始在右岸滩地上填土筑坝。1961年4月底，闸、坝两项工程，于截流施工前已达到设计要求。黄河主河道宽达600米，作为预留段，计划最后集全力截堵河道，强迫河水经拦河闸改归故道。这段工程就是大家所知道的枢纽截流工程。

截流工程是水利枢纽工程中直接与黄河主流拼搏的一次关键性的决战。为此，成立了截流指挥部，下设3个办公室以及工务、水文、埽工、安全、质检、交通、船务等11个组，各负其责，以保证截流任务的顺利完成。指挥部成立后，各项工作扎实有序。经过深入周密调查和对灌区特点的具体分析，结合工地现场和黄河历史情况，慎重果断地作出了如下的施工决策：

1961年3月至4月截流施工。因为每年三、四月，是黄河从开河到汛期到来前的枯水季节，是施工的有利时机。

就地取材，柴埽截流。历史上，河套农民就是以柴草结构进行分水、挡水、堵口、筑坝的。农民与渠工工艺娴熟，技术不断改进，培养出大量施工人才。灌区柴草遍地，采集方便，农民都有供应水利施工用料的传统习惯，只要水情需要，群众就乐于奉献。

平立堵结合施工。根据这段黄河河床从上到下依次由粉沙土、细沙、粗沙组成，极易被急流冲淘的特点，决定，截流施工必须进行较大范围的护床护底工作；同时考虑到施工初期河面较宽、水流较稳，可用柴草箱埽进占，即主水面束窄水流稍起变化之后，就配合护底进行平抛埽捆，以使水流向龙口集中，最后根据情况进行平堵截流合龙。

开挖引河。这是一项策略性工程措施。拦河闸闸基是在半滩地半河床的位置上。在施工围堰上游黄河左岸尚有大片滩地，占据着河水过闸流路，开挖引河是引导河水过闸工程，同时在截流施工阶段，如能提早开放引河，一定会减轻截流工程的压力。

决策已定，各项施工准备工作全面展开。土坝工程滩地部分长1500米，1960年10月开始施工，于1961年截流施工前保质保量完成了任务。民工和技术人员制作了大量的沉褥和埽棒（或叫埽捆）作为截流施工铺沉河底用。沉褥一般用柳笆和竹笈笆缝制而成，每片长10米、宽15米，用铅丝绑扎若干硬柴，作为筋骨，沿笆子边每隔4米拴一根铅丝缆作为操作拉手，然后再沿笆子边缘系一些装有碎石的草袋加重，使其易于从上游沉入水下抓住河底。埽棒是以柳枝、芦苇、竹笈为皮，内包草、土或小石块，由人工卷成棒状。每根四五米长，1～1.5米粗，重量不等。

引河施工从1960年1月开始。引河主槽长1300米，宽250米，4月进行了一次突击性施工，至5月初，即在截流前保质保量完成了任务。另外，沿滩面高地又开挖了两条各宽35米的引河沟道，引河上口宽，下口窄。截流前完成了引河施工，有利于河水改线，还可以分去部分河水，减少龙口施工负担，为截流奠定了良好的基础。开挖引河取出来的土，运到右岸筑坝，一土两用。

黄河于1961年3月16日开河。同年3月24日，截流战斗打响。从黄河两岸用压埽法，层土层草向黄河进攻。开始时水浅流缓，又正遇上游盐锅峡水库蓄水，河水流量不大，指挥部抓住这一有利时机，改用埽棒与草料相配合的办法，加速进占。此时土坝工程也紧跟着向前延伸，很快就把黄河水面由480米压缩到150米，从而占领了大片施工阵地。4月11日以后，情况发生变化。由于河槽两岸码头靠近，盐锅峡水库蓄水期已过，河水流量不断上涨，两坝头前面水流速度增大，按当时实测流量达到1350立方米/秒。而且拦河闸闸门在外地加工，迟迟不能到货，怎么办？经研究，只得暂时停止向黄河进占，用散料和埽棒维护码头，并趁此机会集中力量把土坝加厚。采取这些措施，也给开挖引河和截流积土赢得了充分的时间。与此同时，指挥部还组织人员依河水变化形势，沿125米宽的坝轴线，按上游8米、下游16米的宽度用沉褥和沉埽进行铺底。

这次铺底沉褥3000平方米，是与沉埽配合进行的，效果很好，按要求，河底已铺满沉褥，达到护底的目的。沉埽开始是沿下游平摊，依次进行，并逐渐向上游开展。第一层沉埽完成之后，接着就不断加高龙口底部。

用埽棒平填龙口，场面十分壮观。在龙口上游60米左右，用铅丝笼稳住定位船，船上安装绞关，绞关的绳索长约100米，可以自由伸缩，供索引沉埽棒船之用。运载埽棒船只慢慢地缘绳索靠近定位船指引的标志地点，依次一个接一个地投放埽棒，这样循序渐进，平填龙口，以期达到既定高度。在平投埽棒，龙口段河床达到一定高度时，有十多只埽船轮流进行压埽进占，等待引河放水。拦河闸工程的水下部分，于5月初全部完工。5月5日拆除围堰，用大量炸药炸开引河口，把黄河水引进。起初过水才30立方米/秒，到5月10日，引水河逐渐冲刷扩大，水流量已占黄河流量的40%，5月12日达到60%。根据当时实测，黄河总流量700立方米/秒，而龙口过水不过157立方米/秒，这给截流创造了十分有利的条件。

在开放引水河的同时，龙口截流施工仍在继续进行，从5月5日开始，正式从两岸码头用埽棒平铺平行进占。当时两岸码头上各由一名埽工指挥，两人站稳脚跟，指挥有方，井井有条，龙口截流施工顺利进行。到5月13日，龙口上游水流逐减，龙口截流时机已到。机不可失，时不再来，指挥部在5月13日下午召开紧急会议进行研究，认为龙口上游水流逐减，白天便于施工，容易发现问题，处理问题，于是决定于5月14日早晨开始龙口截流。会后，情况发生了变化，经现场观察，龙口上游水流趋于平缓，形势发展很快，指挥部认为截流时机已到，不能再等到第二天。经研究决定，将截流时间由5月14日早晨改为当日，即5月13日18时开始截流合龙。号令发出，如春风一般传遍整个工地，群情激昂，个个摩拳擦掌，战斗在两岸码头前哨的职工强烈要求放弃换班休息。

截流的时刻到了，工地上你追我赶，运草运料地忙个不停。码头两岸沉埽进行得十分顺利，龙口越来越小，30米、20米、10米、5米，码头两岸的职工几乎马上就可以手拉手了。虽然大家的心情十分激动，但他们还是那样认真，那样一丝不苟，一切井然有序，直到把最后一捆埽棒投下，把最后一车土倒进。黄河被驯服了，“黄龙”被斩断了！1961年5月13日23时，“截流了！”“合龙了！”工地上欢呼跳跃，三盛公黄河水利枢纽截流胜利完工，比要求的提前了两天。内蒙古自治区党委接到报捷的喜讯，当即发来贺电，工地上顿时鞭炮齐鸣，锣鼓喧天，人声沸腾，欢呼庆祝的场面持续了很久很久。

1961年5月13日，水利枢纽工程拦河闸、拦河坝按期截流成功，揭开了内蒙古黄河河套灌溉史上的崭新一页，从此改变了内蒙古西部黄河灌区无坝自流引水和在黄河边上到处开口、多口引水的局面。同年5月15日，开闸引水灌溉。9月底，拦河大坝全部工程完工。10月，投资5000万元，可以引黄河水500～600个流量，最大限度可浇地1700余万亩的三盛公黄河水利枢纽主体工程基本建成，陆续交付管理营运。之前成立的三盛公黄河水利枢纽工程管理局，到此时行政编制100人，归自治区水利厅直接领导，局党委工作归中共巴彦淖尔盟委员会领导。管理局住地磴口县巴彦高勒镇。黄管局下属4厂1队，事业编制731人。

随着枢纽工程拦河闸、拦河坝主体工程的竣工，北岸和南干渠进水闸、沈乌干渠和治沙干渠进水闸、电站等配套工程也相继完成。

拦河闸是枢纽工程的主体工程，共有18孔，其中15孔位于黄河正身。每孔净宽16米，总过水宽度288米，全长325.84米。每孔设置闸门1扇，闸门由设在机架桥上的启闭机启闭。其作用一是拦水，抬高和控制水位，以满足各引水口引水的需要；二是调节水量，将多余水量排于闸下。

进水闸，其作用是引水入总干渠。进水闸右端与拦河闸左岸以65度角相接，共有9孔，每孔净宽10米，正常引水量500立方米/秒。闸堰高出拦河闸2

米，设有导沙坝，以防止河水底层泥沙混入总干渠。每孔闸分设钢铁弧形闸门1扇，在机架桥内设启闭机控制启闭闸门。

拦河土坝位于拦河闸右侧鄂尔多斯台地，全长2100米，坝顶宽10米。

沈乌灌区进水闸位于黄河北岸，在拦河闸南端西去2.8千米过黄河铁路大桥上游300米处，由5孔闸门组成，每孔净宽2.6米，正常引水量75立方米/秒。其作用是满足沈家河（“文化大革命”时期改名为东风渠）与乌沈干渠引水需要。南岸灌区进水闸在黄河铁路大桥下游南岸300米处。设闸门5孔，每孔宽2.6米，正常引水量75立方米/秒。主要满足鄂尔多斯沿黄灌区引水需要。

库区围堤，拦河工程挡水后，黄河水位壅高。黄河在铁路桥以下，南岸是一大片宽阔的滩地；北岸沿黄河几十里，乌兰布和沙漠侵入黄河。壅高的黄河水壅入沙区，形成库区。因此在黄河两岸加筑围坝，全长16.35千米，最高6.5米，顶宽5米。

堤防工程包括拦河枢纽工程两岸上游导流堤和下游防洪堤。北岸导流堤长2800米，顶宽10米，堤高6～8米，其作用是引导黄河水放缓、减速、归槽、顺流过闸，并尽可能多地引导含沙量大的河水经拦河闸下泻，少进总干渠。南岸导流堤长650米，顶宽5米。下游防洪堤位于拦河闸下游北岸，长1400米，与磴口县黄河堤防工程相接，上段700米，顶宽5米，下段700多米，顶宽5米。

截渗沟工程，考虑到汛期黄河水位抬高，阴渗土地，故在北岸开挖了截渗沟。这个工程自库区6.6千米处，沿库区围堤穿越沈、乌干渠和铁路，至跌水渠下游400米处排入总干渠。全长14千米，宽2米。

跌水工程，跌水闸设在总干渠上，距进水闸3.3千米，由4孔组成，每孔净宽10米。

发电站在总干渠3.3千米处，建水电站1座，共有4台机组，与磴口县火力发电厂并网运行，解决磴口县工农业用电。

林林总总11项大小工程，共同构成了蔚为壮观的三盛公黄河水利枢纽工程。

尊敬的读者，如果你没有到过这里，一定要去看看。经过内蒙古黄河工程管理局几十年的精心打造，三盛公黄河水利枢纽工程及其周围已成为旅游观光景点。

该水利枢纽工程横跨黄河东西，正中是一座蒙古包形状的展览楼，红底、黄身、白顶，老远可见“三盛公水利枢纽工程”9个醒目大字。走上展览楼由南向北瞭望，工程构成“八”字形。18个孔闸的拦河闸上部，书写有毛主席说的“一定要把黄河的事情办好”11个大字，闸的上部为机架桥，室内有100多扇玻璃窗，高大明亮，与河水交相辉映。启闭机制动着铁灰色的闸门。9个孔的进水闸上写着毛主席的又一句话：“水利是农业的命脉。”进水闸顶部和拦河闸顶部齐平，设公路桥连通两岸，路面宽阔，车来人往。长达60多年，这里是110国道的唯一通道，是内蒙古通往宁夏、甘肃的交通枢纽。

“黄河之水天上来。”桀骜不驯的黄河水开始按人的意志流向农田、林地、牧场、沙区，有节制地滋润着河套大地和乌兰布和沙漠。

三盛公黄河水利枢纽工程，从1959年6月开工到1961年5月基本建成并投入营用，迄今60多年，仍然屹立在磴口县城东南的黄河干流上。它地处内蒙古河套平原西部，临近乌兰布和沙漠，是黄河上唯一的大型平原闸坝工程，也是黄河上游最大的引水灌溉工程，堪称“万里黄河第一闸”。

兴建三盛公黄河水利枢纽工程的目的是，以农牧业引水灌溉为主，兼有防洪、发电及工业用水等综合效益。它担负着河套、伊克昭盟、三湖河3个灌区及包钢工业用水等任务，规划灌溉总面积1700多万亩。自营运以来，三盛公黄河水利枢纽工程发挥了巨大的社会效益，彻底改变了灌区原来存在的“天旱引水难，水大流漫滩”的旱涝灾害和多口无坝自流引水的历史，充分显示了有坝引水的优越性。主要受益地区的巴彦淖尔盟和伊克昭盟（鄂尔多斯市），由于引水有了保证，不但灌溉面积逐年扩大，而且有节制的灌水改善了土地盐碱化程度，提高了农作物的单位面积产量和粮食总产量。

人多力量大，修起拦河闸，旱也不怕，涝也不怕。

至此，三盛公水利枢纽工程除总干渠跌水电站缓建外已全部建成，保证了5月15日前放水灌溉。工程总投资节省近800万元。工程质量优等，运转正常，且达到设计要求，确保了灌区无干旱之虑。

三盛公黄河水利枢纽工程的完成，结束了河套灌区自流口的时代，成为建设新型大灌区的起点，是实现灌区长远规划，建设千万亩粮食基地的根本水利设施。就河套灌区来说，这是一项战略性的伟大建设胜利成果，具有划时代的意义。

该项工程的修建施工，正逢国家三年困难时期，能够胜利完成，首先是在中国共产党领导下的全体建设者，都能以高度的政治觉悟和共产主义的乐观精神对待困难，克服困难，去争取胜利。其次，各个方面的支援，成为保证施工顺利的重要因素。此外，各级领导的重视和支持，是完成水利枢纽工程的关键。最后是磴口县人民无私的奉献精神，有限的粮油、茂密的林草，尽其所有，供其所用。

三盛公黄河水利枢纽工程的建成，体现了党中央和人民政府对内蒙古自治区水利建设的关怀，充分显示了社会主义制度的优越性。

第三章 完整的七级灌溉体系

总干渠（民间俗称“二黄河”）、干渠、分干渠、支渠、斗渠、农渠、毛渠，构成七级灌溉体系。阡陌纵横，蜘蛛网络，千万亩良田，特大粮仓，必先从二黄河说起。

总干渠第二分水枢纽夜景 高儒 摄

“二黄河”是巴彦淖尔人对总干渠的口语化简称、昵称、别称，其官方名称是“内蒙古段黄河北岸总干渠”。这条原设计东西长335千米的总干渠，巴彦淖尔盟段为228.9千米（其余为包头段）。它西起磴口县渡口镇南套子行政村，沿黄河北、包兰铁路南，由西向东，经磴口县、杭锦后旗、临河县、五原县至乌拉特前旗三湖河口先锋闸止。按适应一首制引水规划设计，从三盛公水利枢纽进水闸引水，贯穿整个河套平原，工程浩大而宏伟，是巴彦淖尔人民重绘祖国山河的一大壮举。

河套灌区地属阴山山前陷落盆地，因受风积、洪水冲积而逐渐淤成平原，使黄河沿阴山南麓形成主流，归槽东去。这是1850年以前的情景。当时有外地人乘船进套打鱼，发现平原上海子遍布，水草丰盛，土地肥沃，便傍水选地试种，结果大获其利。这些人春来秋归，史称“雁行人”。直到后来才有人定居垦种。清道光三十年（1850年），黄河沿阴山主流（北河）被风沙淤断，而支流（南河）变成现在的黄河。

黄河主流与支流位置互换后，后套这片上千万亩的沃土越来越被人们所重视。直至民国初年，以包头为据点的旅蒙商人便纷纷来后套占地，并招集四处的难民开渠。限于当时的条件和地商们急功近利的心态，往往选离水源较近的地片，通过历年不断地将天然壕沟、坑洼、水海等连接挖深、劈宽、延长或取直，才形成“河化”渠道。这种渠道宽窄不一、弯曲易淤，布局极不合理，放水后往往形成非旱即淹的局面，水源也无长远保证。

河套灌区，除了现在解放闸灌域的杨家河是1917—1927年用整整10年时间开挖的一条人工渠道，其他大渠多为天然壕沟经人工加修而成，经历了从“河化”到“渠化”的转变过程。开发初期，10里长的渠道即称“大渠”，未形成渠系。在大渠两岸直接开口的渠道叫“小渠”，小渠可直通地块，因此小渠以地户命名者居多。

到1949年，各大干渠均依靠简陋草闸和传统技术，由黄河自流引水，对泥沙、水量无法控制，遇到洪水、凌汛就遭水灾；摊上枯水期或黄河水位低于引水口，又成了旱灾。面对旱、涝之灾，人们无能为力。而更为巨大的自然灾害是清除淤泥，因此，每年捞挖渠口、渠底淤积，成为灌区人民的头等苦差事。

中华人民共和国成立后，黄杨闸被列入华北局三大水利工程之一，由中央投资334万元重新修建，并于1952年5月10日建成通水，为河套灌区第一座现代化水利工程。据《巴彦淖尔盟财政志》载，1952年，河套行政区全年财政收入只有175.5万元，支出139.4万元。中央的投资是地区年收入的一倍，可见此项目分量之重。受益百姓交口称赞："共产党力气大，一下子修起个黄杨闸。"开闸放水当天，绥远省人民政府副主席奎璧专程赶来剪彩，并郑重宣布黄杨闸改称"解放闸"。是年，《巴彦淖尔报》载诗称赞：

解放闸，
闸后一声浊浪，
放声大笑：
向着北方，
抛出万朵浪花，
万朵浪花洒满千条渠道，
大地响起哗啦啦的欢笑，
像海洋涌起不息的浪潮。
四季没有求雨的焦灼，
永远把洪汛决口噩梦勾销。
只看见：数百里粮食金灿灿，
只看见：数百里丰收锣鼓敲。

接着，便是以解放闸灌域为重点，对不合理的旧渠系进行改造。1955年，按"并口不并捎，开挖边渠，上接水源"的原则，逐步取消和归并了大渠上繁多杂乱的直口小渠。按规划设计方案，对大渠先裁小弯，后裁大弯，开挖生土，深挖延长，接水探源，确定并形成干、分干、支、斗、农、毛渠的6级渠系网络，做到经济用水，合理灌溉，并建立水利科研机构，开展改土治碱试验。

清末民初，地商以营利为目的，广招四处难民低偿投劳挖渠。大渠挖成放水后，为了生存，难民们纷纷向地商包田、定居、垦种，并交纳水租银和负担工勤义务。当时修挖的大渠，为了上接不断变化的黄河水源，改口、捞口、续挖、加背、筑坝、抢险等工程频繁，从农民身上出工、出钱，摊粮、摊柴，即使付出巨大代价，也难以摆脱非旱即淹的灾害局面。

以杨家河为例，渠道的营造者和组织者杨氏“父子相代，亲友共营”，招来外地灾民两三千人，中途因财务耗尽，“工资和债务两亏”，几度被迫停工。后想出办法——边开大渠边挖子渠浇地，依靠收得的水租银再支付开渠费用。后又在大渠沙土段落采用“川”字形疏浚法，节省了大量劳力，历时10年才使主干渠道基本成形。而渠道营造者杨满仓准备了多年开渠的积蓄，在杨家河开工第六年（1923年），因劳累过度得半身不遂病逝，终年56岁。其弟杨米仓于1922年因病早逝，而“米仓县”因此人而得名，可见其人名声之大，水业之艰辛。1926年，杨满仓之子杨茂林因劳成疾，忧愁而死，年仅44岁。一切渠事由杨米仓之子杨春林接续。民国二十一年（1932年），杨春林也因劳顿过度，外债紧迫，一病不起。之后，由杨满仓次子杨文林管理渠事。在当时，地域管辖权属于地方，教会的阻挠、其他地商的掠夺以及劳力征集、物资筹措、计划措施的安排、施工现场的管理、渠工吃住、问题纠纷的调解、人际关系的维持，乃至灌溉等管理事项加在一起，使渠道的营造者和组织者耗费了大量精力。

杨家河的开发，使沿渠上下百里沙窝出现大片绿洲。如此一来，土地价格上涨，随之出现教堂、蒙古族人和杨家的权益之争。所以，民国十五年（1926年），冯玉祥下令将杨家河灌域除渠西部分全部土地一律收回，由官有放垦，并规定只准杨家购买600顷地，其余皆由当地农户分别购买耕种。所以，杨家河开渠欠债直到1936年尚未抵清，绥远省政府便决定将杨家河改为公有。这说明在当时的条件下挖成一条大渠，对营造者和投劳者来说，都十分不易。

后套大渠的开挖，是靠人工体力用锹挖肩担的办法完成的。当时，土工都是按土坑计算，一个土坑为一个见方，一尺深的土体约等于3.7立方米，所挖土方难以计数。灌区广大农民通过长期实践，摸索出许多省工有序的挖渠经验，是值得一提的。

基本担挖法——

挖土的工具以长把平板西锹用处最广，它的好处是挖土时一般不用脚踏，仅用臂力便可探进土中，挖土成块，出土迅速。但在冻块装筐，浮土清底时，则铲形平底锹和桃形锹较适用。担土的工具是担杖，用一根粗十七八厘米、长两米左右的光滑柳木即可，担杖两端用较粗的麻绳，各拴1个榆木枝杈做成的钩或铁钩。钩子上挂一对红柳条子编成的箩头，担土前需把箩头底子下面露出的系子头和箩头底摽好，以防担土时将箩头系子抽出，以致不能再用。装土时，表层干土较硬可散装，湿土可裁成长条，每锹端一条，每只箩头仅装两锹已顶住系子。一担土装4～5锹，重量可达70～100千克。担土要领是双手抓牢箩头系子，正腰稳步行走，切忌说笑，防止闪腰岔气。担土者、装土者可互相调换。若担土工期较长，进工地头两天，可少装慢走，这叫“打熬身子”，一两天后逐渐增加担土重量，这样身体活软了才会适应担土劳动。

大渠担挖需要人多。人数较少，可混工挖；人多时可按土方算出段落长短，分队分组，划开段落分挖。以进度快、不背工为原则。挖土方法如下。

倒拉牛：在大渠底画清中线，在中线挖开“码口”，从中线开始，分层向近处的渠坡一侧担挖，将土担出近侧渠背外面，沿渠底中线向身后方向担挖，挖完一侧再挖另一侧。

蛇蜕皮：在“倒拉牛”的基础上，可同时挖两层、三层或一次挖到标准深度。每挖一锹深为一层，深度可达35厘米左右。这种小面积挖土法，不同于“大揭盖”，大面积需挖完一层再挖二层、三层，担土时脚下平整好走，也可减少爬坡力度。

大揭盖：适用于窄渠担挖或先将大渠底的冻皮、路豁、冰坡等硬层揭开担出渠外，再进行深挖。

凤凰单展翅：集中人力先从渠底画定的中线一侧担挖，挖完一侧再挖另一侧。

凤凰双展翅：人多时，以渠底中线为界，分为两组，同时在中线两侧担挖，以减少拥挤。“双展翅”的另一意义则是指将土担到渠顶倒土时，担杖不下肩，两只箩头一齐倒，形如凤凰双展翅，可加快倒土速度，提高工效。

撩沙：在靠近沙窝的大渠段落，经一年行水落淤和冬季停水期间，风将干沙吹入渠槽，来春开灌前渠底存有一定厚度的干沙土，因箩头缝稀，不易担出，所以借大风天气，集中人力用铲形锹、木锨等将沙土扬出渠外。撩沙办法更适用于中、小型渠道清淤。

取湿垫干：是对渠底干沙土层清淤而撩沙无风时采用的一种应急办法。即在渠底适当部位擢开一方沙层，将底部湿土装入箩头担出渠外，再将四周的干沙放入取出湿土的深坑内，必要时用湿土盖顶。

二接担：俗称“雀顶蛋”或“二仙传道（倒）”，一般是指担土运距较远，中途停顿换担的方法。第一人将装满土的重担，担到途中放下，接过第二人倒土后的空担返回装土处；第二人以空担换第一人刚放下的重担，上渠背倒土后，担空担返回运距中途再与第一人换担重担，担上渠背倒土。如此往返，第一人为“下接担”，第二人为“上接担”。上下担运土者和装土者，均可互相调换。这种长距变短距的担土法，可通过中途轻重担子的交换停歇一次，不会窝工。

三接担：和二接担做法一样，只是比二接担中间多一个人接送。适用于口面宽、运距远的大渠担挖。

洗淤：在春季放水前，给一对牛或马套上犁杖，以西犁最佳，顺渠底长度深耕、翻虚表土，晒干后，借助渠口放下猛水，依靠冲力将犁翻的渠底虚土冲向下游或田地里。这是减少人担清淤的一种办法，需要大流速的猛水冲力，否则效果不明显。

清淤加背：将渠底行水后淤高的土层，按需要深度取出，并加高在渠两岸的背顶上面，使渠道挖深后流水畅通并使渠背加固，从而使险工段落变成安全段落。一般大渠清淤可根据渠道情况，采用“倒拉牛”“蛇蜕皮”“凤凰单展翅”“凤凰双展翅”等方法进行人工担挖。

大渠弯道和宽浅断面的治理——

吊墩：在连续多弯的大渠段落，因流水受阻，形成淘岸，在一时无力将渠道裁弯取直的情况下，为防止一时隐患，采用柴草吊墩护岸。做法是用较长的木杆在弯渠顶水处，迎渠心打成半圆形围栏状，杆子上端留出适当高度，然后用白茨、竹笈等硬柴，根部朝外，沿半圆形杆子内边平齐铺砌，每铺一层25～30厘米，均压土一层，使柴土连接处复平，以黏土为佳，弥合并夯实。柴草墩子做成后，其形似半个馒头紧贴锅帮处。柴草墩子也可用麦柴拧把子制作，做法与硬柴同，用以顶住渠水冲力。

裁弯：对渠道弯曲段落，按新线，经人工担挖裁直取正。这是根治弯渠的办法。

挂柳：大、中型渠道沙土段落，因过水流速快，为防止渠槽被水拉宽或者束窄已被水拉宽的断面而采取的措施。做法是将伐倒带枝叶的柳树，根据渠坡深度确定用大枝还是整树，按适当间距，将树头朝下倒挂在渠坡上。树的根部绑牢在旱台事先钉好的木桩上，以防树头被冲走。挂柳不但可以减轻水对渠坡的冲刷，而且能通过柳梢阻水使渠坡淤厚，断面缩窄，减少隐患。

透水坝：对大渠已被水冲成宽而浅的沙土段落，通过与完整渠背平齐，横向并排打桩，编成柳梢篱笆墙，阻水落淤，培厚渠堤，使水流集中，拉深渠道。

打罗圈：和编作透水坝方法相同，只是在宽浅渠道断面打桩时排成一个半圆形“篱笆”，像空心的柴草墩子，经过落淤，束窄渠道宽浅段落。

子渠的开挖——

中华人民共和国成立前，渠道未形成系统，一般由地户随意在大渠背上开口，挖一条渠能浇地就行。这些渠道有支渠、七尺亭渠、四六（尺）渠、三五（尺）渠、六八（尺）渠等，开口与收底尺度宽窄不一，统称“子渠”或“小渠”。

这类渠道一般是谁挖、谁修、谁用，多以地户命名。这类渠道的开挖、清淤、加修，大部分用人工锹挖以臂力向两背甩土而成。甩土时也按渠底中线，挖完半面再挖半面，将土甩在就近的渠背上面。甩土时注意两面渠背平齐，固实后，一般成为人行道。

草闸施作——

一是大渠草闸。选好做闸地点，开挖基坑。根据需要数量准备施工材料如下。

（1）1米多长的尖头木杆，做抱头钎子铺底用；（2）带根白茨或竹笈，砌闸箱和前后八字墙用；（3）底梁，铺底用；（4）粗铁丝，捆绑抱头钎子用；（5）大铁钉，钉抱头钎子用；（6）红柳笆子，铺闸底用；（7）过闸粗横梁，拉闸和当作人行桥用；（8）立插拉水钎子，拉闸、打口用；（9）麦柴，砌闸墙衬缝和拉闸用；（10）除担挖土方用具，还需大铁锤、石硪、虎钳、铁撬棒、小斧、锯、粗绳、禾杈、木棒等用具。

做法如下。

（1）基坑底部挖在红泥土质上。（2）夯实。（3）用红柳笆子顺水流方向接茬、铺底。（4）铺闸底横梁和打抱头钎子，穿过红柳笆子深入土层，将底梁和笆子固定平稳。（5）用白茨或竹笈（不可混用）将根部整齐后，按尺寸砌作闸箱和前后八字墙，边砌墙边用红泥土填平、夯实。将柴土连接处缝隙堵平，以防从硬柴根部往里串水。砌闸箱时注意外表平齐和留有一定坡度。（6）闸箱背上所填土质要好，认真夯实。（7）将闸底抱头钎子用大铁钉和底梁固定。大梁两边抱头钎子交叉的顶端用粗铁丝绑牢，使全闸各部位成为一体。完成后先放少量渠底水将新闸“阴”好，再放水使用。应以保证行水过闸安全和延长使用寿命为原则。

后套渠道的草闸是1934年由屯垦队在杨家河上开始的。接着草闸兴起，一直延续到19世纪60年代才被钢筋、混凝土水工建筑物所取代。

二是小渠草闸。一般是在大渠停水时期，在需要做闸的大渠某处，挖开一道超过小渠宽度和深度的深沟。做法如下。

（1）将大渠背口子底部摊平夯实。（2）按过水口宽度，将略粗点儿的木钎子细头削尖，分两排打入土层，打好的钎子上端略高于大渠背顶，为防钎子顶端打劈，事先用粗铁丝绑住。（3）打好的钎子在小渠口部大渠背上成内外八字形。（4）将湿麦柴或柳梢拧成麻花状的把子，齐头朝外沿钎子边缘砌成草墙，在一定坡度下保持外部平齐。每砌一层，随时用红泥土垫平夯实，注意处理好柴与土的连接处，并在闸的上部横放一根粗木，拉闸打口用。一层一层砌到与大渠背高度一致。（5）闸的两面顶部用红泥土压牢，使其与大渠背成为一体。放水后，先用水“阴”闸，防止串水。

小渠草闸做法简单，用工用料均少。闸箱两旁底部的麦柴或柳梢，一旦腐蚀，会有串水的可能，因此一般两三年重做一次。重做时有的拆旧更新，有的将旧口堵死后另外开口。因此，大渠背上面形成“三步一口，五步一闸”的局面，被挖得破烂不堪。

埽棒与跌埽——

用树枝、柴草、秕秆等做成长圆形的大粗棒叫埽棒。埽棒的长短粗细，根据适用情况决定。埽棒中间用绳子或粗钢丝拦腰捆牢捆紧，以防进水后被水冲散。埽棒用于以人工担挖土柴办法时难以堵合的情况，诸如黄河淘岸的拦截防治与流水过急或冲淘较宽的大渠决口。堵决时，集中人力将卷好的一个个埽棒准确、迅速地同时推入应堵打的部位，随即往埽棒上面填土夯实，最终堵住被水冲淘的堤岸或决口，这种做法叫跌埽。跌埽工程应随时注意安全。

引水渠清淤——

解放闸与解放闸引水渠于1950年5月同时开工。闸上，是由闸体通至黄河主河道长6.5千米，经人工开挖的引水渠口。闸下，是从黄河放水，经引水渠通过解放闸再向下分流到乌拉河、杨家河、黄济渠等大渠向下引水灌溉。

引水渠随着1952年5月解放闸工程竣工放水而使用，一般春放秋关。当秋季关口后，渠底淤澄抬高。因此，从1953年起，每年4月至5月，必须大量清淤土方。开工时天冷工紧，大批农村强壮劳力通过旗县发动，以乡编队奔赴工地参加清淤工程。工地开展流动红旗竞赛，开展乡与乡的挑战应战。一个乡提出要当“老虎队”，另一个乡则提出要扒“老虎皮”，群情激奋，甚至为了赶工期，抢挖土进度而进行夜战，各不相让。

解放闸引水渠清淤工程自1953年开始，直到1960年，解放闸灌域由总干渠位于磴口县天兴泉村对正挖自留口，引水灌溉，引水渠随之作废。

解放闸这段长6.5千米的引水渠，底宽50～60米。清淤土方深度一般在3米左右，土方量大，渠底地下水位高，开工时渠底还有表皮水，在担挖方法上不同于一般大渠。先集中人力在渠底中间挖通一条3～5米宽的排水沟，将表皮水放入排水沟，输到引水渠口部，用抽水机排入黄河，控成干方，再按民工队人数分组，划清各自应挖的土方段落，然后统一在排水沟的一侧，以“倒拉牛”或“蛇蜕皮”方式担挖出几层，直到软泥深度时，便紧靠排水沟边沿，并排依次向渠坡就近方向“倒拉牛”“叠窖子”。窖子一般长3～5米，宽2～3米，以挖深后在窖子里面一人甩土不误事为适度。每个窖子四周留下较牢的隔墙，防止互相串水，等全部挖够深度，最后将隔墙担出渠外。边挖边将窖子里渗出的水，通过“倒窖子”办法，用铁桶、脸盆等将水擢进排水沟。窑子里挖出湿土后，将水控出，待稍干后装入箩头，用“三接担”法担到十来米高的渠背顶上，再用“凤凰双展翅”法将土倒到渠背外面。

1938年，绥远军政首脑在傅作义率领下，迁省府于陕坝镇。傅作义在河套8年，最为民众称颂的就是兴修水利。作为新中国第一任水利部部长，他一直干到1972年，1974年因病去世。

在傅作义部长的直接领导和关心下，黄杨闸由中央巨额投资，于1950年5月动工，1952年5月建成。1955年7月，第一届全国人民代表大会第二次会议正式通过《关于根治黄河水害和开发黄河水利综合规划报告》，其中列有兴建三盛公水利枢纽工程和开挖总干渠的大型建设项目。据此，河套灌区长远规划被列入水利部议程。水利部责成北京水利设计院会同内蒙古水利设计院，组成河套灌区规划组，进驻内蒙古河套灌区。经过两年的努力，1957年4月，规划组首次提出《黄河流域内蒙古灌区规划报告（初稿）》。这个被称为“五七规划”的初稿，随后即成为“改造旧灌区，建设新灌区”的基本依据和指导性文件。“五七规划”中正式推荐河套灌区实行一首制引水方案。所谓“一首”，即一口，一个口子也。其要点如下。

一是在黄河干流上修建三盛公水利枢纽，以灌溉引水为主，其下布设输水总干渠，承担后套、三湖河、萨拉齐等灌区的输水任务。二是后套灌区在总干渠北依次共设9条干渠，分别由总干渠一闸到六闸引水，控制灌区全部土地。另在总干渠、拦河闸上首挖干渠，直接由黄河引水，分别控制第一闸以上原磴口县渡口渠及沈家河的土地。三是三湖河灌区，沿总干渠南侧布置3条支渠，分别自七、八、九闸引水，另在八闸北侧布置一条支渠，灌溉总干渠以北土地。四是远景规划灌溉面积1645万亩，沿渠需建11个分水枢纽。输水能力为565立方米／秒。总干渠南堤顶宽10米，修成四级公路。五是总干渠线路，在黄河北岸、包兰铁路以南开挖，呈东西走向。

此规划方案在之后1964年的“六四规划”和施工中有修改，总干渠规模有所缩小，但更符合实际。

按照“五七规划”一首制方案，三盛公水利枢纽工程与总干渠工程经水利部批准立项，于1958年、1959年相继开工。

总干渠开挖后，人们发现存在很大问题：一是总干渠渠道断面大、土方多，大量动用灌区劳力，影响农业生产；二是流量大、水位高，土地泛碱；三是渠道太长，运行困难，不好管理。加之当时正值国家经济困难时期，投资受到限制。鉴于此，1959年3月，建设者们提出总干渠缩窄断面、分期施工的方案，报请自治区水利厅批准。根据缩小断面的方案，四、五闸工程暂停，下游五原县、乌拉特前旗的民工被调到二闸以上集中施工。

1959年8月25日，总干渠二次施工开始，全盟共有2.8万多名民工参加，分配落实土方量800立方米。将旗县、公社、大队、小队民工组成团、营、连、排，日夜奋战在施工工地。渠线的施工地段全部是在荒漠土地上的生土开挖，再加上河套平原的土地多是红胶泥或沙土，增加了施工难度和劳动强度。开工初期，主要靠箩头担、小车推。民工挖土方的办法层出不穷：立马分鬃法、蛇蜕皮法、倒窖子法、黑虎掏心法……

盟、旗县各级领导干部均率先上阵，具体组织，鼓励和动员民工战胜困难，与地斗，敢叫荒漠、冻土为河让路。整条战线红旗猎猎，群情激昂。

总干渠是内蒙古河套水利史上前无古人的伟大工程。依靠大量民工完成的土方，始终采取农闲大搞、农忙小搞和固定人数常年坚持的办法，以解决农业生产和工程施工之间的矛盾。

总干渠工程以“社办公助”的方式进行建设，即国家投资，群众投劳。根据各旗县的灌溉面积和劳动力基数，按比例统一分配，受补助的劳动力被称为“水勤工”，年终全盟分级结算。民工在工地每完成一个定额工日，初期每天补助0.75元，成品粮0.4千克；后期是0.9元，成品粮0.5千克，每工每天发给煤粮差价补助费0.1元。

总干渠土方工程于1958年开工，到1967年四闸建成，全线通水，在长达近10年的时间里，河套人民付出了巨大努力，作出了巨大牺牲。起初，主要是人工开挖，锹头、箩头、小胶车、老牛车，最多时有3万人奋战在工地上。最困难的是冬天，水方难弄、冻方难取，由于抽水设备少，动力不配套，积水都靠人工排出。雷管炸药量不够，冻土绝大部分为人工破冻，影响工程进程，工效低。1959—1962年的主施工期，正值国家三年困难时期，由于劳动强度大，生活困难，部分民工患夜盲症、浮肿病、冻伤病。

1960年挖到二闸时，使用位于磴口县城北黄土档子村的总干渠临时引水口，以解决解放闸、永济两个灌域的灌溉用水。1961年，挖到三闸，通过胡喜圪卜给义长渠供水。至此，总干渠通水长度87.5千米，1962年延长至128.5千米。

1963年12月，内蒙古水利设计院提出《黄河内蒙古灌区引水工程规

总干渠第一分水枢纽（解放闸）　高儒 摄

划》，推荐二首制引水方案，将原总干渠分成二首引水，即后套干渠、三湖河干渠由三盛公水利枢纽工程引水，下游包头以东，由昭君坟枢纽引水。二首制总干渠，西起三盛公水利枢纽，东至原设计的八闸止，全长211千米，设计引水流量470立方米/秒，分枢纽7座；取消了黄河通航任务及干渠南侧公路。干渠左堤顶宽7米，右堤顶宽5米，电站3座。除土方工程仍按断面开挖，总干渠上的分水枢纽即按二首制引水规模兴建。

总干渠土方工程陆续开挖，直至1967年与三湖河接通，累计完成土方1977万立方米，用工600万个。

1959年11月25日，三盛公水利枢纽工程的重要组成部分沈乌进水闸和开辟到保尔套勒盖灌区的主体工程及乌沈干渠开工兴建，到1961年4月这一闸·渠先后完工，开闸放水。这条长18千米的乌沈干渠，担负着两条河渠的输水任务。沈家河从铁路大桥附近黄河引水，迄今仍浇灌着磴口县农业区的全部良田。沈家河（“文化大革命”期间改名东风渠，延用至今）从磴口县城内南北流过，两岸经过绿化美化，成为巴彦高勒镇市民休憩散步的好去处，也为旅游业平添一大景观。

考虑到治沙和生态环境建设的需要，与枢纽工程同步设计、分步实施的地处乌兰布和沙漠东沿二十里柳子的治沙进水闸和治沙干渠也先后建成完工，主要担负对乌兰布和沙漠治理的科研和开发任务。

根据河套灌区及包头市灌区的要求，内蒙古水利设计院于1983年12月提出《内蒙古黄河灌区河套水利规划报告》，规划总干渠的供水范围是后套、三湖河及包头灌域。总计可灌溉面积为1070.73万亩，其中巴彦淖尔盟1026.28万亩，包头市44.45万亩。设计引水流量613立方米／秒，给包头供水20立方米／秒。总干渠终点由刁人沟延长至先锋闸，全长229千米，左堤设四级公路。水电部于1985年3月25日（85）水电水规字第18号文《关于对内蒙古黄河灌区河套水利规划报告的批复》，同意对总干渠进行防护治理和续建配套，并将总干渠延至先锋闸，使包头市远期用水达到20立方米／秒。鉴于总干渠输水能力已达480立方米／秒，可以满足灌区规划近期需水要求，暂不扩建。现状总干七闸（201+850）以西段是按原规划段挖成的，七闸至八闸段，因工厂占据了规划渠线，故七闸以下至总干渠段采用三湖河干渠线路。

截至2003年，建成进水闸、跌水电站、4座分水枢纽、总干渠与总排干交叉工程、总干渠与刁人沟山洪交叉工程、23座公路桥、3座泄洪闸以及通信线路。主要项目如下。

进水闸及跌水电站。包括三盛公水利枢纽工程，由黄河工程局施工，1961年完成。1989年11月13日至1990年4月10日，在利用世界银行贷款进行的灌区配套工程中，对跌水电站进行了消能防冲加固，工程投资320万元。

第一分水枢纽。位于杭锦后旗头道桥镇黄河村境内总干渠24千米处，距包兰铁路原补隆淖车站3千米，由泄水闸、船闸、黄济闸及杨家河、乌拉河、清惠渠、南一分干渠进水闸等组成，系黄杨闸改造而成。1962年由黄河管理委员水利设计院进行修改扩建设计，内蒙古黄河工程局施工，1963年3月竣工。把原泄水闸、船闸及黄济渠闸作为总干渠节制闸，黄济渠口和泄水渠口部一段作为总干渠口部渠道，在闸下2.5千米处汇合后接入总干渠。为改善乌拉河进水情况，将乌拉河上接200米，在总干渠上重新建进水闸。在原黄济渠和杨家河进水闸间的圆头上开了一个输水涵洞，作为清惠渠进水闸。在枢纽上游100米处右侧建南一支渠进水闸，把黄济渠进水闸改在第二分水枢纽上游。建设总投资272万元，控制灌溉面积153万亩，过闸流量490立方米／秒。

第二分水枢纽。位于总干渠46千米处，由节制闸、永济渠、北边渠、泄水渠以及闸上游5.8千米的黄济渠、黄羊渠、合济渠进水闸组成，控制灌溉面积303万亩，过闸流量313立方米／秒。1959年由黄河管理委员水利设计院设计，内蒙古黄河工程局施工，在施工中水电部派专人到工地指导，1961年6月竣工，总投资501.7万元。当年，总干渠关口后，闸前铺盖翼墙出现严重冻裂，翌年4月，全部进行翻修。1970年，增做节制闸三级消力池，1985年延长上游铺盖，1986年增做消力池。1999年3月至2000年7月，投资673.5万元对节制闸进行除险加固，翻修延长上游铺盖，改建加固两岸翼墙，加固二级消力池及闸下护坡，维修改善机电及管理设施，美化闸区环境，并引进使用压摆喷技术进行闸前及两岸固结灌浆。

第三分水枢纽。即原规划第四枢纽，位于总干渠87千米处。由节制闸、丰济、复兴、南三支进水闸以及泄水闸组成。由黄河管理委会员水利设计院设计，1964年6月由内蒙古黄河工程局施工，1965年5月竣工，投资324.8万元。控制灌溉面积229万亩，过闸流量152立方米／秒。1994年春，投资170万元，增做消力池。

第四分水枢纽。即原规划第五枢纽，位于总干渠128千米处。由节制闸、义和渠、通济渠、长塔渠、华惠渠进水闸和泄水闸组成。由内蒙古水利设计院设计，1965年3月由内蒙古黄河工程局施工，1967年3月竣工。投资280.6万元，控制灌溉面积244万亩，过闸流量65立方米／秒。

先锋桥。位于临河市区南端、总干渠61千米处。于1976年由内蒙古农牧学院与总干渠管理局共同设计，总干渠工程队施工，1978年竣工，桥长124米，宽10.5米，为双曲拱桥，投资61万元。

总干渠与总排干交叉渡槽。位于乌拉特前旗原西山咀镇东南角，总干渠178千米处，槽身总长153.2米，宽10.2米，高3.1米，为斜交拱渡槽，由巴彦淖尔盟水利设计院设计，总排干管理局施工，1980年竣工，投资205万元。

通信线路。总干渠于1961年通水后，当时仍利用各灌域原有通信线路进行联系。1965年，开始架设由三盛公水利枢纽到总干渠四闸的电话线路128千米。1967年，架设到乌拉特前旗西山咀，总长度180千米，形成一套总干渠由口到梢及机关自成系统的有线通信网络。1993年12月完成的内蒙古河套灌区配套工程无线通信工程中，在总干渠4个分水枢纽建立4个微波站，解决了总局、总干渠管理局与各分水枢纽的通信联络问题。

黄河引水枢纽建成和总干渠完工后，仍然需要建设保证引水到田，实现灌溉的各项水利设施。总干渠以下分干渠的建设配套，主要是整顿原有的十大干渠疏通工作，使渠水畅流，顺利通过。到21世纪，形成十三大干渠，即一干渠、永济渠、塔布渠、长济渠、沙河渠、义和渠、丰济渠、黄济渠、通济渠、皂火渠、杨家河、乌拉河、三湖河。

干渠和分干渠以下的支、斗、农、毛渠工程，是从二黄河引水最后到田的关键，这类工程主要由地方各级政府分工负责，同时搞好配套，保证水到渠成，渠水进田，实现效益。

在一切大小渠道建成之后，为防止渠水受阻不能进田或白白流过，由社队组织千家万户开展小型水利建设会战。平整土地，培堤打堰，缩小地块，实现浅浇快轮，前后关照，适时适量浇水，按规定定期定量供水，阻止和消除"水从门前过，不淌意不过""大水灌溉或深浇漫灌"等陋习，改变落后的用水管水制度，以保证黄河之水大批量地从总干渠、分干渠、支斗农毛渠滴水进田，减少浪费。

1962年4月12日，在巴彦高勒镇召开的全盟水利工作会议上，盟委书记巴图巴根作了题为《全盟总动员，大搞水利工程建设，保证适时春灌，立志夺取农业增产》的讲话。他说："水利工程是一项完整的系统工程，引水、输水、灌水，必须段段畅通。灌水总要通过支、斗、农、毛渠才能灌到田里，排水也得通过支、斗、农、毛渠才能把水排出去。上通下不通，大通小不通，就不能保证农田的适时灌溉和排水。当前支、斗、农、毛渠淤积现象比较严重，涵洞、闸门等建筑物也有失修现象。支、斗、农、毛渠淤塞，流水不畅，水就淌不到地里，干渠盛水量势必就要加大，流速过慢，势必会造成严重渗漏和引起干渠决口，这些都直接促使地下水位增高；排水渠系也是同样的道理。但排水问题更应该引起我盟高度注意，如不尽快解决，必然会给我们进一步改良盐渍化造成困难，直接影响着农业生产的发展。所以，我们应该抓紧春播结束后的有利时机，突击完成整修水利工程任务。"

1962年4月14日，全盟各条战线总动员，积极投入水利大会战。这次水利整修，除了盟里统一安排的黄河加固工程和其他较大工程，主要抢修了干、支、斗、农、毛渠的清淤和田间水利工程设施。这次水利工程战役，口号响、行动快、劳力集中、干劲高，大干了18天，黄河总干渠完成土方工程的60.4%；灌区干、支渠的109项春修工程，开工的有50多项；田间工程的斗、农渠清淤工程完成1358道，夏田地堰子的补修工程基本完成。

大会战中，盟委、行署领导分头下去指挥作战，带头参加劳动。盟直机关干部都积极参加了义务劳动。巴图巴根书记参加了杭锦后旗的水利工程大会战，他和旗委领导现场指挥，带头担土、打堰、上土。杭锦后旗出动的3000余名强壮劳力，不到8天时间就完成土方17.5万立方米，占总任务的90%，是全盟完成任务最好最快的旗县。

包头知青、原兵团三师23团老战士孟战役，曾在《巴彦淖尔文史资料》撰文，回忆当年挖渠挑土时的情景——

四、五月份，在内地来讲，已是艳阳高照、花团锦簇、万紫千红、彩蝶纷飞、莺歌燕舞了。而我们这里的天气却依然十分寒冷。尤其一早一晚更厉害，毛衣毛裤一时还下不了身，有的人还穿着皮袄皮裤。春夏之交，整天风卷黄沙、漫天飞扬。兵团和农村一样，黄河水下来以前，洗渠和挖渠是重中之重。

洗渠，就是对可用的旧有渠道进行清除杂草杂物，铲高垫低，整修渠埂，培土加固，固险除障，以畅通水道。相对而言，这项任务技术要求不算高，难度也不大，况且我们所要清洗的渠道又是农渠以下渠系。而开挖新的渠道就不一样了。虽然不是什么高新技术项目，但也充满了诸多数学和物理学原理、知识。诸如规划、设计、选址、定位、测绘、放线、打桩以及渠道渠系、坡度、土方宽度、深度、渠背高度等，并要考虑当时参加施工劳动者的身体和技术、现有工具状况、任务时限要求等非常具体又非常现实的问题。既需要动手出力，更需要动脑计算。虽不复杂也不简单、不轻松。规划、测量、设计、选址、定位、放线、打桩以及渠系规格、土方多少等，由水利规划部门负责，但是具体的开挖、担挑土方等实实在在的施工任务还得靠我们这些刚刚进入兵团的战士的双手、双脚、双肩，一锹一锹、一筐一筐、一方一方、一米一米地加以完成。

开始时，大伙儿谁也没有在意和理会其中的技术问题，只知道拿铁锹铲土，用箩筐挑土。结果一天下来力不少出，汗没少流，可挖出的土方量却少得可怜，一人一天平均仅仅一方土。照此速度和效率，到期根本完不成任务。对此，连队首长着急，怕完不成任务影响全团；排长着急，怕按期完不成任务要受到连队的通报批评，甚至要被换“将”；战士们着急的是这样体现不出自身的价值。为此，连队党支部当即召开会议，紧密联系挖渠这一实际，进行专题大总结、大讨论，找问题、想办法。

连队党支部十分重视和关注这次大讨论，详细列出挖渠施工进度慢在哪里，是思想认识不到位，还是实践技术不过硬？是战士不出力、不苦干，还是具体方法不对头？是部署指挥不具体、不科学，还是战士不会干、不愿干、不能干、盲目干、蛮干？以班为单位逐一进行分析、解剖、讨论。人人都思考，个个都发言，不留死角，经过集中讨论、总结，初步统一了认识：一是，认为缺乏全面科学的认识和部署。从思想上就没有引起足够的重视，也没有认识到挖渠也是一项科学的技术活儿。二是，对参战人员的劳动能力缺乏足够的估计，也没有进行“战前”的技术演练，好多战士是不会干、干不来。三是，所用工具也不太适应，全是一色儿地刚从商店买回的圆头子新锹，锹刃还没有开，更没有磨出来。就这样第一次专题性的群众性大讨论草草结束了，把解决问题的时间主要集中在施工现场，边干边发现问题边组织进行解决。

经过这次大讨论，对下一步的“作战模式”和“作战技术”进行了重大调整。第一，对参战人员的技术素质进行调查摸底。即连队里究竟有多少战士在未来兵团前就干过挖渠打坝的活儿，有这方面的实践经验。经过摸底，这里还是有参加过这类实践活动的战士，我本人就是其中之一。我早在上初中时，就在家乡的生产队挖过渠，也随同父亲担过土方，修过黄河防护大堤，懂得下锹起土和担箩筐。还有最关键的一点，就是在我来兵团的4月20日，在火车上当面听过巴彦淖尔盟水利局局长康玉龙讲的河套人民挖总干渠和总排干渠所采用的各种方法，指导了我们的这次挖渠实践，起到了很大的借鉴作用。河套人民实践中创造出来的经验做法实在，一用就会。第二，是实行了任务到组，责任到人，定额管理的责任制。对“参战人员”以组为单位，二人一组。每人3个延长米，总土方量为12立方米，4天一个工期。当时施工用具缺乏，除了人均一把新铁锹，全连仅有十多只箩筐。一个班十几个人不足3只筐。这就决定了大部分任务需要用铁锹挖、人工甩来完成。即使有担方也必须变为甩方。第三，以班、排为单位及时开好3个会。一是针对在实践中出现的问题而找办法的诸葛亮会。以班为单位，在施工实践中发现了问题，要及时组织发动群众出主意、想办法，就地谋划、就地解决。二是以排为单位的施工现场观摩会。及时学习推广战士创造的省力、省时、省工，速度快、效率高、质量好的施工做法和经验，互相学习，互相启发，互相促进，共同进步。三是现场任务质量评估会。即以班为单位的一天一次的工作任务质量进度现场总结与评价会议，报进度、讲质量、找问题、谈方法、做总结。四是对参战人员的力量对比做了新的调整，编为战地班，统一由现场指挥部指挥。根据任务和工具、人员状况设立第一战场和第二战场。第一战场为人工甩方，为表层施工作业方阵。凡是属于甩方任务的，全由这一方阵完成。第二战场为使用箩筐的担方，为深层施工作业方阵。这一战场的施工任务大约占所有土方总量的三分之一。经过如上调整措施后，施工进度明显加快，第一天完成的土方量就超过上个战役的一倍，人均达到2立方米。

同时对起土方式做了重大改进，比如在我们班，就在我的提议和组织带领下，采用了“五当分鬃”“蛇蜕皮”“中间突破、两边开花”的战略战术。这些战术非常适合甩方作业，较好地弥补了箩筐不足的问题，也适合战士们不太习惯于弯腰作业的特点。这些战术的一个共同特点就是由一个人先在渠道的中线开口，而后两人各占一边，向渠口左右两边踏锹甩土。下锹的方式为“先竖后横”和“竖竖”两种。“先竖后横”，即先竖锹取土，一层土取尽后，用锹将竖锹取土时剩下的浮土铲走。“竖竖”，即从始至终全部用竖锹方式取土甩土，直到甩不开、甩不出为止。战士们大多采取这种方式，一口气挖一层。一层的土取尽后再取第二层，这种方式最适用于立土层土地作业。卧土层土地较立土层土地略逊色些。我班的这种做法很快在全连得到推广，所以调整后的第一回合战果令人满意。当天人均量就达到3立方米。可是坑里的作业面随着施工取土不断深入，下锹的空间越来越小，渠口宽2.5米，随着放梢留坡，到了渠底其宽度不足1米，渠道的横断面为一个倒置的梯形，这样从渠底取出的土距渠坝放土的地方越来越远。在底部作业的战士向上甩土也较为困难。面对这样的实际，我们马上进入第二战术的调整阶段。这次调整又是首先在我班进行的，由于缺乏足够的箩筐，所有靠肩膀担挑的任务就全部落到了手工甩方上，不得不在“甩”字上做文章，所以我们又拿出了一级作业面和二级作业面的方案。我们简称其为“二级甩方”法。就是一道工序分两次完成，小组中的一人在坑内把渠底的土甩到渠口的旱台上，另一人在渠口的旱台上再将坑内甩上来的土甩到渠坝上。这种倒土作业法好比是扬水站的二级扬水一样，水井低、土地高，一级抽水扬程低水进不了地，进行二级再提水就进地了。这样的战法既不窝工，又克服了没有箩筐的困难。在充分发挥人工甩方优势的同时，也没有忘记发挥有限箩筐的作用。我们将有限的几只箩筐统一集中采取游击战法，实施了“高甩低挑、表甩深挑”的战术。这一战术就是把没有箩筐的小组对距离近的土方用手甩；距离表层即渠口深、渠坝远的渠底的土方，则采用箩筐担挑到渠坝。这种方式也是两人一组，一个人在坑底负责挖土装筐，另一个人则专门负责架扁担挑土筐，二人定时进行转换角色。这种做法能够做到箩筐不歇，人员尽快转换角色，工具人员都不歇。工地现场上，诸葛亮会、观摩会随时召开，一个好的战法战术一出现便很快得以推广普及。

随着渠底宽度逐渐达标，作业难度也逐渐增大。为了尽量减少人力浪费和窝工，我们又采取了相对集中人力和箩筐的战法。专门抽调战士，组成担方突击班，专门负责突击清理甩方难以完成的深层土方，其他人员全部归于甩方战场。全力用手工甩方，所有的人都在动，做到了工地歇（土方任务歇）而人不歇，也就是等担方突击班完成一段后，下一段手工甩方已见底，马上需要突击担方。如此一茬紧接一茬，一轮紧挨一轮，不但不窝工，而且衔接得十分紧凑，形成了良性互动。担方突击班能够很及时地走上甩方的工地现场，甩方现场能及时地供应和满足担方突击班的突击作业。担方突击班的组建预先进行了认真的现场锻炼和培训，并组建了预备队，以及时接替突击。刚开始，大多数战士不会用扁担，没有挑过担子，突出表现是：一些人以前压根就没有接触和用过扁担，所以拿起扁担不知放在哪个部位，担起箩筐前高后低，就是前低后高，不但迈不开步，担都担不起来。有的人不是将扁担放在肩膀上，而是放在了脖子后，挑起箩筐两只胳膊伸直横着放在扁担上，一副投降姿势，横着走，结果走不出几步就摔倒了；一种人是挑起箩筐双手在胸前紧紧抱住扁担，走起路来前后两只箩筐不听指挥，左右来回摇晃，打摆子，只见筐子晃动，前进不了，有的竟能把筐子翻了底；还有一种人是会挑，也能挑起来，但是总是把两只手一只前一只后地放在扁担上，走路不得劲儿，从土坑里往出走，上不了坡，前进不了。总之，姿势各异，五花八门，让人发笑。

为了纠正这些动作和姿势，连里专门搞了现场培训。科目有爬坡、下坡、平地行走、担重与空挑以及双手姿势摆放、行走步态等，最后统一的姿势为：扁担要斜放在肩膀头上，双手下垂，一前一后，牢牢提拽着装土的箩筐，腰板挺直，行走时使扁担颤动起来，两只箩筐在左右手中，上下做垂直颤动。这样走起路来有节奏而且省力。双手提拽箩筐是为了分解箩筐的重力，这种力的分解也是我们在中学物理中学过的知识。连里知道我干过担挑土方的活儿，自然就把这一培训和示范任务交给了我。当时我只穿一件两股筋红背心，两只手一前一后牢牢地提住筐子，肩上的扁担似在颤悠，一路小跑，到了渠背上右腿一屈，身子向前一弯，扁担稳稳地在肩上一动不动，提在手中的两只土筐不约而同地向前一倾，筐中的泥土便毫无阻拦地倒了出去，滚下渠背。然后马上直起腰，双手使劲把两只筐子的底对着一磕，筐缝中的夹土倒干净不说还减轻了土筐的分量。扁担在肩膀上一转，换过肩膀，走下渠背，捷步返回。这一招一式令在场的战友看得眼馋。所以连队首长让我给大伙儿示范培训，我也就很不客气地接受了这一委托。我当面说教，……并就如何平衡土筐，如何使扁担颤动，如何双手提筐，如何替换左右肩膀，如何在扁担不离肩的情况下清理筐里的土，如何用锹挖土装筐，如何在上坡时平衡和把稳土筐、倒土取什么姿势、担挑中如何为别人让路等细小环节当场一一做了示范。经过这样的现场培训，大伙儿的担挑姿势得以纠正和规范，自此工地上的担挑动作、姿势便自动地来了个整齐划一。这一统一规范的姿势不仅使担挑土方的速度快了，4天的任务3天就保质保量完成了，而且为后来团文艺宣传队演出提供了舞台表演素材，非常形象地被搬上了演出舞台，使大家从中得到了一种力学美的享受。

挖渠日出土方量最多的连队是驻守在团部最东端黄芥壕的七连。他们在河滩地上挖渠。泛滥上岸的黄河把支渠以下的所有渠系冲了个一马平川。仅剩的一条支渠也被冲得沟沟壑壑，多处被毁，渠坝残缺不全。茫茫河头沙滩，被一场场无情的顺河床刮来的大风洗劫了一遍又一遍，像一把把剜刀的大风硬给偌大的河头地剜出了一个又一个圆圆的坑，使本来起伏不大、满眼浪纹的河头地变成了一片坑坑洼洼、大小不一的鱼鳞坑坑。有的鱼鳞片边缘被风刮得翘起卷成了卷儿，使内外的土壤形成了截然不同的颜色。人踩上去一陷一个深坑，还不时地发出嘎巴嘎巴的脆响。脚深陷在沙坑内，鞋子里灌满了沙土，走起来双脚一踒一踒的，想快都快不起来。遇到刮大风可就遭罪了，满眼黄沙，铺天盖地，刮得遮天蔽日，三米之外就看不见东西。有时还打着旋涡，旋着旋着，不大工夫，旋成了粗粗的黄龙风柱直刺青天。凡是风柱经过的地方就如同遭了土匪抢劫，十分惨淡和凄凉。说也奇怪，就是不刮大风的夏秋两季，沿黄河岸边的滩畔上也不时地形成旋风，一旋一旋的，转来转去，不一会儿便直插云天，卷沙带土的旋风，每天总有那么几场在河滩上袭击移动。黄芥壕每天都少不了旋风的劫难。七连的战士们就是在这样的环境中开挖渠道，整理地块，风里来、风里去，日复一日，年复一年，从无怨言。大风呼呼，风夹着沙子抽打在脸上，干涩干涩的；皮肤皲裂了，渗出鲜红鲜红的血。脸被大风吹得不仅失去红润的光泽，一个个都变成了脱皮的土豆。收工时，人被黄风刮得满脸泥垢，连每个人的眉眼都认不出来，只见在两个泥窟窟中有两个珠子在转动，浑身上下全是沙土。

在这样的环境中，全连战士整整用了一个多月的时间，在河头地上挖出了一条斗渠、二条农渠和多条毛渠，修补完善了仅剩的南北走向的支渠。修田埂，打地堰，进行着新一年的农田基本建设。战士杨占元来自伊盟一中，他在挖渠中苦干加巧干，日挖土方达到了十多立方米，创出了全团战士挖渠打堰日出土方量之最。通过挖渠担土方等生产实践活动，他们进一步学会和巩固了丈量土地、计算土方等和长方形、正方形、三角形、梯形、勾股定理等一系列平面几何、立体几何等数学科学知识以及杠杆原理、力的分解等物理学科学知识。

有诗为证：春生磴口绿波多，为挂轻帆一叶过。回忆菏湖风景好，水乡云里听渔歌。

干渠口的调整改建

解放闸（即黄杨闸）经过改建，成为总干渠第一分水闸。遵循充分利用原建筑的原则，将乌拉河口上移，从总干渠直接开口和建闸，以改善乌拉河引水不良的状况，而将旧口闸归给杨家河使用，以扩大其引水量。把黄济渠口部与泄水渠都作为总干渠的一段渠线，再把黄济渠口改在总干渠往下5700米处，将合济渠接到黄济渠上，使其成为它的下级渠道。另在原解放闸杨家河、黄济渠口之间的圆头上开一输水涵洞，专为解决清惠渠的灌溉问题，民兴渠与它合并成为一条下级渠道。

在永济渠被总干渠截断处，建永济渠进水闸，结合建筑总干渠节制闸和泄水入黄的泄水闸，统称为总干渠二闸。在二闸施工当中，水利部特派专人到工地研究并征得内蒙古自治区水利厅同意，把总干渠底尽可能放低，以降低总干渠水位，减少对两岸农田的阴渗。当时限于有的工程已基本建成，不便做较大修改，只把二闸过水堰降低50厘米，二闸以下工程也都照此修改。当时已经感到这是极其重要的修改，是个好主意，只是略晚了一些。

总干渠经过原临河县四分滩，从火车站附近截断丰济渠处，集中合建了总干渠第三分水闸，包括节制闸、几个进水闸和泄水闸等。中复兴渠下接沙河渠，皂火渠和广泽渠都接到复兴渠上。

总干渠第四分水闸于五原锦秀堂处修建，把义和、通济、长济、塔布等各干渠口都集中起来统一分水，并在此处也修建了泄水闸。以上在总干渠一、二、三、四闸处都分别建有一条南分干渠，称为南一分干、南二分干、南三分干、南四分干（华惠渠）等，以分别灌溉总干渠以南至黄河北岸的土地。

解决乌加河北滩灌溉问题

乌加河以北的灌溉是由20世纪30年代初，截断乌加河的水逐步发展起来的，至19世纪60年代初已发展到灌溉面积35万亩。但筑坝蓄水引起土地盐碱化，对乌加河排水极为不利，所以在总干渠挖成通水后，由于水位较高，结合1965年总排干沟的开挖，即以杨家河、黄济渠、永济渠、丰济渠和义和渠架设渡槽过总排干，分别供水解决乌加河北滩的灌溉问题。也就是说，将上述几条干渠分别延长到50～100千米，扩大了渠灌域，原来统一由乌加河引水的乌加河北滩灌区也就不存在了。

解决三湖河引水问题

66千米长的三湖河干渠，原系一条黄河岔流，新中国成立后十几年来。灌溉面积由10万亩左右发展到30万亩左右，其中包括包头市郊区的一部分土地。因三湖河处于河套灌区的最下游，上游越发展灌溉，下游自流引水越困难。1962年，三湖河渠口与总干渠接通后，被纳入总干渠一首制引水系统，问题才得到根本解决。但是三湖河渠线和灌域因涉及巴彦淖尔盟和包头市两个地区的不同生产用水需求和国家在此处兴建大型工厂的用地问题，当年缺乏统一规划，主要改建工程暂时没有进行。

新辟一干渠灌域

沈乌进水闸于1959年12月开工，1961年4月建成。位于三盛公水利枢纽工程正南包兰铁路黄河大铁桥南段。由黄河左侧开挖几百米引水渠，建设两座分流大闸，左侧初期名为保尔套勒盖干渠，后取名乌沈干渠，在下流18千米处分设干渠、分干渠3条，灌溉60多万亩乌兰布和沙漠北部垦区。这一片地理全系流动和半流动沙丘。西汉武帝时原系移民农垦区，东汉后因战乱湮废。把这一片土地开发利用起来，使大片荒地利用黄河水灌溉，变成绿洲，向沙漠进军，是防止乌兰布和沙漠东侵，保护河套灌区的重要措施。

一条引水渠，并列两座闸，分别被命名为乌沈干渠、沈家河（后改叫东风渠，实为分干渠）。两条渠并称沈乌干渠，后叫一干渠，现名乌兰布和灌区。管理机构、正处级的事业单位设在磴口县巴彦高勒镇，机构名称由“内蒙古河套灌区管理总局乌兰布和灌域管理局”换名为“内蒙古河套灌区水利发展中心乌兰布和分中心”。灌溉面积近百万亩，这为推进乌兰布和沙漠生态绿色发展作出巨大贡献。

建设总干渠跌水电站

按照原规划和设计，在距离总干渠进水闸下3330米的总干渠跌水处，修建一座总装机3万千瓦的电站。在修建拦河闸时属于缓建项目。该电站于1965年10月动工修建，装机容量只达2000千瓦，次年建成，以作为闸门启闭机之动力。

干支渠系调整情况

这次灌区支渠以上的渠系调整是自上而下进行的。在干渠口位置确定分别建立口闸以后，有一些干渠和分干渠的支渠线均有所变动，主要是裁弯取直，调整渠灌域，合并支渠，增建口闸和分水枢纽等。如杨家河、黄济渠、义和渠等都曾进行了大裁弯，影响到一些分干渠和支渠渠线的布置和改建。凡通过乌北的干渠的延长，重新调整了乌北原有干支渠的渠灌域。一干系新建，其下所设分干、支渠当然也都得新建。综合调整的结果是，除总干渠，共设干渠12条，长834千米；分干渠43条，长1044千米；支渠379条，长2571千米。总的来说，这次因总干渠开挖引起的渠系调整幅度是大的，但是旧的渠道骨架均被保留下来，尽量利用。

灌区内，大规模地改建灌水骨干工程和对干支渠系进行初步调整，明显地出现以下几个新情况。

一是灌区西端新建一条一干渠，在东端新划进一条三湖河，即灌区由原有的十大干渠发展到十二大干渠。至此，在灌区的层面上就灌溉工程的供水和控制能力来说，它具有高度的开发性，大体上按规划要求，对水土资源的开发任务算是接近全部完成，使灌区进入一个新阶段。二是灌水的骨干工程构架，在干渠一级保留了原有十大干渠；在分干渠和支渠一级利用了旧渠系的大部分，但多有改造，并有新建。对渠系建筑物来说，所有的草闸土口全部废除，代之以400多座钢筋混凝土建筑。

现代化的农田水利建筑，黄河流域最大的农业灌区，从此走上健康发展的轨道。

加快建设乌梁素海补水通道

乌梁素海是黄河流域最大的淡水湖，20世纪90年代起，由于自然补水量不断减少，乌梁素海自净功能弱化，加之上游排放生活污水等原因，湖区面积减少，生态功能退化，水体富营养化严重，生物多样性逐渐减少。

2018年3月全国“两会”后，至2018年7月12日，水利部黄河水利委员会与内蒙古自治区人民政府联合印发《乌梁素海综合治理和2018年应急生态补水联合行动方案》，启动对乌梁素海实施应急生态补水。

修建生态补水通道，是乌梁素海综合治理极其重要的措施之一。该项目的实施，能充分发挥河套灌区及乌梁素海防凌分洪功能，有效改善乌梁素海水质，改善乌梁素海生态环境，是促进当地经济社会可持续发展的重要措施。巴彦淖尔市委、市政府及原内蒙古河套灌区管理总局对此高度重视，提前制定了乌梁素海生态补水工作方案，从2018年春天开始全面启动建设乌梁素海北侧生态补水通道、总干渠三闸补水通道、生态补水通道清淤等重点工程。

截至2018年5月，由市水利设计院承担的乌梁素海增容及湖区水道疏浚工程和乌梁素海生态补水通道工程，已完成可研阶段设计，并上报有关主管部门进行审查。

乌梁素海增容及湖区水道疏浚工程的主要任务是配合利用世界银行贷款已实施的网格水道工程及正在实施的乌梁素海航运建设工程，有效改善乌梁素海的水循环条件，减少死水或滞水区，改善整个湖区的水流条件和湖水富营养化状态，提高湖区芦苇产量并抑制芦苇继续蔓延，减缓沼泽化进程，促进湖泊向良性发展。根据湖区芦苇现状并考虑今后乌梁素海湿地面积扩大等因素，布置4条主输水道。4条主输水道全长98.058千米，87条支输水道总长127.993千米。乌梁素海增容范围包括：西侧军分区农场片增容面积1.95万亩，北侧小海子增容面积8.2万亩，湖区增容总面积10.15万亩，增加蓄水量0.67亿立方米；新建海堤，位于西侧军分区农场片外堤线，长度5.77千米，工程总投资4.01亿元。

针对河套灌区现有渠系分凌运用中存在的问题，建设乌梁素海生态补水通道，以缓解黄河凌汛期的防洪压力，减轻冰凌洪水灾害，缩短原补水渠线路，减少水量流程损失和凌汛水对现有灌排水利工程的损毁破坏，避免在灌溉期与河套灌区的农业灌溉在水量和时间上的冲突。通过乌梁素海生态补水通道，将凌汛水滞蓄在乌梁素海，起到净化水质、改善乌梁素海生态环境、改善输出于黄河水质的作用。乌梁素海生态补水通道工程建设任务是对总干渠三闸泄水渠、新建补水通道采用模袋混凝土防渗衬砌，长度为9.05千米。新建补水通道上的各类建筑物11座，扩建总干渠三闸泄水渠挡黄闸，维修改造通济干渠与义和干渠上的部分建筑物，对部分补水通道进行渠堤加高培厚、生物护堤治理和堤顶铺沙，同时配套建设管理房2座及占地补偿等，工程总投资1.5亿元。

截至2019年9月，乌梁素海流域生态补水通道工程项目安排落实如下。

乌梁素海生态治理总干渠补水通道工程

该工程批复投资 6255 万元，分别采用应急、设计施工总承包和县（区）水利局实施改造 2 座泵站的方式组织实施。应急和总承包工程批复投资 5390 万元，均由新禹公司负责施作。其中应急工程（补水通道进水闸、通道、两座公路桥、汇入口）和总承包项目（总干渠补水通道）的主体工程全部完成。应急工程中退水渠截渗沟格宾石笼已砌筑完成 450 方；总承包项目尾留堤顶铺沙和生物护堤；堤顶铺沙计划总干渠三闸除险加固（另一个项目，利用现堤顶作为施工道路）完成后施作，生物护堤计划秋季种植。以上两项完成投资约 5062 万元。2 座泵站改造项目由县（区）水利局组织实施，已全部完工，完成投资约 865 万元。以上完成投资总计 5927 万元。

义和烂大渠生态补水通道整治及建筑物配套工程和入海处新建扬水泵站工程

该项工程批复总投资 7955 万元，采用设计施工总承包方式组织实施，分为烂大渠补水通道和新建扬水泵站两个标段。

烂大渠补水通道批复投资 5043 万元。由河源公司负责施作。烂大渠补水通道主体基本完成，泵房机电设备安装中；渠顶铺沙计划等下游泵站施作完成再进行施作。完成投资约 4300 万元。新建扬水泵站工程批复投资 2912 万元。完成土方开挖 14000 方，土方回填完成 5000 方，10 千伏专用电源线路审核完成，临时道路完成 4.5 千米，围堰填筑完成 900 方，降水井完成 420 米，轻型井点两套，沙砾石垫层完成 280 方，沙砾石回填完成 500 方，钢筋制安完成 250 吨，混凝土浇筑 2400 方，设备埋件 0.1 吨，自来水工程完成 2.2 千米，临时房屋建筑基本完成，完成投资约 880 万元。

河套灌区现运行的凌汛分洪补水通道进行除险加固工程

该工程批复投资1198万元，由济禹公司中标施作。完成情况：总干渠整治全部完成；总排干沟清淤1.6千米全部完成；挡水闸7座，完成5座，其他2座正在施工；丰济卵石护底共计3970米，行水前完成1500米；现进入停水期，正在施作。共完成投资845万元，完成投资比例71%。

北海区输水通道整治及配套建筑物工程

该工程批复投资1323万元，由济禹公司中标施作。机械正在调入现场施作海堤工程，环评手续不完备，无法施工；闸坝饮水工程完成9千米管道；进水闸开始施工，已完成拉电、拆除工程。

内蒙古新禹水利水电公司凭借雄厚的综合实力，承揽了黄河水厂水源地农田排水改线及乌梁素海治理生态补水工程项目，并于2018年10月23日正式进场开工。经过严冬两个多月的艰苦奋战，补水通道进水闸于2019年1月25日具备了行水条件，2019年2月21日上午8时正式启动进行引水，开始从总干渠三闸引黄河凌汛水向乌梁素海生态补水1.61亿立方米。

乌梁素海生态修复补水通道建设工程建成后，将形成“黄河引水—故道输水—乌梁素海调蓄—退入黄河”的良性水体循环系统，构建成河湖互济的水网，可为乌梁素海长效稳定地提供生态补水，加快湖区内循环，有效改善湖区水质，提高乌梁素海补水效率和生态效益。同时，利用黄河故道实施生态补水，还可有效巩固乌兰布和沙漠生态治理成效，强化河套平原生态功能，不但对于乌梁素海流域意义重大，更对我国北疆地区乃至整个黄河流域生态保护和高质量发展具有积极的示范和推动作用。

2023年3月2日0时，按照黄委会防御局调令，启用河套灌区和乌梁素海、乌兰布和应急分洪区进行应急分凌。三盛公黄河水利枢纽总干渠提闸放水，河套灌区为黄河分凌减灾及乌梁素海生态补水工作全面启动。本次凌汛期间，计划引黄分凌引水3.8亿立方米，生态补水1.9亿立方米，其中向乌梁素海生态补水1.6亿立方米，向其他湖海湿地生态补水0.3亿立方米。

按照市委、市政府要求，为保障应急分凌及乌梁素海补水工作安全运行，内蒙古河套灌区水利发展中心，对分凌补水工作组织领导、汛情传递、安全巡察、应急抢险等都进行了提前部署，明确细化责任，确保应急分凌和乌梁素海生态补水工作有序推进。

一是加强组织领导。内蒙古河套灌区水利发展中心高度重视引黄分凌及乌梁素海生态补水工作，成立了以中心主要领导任组长、副组长，相关处室、各分中心负责人为成员的工作领导小组，为河套灌区引黄分凌及生态补水工作提供强有力的组织保障。

二是优化工作方案。在黄河分凌前印发《内蒙古河套灌区水利发展中心防凌防汛安全度汛预案》《内蒙古河套灌区水利发展中心应急管理（安全生

产）工作方案》和《内蒙古河套灌区水利发展中心关于下达2023年河套灌区引黄分凌减灾及乌梁素海生态补水调度运行方案》，确保分凌补水工作科学有序实施。

三是充分做好准备工作。2022年秋浇结束后，在封冻前安排各补水渠道尽量排空积水，减轻渠道内存冰量，为2023年黄河分凌及乌梁素海生态补水做实前期准备。春节后对承担补水渠（沟）道工程、机电设备、关键闸门、启闭机、泵站等进行检查维护，落实抢险队伍、防凌抢险物资、工机具等事项，为顺利完成分凌补水任务创造安全条件。

四是强化应急值守。河套灌区各分中心一线人员全部上岗到位，严格执行24小时水调值班和领导带班制度，落实各级渠（沟）道工程和建筑物工程检查巡堤养护人员，加强工程巡察和值守。及时传递信息，各相关单位安排专人，及时上报冰情、水情、水质等信息，为调度提供准确依据。

五是强化安全监督管理。河套灌区水利发展中心成立安全生产督查工作组，将督查工作贯穿于引黄分凌及生态补水工作的全过程，坚决保障河套灌区水利工程调度安全运行。

2023年3月4日8时，河套灌区总干渠渠首分凌流量达236立方米/秒，沈乌干渠分凌流量为23立方米/秒。灌区分凌的54座进水、节制、泄水闸门以及枢纽桥涵泵站均安排了输冰破冰机械，指挥、调度、开闸、除冰、巡堤、

灌区分凌

量水、统计报送等各类工作人员24小时值班，在分凌期间严防紧盯，科学调度，确保引水平稳，分凌顺畅，灌区安全，黄河安澜！全力以赴，顺利完成乌梁素海生态补水1.6亿立方米，助力乌梁素海生态环境修复和持续改善。近4个调度年累计向乌梁素海补水29.6亿立方米。

天蓝水清，百鸟竞舞，苇荡摇曳，扑面而来的水草气息，使人心旷神怡。湖面银光朗映，水天一色，波光浩渺，夏秋之交的乌梁素海别有一番风味。如今，这颗祖国北疆的“塞外明珠”，正在重新绽放璀璨光彩，为全国人民呈现出一幅美丽的画卷。

第四章　总排干沟和十二条排干沟

河套灌区以总排干沟为骨干的排水系统日臻完善，先后建成了河套总排干沟1条、干沟12条、分干沟64条、支沟346条、斗农毛沟约1.73万条，全长10534千米；现控制排水面积1138万亩，控制沿山山洪排水面积1.33万平方千米，成为全国控制排水面积最大的农田排水系统。

总排干沟红圪卜扬水站

源远流长总排干

总排干沟的前身是古黄河南移后的河槽——乌加河。

乌加河，系蒙古语，意为“河的一端”或“尖河”。

1957年，水利部北京勘测设计院在灌区“五七规划”中提出利用全部乌加河河道作为总排干沟，西起太阳庙海子，东至乌梁素海，并沿乌梁素海西侧南行至西山咀，过总干渠后设扬水站，由泄水渠排入黄河。

1958年，黄河水利委员会设计院对此进行了初步设计及技术设计：总排干沟西起马三圪旦，东至乌梁素海，沿乌梁素海西侧南行至西山咀，过总干渠后顺黄河防洪堤北侧排入黄河。之后，内蒙古水利设计院对改造利用乌加河的规划设计又进行了适当修改。修改方案中选定总排干沟西起袁家坑，沿乌加河东行入乌梁素海，全长201.6千米。这是排水沟道的主体部分，这段线路共利用乌加河天然河道和洼地104.2千米，新工段及裁弯取直部分为97.4千米，比原乌加河天然河道缩短了54千米。由总排干沟入乌梁素海起，经出口乌毛计排入黄河，共长50多千米。

总排干沟排水系统的骨干工程始建于1965年，西起杭锦后旗太阳庙乡张大圪旦，沿狼山山前冲积扇与黄河冲击平原的交接洼地（即乌加河古道），经过杭锦后旗、乌拉特后旗、临河区、五原县、乌拉特中旗、乌拉特前旗6个旗县区，东至乌拉特前旗新安镇树林村红圪卜扬水站，扬起输入乌梁素海，控制排水面积966.18万亩，是巴彦淖尔河套农田地面排水、灌溉退水及狼山洪水的总通道。1962年开始，逐步对总排干沟进行部分段落裁弯取直。排水进入乌梁素海，向南跨过包兰铁路，至三湖河口入黄河，全长257.283千米，控制灌区排水总面积1137.56万亩，控制山洪洪水面积1.3万平方千米。

总排干沟由主干段、乌梁素海段、出口段三部分组成。第一部分是从杭

20 世纪中叶的总排干沟

现代化总排干沟

锦后旗到乌梁素海的主干段，长约200千米。第二部分是依靠乌梁素海的天然水面，长30千米。第三部分从乌梁素海南端泄水闸开始，到三湖河口入黄河处，称为出口工程，长24千米。

总排干沟沿线有直口排沟124条，各类水工建筑物316座，直接管理排水泵站11座。其中，红圪卜扬水站最大排水能力120立方米/秒，近10年，年均排水量5.7亿立方米。

总排干沟的主要功能是排泄整个灌区的地下水、灌溉余水及山洪水，降低地下水位，排盐治碱，改良土壤，不仅是灌区农业排水、沿山山洪排水大通道，也是全市7个旗县区工业、城镇排水的重要组成部分，年排水量4～6亿立方米。从1975年打通运行40多年来，通过总排干沟累计排入乌梁素海水量230亿立方米，排盐3822万吨，通过乌梁素海出口排入黄河水量106亿立方米，排盐2698万吨。总排干沟不仅为控制灌区地下水位、调节水盐动态平衡、防治土壤盐碱化、改善土地质量发挥了至关重要的作用，也为全市农业增产、农民增收、农村稳定和河套地区的防洪排涝作出了巨大贡献。

1965年，内蒙古水利设计院提出总排干沟土方工程分近、远两期实施，近期先按小断面开挖，设计流量20立方米/秒，校核流量30立方米/秒。当年盟水利局治碱工程处组织施工，集中2万名民工，连续开挖2年，完成土方749万立方米，投资569万元，于1967年通水。至此，总排干沟初步完成，乌加河正式废除，并拆除了乌加河上的陈广汉、同义隆、六分桥、王洋河头等堵水闸坝。

在实际运行中，由于总排干沟规模太小，乌梁素海水位偏高，沟道淤积严重，水流不畅，无法适应灌区退水排出要求。1975年，内蒙古水利设计院会同巴盟水利局提出，按照原规划远期排水量进行土方扩建延伸工程设计方案，立即投入施工。扩建总排干沟工程，设计流量30立方米/秒，考虑到狼山水系泄洪，校核流量为90立方米/秒。为保证排水效果，于总排干入乌梁素海处的红圪卜修建扬水站和泄水闸两套排水设施，以适应高低水位均能排水的要求。总排干沟上延至张大圪旦，工程由总排干施工总指挥部组织施工。具体人员分工如下。

总 指 挥：李　贵　中共巴盟盟委书记

副总指挥：李玉堂　巴彦淖尔军分区司令员

　　　　　赵　清　巴彦淖尔军分区政委

　　　　　康　骏　巴盟革委会副主任

　　　　　何　耀　巴盟革委会副主任

　　　　　昝振英　巴盟革委会副主任

　　　　　常　四　巴盟革委会副主任

各旗县分别成立指挥部，由旗县委书记或革委会主任亲自挂帅，下设办事机构。各公社、大队、小队，按民兵组织形式成立营、连、排、班。以大兵团作战的形式展开总排干沟的扩建、清淤、疏通工程建设。原计划动员民工 3 万人，但1975年11月3—7日，仅4天时间，就有7万多名民工背上行李、口粮，担上箩筐上了工地，最后上到15万人，出现了一个党、政、军、民齐动员，四级书记（盟、县、公社、大队）带头干，五级干部（盟、县、公社、大队、小队）上前线，男女劳力齐参战，全民大战总排干的动人场面。在西起杭锦后旗太阳庙公社，东至乌梁素海的总排干沟工地上，从高空俯瞰，数不清的牛车、驴车、马车、汽车、拖拉机，满载着工具、粮食、物资，不分昼夜地在乡间土路上奔跑；从地面扫描，上百个公社、成千个村庄，一切一切的生活常规都被打破了，青壮年组编成团、营、连、排、班，高举红旗，扬鞭驱车，向着没有硝烟的战场奔去。

铁器闪闪发光，夜晚灯火辉煌，钢铁轰鸣，炮声隆隆，一幅壮丽的图画、一轴历史性的答卷，在两狼山下铺开画笔……

冬天来了，从乌兰布和沙漠到乌拉山脚下，从黄河之滨到阴山南麓，15万大军，汇成一股钢铁洪流，在400多千米阴暗潮湿的地沟里掀开了总排干疏浚、扩建工程的帷幕。

这是一个有违常规的冬天，15万劳动者，不再像往年“老婆娃娃热炕头，窝里‘窝冬’不劳动”，而是出征、出征，远离家门出工。

1975年冬，巴彦淖尔盟盟委第一书记李贵顶风而上，在零下20多摄氏度的严寒天气里，率领农民、工人、机关干部组成的劳动大军，战斗在总排干工地上，仅用了3个月时间，共做土方1168.16万立方米，完成650.64万个工日。国家投资460.35万元，为河套灌区排水治碱、改良土壤、发展生产打下了良好的基础。

在数九寒天中施工，住宿是很困难的，在地广人稀的总排干沟两侧容纳15万民工是一件大事，如乌拉特前旗一处工地间，只有6个村子3000多口人，而住进去的民工就达1.5万人，许多民工只得住在羊圈、凉房。

在分配给盟委办公室的工地上，不时可见李贵的身影，他挑着担子，老是责怪年轻人给上得少。他拿锹取土的那股麻利劲儿，丝毫看不出是一位60岁的老人。

挑土人——原巴彦淖尔盟盟委书记李贵

六旬老翁，披挂上阵。
西锹为矛，皮袄是盾。
发糕是主饭，糜子干饭最解馋。
水沟耍大锹，羊圈卧铺盖。
定要叫，
淤澄的排干沟畅通，
泛上来的盐碱往下沉。
实干苦干加巧干，
良田沃土产量增。

在这样艰苦的条件下，15万人经过日夜奋战，大干100天，终于完成了总排干沟全线疏通扩建任务，共计开挖土方1600多万立方米（因开挖困难，尾留土方175.1万立方米），为灌区内部排水开挖、配套打下了基础。

2012年8月28日，在巴彦淖尔市党政大楼会议中心，巴彦淖尔市委、市政府“纪念李贵同志逝世十周年暨弘扬‘总干精神’大会”召开。从此，敢想敢干、齐心真干、苦干实干、巧干会干等精神成为激励今人的精神食粮。

到1985年底，建成灌区直接汇入主干段总排干沟的排水沟117条，交叉渡槽20座，桥44座，排水扬水站15座。其中在尾部的红圪卜扬水站，为四级水工建筑物，由内蒙古水利设计院设计，内蒙古水建公司施工，1975年5月11日动工，1977年8月19日竣工投产运转，同时成立了红圪卜扬水管理站。排水站设计流量为30立方米/秒，安装40ZLB-5、JSL14-12机组10台，装机容量2100千瓦，设计净扬程2.42米。排水站南侧设有泄水闸，设计流量为60立方米/秒，在总排干沟流量超过30立方米/秒时，采取壅水运行方式，由泄水闸自流入乌梁素海。共计完成投资696.69万元，土方3.8万立方米，石方9000立方米，混凝土3097立方米。建成后，大部分水量由泄水闸自流入乌梁素海。

为充分发挥灌区排水效益，按水电部1985年3月25日（85）水电水规字第18号文件批复精神，总排干沟主干段采用低水位运行方案，对红圪卜扬水站进行扩建。新建站由内蒙古水利设计院设计，内蒙古黄河工程局施工，设计流量为100立方米/秒，装机6台，水泵为国内首次使用的2500ISKM斜式轴流泵，二级水工建筑物。工程从1986年9月开工，1991年9月28日竣工验收，投资2840万元，完成土方40万立方米，石方2000立方米，砼12000立方米，金属结构（包括起重设备制造）365吨，主副厂房建筑面积1200平方米，管理值班楼、食堂、车库、锅炉房共1069平方米。将旧站加固，作为排水备用容量，并起调节泵的作用。加固改建工程于1992年3月20日开工，1992年11月12日竣工，由内蒙古水利水电设计院设计，中国水利水电第十三工程局中标承建。投资380.45万元，完成土方8.1万立方米，石方2050立方米，混凝土2700立方米，装机1000ZLB-4轴流泵机组6台。

1990年，利用世界银行贷款及国内匹配资金对总排干沟再次进行扩建。工程由内蒙古水利水电勘测设计院设计，采用国际竞争性招标方式确定施工单位。标书由内蒙古水利水电勘测设计院、水利部华东水电设计院、澳大利亚雪山工程有限公司共同编制。招标工作于1988年8月开始，委托中国机械进出口总公司国际招标部办理有关招标事宜，并于8月15日发表《国际招标承包商资格预审邀请通告》。当时提出申请的承包商有国外1家、国内9家，经过资格预审小组评审，有9家承包商合格。1989年11月13日，自治区审查委员会正式批准招标文件。1990年2月14日，业主向9家承包商发出招标邀请，其中5家购买了招标文件。同年5月15日，在北京二里沟中机公司谈判大楼开标，经过评标，于6月13日确定中国水利水电第十三工程局、内蒙古黄河工程局联营体中标。8月27日，双方签订工程承包合同协议书。1990年9月10日，业主发布开工令，承包商于10月17日正式破土动工。工程历时4年，于1994年10月12日完工。共完成沟道土方开挖长度168.653千米，对下游四段进行了裁弯取直，新建、重建、维修各类建筑物129座，完成土方1789.05万立方米，混凝土7539.6立方米，工程投资7975.75万元。

总排干及其建筑物工程主管单位是内蒙古自治区水利厅，建设单位为内蒙古河套灌区管理总局，按国际惯例实行建设监理。河套灌区管理总局经内蒙古水利厅批准，在灌区内抽调一批技术骨干力量组成总排干工程监理处，对总排干及其建筑物工程进行施工监理。

1996年，利用世界银行贷款溢出资金和剩余物资，由巴彦淖尔盟水利勘测设计院设计，内蒙古黄河工程局施工，对总排干沟上游31.8千米段（含200米衔接段）进行疏通扩建。工程从1996年7月开工，到1997年7月竣工，完成土方169万立方米，混凝土1823.7立方米，石方9807.7立方米，建设、维修各类建筑物30座，防塌工程单侧5.412千米，工程投资2270万元。

至此，总排干沟西起杭锦后旗张大圪旦，东至乌拉特前旗红圪卜新、旧排水站引水渠交汇点处全线完成扩建。总排干沟主干段全长203.283千米，直口排沟107条，尾闸107座，渡槽22座，桥梁50座，沟道上扬水站3座，两侧排水站19座，提水站8座。

2023年6月29日，作者来到红圪卜排水站，在副站长马军引领下参观了运行中的泵站机房。在乌梁素海西北端——河套灌区水利发展中心排水分中心红圪卜扬水站，来自灌区的排水正通过6台巨大的斜式轴流排水泵，被扬入乌梁素海一侧。马军介绍了建站以来的相关情况。红圪卜排水站位于乌拉特前旗新安镇红圪卜村北，以建设前后分为一站和二站。一站始建于1974年8月，1977年8月建成投入运行。二站于2010年4月1日对排水站一站进行技术改造，总投资1897万元，于2010年9月30日投入运行。通过一站、二站的联合调控运行，经济合理地解决了千万亩河套灌区的排退水、地下阴渗水、狼山山洪的排泄任务和为乌梁素海生态补水重任。

灌区的八、九、十排干沟以及新安分干沟等5条直接排水入乌梁素海，总排干沟流经乌梁素海30千米，建有尾闸5座、排水站5座。乌梁素海面积近3万公顷，其中生产芦苇面积约1.3万公顷。为发展农业，兼顾渔苇生产，经自治区批准，控制水位为1018.5米（海拔标高）。乌梁素海平均水深1.14米，蓄水量3.3亿立方米。

出口退水是灌区向黄河排水的咽喉，由乌梁素海南端乌毛计开始，穿过包银公路和包兰铁路，于三湖河口自流入黄河，全长24.1千米，控制排水面积1137.56万亩，灌区十排干沟和2条支斗沟向湖里排水。近期设计流量为40立方米/秒，远景规划流量为100立方米/秒，全年畅排入黄河保证率75%。渠道上建筑物工程10座，均按远景规划设计，其中水闸1座，交叉渡槽3座，交叉倒虹吸管1座，拱桥4座，山洪防护工程1座。

出口退水渠，于1970年在乌梁素海原天然退水沟道（即大退水）的基础上，按设计流量25立方米/秒的规模扩建，于总排干出口至刘朱拐处泄入黄河，全长18.8千米，并在穿越黄河防洪堤处修建了乌拉壕扬水站和自流闸，当黄河水位低时，自流泄入黄河，高水位顶托时，扬水排入黄河。扬水站安装20ZLB-70水泵机组20台，总排水量为14立方米/秒，自流闸设计流量为23立方米/秒。

然而，由于总排干沟主干段入乌梁素海水量逐年增大，黄河水位顶托，乌拉壕扬水站装机太小，扬水入黄河水量有限，不能及时排出入乌梁素海水量，致使乌梁素海水位上涨，有时会造成堤岸漫溢决口，冲毁农田，水灌乌拉壕扬水站机房，甚至发生黄河水倒灌，与总排干主干段来水很不适应，影响灌区治碱和山洪宣泄。1978年4月，水利部和农林部专家组曾明确指出，“排水出路必须打通”，必须“打开西山咀，排出河套水”。

1978年，该工程由巴盟水利勘测设计队进行设计，1979年开始疏通扩建，1983年8月基本完工，并初步验收投入运行。1984年，将废弃的乌拉壕扬水站和自流闸拆除。出口退水渠分两段进行施工，上段由内蒙古黄河工程局采用联合机械施工，全部工程于1985年8月3日竣工验收交付使用；下段由巴盟政府组织人工开挖，共计完成土方378.1万立方米，混凝土和钢筋混凝土7182立方米，砌石7886立方米，沙砾石垫层3520立方米，投资1323万元。

建在出口退水渠首的乌毛计泄水闸，为三级水工建筑物，是调节乌梁素海水位的工程（钢筋混凝土涵闸），设计流量为100立方米/秒。1983年8月开工，1983年11月竣工，由内蒙古水利设计院设计，内蒙古黄河工程局施工。

总排干沟出口排水工程还有一个很重要的作用，就是通过生态补水置换乌梁素海的水体。巴彦淖尔市明确了乌梁素海生态修复和保护的总体目标，确立了“生态补水、控源减污、修复治理、资源利用、持续发展”的综合治理思路。从2003年开始，统筹利用黄河凌汛水、灌溉间隙水，对乌梁素海实施了连续性的生态补水。

2012年以来，为了进一步提升乌梁素海生态补水能力，巴彦淖尔市提出“补得进、蓄得住、排得出”的要求，其中这个“排得出”就是靠总排干出口排水工程来完成。为了保证“排得出”，河套灌区管理总局投资改造了乌毛计闸和挡黄闸，彻底清淤了24千米的出口排水沟道，兴建了出口一、二号泵站，将排水能力由过去的不足30立方米/秒，提高到现在的60立方米/秒左右，为乌梁素海水体置换奠定了坚实的工程基础。

2014年之后，总排干沟开始承担为乌梁素海实施生态补水、改善水生态环境的重要职能，至2020年，生态补水约28亿立方米，其中，2019年生态补水6.15亿立方米，为历史上排水最大的年份，为保障全市工业城镇排水安全和乌梁素海及灌区水生态环境改善发挥着不可替代的重要作用。

到2020年5月，总排干沟出口排水工程情况：河套地区排水的总出口，排水沟道全长24千米，上游与乌梁素海连接，下游与黄河相通。该排水工程上有4座主要水工建筑物，分别是在乌梁素海出口处（0+500千米）有设计流量为100立方米/秒的乌毛计闸，在13+500千米处有设计流量为100立方米/秒的挡黄闸、设计流量为40立方米/秒的出口一号泵站和设计流量为21立方米/秒的出口二号泵站。这4座水工建筑物与24千米的排水沟道形成了一个较为完整的排水工程系统，对于整个河套地区的排水、生态补水置换乌梁素海水体以及乌梁素海的综合治理起着十分重要的作用。

河套地区的山洪水和通过处理后的工农业生产废水、居民生活废水，均由各级沟道汇入总排干沟，后经红圪卜排水站排入乌梁素海，根据乌梁素海的水位变化情况，适时启闭乌毛计闸，调节乌梁素海水位，在黄河枯水季节，开启挡黄闸，自流汇入黄河；在黄河丰水季节，因黄河水位高，在自流不能保证的情况下，关闭挡黄闸（阻挡黄河水倒灌），启用出口一、二号泵站，进行强排。

总排干出口排水工程过去平均年排水量3亿立方米左右，近几年灌区通过工程措施（在上游丰济、义和、沙河、永济正稍、长济、塔布等6条农业灌溉干渠与总排干交叉口施作了泄水闸，泄水能力达到110立方米/秒，通过总排干沟向乌梁素海进行补水），加大了分凌补水和乌梁素海水体置换的速度。2017年排入黄河水量近5.3亿立方米，2018年排入黄河水量近8.1亿立方米，2019年排入黄河水量近7.6亿立方米，真正发挥了总排干沟出口段的工

乌毛计泄水闸

程效益。

近年来，在大力发展出口段水利工程的同时，巴彦淖尔市也加大了配套设施的兴建。总排干出口段从乌拉特前旗城区穿过，多年前，这里被当地居民称为“臭水渠”，邻近居民夏天都不敢开窗户，因为风向不对就会满屋臭味。近几年，市政府和水利部门高度重视，采取一系列有效措施进行综合治理，加大水污染防治力度和水质监控力度，严格控制排污水源水质，同时进行沟道清淤，实施生态补水等。从2012年开始，又修建了出口段景观河，包括沟底衬砌、岸边混凝土挡水墙及防护栏的设置、左右两岸堤顶及旱台的绿化、美化、硬化、亮化，使总排干出口段有了翻天覆地的新变化。如今，出口段24千米长的沟道两侧堤顶90%已经铺设为柏油路或混凝土路，堤顶两侧和旱台绿化长度也达到70%左右。这条沟道整洁，水流清澈，道路畅通，两岸绿树成荫、花草争奇斗艳的景观河，不仅是前旗居民休闲娱乐的好去处，也成为一道亮丽的水利风景线。

2023年6月29日，作者来到乌毛计泄水闸，驱车24千米来到黄河左岸，但见，清澈的湖水在宽绰的退水渠中静静地流淌，西岸树荫下，有人在优哉游哉地钓鱼。

简述十二条排干沟

1958年，根据北京设计院、黄委会设计院的《关于河套灌区规划报告》，其中第一条是，先开挖七排干沟。当时利用洼地、天生壕，挖通了小断面排水，因受乌加河水位顶托，沟内壅水，沟外阴渗，工程即停。1963年，重新上马开挖明沟排水，至1979年，灌区先后开挖了七排干、六排干、十排干、皂沙排干、五排干、四排干、三排干、九排干、八排干、二排干、义通排干和一排干沟。各干沟建有分干沟，排水骨架工程初具规模。

一排干沟位于乌拉河干渠以西，起于磴口县原四坝公社，经由杭锦后旗原召庙公社，于杭锦后旗太阳庙公社泄入总排干沟0+000千米处，全长35.90千米，毛排土地面积37.45万亩，现排18.01万亩。一排干沟于1976年开挖，上段16.6千米由磴口县开挖，下段由杭锦后旗开挖。1978年完成，开挖土方210.99万立方米，投资157.21万元（其中国家投资153.21万元）。1997—1998年，利用世界银行贷款溢出资金66.9万元和地方政府筹资139.11万元进行扩建，完成土方80.5万立方米。现沟道上有22条直口排水沟泄入一排干沟内，建有各类建筑物43座。

二排干沟位于杨家河干渠以西，杭锦后旗段在乌拉河干渠和杨家河干渠之间。起于磴口县原坝楞公社，经补隆淖、协成、查干、二道桥、召庙公社，止于杭锦后旗大树湾公社，汇入总排干沟7+400千米处。全长64.6千米，毛排土地面积46.15万亩，现排27.05万亩。二排干沟初挖于1968年，1971年挖通，其中上段29千米由磴口县开挖，下段由杭锦后旗开挖，开挖土方242.42万立方米，投资186.52万元。1997—1998年利用世界银行贷款溢出资金63万元和地方政府筹资305.34万元进行清淤、扩建，开挖土方140万立方米。二排干沟上共有45条直口排水沟汇入，建有各类建筑物73座。尾部建有简易排水站，在沟水位低于总排干沟水位时，扬排沟道水量。

三排干沟位于杨家河干渠和黄济干渠之间，起于临河原黄羊公社，经八岱、乌兰公社、杭锦后旗五星、南渠公社，止于杭锦后旗四支公社，汇入总排干沟31.835千米处。原规划长度51.80千米，后将上游临河段改建为乌兰分干沟后，三排干沟全长30.03千米，毛排土地面积101.5万亩。三排干沟于1967年挖成，但沟线弯曲，边坡坍塌严重。三排干沟排域配套工程是世界银行贷款河套灌区配套工程之一。工程由陕西省水利电力土木建筑工程设计院承担初步设计，内蒙古水利勘测设计院完成技施设计，经国内竞争招标，由宁夏水利工程处施工。工程于1989年5月开工，至1992年11月完工，完成干沟改、扩建1条，利用旧三排干沟扩建21.28千米，新开挖8.75千米，其中干沟防塌7.24千米。完成3条分干沟、27条支沟、3个滞蓄区、7条支渠的土方开挖工程，完成分干沟防塌工程5千米，完成各类建筑物696座。共计完成土方766.18万立方米，浆砌石16357立方米，干砌石7090立方米，混凝土和钢筋混凝土量14872立方米，沙石料45059立方米，投资3637.41万元。

三排干沟全长54千米，控制土地面积108.59万亩，现排69.16万亩，最大排水流量为6.5立方米/秒，沟上有8条直口排水沟汇入，沟道上建有各类建筑物76座。

四排干沟位于黄济干渠和永济干渠之间，沟道起于临河原八岱公社，经由城关、丹达、白脑包、狼山公社，止于五星公社，汇入总排干沟65.207千米处。全长54.5千米，毛排面积98.38万亩，最大流量为6.16立方米/秒。

四排干沟初挖于1966年，1977年扩建，完成国家投资214.17万元，工日98.95万个，土方374.5万立方米，石方0.46万立方米，混凝土及钢筋混凝土0.25万立方米，后运行渠道淤积严重。在世界银行贷款河套灌区配套工程中，进行了四排干沟排域配套。该工程由河南水利勘测设计院完成初步设计，内蒙古水利勘测设计院完成技施设计，通过国内竞争性招标选定黑龙江省农场总局水利工程局施工。河套灌区管理总局派出四排干沟排域配套工程领导小组进行工程施工监理。工程于1991年6月1日正式开工，至1994年5月31日完工。完成黄济干渠整治11千米，新开永丰、永兰边、合济梢3条支渠，开挖退水渠13条、滞蓄区2处、泄水渠2条，建永济干渠治沙试验面积1.2平方千米；新挖临杭、建国、迎胜3条支沟，挖深干沟1条、分干沟4条、支沟20条。干沟防塌工程3.05千米，分干沟防塌工程1.15千米。新建、重建各类建筑物625座。完成土方572.97万立方米，混凝土及钢筋混凝土12152.3立方米，浆砌石17537.88立方米，干砌石5467.5立方米，沙砾垫层26310.8立方米，完成投资3299.08万元。四排干沟上有59条直口排水沟汇入，沟道建有各类建筑物105座。

五排干沟位于永济干渠和丰济干渠之间，起于临河原八一公社，经乌兰图克、新华公社、五原县民族、丰裕公社，止于五原县银定图公社，汇入总排干沟94.94千米处。五排干沟全长35.50千米，毛排面积73.62万亩。义长灌域管理局管理下游10千米，以上段落由永济灌域管理局管理。工程于1976年挖通，其中下游10千米由五原县开挖，完成土方55.7万立方米，浆砌石556立方米，混凝土449立方米，投资134万元。上段由临河县开挖，开挖长度25.5千米，完成土方276.71万立方米，国家投资95.57万元，工日7.9万个，石方0.107万立方米，砼及钢筋砼0.08万立方米。1979年完成。

1996年利用世界银行溢出资金和剩余物资，进行五排干沟扩建清淤，完成土方38.08万立方米，投资118.43万元。五排干沟上有直口排水沟20条，建有各类建筑物40座。

六排干沟位于五原县西部丰济渠与皂火渠之间，口部由原民族乡新丰大队，越五原—陕坝公路，穿旧皂火渠，终点到美林乡东沙窝入总排干沟130+391千米处，沿途经原民族乡、丰裕乡、塔尔湖镇、乃日乡、什巴乡、美林乡。全长46.8千米，毛排面积77.0万亩。六排干沟于1964年兴建，浅沟设计流量2.38立方米/秒，至1965年竣工，完成土方50.37万立方米，投资12.79万元。1966年、1967年、1975年清淤3次，完成土方49.67万立方米，投资8.14万元。1977年按3.77立方米/秒设计流量进行扩建，完成土方184.903万立方米，投资79.87万元。1971年在尾部修建永久性扬水站。1996年7月，五原县水利局用机械清淤土方62.7万立方米，投资156.7万元。

六排干沟全长46.8千米，毛排面积77万亩，现排面积50.67万亩，发展净排面积58.78万亩，有18条直口排水沟向沟道排水，沟道上各类建筑物65座。其中六排干沟扬水站位于五原县美林乡新永大队境内，由主体工程、节制闸、转水闸和尾闸组成。工程由义长管理局设计施工，1971年4月开工，7月竣工，投资16.1万元。六排干扬水站装机6台330千瓦。年排水180～200天，年均排水量1500万立方米，年排盐量1.8万～2.0万吨，总排干沟扩建后，以自流排水为主。

七排干沟位于五原县境内偏东部，紧贴义和渠从原化肥厂和五原县城穿过。口部在皂火渠、沙河渠之间，全线经套海镇、向阳乡、沙河乡、隆兴昌镇、美林乡，在总排干沟142+972千米桩处入口。七排干沟1958年开始兴建，挖土方32万立方米，投资3.5万元。1963年重建，当年竣工，开挖土方38万立方米，用工日12.3万个，投资16.35万元，施工中因地下水影响，沟底抬高0.5米。1965年尾部建永久性电力扬水站。1967—1976年清淤4次，土方65.08万立方米，用工日20.5万个，投资39.16万元。1977年扩建，按地下水临界深度1.5米要求设计，因流沙塌方施工困难，挖深仍未达深沟标准，完成土方155.56万立方米，用工日67.5万个，投资108.46万元。

七排干沟排域是内蒙古河套灌区配套工程项目之一，1992年7月通过国内竞争招标，确定中国水利水电第十三工程局为工程施工单位，工程实行施工监理制度。同年10月，水利水电第十三工程局与河套灌区管理总局签订承包施工合同，10月20日正式开工，1994年10月20日完成。完成干、分干、支沟109.22千米，其中新开挖15.664千米，原有沟道拓宽挖深93.556千米（干沟14.93千米利用旧沟扩建）。完成支渠90.36千米，新建、扩建建筑物339座。开挖土方358.2万立方米，砌石10287立方米，混凝土9202立方米，金属结构安装297吨，机电设备安装15台套，投资2105.38万元。1996年5—9月，五原县水利局对七排干沟原上游段机械清淤土方32.3万立方米，投资80.6万元。

七排干沟全长49.1千米，毛排面积76.6万亩，发展净排60.2万亩，现排面积58.8万亩。有34条直口排水沟道向七排干沟排水，各类建筑物104座。其中七排干沟扬水站位于五原县美林乡同联六队，由内蒙古水利设计院设计，巴盟水利工程队施工，1965年3月开工，当年8月竣工，投资25万元。1971年续建节制闸和转水闸，1982年重建节制闸和转水闸。扬水站每年运行180～200天，年均排水量1600万立方米，年排盐量2.4万吨。安装机泵5台，装机275千瓦。总排干沟扩建后，七排干沟自流排水量大于扬排水量。

皂沙排干沟，位于五原县中部，皂火渠与沙河渠之间。根据灌区“六四”修正规划，皂沙排干沟全长38.4千米。1965年，七排干扬水站设计工程规模时，将皂沙干沟上段20.2千米接入七排干沟，因此，1966年皂沙排干开挖时，设计即由桩号20+200千米—38+400千米，长度为18.2千米，称下段。皂沙排干起于五原县沙河公社，穿五原—陕坝公路，于美林公社总排干沟桩号137+150千米处泄入总排干沟。1966年开挖土方38.4万立方米，投资9.85万元。分别于1970年、1973年、1976年清淤土方9.0万立方米，投资64.2万元。1996年8月，五原县水利局用机械清淤土方22.1万立方米，投资55.26万元。

皂沙排干沟毛排面积22.78万亩，现排面积18.08万亩，有20条排水沟直接泄入干沟内。干沟上建有各类建筑物54座，其中尾部扬水站建于1967年，安装20英寸立式半调节轴流泵机组3台，设计流量2.1立方米/秒，由原巴彦淖尔盟水利工程队施工，工程投资5.3万元。皂沙扬水站每年抽水180～200天，平均年排水量310万立方米，排盐量0.42万吨，以扬排为主。1993年总排干沟扩建后，自流排水量大于扬排水量。1996年，五原县水利局在皂沙扬水站建转水节制闸1座、转水生产桥1座，投资12.07万元。

义通排干沟在义和渠与通济渠之间，起于五原县原城南公社，止于五原县原和胜公社，在总排干沟桩号160+882千米处汇入。义通排干沟于1970年开挖，1971年完工，开挖时设计流量2.67立方米/秒，完成土方72.3万立方米，用工日21万个，投资7.2万元。1979年按尾部流量3.12立方米/秒进行扩建，开挖土方50万立方米，用工27.4万个，投资56万元。

义通排干沟排域配套工程是世界银行贷款内蒙古河套灌区配套工程项目之一。工程由内蒙古水利勘测设计院设计，采用国内竞争性公开招标方式，由内蒙古黄河工程局中标，施工实行项目监理。工程于1992年4月开工，至1994年6月完成投入运行，共计完成渠（沟）53条，其中有土方工程的渠（沟）37条，施工总长度249.17千米；完成各类建筑物327座。完成主要工程量：土方391.28万立方米，浆砌石7436立方米，干砌石1054立方米，混凝土及钢筋混凝土9003立方米，金属结构安装120吨，铸铁闸门及启闭机299

台（套），设备安装24台（套），总装机容量356千瓦。完成投资2123.53万元，其中干沟工程按3.75立方米/秒设计，28+600千米以上段由义长局机械化施工队施作，1994年5月5日至6月10日，开挖土方7.6536万立方米；桩号28+600千米—37+539千米段由内蒙古黄河工程局施作，1993年5月至1994年5月，共挖土方33.15万立方米。

义通排干沟全长37.539千米，毛排面积72.92万亩，现排面积36.19万亩，有15条排水沟直接向干沟内排水，沟道上建有各类建筑物54座。其中尾部扬水站建于1972年，装机5台275千瓦，每年运行180～200天，平均年排水量1100万立方米。

八排干沟，又称通长排干沟，位于五原县东部与乌拉特前旗交界处，承担五原县、乌拉特前旗境内部分区域排水任务。八排干沟起于乌拉特前旗原西小召公社，经由北圪堵公社，止于树林子公社，全长43.41千米，毛排面积69.12万亩，现排面积55.3万亩。八排干沟前旗段于1968年冬至1972年夏季开挖，五原段于1972年至1976年开挖，开挖土方249万立方米，投资132.1万元。1984年5月至1986年11月进行扩建，由内蒙古黄河工程局施作，巴盟水利勘测设计队设计，开挖土方238.84万立方米，投资505万元。

八排干沟排域配套工程是利用原有干沟沟道进行配套建设的。工程于1989年4月20日动工修建，至1992年12月10日基本完成。工程由内蒙古水利勘测设计院设计，1988年通过国内竞争性招标，确定由内蒙古黄河工程局与巴盟水利工程公司联营体为施工单位。整个工程，分干、支沟新开挖78.44千米，利用原有沟道拓宽挖深56.93千米，新开渠道14.05千米，利用整修渠道133.79千米，配套建筑物566座，八排干沟防塌工程13.54千米。完成土方开挖430.75万立方米，砌石15597立方米，混凝土及钢筋混凝土10562立方米，金属结构安装94.3吨，投资2655.13万元。

八排干沟上有32条直口排水沟汇入，建有各类建筑物20座。其中尾部原扬水站于1971年建成，投资24万元，装机8台440千瓦，设计流量5.6立方米/

秒。配套工程建设中，增建新站1座，装机5台450千瓦。八排干沟无自流条件，因此沟道水量全部经过扬水站直接排入乌梁素海，平均年排水量4629万立方米，排盐量13.6万吨。

九排干沟，又称长塔排干沟，位于长济干渠、塔布干渠之间，起于乌拉特前旗西小召公社，经由北圪堵公社，止于树林子公社，全长46.89千米，毛排面积46.49万亩，现排面积37.20万亩。九排干沟于1975年11月开挖，到1978年秋全线疏通，开挖土方112.59万立方米，投资152.1万元。

九排干沟是世界银行贷款河套灌区配套工程中“八个排域配套工程”之一。工程由内蒙古水利勘测设计院完成初步设计和技施设计，通过国内竞争性招标，确定由中国水电部第十三工程局施工，由九排干沟排域配套工程领导小组负责工程监理。工程于1993年4月1日开工，至1995年4月30日竣工，1996年4月通过竣工验收。完成排水干沟1条，灌排水支渠沟35条，各类建筑物368座。干沟在原状基础上全线扩建，并进行防塌7千米。完成土方384.8万立方米，钢筋混凝土及混凝土量6834立方米，浆砌石7938立方米，干砌石1942立方米，沙石垫层3535立方米，投资2211万元。

九排干沟上有46条直口排水沟汇入，建有各类建筑物26座。其中尾部扬水站于1976—1977年建成，装机8台440千瓦，装机流量为5.6立方米/秒。九排干沟水量全部经由扬水站排入乌梁素海，平均年排水量为2332万立方米，排盐量为11.77万吨。

十排干沟，又称塔南排干沟，位于塔南干渠和总干渠之间，起于原乌拉特前旗西小召公社，经北圪堵公社，止于西山咀农场，全长31.44千米，毛排面积29.22万亩，现排面积23.38万亩。十排干沟初挖于1965年秋季，1966年11月全线疏通，开挖土方120万立方米，投资31.6万元。1997年7—11月，乌拉特前旗对26.047千米进行清淤扩建，开挖土方14.06万立方米，投资46.53万元。十排干沟上有11条直口排水沟汇入，沟道上有各类建筑物14座。其中尾部扬水站建于1966—1967年，装机4台220千瓦，装机流量为2.8立方米/秒。

十排干沟水经扬水站扬入总排干出口渠内，平均年排水量1321万立方米，年排盐量20.47万吨。

内蒙古河套灌区水利发展中心排水分中心主任孟育川对于作者的采访表示出极大的兴趣。他简明扼要地回顾了近50年来排水事业的沧桑历史——

1975年冬天，李贵同志带领全盟15万名干部群众战天斗地、艰苦创业，开挖、劈宽、疏通总排干，距今已近50年了。经过全市上下半个世纪的艰辛努力，河套灌区已经形成完整的灌排配套骨干工程体系，成为全国三个特大型灌区之一。其中，以总排干沟为骨干的排水系统日臻完善，建成总排干沟1条，干沟12条，分干沟64条，支沟346条，斗农毛沟约1.73万条，全长10534千米，现控制排水面积1138万亩，控制沿山山洪排水面积1.33万平方千米，成为全国控制排水面积最大的农田排水系统。

灌区排水系统运行近50年来，通过总排干沟累计排入乌梁素海水量245亿立方米，排盐量4063万吨，通过乌梁素海出口排入黄河水量119亿立方米，排盐量3014万吨，不仅为控制灌区地下水位、调节水盐动态平衡、防治土壤盐碱化、改善土地质量发挥了至关重要的作用，也为全市农业增产、农民增收、农村稳定和河套地区的防洪排涝作出了巨大贡献。1975年至今，河套灌区可耕地面积由当时的650万亩增加到近年的1000多万亩，灌区粮食产量由不足10亿斤增加到60多亿斤，全市农村牧区居民人均可支配收入由116元增加到24403元。

孟主任说，从20世纪八九十年代开始，随着巴彦淖尔经济社会的快速发展，以总排干为核心的灌区排水系统，又逐渐承担起工业、城镇排水和生态补水等重要职能。近年来每年为工业和城镇排水约4000万立方米，每年为乌梁素海实施生态补水约6亿立方米，为保障全地区工业城镇排水安全和乌梁素海及灌区水生态环境改善发挥着不可替代的重要作用。

我们重温全民大挖总排干那段激情燃烧的难忘岁月，回顾河套灌区排水系统的发展历程，总结河套排水对于地区经济社会发展的突出贡献，展望水利事业发展的美好未来，对于深入挖掘和大力弘扬实干向上、拼搏创新的优秀精神品质，加快推动水利事业实现更好更快发展具有十分重大的现实意义和深远的历史意义。

从20世纪五六十年代开始，灌区的排水系统建设大致经历了有灌无排（1975年前）、有灌有排（1976—1985年）、灌排配套（1986—1998年）和排水改造（2010年之后）四个阶段。

其一，有灌无排阶段（1975年前）。早在1957年，水利部即对河套灌区灌排系统做了长远的“五七规划”，提出利用河黄河故道——乌加河作为总排干沟，之后河套排水工程的建设都是在此规划的基础上调整完善的。1958年，将总排干线路布设在西起杭锦后旗袁家坑、东至乌拉特前旗红圪卜村，进入乌梁素海。1962年，丰济渠过乌北工程开始整治乌加河，开挖了一段总排干沟，并进行了部分段落的裁弯，形成总排干沟的雏形。1963年，工程技术人员徒步进行了施工定线测量；1964年开挖了同义隆以下一段并通水。1965年，全盟集中2万名民工，第一次浅挖了总排干，并陆续在总排干沟沿线及入乌梁素海处兴建了25座强制机排泵站，后来开挖了六、七排干沟及部分分干沟，至1967年总排干沟初步通水，乌加河正式废除，同时专门成立了总排干管理局。但是，由于当时条件的限制，投入不足，人工开挖标准低，排水出路没有被完全打通，排水体系没有真正形成，灌区地下水位仍在升高，土壤次生盐碱化日趋加重。

其二，有灌有排阶段（1976—1985年）。按照“七四”规划，原巴彦淖尔盟盟委作出《关于疏通总排干和十大排干的决定》。从1975年冬至1976年，疏通总排干和各大干沟工程，在西起杭锦后旗太阳庙公社、东至乌拉特前旗乌梁素海全长200多千米的总排干上全线开工。在极其艰苦恶劣的条件下大干100天，开挖疏通了200多千米长的总排干沟。在河套大地上展现了“党政军民齐动员，四级书记带头干，五级干部上前线，男女劳力齐参战，全民大战总排干”的震撼场景。河套人民谱写了一曲战天斗地、气壮山河的壮丽诗篇。

1977年8月，总排干沟水进入乌梁素海的关键性工程——红圪卜扬水站一站，历时两年建成运行。1981年，灌区又打通了乌梁素海至黄河的出口段，使乌梁素海乃至整个灌区的排水有了通向黄河的出路。之后，灌区又陆续开挖疏通了总排干沟以下排水工程。至1982年，干沟、分干沟工程均已大部完成，但是支沟一级完成较少，不到50%。灌区基本实现了有灌有排，但局限于当时的历史条件，仍未从根本上解决土地盐碱化问题。

其三，灌排配套阶段（1986—1998年）。1983年，全国政协副主席、时任国家水利部部长钱正英同志率专家组视察河套，指出“合理灌溉、保证排水”是解决河套地区土壤盐碱化的根本措施，并力促河套灌区引进世界银行贷款，开展以排水工程建设为主的灌排配套工程建设。当年，由内蒙古水利勘测设计院完成的《黄河内蒙古河套灌区水利规划》（简称“八三规划”），1985年获水利部批准，从此加快了河套灌区排水和配套工程的建设进度，排水工程建设也迎来了中华人民共和国成立之后投资最大、发展最快的阶段。

在自治区党委、政府和水利部等中央有关部委的直接关怀下，1986年引进世界银行贷款6600万美元，加上地方政府配套和农民自筹，共投资8.25亿元。项目从1989年开工建设到1997年结束，完成了总排干沟扩建、总干渠整治“两条线”及东西“两大片”8个排域315万亩的农田配套工程，涉及原巴彦淖尔盟的临河市以及杭锦后旗、五原县、乌拉特前旗、乌拉特中旗的44个乡镇苏木。其中排水工程主要完成总排干沟169千米挖深、扩宽；新建了亚洲最大的斜式轴流泵站——红圪卜二站，同时改造了一站，使红圪卜扬水站排水能力由30立方米/秒提高到120立方米/秒，与黄河三盛公水利枢纽共同构成灌排配套的关键性工程。扩建了总长度达到1416千米的6条干沟、20条分干沟、140条支沟和大量的斗农毛沟，完成了46处小型扬水站等各类建筑物的新建和整修加固。1996年又利用世界银行贷款溢出资金和剩余物资，对总排干上游31.8千米进行了疏通扩建。

至此，总排干全线贯通，大致可划分为202千米主干段、30千米乌梁素海段和25千米出口段三个部分。配套工程完成后，项目区外的各级政府又陆续疏通6条干沟和32条分干沟、53条支沟，使河套灌区骨干排水工程基本疏通，灌溉面积也发展到861万亩。

河套灌区配套工程的实施使河套灌区基本形成了引水有保证、排水有出路的灌排骨干工程体系，灌区盐碱化蔓延发展的趋势得到有效遏制，并开始向良性转化。据资料显示，红圪卜新站自建成以来，排入乌梁素海水量达167.68亿立方米，排盐量3236.43万吨，总排干两侧地下水位由原来的不足1米逐步下降到现在的2～2.5米，土壤盐碱化加重的趋势基本得到有效控制。可以说，排水系统的建设和配套对于河套灌区排盐治碱、农民增收、农业发展、农村稳定来说，功不可没。

尽管如此，由于体制和资金投入不足等原因，河套灌区在历次改造扩建中，普遍存在建设标准偏低、工程日常运行维护资金少、渠沟灌排配套程度差等问题。特别是灌区排水系统经过多年运行，老化破损严重，功能明显弱化，工程整体效益逐年下滑。同时，在排水系统极大改善灌区农业生产条件的同时，也使一些人满足于灌区“旱涝保丰收”的现状，“重灌轻排”的思想有所抬头，加之全市多年来大雨年份较少，各地不同程度放松了对排水工程的建设和管理，排水不畅的问题开始突显。骨干排水工程运行多年，沟道塌坡淤积严重，大量田间排水工程投入严重不足，管理运行滞后，甚至出现破坏堤背、填沟种地等现象，排水工程抵御自然水旱灾害能力不强的问题日渐突出。

其四，排水改造阶段（2010年之后）。2012年6月25日，河套灌区连续强降雨，造成五十年一遇的特大洪涝灾害。据灾后统计，全市受灾面积400余万亩，直接经济损失67.71亿元，其中农业损失52.48亿元，受灾人口76.36万人。天灾充分暴露出全市农业排水工程的滞后与薄弱。据当时统计，2012

年底河套灌区75%的扬水站带病运行，其中39.8%属于老化工程，干沟以下沟道建筑物完好率不足40%。在全市近1000万亩农田中，仍有500余万亩农田工程配套程度低，不同程度地存在盐碱化，而田间排水不畅、排水能力减弱成为土壤盐碱化加重的重要原因。

大灾过后，痛定思痛。为了保障国家粮食安全，全面提升全市农业基础设施水平，解决农田排水不畅的问题，提高抗灾减灾能力，市委、市政府决定，从2012年秋季开始到2015年，利用三年时间，计划总投资15.33亿元，按照“优先骨干改造、逐级推进、上下游协同”的原则，集中对灌区排水不畅、病险老化建筑物进行改造。通过全市上下三年的不懈努力，累计投资15.63亿元，完成沟道清淤整治9687条，长度11104千米，完成土方5353万立方米，新建和改造建筑物10506座，基本完成了排水改造工程的建设任务。后期围绕总排干在泵改项目、节水项目和地债项目中又陆续安排资金3.2亿元，更新改造红圪卜扬水站等7座扬水站，新建总排干出口1#、2#泵站，完成总排干沟道清淤及塌坡治理80千米，使总排干排水能力得到进一步提升。目前，已完工工程开始发挥明显的经济社会效益，灌区的排水能力和抵御自

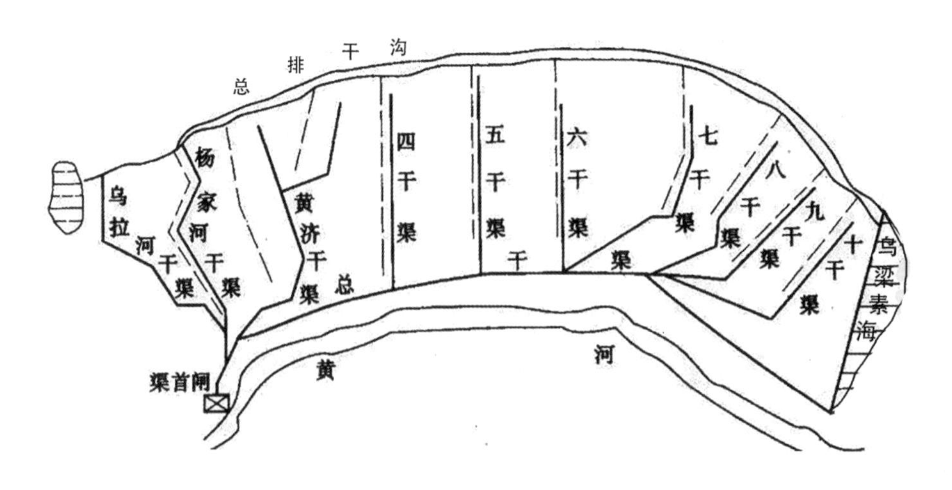

智慧治水的灌溉工程体系

然灾害的能力明显增强。

回顾河套灌区排水系统建设的战斗历程，我们完全可以自豪地说，一部河套排水的建设史就是河套人民的奋斗史、创业史和发展史。河套人民永远不会忘记，近50年前开挖疏通总排干的历史壮举，不仅在全市各族人民心目中留下了不可磨灭的记忆，也一定会和当年河南省林县人民开挖红旗渠的壮举一样，被载入河套人民和中国人民科学治水的史册，且必将成为世界水利建设史上浓墨重彩的一笔。它对于加快全市经济社会持续发展，努力实现富裕、文明、绿色、幸福巴彦淖尔的目标，必将发挥巨大的推动作用。

黄河之水天上来，“几字弯”顶直拐弯。

拐弯拐出片大平原，八百里河套米粮川。

中华人民共和国成立70多年，河套儿女锹挖肩挑把冻土搬，南挖“二黄河”，北疏总排干沟，灌排配套，纵横阡陌，终成祖国三大灌区之一。

得水利之便，仰地势之利，仗国家之助，巴彦淖尔河套灌区的农牧业畜势待发，富足一方，将成为北方桥头堡一块宝地。

第五章　灌溉与排水配套工程

河套灌区灌溉工程，是河套人民在中国共产党领导下，以高超的智慧，秉持人水和谐的理念，逐渐建设完善的引水工程体系。

从清末到中华民国，河套灌区每条干渠的开挖，都经历了从“河化”到“渠化”的演变。永济渠，原为巴彦淖尔市临河区境内的一条天然黄河岔流，名叫刚目河，也叫刚毛河；通济渠，原为五原县境内的一条天然河流，名叫短辫子壕，长10千米；长济渠，原为乌拉特前旗境内的一段天生壕……“河化”到“渠化”，体现了河套人民遵循自然规律，善用自然之力。

民国时期的王同春，后套民众称他为“独眼龙王”。开渠中，他将10个柳编水斗涂成白色，斗沿上各钉3米多长的竹竿，自渠口起，每30多米立一白水斗，由南向北判断地形高低，以测定开渠的坡度和每个竹竿应取土的深度，然后依次推进，直测至渠梢。所开之渠，不冲不淤，畅流无阻。他一生独力开挖5条干渠和270多条支渠。

草闸，是中华民国至中华人民共和国成立前后，河套人民在没有钢筋混凝土的条件下，就地取材，用柴草做的闸。截至1940年，河套灌区修建草闸40多座。截至20世纪五六十年代，几乎达到有渠皆有草闸的程度。这些草闸居然能战胜洪水，并同时进行分水、提水，保证百万亩土地灌溉。这是当地人民群众治水的一项伟大创造和智慧结晶。

河套灌区直接从黄河多口引水的问题很多，“天旱引水难，水大流漫滩。耕地年年变，荒草长满田”，是民国时期的真实写照。

1957年，河套灌区“五七规划”面世，“一首制”方案跃然而出。“多首制”向“一首制”演化，成为河套灌区引黄灌溉的里程碑，至此，河套灌区岁岁安澜。这是水利人对河套灌区整体认识升华和治水能力提升的集中表现。

根据1957年“五七”规划，灌水渠系规划12条干渠，总长834千米，至1985年，已通水790.1千米；规划建筑物345座，建成252座，占规划数的73%；规划分干渠43条，总长1044.2千米，已通水958.3千米，全程通水的分干渠25条；规划建筑物707座，建成475座；规划支渠379条，总长2571千米，通水1750千米，全程通水的139条；规划建筑物2400座，已建成1156座。斗渠规划2908条，完成1056条；建筑物规划9900座，建成2566座。规划农渠13083条，建成2575条；建筑物规划37345座，完成4520座。规划毛渠93279条，建成16095条；规划建筑物182405座，完成14442座。灌水骨干工程达到可以控制1100万亩灌溉面积的规模。

到1985年，开挖排干沟12条，规划总长510千米，疏通508.5千米；规划建筑物297座，已建成260座。规划分排干沟68条，总长1204.6千米，疏通62条，总长1032.3千米；规划建筑物836座，建成624座。规划支沟329条，总长2018千米，疏通139条，总长1238.1千米；规划建筑物1964座，建成688座。规划斗排沟2232条，完成566条；建筑物6614座，已完成1996座。规划农沟12674条，完成1553条；建筑物24813座，已完成2349座。规划毛排沟75487条，完成9156条。

排水骨干工程初具规模，从而结束了河套灌区有灌无排的历史。灌区已建成的灌溉与排水工程，充分发挥效益，有力地促进了农业生产的大幅度增产。

20世纪中叶，灌区建设在取得巨大成就的同时，也留下不少“半拉子”

工程，不仅影响灌排效益的发挥，还产生了一些新问题。

一是灌水建筑物多数已修建近20年，有不同程度的老化和损坏；有些工程如排水扬水站等大部分设施急需更新或技术改造。二是排水工程支沟以下多数没有挖通，部分支沟、分干沟虽然挖通，因为建筑物没有配套，又造成新的堵塞，加重了塌坡淤积。据原临河市调查，干沟塌坡段占总长的85%，分干沟占60%，支沟占33.7%，塌坡总土方量占总工程量的20%左右。三是在落实农业生产责任制的时候，由于水利工作责任制未能及时建立起来，致使一些工程管理不善，不但造成国家财产损失，而且影响了灌排工程效益的发挥，一些水利部门也有“重建设轻管理”的倾向。以上情况说明，河套灌区处在一个“不进则退，不修则废”的关键时刻。

针对河套灌区以上实际情况，1983年，内蒙古自治区党委第一书记周惠邀请国家水利电力部部长钱正英来河套灌区考察。1983年7月中旬，钱正英带领有关专家来到内蒙古，在自治区政府副主席白俊卿和水利厅副厅长苏铎等人陪同下，考察了河套灌区。他们从西看到东，详细地了解了三盛公水利枢纽、总干渠、总排干、乌梁素海出口工程以及现场调查重点地区的灌排设施运转情况。同年7月20日，在自治区党委常委会上，钱正英与自治区党政领导以及陪同视察人员进行了座谈。会议就河套灌区的建设和管理状况、存在问题以及今后治理的指导思想、主要措施等方面取得一致意见，共同认为“河套灌区主要问题是盐碱化威胁”，解决盐碱化问题的主要措施是“合理灌溉，保证排水”。河套灌区急需恢复和续建灌排配套工程，以发挥其更大的经济效益。据此，责成自治区水利厅勘测设计院修正河套灌区规划，上报水电部审批。

1983年8月19日，以水电计字〔1983〕第376号、内政发〔1983〕第229号文，由水利电力部和内蒙古自治区政府联合向国家计委递交了《关于内蒙古河套灌区恢复续建的报告》。按照水电部与自治区议定的原则，该续建工程的拼盘原则是，水电部负责总干渠和总排干工程的基建投资；内蒙古自治区政府财政拨款负责支渠、支沟以上骨干工程的基建投资；巴彦淖尔盟和各旗县自筹经费承担田间工程配套费用。1984年开始付诸实施。

1984年，水电部投资300万元，内蒙古财政投资300万元，盟和旗县自筹200万元；1985年，水电部投资500万元，内蒙古财政投资300万元，盟和旗县自筹200万元。照此投资额计算，水电部和内蒙古财政承担的投资近1.6亿元，需16年才能完成。据此，要尽快改变河套灌区农牧业生产条件，实现农业总产值再翻番的要求，在近期是无法实现的。

经过修改上报的《内蒙古黄河灌区河套水利规划报告》于1985年3月正式得到水电部批准。水电部同意河套灌区近期按800万亩的规模进行建设，以配套挖潜为主，完成各项水利建设任务。工程建设可分期进行，“七五”期间，先按300万亩高标准灌排工程全面配套，并扩建总排干，完成总干渠的治理和续建配套。批准建设总费用为4.5亿元，其中规定基建投资由中央和地方负担，并准予利用外资解决。

水电部和内蒙古自治区水利厅提出的向世界银行贷款的建议得到自治区党委第一书记周惠赞同，他亲自带领有关人员到北京汇报。国家计委、财政部和水电部随即给予积极支持。1985年11月，内蒙古自治区党委和政府作出向世界银行贷款6600万美元的决定。加上国内配套资金，拟在5年内先配套300万亩，并向国家计委上报了项目建议书。

1986年2月，内蒙古水利局责成内蒙古水利勘测设计院，在呼和浩特召开内蒙古河套灌区工程初步设计承包会议，参加单位有水电部黄河水利委员会勘测规划设计院、陕西省水利电力土木建筑勘测设计院、河南省水利勘测设计院、巴盟水利勘测设计院。会议形成会议纪要，明确了黄委院承包西沙、西大、黄大分干沟及5条支沟排域，毛排面积52万亩；陕西院承包三排干排域，毛排面积102万亩；巴盟院承包西乐、西南分干沟排域，毛排面积40万亩；河南院承包四排干排域，毛排面积97万亩；内蒙古院承包总排干沟，总干渠及义通、七、八、九排干排域，毛排面积234万亩的初设任务。

1986年1月27日，自治区计委以内计农字第25号文向国家计委上报了《关于内蒙古河套灌区配套工程项目建议书的报告》。同年6月4日，国家计委以计农（贷）〔1986〕929号文批复同意兴建。1987年12月18日，自治区人民政府以内政函〔1987〕41号函向国家计委上报了《内蒙古河套灌区配套工程可行性研究报告》。1988年3月23日，自治区水利局以内水建字第2号向水电部上报《内蒙古河套灌区配套工程初步设计》，水电部水电规划设计管理局于3月29日至4月2日聘请有关专家对河套灌区配套工程可行性研究报告和初步设计进行了审查。

1989年1月9日，中国北方灌溉项目接受世界银行贷款6600万美元的信贷协定和项目协定正式生效，河套灌区配套工程进入执行阶段。同年3月7日，水利部以水规〔1989〕4号文批复了《内蒙古河套灌区配套工程初步设计》。1989年3月11日，内蒙古河套灌区管理总局与内蒙古黄河工程局，在乌拉特前旗签订了八排干沟排域配套工程发承包合同；同年4月20日，八排干沟排域配套工程正式开工。它是河套灌区配套工程的首项工程。

用世界银行贷款河套灌区配套工程项目从1989年开始实施，到1997年全部实施完毕。该项目的建设内容主要是以排水为中心的灌区配套工程建设，或简称为“两条线”和“两大片”。

“两条线”分别为总干渠续建、总排干沟扩建。“两大片”分别是东片和西片，其中东片配套135.06万亩，包括：七排干沟排域，配套面积24.66万亩；义通干沟排域，配套面积37.16万亩；八排干沟排域，配套面积45.24万亩；九排干沟排域，配套面积28万亩。

西片配套180.30万亩。其中三排干沟排域，配套面积67.16万亩。西沙、西大、黄大分干沟排域，配套面积28.21万亩；由巴盟水利勘测设计院进行技施设计，经国内竞争性招标，巴盟水利工程公司中标，完成3条分干沟61.58千米，11条支沟69.783千米扩建，沟道防塌1.96千米，沙元分干渠2.65千米裁弯，5条支渠40.6千米扩建，渠道护岸300米，完成各类建筑物368

座；开挖土方442.36万立方米，混凝土及钢筋混凝土8400立方米，石方7387立方米，完成投资1906.77万元。四排干沟排域，配套面积65.68万亩。西乐分干沟排域，配套面积19.25万亩；由巴盟水利勘测设计院进行技施设计，通过国内竞争性招标，由巴盟水利工程公司中标承建，工程于1993年7月10日开工，到1995年10月完工。完成配套工程渠沟20条，其中有土方的灌水支渠4条11.8千米，排水沟9条73.44千米，退泄水渠2条1.12千米，扩建、新建、加固各类建筑物255座，分干沟防塌5.22千米；完成土方193万立方米，混凝土和钢筋混凝土4920.106立方米，浆砌石4497.63立方米，干砌石717.52立方米，金属结构制安21吨，铸铁闸门、钢闸门及启闭机安装88台套，机泵6台套235千瓦，完成投资1252.2177万元。

基建工程共扩建总排干沟1条，干沟6条，分干沟20条，支沟140条，总长1416千米；治理总干渠1条，配套干渠12条，分干渠25条，支渠163条，泄水渠57条，总长1253千米；新建各类建筑物3671座。

田间工程共完成斗、农渠沟57909条，建筑物82251座，打井106眼，铺设暗管103千米，并进行了灌区管理房屋补套、输变电配套工程和无线通信工程建设。项目决算总投资8.252亿元，其中世界银行贷款6600万美元，农民自筹1.64亿元，各级政府各部门共筹资2.45亿元。

配套工程完成后，效益显著。项目区内排水畅通，灌溉面积增加，田间灌排条件大为改善，产量大幅度提高，农民收入显著增加。项目区外虽然也搞了一些建设，但标准不高，效益不显著，与项目区内形成较大反差，各级干部和群众反映强烈。据此，巴盟盟委、行署于1996年夏召开全盟农田草原基本建设动员大会，要求灌区在三年内完成剩余农田灌排任务；利用世界银行贷款溢余资金，基本完成项目区外干沟的疏通任务。配套项目区外的各级政府及广大农民投劳集资，用贷款项目溢出资金和剩余物资，完成总排干上游31千米扩建疏通任务，完成一排干、二排干、五排干、六排干、十排干、皂沙排干、七排干上游分岔段和义通尾部8条干沟的疏通清淤工程。疏通干沟总长236.7千米，分干沟41条，长423.91千米，支沟185条。同时完成总干渠险桥更新、泄水渠堤加固、总排干红圪卜站前站后除险加固等。共完成土方1658万立方米，投资6213万元，其中溢出资金和剩余物资合计3073万元，自筹3140万元。这使灌区配套区外的骨干工程开始由淤塞向浅通转化。

田间工程上，继续按世界银行贷款项目的建设模式大搞农田排灌配套，共完成农田配套面积406.84万亩，改造中低产田250.46万亩，发展节水灌溉面积174.5万亩（其中平地缩块117.5万亩），完成土石方36513万立方米；完成投资4.79亿元，其中群众自筹3.46亿元。在群众自力更生大搞农田建设的同时，各级干部、行政事业单位职工下乡参加农田建设大会战，进一步激发了农民搞农田建设的积极性，密切了干群关系。1996年以来，仅盟直机关就组织劳动6次，参加人数达3.8万人次。

用世界银行贷款配套河套灌区工程完成后，国家基本不再投资。灌区骨干工程，尤其是灌水骨干工程经长期运行，年久失修，病险工程逐年增加。据1996年统计，国管各类水闸超过或接近30年的达35%以上，这些工程大部分需要更新改造。从1997年开始，内蒙古河套灌区管理总局集中部分水费，用于国管工程中重点病险工程的更新和除险加固。截至2000年底，共投资1264万元，更新闸11座、桥6座、渡槽涵洞4座，除险加固闸桥涵渠堤共34处，完成土石方177万立方米，解决了一批严重病险工程的问题，一定程度上改善了灌区的工程状况。各管理局也加大了工程岁修力度，1996—2003年共安排岁修养护费2784.07万元，共完成土石方445万立方米，保证了国家工程的安全运行。

河套灌区灌溉工程不仅为地方农业发展用水提供服务，为黄河内蒙古段防洪安全和水质安全提供保障，也为华北地区生态安全提供了支撑。

“黄河百害，唯富一套。”河套灌区通过庞大而完备的灌溉工程体系，年均为农业供水46亿立方米，为地方农业增产、农民增收和国家粮食安全提供了坚实的水资源保障。多年来，河套灌区粮食产量稳定在55亿斤以上，肉羊饲养量2200万只以上，奶牛存栏量33万头。灌区向日葵种植面积占全国总种植面积的1/4，青红椒脱水菜产量占全国产量的1/3，我国每出口10桶番茄酱，就有6桶来自巴彦淖尔。

河套灌区年降水量不足170毫米，年蒸发量2100毫米，年蒸发量是降水量的13倍。本应是不毛之地的河套灌区，却因灌溉工程，得到了黄河母亲乳汁般的滋润，成为一块广袤的绿洲。这片绿洲和乌梁素海是我国“两屏三带”生态格局中“北方防沙带”的重要组成部分，有力地阻止着乌兰布和沙漠向东侵蚀，与“三北”防护林共同组成祖国北疆牢不可破的绿色长城和生态安全屏障。

河套灌区和乌梁素海是黄河内蒙古段重要的应急防洪分凌区，发挥着重要的分洪、分凌作用。近年来，两大防洪分凌区年均分凌、分洪水量约10亿立方米，最大限度地为黄河削峰，减轻了防汛压力，确保了黄河安澜，确保了人民群众的生命财产安全。

解决引水保证的问题后，在无排水条件下扩大灌溉面积，又导致土壤次生盐碱化逐步严重，农业生产徘徊不前。20世纪60年代至80年代，河套人民组织实施了以排水为中心的灌区配套工程建设，灌溉与排水的关系由初级的合作，经过相互配合协调发展，成为今天的高度契合，农业生产再次实现跨越式发展。灌排配套的水利工程，是河套人民对河套平原“没有灌溉就没有农业，而没有排水就没有稳定的真正的灌溉农业”认知的生动实践。

三盛公水利枢纽工程的兴建和总干渠的开挖正处国家三年困难时期，在中国共产党的领导下，河套人民克服物资极度匮乏的困难，以愚公移山的精神，在带有冰碴的河水里，高擎红旗、喊着号子，你追我赶，开展劳动竞赛……

中华人民共和国成立后，在河套灌区历次大规模的水利建设中，河套人民依靠锹挖肩挑完成的土方，用1米宽、1米高的方式堆砌，可绕地球33.7圈。开挖总干渠、总排干，给河套人民留下弥足珍贵的精神财富，这就是敢想敢干、齐心真干、苦干实干、巧干会干、干就要干成、干就要干好。

2021年3月8日，原内蒙古河套灌区管理总局名称变更为“内蒙古河套灌区水利发展中心”，准厅级建制，原总局下属7个正处级管理局，改名为7个分中心。河套灌区灌排工程管理分为国管和群管两部分。国管工程管理单位为内蒙古河套灌区水利发展中心，管理着总干渠、总排干沟、干渠（沟）及跨旗县的分干沟。内设12个处室，下辖5个灌域分中心和2个工程分中心（辖67个所站、165个段）、5个国有公司。灌区实行四级管理（中心、分中心、所、段），三级财务核算（中心、分中心、所）。群管组织负责管理支渠和分干沟以下的灌排工程，并组织受益农户管理田间工程。目前，灌区共有农民用水户协会261个，成为基层农田水利建设和管水用水的主导力量。

多年来，内蒙古河套灌区水利发展中心积极践行新时期水利工作方针，按照“节水优先、空间均衡、系统治理、两手发力”的治水思路，紧紧围绕“水、绿、文化”三篇文章，全面推动“改革活水、项目兴水、科学管水、全面节水、依法治水”，各项水利工作实现长足发展。河套灌区各项工作走在了全国400多个大型灌区的前列，被水利部列为全国20个示范灌区之一。2019年，内蒙古河套灌区成功入选《世界灌溉工程遗产名单》，在支撑地区经济社会的快速发展、保障国家粮食安全、维护边疆稳定等方面作出了积极贡献。

河套灌区灌溉工程不仅是前人留下的物质财富，也是前人传递给后人的“接力棒”。

如今，河套灌区正在如火如荼地开展着“十四五”大型灌区续建配套与现代化改造建设。该项目总投资18.4亿元，改造面积19.9万公顷，规划节水量1.48亿立方米。在工程实施过程中，内蒙古河套灌区水利发展中心加大科技研发力度，确保工程设计使用年限50年以上，河套灌区“北方引黄大型灌区现浇钢丝网片混凝土与保温一体化衬砌关键技术研究与应用”项目被水利部列为2022年度重大水利科技项目。

黄河干流跨盟市间水权转让二期节水工程即将启动实施，工程直接投资22.19亿元，每年可实现2.18亿立方米的节水量和1.2亿立方米的转让水量目标。

2022年，内蒙古河套灌区（永济灌域）被列入全国48处大中型灌区数字孪生灌区先行先试建设名单和全国第一批深化农业水价综合改革推进现代化灌区建设试点名单。内蒙古河套灌区水利发展中心组织编制完成《内蒙古河套灌区续建配套与现代化改造规划（2026—2035年）》，到2035年，河套灌区基本完成现代化改造，实现“设施完善、用水高效、管理科学、生态良好”的建设目标。

下一步，河套灌区的发展思路非常明确，就是牢牢坚持“节水优先、空间均衡、系统治理、两手发力”的治水思路，以建设“全国一流灌区”为抓手，凝心聚力、真抓实干，坚定不移地建设现代化灌区，推动灌区高质量发展。

永济灌域分干渠

第六章　净化乌梁素海　保护黄河安澜

对于乌梁素海流域生态保护修复试点工程，要答好系统修复这道考题，先要紧扣题眼——水。水是生态之基，乌梁素海因黄河而生，承担着黄河水量调节、水质净化、防凌防汛等重要功能。

早在2019年9月，乌梁素海流域湿地生物过渡带建设就在有条不紊地进行。

一是十排干人工湿地修复与构建工程。批复投资632万元，由内蒙古济禹水利工程建设有限公司中标施作。完成4.5千米土堤，土方13500方；水深地段，完成土方6000方。完成投资390万元。

二是八、九排干人工湿地修复与构建工程。估算投资4668万元，由河套水利水电勘察设计有限公司中标进行工程设计，已完成初步设计成果。市水利局已于2019年7月11日安排审查，建设与设计单位正按照专家审查意见进行修改完善，报市水利局批复实施。

三是乌梁素海流域排干沟疏浚清淤及旁侧多塘净化工程。该项工程总投资11180万元，由河灌总局、旗县（区）水利局和乌梁素海流域投资建设有限公司分别组织实施。其中安排干沟所属地域交予旗县区实施4700万元，河套灌区管理总局组织实施骨干排干沟2300万元，乌梁素海流域投资建设有限公司组织实施骨干排干沟4180万元。

其中，河套灌区管理总局负责实施骨干排干沟疏浚清淤工程，批复投资2300万元，采用设计施工总承包方式组织实施，中标单位为巴彦淖尔市河套水利水电勘察设计有限公司与内蒙古济禹水利工程建设有限公司联合体。排干清淤长度共计216千米，全部完成，完成土方125万方，挖掘机整理沟顶土方，建筑物全部完成，十排干截渗沟治理格宾石笼完成8000方。完成投资2180万元，完成投资任务的95%。

旗县（区）实施排干沟净化工程总投资4700万元，截至2022年末，完成投资4545万元，完成投资比例97%。其中磴口县批复投资870万元，排干沟清淤和扬水站已全部完成，正在施作扬水站的管理房及多塘净化工程，多塘净化工程完成土方3万方。完成投资710万元，完成批复投资的82%。杭锦后旗批复投资900万元，已全部完成实施任务。乌拉特后旗批复投资55万元，已全部完成实施任务。临河区批复投资1055万元，已全部完成实施任务。五原县批复投资1025万元，已全部完成实施任务。乌拉特中旗批复投资200万元，已全部完成实施任务。乌拉特前旗批复投资600万元，已全部完成实施任务。

乌梁素海流域排干沟净化工程、总排干等沟道清淤整治工程，批复投资4180万元，由乌梁素海流域投资建设有限公司组织施工单位进行。

在乌拉特前旗污水处理厂的监控大屏上，作者看到，乌拉特前旗的城镇污水经过13道工序近30个小时的层层处置，直到水质达标后，一部分供给当地电厂使用，一部分先排至人工湿地，通过藻类、鱼类等生物方式进行再净化，最后才进入乌梁素海。

在河套灌区实施控肥、控药、控水、控地膜，工业废水循环利用就地消化，可持续长效化控制面源污染；在湖区，通过生态补水、芦苇加工转化、水体循环等措施，改善湖区水质，彻底消灭内源污染。

2021年12月14—15日，巴彦淖尔市水利局主持召开乌梁素海补排水及生态补水水文自动化测报系统建设工程竣工验收会，并通过对该项目的验收。

水利部水利水电规划设计总院、黄委会宁蒙水文水资源局、内蒙古自治区水文水资源中心、内蒙古河套灌区水利发展中心、巴彦淖尔市财政局、巴彦淖尔市自然资源局、巴彦淖尔市水利工程建设质量和安全监督服务中心、乌梁素海保护中心、内蒙古淖尔开源（集团）有限公司等单位的15名专家，组成乌梁素海补排水及生态补水水文自动化测报系统建设工程竣工验收委员会。竣工验收委员会对工程建设和运行进行了现场检查，查阅了相关资料，听取了相关工作报告，经质询答疑充分讨论后，形成《乌梁素海补排水及生态补水水文自动化测报系统建设工程竣工验收鉴定书》。竣工验收委员会认为，乌梁素海补排水及生态补水水文自动化测报系统建设工程已按批复的设计内容建设完成，工程符合规程规范和设计要求，工程质量合格；财务管理规范，会计核算清晰，投资控制有效；竣工财务决算已通过审计；工程档案资料基本齐全；运行管理单位落实，工程初期运行效益显著。乌梁素海补排水及生态补水水文自动化测报系统建设工程通过竣工验收。

无人机航拍乌梁素海全景图

乌梁素海补排水及生态补水水文自动化测报系统建设工程，为乌梁素海流域山水林田湖草沙生态保护修复试点工程中，生态环境物联网建设管理与支撑能力建设的子项目。该项目的投产使用，增强了乌梁素海流域补排水及生态补水自动化监测能力，提高了乌梁素海流域水文水资源监测系统的技术装备水平、监测能力、情报预报手段和信息化功能，能够为黄河流域生态保护和高质量发展、乌梁素海生态综合治理、巴彦淖尔市河湖长制管理等提供及时、准确的技术支撑服务。

据内蒙古河套灌区管理总局工程处2019年10月18日报告，乌梁素海综合治理工程（涉水项目）开局顺利。具体如下。

一、工程基本情况

乌梁素海综合治理工程（涉水项目）按生态补水、海堤治理、湖区河口湿地、排干沟净化、底泥处置试验示范五大项分类实施，其中交予旗县（区）实施排干沟净化工程有4700万元，其余项目由河灌总局和乌梁素海流域投资建设有限公司负责实施。

二、工程进展情况

该项目由河灌总局招标管理的项目共7项，投资2.07亿元，目前已完成16006.3万元，完成比例为77.3%。

（一）乌梁素海流域生态补水项目

乌梁素海生态治理总干渠补水通道工程。该工程批复投资6255万元，分别采用应急、设计施工总承包和县（区）水利局实施改造2座泵站的方式组织实施。应急和总承包工程批复投资5390万元，均由新禹公司负责施作。应急工程（补水通道进水闸、通道、两座公路桥、汇入口）和总承包项目（总干渠补水通道）的主体工程全部完成。应急工程中退水渠截渗沟格宾石笼已砌筑完成1400米。总承包项目堤顶铺沙工程计划在总干三闸除险加固（利用堤顶作为铺沙施工道路）完成后施作，生物护堤计划秋后种植。截至目前，应急总承包工程已完成投资约5266.3万元，完成投资比例为97.7%；旗县（区）水利局实施的2座泵站改造工程总投资865万元，已全部完工，完成投资比例为100%。

以上两项工程累计完成投资6131.3万元，完成总投资的98%。

义和烂大渠生态补水通道整治及建筑物配套工程和入海处新建扬水泵站工程。该项工程批复投资7955万元，由河源公司负责施作。完成投资5200万元，完成投资比例为65.4%。（1）烂大渠补水通道批复投资5043万元。烂大渠补水通道主体全部完成，植树已完成，截至目前已完成投资约4300万元，完成投资比例为85.3%。（2）新建泵站批复投资2912万元。主要完成工程量：土方开挖14000方，土方回填完成5000方，完成混凝土浇筑2700立方米，共完成260吨钢筋制安。完成临时道路4.5千米，围堰填筑完成900方，降水井完成420米，轻型井点两套，沙砾石垫层完成3000方，沙砾石回填完成500方，设备埋件0.1吨，自来水工程完成2.2千米，临时房屋建筑基本完成，完成投资约900万元，完成投资比例为31%。10千伏专用电源线路审核完成。

河套灌区现运行的凌汛分洪补水通道为进行除险加固工程。批复投资1198万元，共完成投资845万元，完成投资比例为71%。由济禹公司中标施作。完成情况：（1）总干渠整治全部完成；（2）总排干沟清淤1.6千米全部完成；（3）挡水闸7座，完成6座，正在施工；（4）丰济卵石护底共计3970米，行水前完成1500米；现进入停水期，准备施作。

北海区输水通道整治及配套建筑物工程。批复投资1323万元，由济禹公司中标施作。完成投资215万元。完成投资比例为16%。目前海堤工程已经完成8千米，土方14万方；闸坝饮水工程完成9千米管道；进水闸开始施工，拉电和拆除工程已完成。

（二）乌梁素海海堤综合整治工程

乌毛计闸经红圪卜扬水站、坝湾至生态监测定位站段海堤整治工程。批复投资921万元。采用应急工程方式组织实施，由济禹公司负责施作，海堤整治已完成；生产桥已经完成。完成投资875万元，完成投资比例为95%。

乌梁素海海堤综合整治（2019年地债资金）项目。由河套水利设计公司中标进行工程设计，已完成初步设计成果。市水利局已于2019年7月22日安排审查，目前建设与设计单位正按照专家审查意见进行修改完善，修改完成后报市水利局批复。

（三）乌梁素海流域湿地生物过渡带建设

十排干人工湿地修复与构建工程。批复投资632万元，由济禹公司中标施作。完成5千米土堤，土方14000方；水深地段，完成土方12000方。完成投资450万元，完成投资比例为71%。

八、九排干人工湿地修复与构建工程。估算投资4668万元，由河套水利设计公司中标进行工程设计，已完成初步设计成果。市水利局已于2019年7月11日安排审查，目前建设与设计单位正按照专家审查意见进行修改完善，修改完成后报市水利局批复。

（四）乌梁素海流域排干沟疏浚清淤及旁侧多塘净化工程

该项工程总投资11180万元，河灌总局、旗县（区）水利局和乌梁素海流域投资建设有限公司分别组织实施。其中按排干沟所属地域交予旗县区实施4700万元，河灌总局组织实施骨干排干沟2300万元，乌梁素海流域投资建设有限公司组织实施骨干排干沟4180万元。

河灌总局负责实施骨干排干沟疏浚清淤工程。批复投资2300万元，采用设计施工总承包方式组织实施，中标单位为巴市河套水利设计公司与内蒙古济禹公司联合体。排干清淤长度共计216千米全部完成，完成土方125万方，挖掘机整理沟顶土方，建筑物全部完成，十排干截渗沟治理格宾石笼完成10800方。完成投资2290万元，完成投资任务的99%。

旗县（区）负责实施的项目中，旗县（区）实施排干沟净化工程总投资4700万元，截至目前，完成投资4630万元，完成投资比例为98.5%。

乌梁素海流域排干沟净化工程、总排干等沟道清淤整治工程。批复投资4180万元，乌梁素海流域投资建设有限公司正在组织施工单位进行实施。

作为河套灌区唯一的排水承泄区，乌梁素海接纳了灌区90%水浇地的农田排水。这些农田排水携带大量未被分解吸收的农药化肥等，经各种沉水植物及浮游生物的降解净化后排入黄河，避免了农业污水直排黄河。

为有效发挥“晴雨表”的“检测器”作用，2012年至今，内蒙古自治区加大对乌梁素海投入力度，打通补退水通道，累计投资35260万元，实施了一批补退水通道工程建设和湖坝堤防工程建设。新建6条渠道泄水闸及配套工程，实施乌梁素海网格水道工程，完成乌梁素海沿海围堤加固工程，进一步提高了乌梁素海容泄能力和防洪堤坝安全。与此同时，推进河套大型灌区续建配套与现代化改造工程建设助力乌梁素海健康发展。河套大型灌区续建配套与现代化改造工程投资18.4亿元，规划“十四五”期间改造中低产农田灌溉面积298.9万亩，内蒙古自治区发改委已批复工程总体可研报告。2021年下达投资1.57亿元，2022年下达投资6.14亿元，均已完成年度建设任务。

自治区水利厅主要负责人表示，未来将继续对乌梁素海综合治理水利项目给予支持，全力以赴做好已建水利项目建设管理工作。同时，将谋划有利于乌梁素海水量稳定、水质改善的项目，积极推动河套灌区续建配套与现代化改造。

在乌梁素海边，当地人将“山水林田湖草沙相互依存、共融共生，是一个生命共同体”印在标牌上，也印刻在心间，实践在大地上。

久久为功。内蒙古自治区水文部门实行定期水文监测，为乌梁素海“体检”，通过设立在乌梁素海的水文站、水位站，每日进行水量水位监测，定期对流量进行矫正，保证数据的准确性。同时每月向上级部门报告乌梁素海水文监测情况，为分析研判乌梁素海治理工作提供参考。

近年来，随着内蒙古持续推进乌梁素海流域系统治理，为从源头上遏制污染，当地建设大型污水处理厂，净化生活和生产污水，兴建网格水道工程加快水体流动，严控化肥、农药、地膜使用量，推广水肥一体化技术，以减轻外源污染。生态补水力度加大，相关治理工程的实施，使得乌梁素海水质稳定在Ⅴ类，局部区域优于Ⅴ类，水质总体好转。

在河套灌区，全面开展农业“四控”行动，引导和推动农业绿色生产，实现了全市化肥、农药使用量负增长，农田灌溉用水量得到有效控制。截至2021年，全市化肥利用率提高到41%，农药利用率提升到41%，农田灌溉水有效利用系数提高到0.467，当季地膜回收率达到80%以上。

乌梁素海的生态治理是我国乃至全球生态脆弱区生态治理的典范。乌梁素海流域生态修复治理深化了对以水为核心的生态脆弱性的认识，从保护一个湖到保护区域多生态系统，突出了我国北方干旱半干旱区山、水、林、田、湖、草、沙多生态系统紧密依存的关系，走出了区域可持续发展的新路子。这一模式不仅可以在我国北方干旱、半干旱地区进行推广，也将为全球生态综合治理提供“中国实践”。

“生态兴则文明兴，生态衰则文明衰”“绿水青山就是金山银山”“山水林田湖草沙是生命共同体”，中国的生态文明建设已进入世界的大视野、大舞台，中国作为全球生态文明建设重要参与者、贡献者、引领者的实际行动和成效有目共睹。新时代中国生态文明建设，既推动我国生态环境保护发生历史性、转折性、全局性变化，生态文明建设取得历史性成就，也开辟出了一条人与自然和谐共生的现代化新道路，为全球可持续发展提供了中国智慧、中国方案，作出了中国贡献。

2023年8月15日是首个“全国生态日”，作者的长篇报告文学《穿越乌兰布和》，经过文学界泰斗们集体评审，被列入内蒙古自治区作家协会《关于公布内蒙古自治区首批生态文学推介书目的公告》之中，《公告》共列入12部文学作品，时间启自党的十八大以来，时跨11年，获此殊荣，绝非易事。《乌梁素海》是作者又一部生态文学作品，期望能给读者们一点点启示。

2018年10月，乌梁素海流域排干沟净化工程开工。

项目名称：乌梁素海流域排干沟净化工程

项目性质：新建

建设单位：巴彦淖尔市河套水务集团有限公司

工程期限：2018—2019年

建设内容：完成58千米生态沟渠构建对七排干35千米和义通排干沟23千米的深度净化；完成30千米的底泥疏浚工程（工程范围为七排干沟、义通排干沟和总排干下游各10千米范围内）；完成总排干的生态浮岛组合超纳米气溶曝气设备工程建设，生态浮岛结合超纳米气溶曝气设备工程，涉及总排干入乌梁素海5千米断面，总排干出口红圪卜扬水站后进乌梁素海前2千米断面，面积8600平方米。

项目总投资：5532.8万元，其中环保投资40万元，占总投资的0.72%。

关于乌梁素海流域项目七大类之“水”，其中第六项：乌拉特前旗大仙庙海子周边盐碱地治理及湿地恢复工程项目，一期工程1875.25万元，二期3753.85万元，2019年完成。涉及旧沟道的疏浚整治，沟道防塌滤水模袋护砌工程、新建沟道与渠、道路交叉建筑物、沟道内旱台硬化、沟堤内坡绿化，以及沟道周边盐碱地采取脱硫石膏掺沙改良土壤、种植林草工程，进行湿地恢复建设。本项目涉及十排干沟的整治工程建设，是在不改变十排干沟原有排水功能的基础上进行的。

至2021年末，全市在线监控的46家重点涉水排污单位，在线达标率达到99.45%以上。7家城镇污水处理厂均达到国家一级A排放标准，城镇生活污水处理率达到95%以上，城镇再生水回用率为42.32%。

乌梁素海正在逐步回归自然，净化湖水，成为鱼儿的王国、鸟儿的天堂。黄河安澜，人民放心。

第二篇　田

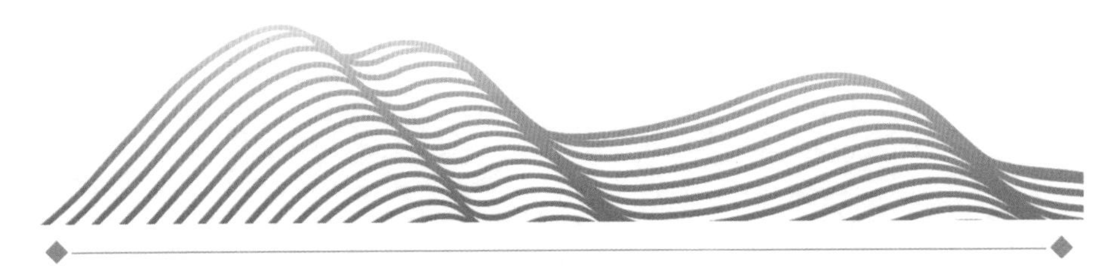

水利是农业的命脉，农业是国家建设的基石。经过几代人的不懈奋斗，千万亩河套平原终成全国三大粮仓之一。

河套灌区农田充满生机与活力，它得益于无数水利人的辛勤工作和无私奉献。源源不断的黄河水流向田间，粮食总产量连续十多年增产，达到60亿斤。灌区农民人均占地十几亩，成为北方地市级之最。

内蒙古巴彦淖尔属于农业大市，作为全国三个特大型灌区之一的河套灌区沟渠纵横，灌排渠（沟）道总长约6.4万公里。2022年，其引黄灌溉面积达1100多万亩。好几百万亩盐碱地、撂荒地，通过科技手段实现复耕，远期有望成为全国最大的农业灌区。60年前设计的“二黄河”，使河套灌溉流域面积达1780万亩。

河灌梦！中国梦！

绿色大地　内蒙古河套灌区水利发展中心文化处 供图

河套灌区水、土、光热组合条件好，被中国气象局认证为“黄金农业种植带”。河套灌区是国家和内蒙古自治区重要的优质商品粮、油生产基地，全国最大的有机原奶、葵花籽、脱水菜生产基地和无毛绒加工基地以及全国第二大番茄种植加工基地，也是全国地级市中唯一四季均衡出栏肉羊的养殖加工基地。河套小麦被誉为“五项全能”冠军，巴彦淖尔被公认为世界三大优质小麦产地之一；河套番茄之番茄红素含量是国内其他产地品种的3～5倍；河套的向日葵种植面积庞大，产量占全国的1/3，葵花籽籽粒大、饱满度好、籽粒均匀一致；特色籽仁、番茄制品、脱水蔬菜、草原肉羊等六大类46种农产品远销102个国家和地区，其中包括40个“一带一路”沿线国家和13个RCEP协定缔约国，出口额占内蒙古农产品出口总额的7成；区域公用品牌“天赋河套”，于2018年荣获中国区域农业品牌影响力排行榜亚军，2019年荣获中国农业最具影响力品牌和中国农产品百强标志性品牌，2020年获评中国区域农业品牌影响力指数排行、区域农业形象品牌榜第一位等殊荣。2022年，河套灌区总干渠（俗称“二黄河”）名列全国第二届寻找“最美家乡河”榜首；同年获批“巴彦淖尔国家农业高新技术产业示范区”。

如今的巴彦淖尔，立足独特的资源禀赋优势，通过加快推进现代农牧业绿色发展、高质量发展，推动乌梁素海流域生态环境综合治理，走上了更加完善、深入、可持续的良性发展道路。

经巴彦淖尔市农牧局局长同意，办公室主任曹伟向作者提供了相关材料。现摘要如下：

全市粮食种植面积稳定在550万亩以上，总产量达到60亿斤以上。其中，小麦种植面积达到100万亩，总产达到8亿斤；玉米种植面积稳定在450万亩以上，其中青贮玉米种植面积达130万亩。其余一半面积为经济作物，如葵花、瓜果蔬菜，等等。

产业化经营方面。以农村牧区一二三产业融合发展为重点。着力打造

“七个一”（即建设一个优势产业集群，建设一个产业强镇，支持一批农畜产品精深加工企业，培育一批产业化龙头企业和联合体，培育一个全国“一村一品”示范村镇，推荐一个中国美丽休闲乡村，发掘一批农牧民创业创新典型）。依托乡村特色产业拓宽产业门类，大力拓展旅游休闲功能，助力乡村产业振兴。

加强科技园区建设。围绕“六新”（新品种、新技术、新模式、新主体、新动能、新目标）要求，突出面源污染防治、标准化生产技术等关键内容，抓好市、县、乡镇三级农牧业高标准科技示范园区、示范片、示范点建设，打造一批特色产业小镇。支持五原县申报了国家级现代农业产业园区、临河区建设成自治区级现代农业产业园区，打造农业高科技集成示范样板。

提升科技服务水平。总结16个科技小院的试验示范成果，打造“产学研”深度融合示范区。依托“院市合作”“科企共建”等平台，在科研创新、成果转化、基地建设、人才培育等方面实现突破，全面提升本市农牧业科技水平。按照“一村一个产业带头人、一组一个致富带头人、一户一个技术明白人”的目标，培训农牧民35万人次。依托高素质农牧民培育工程，培育农牧民致富带头人、技术示范人2000人以上。

在现代种业上实现新突破。发挥黄河流域西北地区种质基因库核心带动作用，全面提升农作物品种创新能力和企业竞争力；加强小麦“三圃田”建设，大力推广巴麦12号、13号等本地优良品种；积极开展华莱士蜜瓜、灯笼红香瓜、河套苹果梨等地方特色品种繁育与提纯复壮工作；重点选育引进推广一批生产性能好的小麦、玉米、向日葵和瓜菜品种；完成第三次全国农作物种质资源普查与收集行动；发挥三瑞农业科技股份有限公司龙头带动作用，将巴彦淖尔市发展成为全国最大的向日葵种子研、繁、加、销基地；扶持龙头企业开展工厂化育苗，实现设施农业、大田经济作物苗木本土化。

全面实施农业面源污染治理工程，整合各类奖补资金9.5亿元，开展控肥、控药、控水、控膜行动，引导企业和农民绿色生产，农药化肥使用量连续实现负增长，残膜当季回收率达到80%以上，亩均节水50立方米左右。2019年8月，国家农业农村部在巴彦淖尔市举办了全国北方农业绿色生产暨农药减量增效现场观摩会，推广市农业“四控”行动方面的经验做法。同时，大力实施农村牧区人居环境整治行动，集中处理畜禽粪污、垃圾污水、农作物秸秆等废弃物，改善农村牧区人居环境。巴彦淖尔市被国务院列入2019年落实有关重大政策措施真抓实干成效明显的地方名单，农村牧区人居环境整治工作受到国务院表扬激励。

畜牧业上，推进种畜禽纯繁（扩繁）、基础母畜繁育、地方种质资源保护和特色奶源四大基地建设；加强重点畜禽良种繁育体系、市县乡三级良种推广服务体系和养殖标准化生产体系建设；继续抓好巴美肉羊种畜繁育，种群数量稳定在5万头；抓好湖羊养殖园区建设，发展优质基础母羊30万只；建设存栏500只以上的二狼山白绒山羊保种扩繁场50处，存栏数量稳定在240万只；建设存栏1000峰戈壁红驼的种畜场1处、3000峰的繁育基地1处、1000峰的扩繁场6处；建设存栏2000匹蒙古马保种扩繁场5处。

渔业上，加强黄河鲤鱼等土著品种的繁育和提纯复壮，做好纳林湖黄河鲤鱼种质资源场项目验收工作。加强种业市场监管，推进种业高质量发展。

强化现代农机装备。积极推进作物品种、栽培技术和机械装备集成配套，引进推广适合本地特色农作物种、管、收生产环节的新型机械。重点加大向日葵联合收割机、残膜回收机等生产关键环节机械的研究和推广；加快数字技术在农牧业领域应用，提升农牧业机械化和信息化水平。

全面推进乡村振兴试点。在已经规划完成32个乡村振兴示范村镇基础上，引进大型龙头企业参与规划的落地实施；积极争取国家自治区乡村振兴示范县项目，重点支持五原县建设乡村振兴试点县、每个旗县区建设一个高标准乡村振兴示范乡镇。

扎实推进农村牧区改厕问题摸排整改工作。联合有关部门建立工作协调机制，从严从实分类抓好整改。科学合理选择改厕模式，总结改厕经验，始终坚持宜水则水、宜旱则旱的原则，选择简单实用、成本适中、技术成熟、群众乐于接受的改厕模式。

持续做好面源污染防治。一是切实压实属地责任，进一步强化旗县区面源污染治理主体责任，科学制定方案，确保治理工作落地落实。二是稳步推进治理工作，多措并举治理农业面源污染，继续推广有机肥、配方肥、新型肥料、绿色防控、残膜回收等技术措施，在此基础上，扩大新技术、新设备、新模式的应用范围。三是积极争取项目支持，统筹开展农业面源污染治理工作，有效改善农业生产环境。四是创新开展激励机制，探索推行面源污染治理效果与项目资金、政策性补贴挂钩等奖补模式，建立农企结合的农业面源污染治理长效运行机制，巩固面源污染治理成效。五是狠抓宣传培训，切实增强各类主体面源污染治理意识和服务人员技术水平。六是全面完善档案资料，确保各项工作措施有体现、减量技术有依据、工作成效有支撑，高标准完成各类整改任务。

有序加快和推进土地流转。按照《巴彦淖尔市推进土地流转实施办法》，建立健全市、县、镇、村四级土地流转信息服务平台，规范土地流转市场。

持续推进农业高效节水行动。通过政策扶持、项目带动，积极引导各类主体应用引黄直滤滴灌、引黄澄清滴灌、无膜浅埋滴灌等高效节水灌溉技术。2022年新增以水肥一体化为主的高效节水技术应用面积20万亩，累计达到275万亩。

积极开展社会化服务。组织推进小农牧户通过合作和联合实现耕地集中连片，开展规模化种植。培育做强中化集团MAP（现代农业服务平台）技术服务中心，打造1个10万亩以上智慧农业精品示范区，重点扶持朔河禾、禾兴、蒙徽缘等一批专业化社会化服务组织，大力发展“土地托管”“代耕代种”“联耕联种”等农业托管模式。争取创建农业社会化服务创新试点，培育多元服务主体。2022年新增社会化服务面积50万亩以上，农业生产社会化服务组织力争达到600个以上。

深化农村牧区改革。加快推进乌拉特中旗牧区现代化试点工作，积极争取五原县农区现代化试点项目。完成土地确权收尾工作，强化土地确权成果应用，为土地流转、农业保险、土地整理、农村资产抵押贷款、农牧业产业规划等提供准确的数据支持。抓好五原县二轮土地承包到期后再延长30年国家试点工作，为今后全面实施出经验、引路子。稳慎推进五原县农村牧区宅基地制度改革和五原县、临河区闲置宅基地盘活利用试点工作。

加强高标准农田建设。一是高标准完成全市“十四五高标准农田建设规划”编制工作；二是继续高质量完成2020年和2021年建设任务；三是按照《全国高标准农田建设规划（2021—2030年）》远景目标，高起点谋划全市项目申报和实施；四是高水平推进盐碱地改良和节水农业，兼顾土壤改良和地力培肥，创新推广盐碱地综合改良技术；五是高要求完成整改工作；六是高效能做好后期管护，明确产权归属、管护主体，落实管护责任和管护经费，提高工程建后管护水平。同时，借鉴学习辽宁、安徽等省市经验，积极研究探索运用金融保险等市场化工具，为高标准农田建设工程长久发挥效益提供风险保障。

推进奶业振兴项目。一是建设两个基地。一方面大力开展种源基地建设，建立荷斯坦奶牛良种核心场5处，存栏良种基础母牛5000头以上，为巴彦淖尔市奶产业提供优质种畜。另一方面抓好饲草料基地建设，依托中央、自治区饲草基地保障建设种植补贴项目，重点扶持龙头企业和专业合作社建设优质饲草基地。二是打造三个园区。紧盯伊利、蒙牛两个合作项目。落实各项扶持政策，强化金融支持，推动杭锦后旗、磴口县、乌拉特前旗3个10万头乳业园区建成投产。同时，打造磴口县圣牧高科有机奶牛养殖核心区，着力打造全国有机高端奶产业集群。三是发展多元奶制品。大力推进乳品精深加工，打造2个民族奶制品标准化示范标杆厂，形成以牛奶、羊奶为主要品类，包括驼奶、驴奶、马奶等特色奶品的多元产品结构。

加强农畜产品安全监管。实施农畜产品质量安全大监管行动和质量安全市创建行动。一是加快创建乌拉特中旗国家农产品质量安全县，提升4个自治区安全县建设水平，争取创建国家安全县；二是稳定市、旗县区、苏木乡镇三级农畜产品质量安全监管、检测体系，不断完善和提升监管、检测网络，力争向村一级延伸；三是加强农畜产品质量安全监管，持续推进食用农畜产品“治违禁、控药残、促提升”三年行动，认真落实农畜产品合格证制度，坚持推进全覆盖抽检，市本级全年完成抽检任务850批次，农畜产品抽检合格率保持在98%以上，确保全年不发生农畜产品质量安全事件。

提升农牧业综合执法水平。一是加强联合执法。部门间建立信息共享机制，不定期开展联合执法和案情会商等工作，形成强大执法合力，有效震慑危害农业生产安全、产地安全和农产品质量安全的违法行为。二是持续提升执法水平。加大执法人员培训力度，着力解决新形势下执法人员不会、不敢、不愿执法等问题，培养执法能手，提升办案能力。三是进一步规范执法行为。完善执法人员持证上岗和资格管理、行政执法案例指导、行政执法案卷管理、行政执法投诉举报、行政职权公开以及行政执法评价和考核监督等制度，做到严格、规范、公正、文明执法。四是加大执法力度。确保在种子、农药、肥料、兽药、饲料、农机、渔政等领域形成“横向到边、纵向到底、责任到人、不留死角”的执法监管格局，坚持有案必查、查必见效，及时公布有影响力、有震慑力的典型案例；五是健全农业投入品和农产品质量安全全程可追溯。明确追溯要求，统一追溯标识，规范追溯流程，健全管理规则。

扎实做好农牧业领域生物安全。进一步加强动植物疫病防控，积极推动防控政策由救灾为主向预防为主转变，围绕提升快速感知识别能力，加密草地贪夜蛾等农作物重大病虫害监测，大力集成推广生物防治、绿色防控技术和模式，在抓好非洲猪瘟、禽流感等重大动物疫病常态化防控的基础上，坚持人病兽防、关口前移，推进人畜共患病防治净化。做好外来入侵物种调查，精准治理、有效灭除。同时，落实好各项安全生产责任制度措施，加大隐患排查整改力度，确保农牧业领域不发生重点安全事故。

统筹推进农业面源污染综合治理。扎实推进乌梁素海流域面源污染综合治理，实施乌梁素海流域山水林田湖草沙生态保护修复试点工程农业面源污染减排项目，印发《农业面源污染治理四年专项行动方案（2022—2025）》《巴彦淖尔市2022年农业面源污染综合治理任务清单》《巴彦淖尔市控水控肥十条意见》《关于进一步强化农用残膜回收工作的通告》等文件，以技术减污、规模降污、精准测污、依法治污为手段，高位推动农业面源污染治理工作。农牧业投入品调查体系、可追溯体系逐步完善；启动《巴彦淖尔市化肥污染防治条例》和《巴彦淖尔市农膜污染防治条例》立法调研工作。

多措并举，坚决保障粮食安全。主动担负起保障国家粮食安全的重大政治责任，全力以赴做好粮食生产，2022年，全市共种植粮食作物712.94万亩，比2021年（统计数据544.09万亩）增加168.85万亩，粮食供应生产功能区全部种植粮食作物，永久基本农田主要种植粮食作物，印发《2022年大豆玉米带状复合种植推广工作实施方案》。

积极开展黄河河道遗留问题整治。针对黄河河道乱占乱建问题，及时印发《黄河滩区种植高秆作物和面源污染问题整改方案》，制定并印发《黄河滩区禁限种植阻碍行洪高秆作物工作方案》，将黄河滩区禁种高秆作物列入2022年度各地实绩考核内容，压实属地责任，确保2022年限定区域内不再种植高秆作物。全面落实河湖长制和田长制，建立县、乡、村、组四级包联责任，积极开展禁限种政策宣传和替代作物种植技术培训。组织开展专项督查，确保禁种高秆作物工作落到实处。

继续抓好粮食生产和“菜篮子”“奶罐子”不放松。一是努力完成20万亩麦后复种任务，重点抓好复种燕麦的田间管理和收获工作，同时做好示范模式的研究总结，为全市奶业振兴提供优质饲料基础；二是落实好玉米及大豆玉米带状复合种植各项田间管理措施，有效应对自然灾害，加强病虫害加强监测预警，确保全年粮食丰收；三是全面推进农机减损工作，做好大豆玉米带状复合种植机具保障工作，保证粮食颗粒归仓；四是加强市场研判和信息发布，充分发挥“菜篮子”食品管理联席会议制度，强化配合，统筹做好“菜篮子”保供稳价；五是抓好订单收购，充分发挥合作经济组织和农民经纪人的作用，抓好鲜活农产品的市场流通，保障农民增产增收；六是持续抓好奶业振兴实施，推动圣牧10万头有机奶源基地扩群增量和杭后、磴口、前旗3个10万头乳业园区建成投产。组织完成2020年、2021年奶业振兴项目验收工作，完成2022年中央、自治区奶业振兴相关项目申报工作。

全力推动高标准农田建设

据巴彦淖尔市农牧局介绍，巴彦淖尔市现有可耕地1360.33万亩，其中永久基本农田1089.53万亩，占耕地的80.1%。2023年，巴彦淖尔市承担高标准农田建设任务93万亩，占全区总任务的23.5%，居全区第一位，其中新建项目13万亩，改造提升80万亩，占全区改造提升任务总量1/2以上。至2023年6月初，已开工面积39.74万亩，开工率42.7%。

经过农业农村部、国家发展改革委、财政部、自然资源部和水利部评审，2023年5月，巴彦淖尔市河套灌区整区域推进高标准农田建设试点获得批复，项目建设期为5年（2023—2027年），建设规模739.39万亩（新建81.34万亩，改造提升658.05万亩），总投资149.72亿元。

一是坚持高位推动。市委、市政府把高标准农田建设作为推进农业现代化的“一号工程”，坚持高起点规划、高标准建设、高质量实施，成立由市委书记、政府市长任“双组长”的领导小组；建立市委统筹、农牧部门牵头，旗县区具体实施，市直相关部门协调联动的工作机制；由市党政主要领导牵头主抓，科学编制《高标准农田建设“十四五”发展规划》《2021—2030年十年发展规划》《484万亩盐碱化耕地“改盐增草兴牧”示范工程规划》《巴彦淖尔市河套灌区整区域推进高标准农田建设试点实施方案》，制定出台项目管理、竣工验收等一整套制度机制。通过旬调度、月通报，逐级压实责任，形成工作闭环，构建起目标清晰、责任明确、工作具体、推进有力的工作体系和责任体系。

二是坚持大破大立。针对河套灌区耕地碎片化、盐碱化、地力等级低的实际，实行“三打破、五统一、一重新”（打破农户的承包界、打破杂乱的地块界、打破混乱的渠沟路布局，统一开挖渠沟、统一修整道路、统一平整土地、统一建设水利工程、统一营造防护林，建设完成后将土地重新分配经营）建设模式；项目竣工验收后，明确管护主体，建立“市统筹、县负责、镇监管、村落实”的管护机制，建管并重，确保工程长期发挥效益。通过破立并举，达到“田成方、林成网、渠相通、路相连、旱能灌、涝能排、盐渍降、土肥沃”，实现“四增、四减”（项目区耕种面积增加2%左右，亩均增产50千克以上，耕地质量平均提高1个等级以上，增收10%以上；亩均节水20立方米，化肥和农药用量分别下降20%和10%，节约成本50～80元）。据统计，2019年以来，巴彦淖尔市实施大破大立新建的232.19万亩高标准农田，地块数由之前的46.34万块变为16.17万块，减少30.17万块，大部分农户平均田块数量由之前的10～14块变成现在的1～3块，土地流转、规模化经营步伐明显加快，为现代农业高质量发展奠定了坚实的基础。

三是坚持机制创新。建立市级统筹、旗县区和市直部门分工负责工作机制，农民代表、村民小组长、嘎查村书记、苏木镇长、农牧部门负责人、旗县区政府“六方”签字选址立项，民主推进规划设计。充分调动群众参与积极性，面对面宣传政策、一对一指导服务，组织农民外出观摩、示范带动，引导群众算清“投入和产出账”“当前和长远账”，做到“五同意”（同意农田水利项目建设，同意大破大立土地调整，同意出工和植树，同意社会矛盾自行解决，同意率达到85%以上）。加强项目建设管理，强化激励考核，村民代表全程参与监督，确保工程质量和资金安全。

四是坚持科技引领。与中国科学院、中国农业大学等17家科研院校合作，共建河套灌区耕地质量提升技术应用推广中心、农业高效节水技术创新中心，围绕地力提升、盐碱地改良、面源污染防治，深入开展研究，提供技术支撑。因地制宜、分类施策，推广引黄滴灌喷灌、水肥一体化等高效节水技术和移动式引黄滴灌设备，建成7个节水示范园区，总面积20万亩。柔性引进院士专家团队，研究集成盐碱地改良技术模式十余项，5万亩试验示范项目成为全国样板区，巴彦淖尔市盐碱地改良的市场化运作模式荣登“中国三农创新榜”。

持续开展农业面源污染综合治理

成立市委、市政府主要领导任组长的面源污染治理领导小组，农牧部门建立1个工作专班和6个专项推进组，定期督察指导和调度工作开展情况。市政府印发《巴彦淖尔市农业面源污染综合治理四年专项行动方案（2022—2025年）》《控水控肥十条意见》《关于进一步强化农用残膜回收工作通告》《农业面源污染田长制实施方案》等一系列落实政策和措施，明确目标任务，细化工作职责，抓好措施落实。取得成效如下——

扎实推广“四控两化”（控肥增效、控药减害、控水降耗、控膜提效，秸秆与畜禽粪污资源化利用）技术措施，优化农业产地环境。通过各项措施的实施，2022年全市化肥总用量40.38万吨（折纯，下同），较2021年（42.71万吨）减量2.33万吨，化肥亩均用量35.48千克，较2021年（37.39千克）减量1.91千克，减幅5.11%，化肥利用率41.6%，较2121年提高了0.6个百分点。全市农药总用量2016.96吨，较2021年减量63.24吨，亩均用量177.22克，较2021年减量4.9克，减幅2.69%，农药利用率41.8%，提高0.8个百分点。农田灌溉水用量较2021年减量5835.8万立方米。回收地膜2.5万吨，地膜回收率85.38%，较2021年提高4.04个百分点。全市农作物秸秆综合利用率91.4%，较2021年提高0.04个百分点，畜禽粪污资源化利用率达到92.07%。

主要做法如下——

一是以提升耕地质量和化肥利用率为目标，推进控肥增效。耕地质量提升方面，引导农民增施有机肥、实施有机肥替代化肥行动。化肥利用率提升方面，推进精准施肥，依托2023年化肥减量增效项目，完成测土配方技术推广1061.3万亩；调整肥料结构，推广新型肥、配方肥替代二铵等传统肥料；优化施肥方式，新增推广水肥一体化技术面积74.9万亩；推广机械侧深施技术355.2万亩，落实施肥“三新”技术26.52万亩。

二是以除草剂减量和统防统治、绿色防控为抓手，推进控药减害。除草剂减量方面，推广膜间除草技术231.4万亩，除草剂“两项”替代技术39.46万亩，病虫害防控方面，发布病虫害情报380期，推广绿色防控技术493.1万亩；其中病虫草害统防统治方面，扶持30家统防统治组织，完成统防统治面积386.35万亩。农药包装废弃物回收方面，依托6个集中仓储回收中心，58个乡镇级农药包装废弃物回收站，回收25.24吨。

三是以高标准农田建设和高效节水技术推广为基础，有序推进控水降耗。工程节水方面，高标准农田建设开工面积39.74万亩，已开工项目工程进度约73%。农艺节水方面，新增推广水肥一体化滴灌面积74.9万亩（其中，引黄澄清滴灌完成面积0.25万亩，移动式引黄直滤滴灌完成面积68.52万亩，机电井滴灌完成面积6.13万亩），累计达到384.16万亩。

四是以开展地膜科学使用和回收利用为手段，推进控膜提效。地膜使用端，围绕聚乙烯地膜减量，推广玉米后茬免耕种植“一膜两用”技术26.35万亩，无膜浅埋滴灌技术4.2万亩，全生物降解地膜29.2万亩。围绕提高地膜可回收性，推广加厚高强度地膜143.3万亩。地膜回收端，计划在秋季农作物收获后，开展地膜回收。

五是以“三化”利用为基础，深化秸秆综合利用。争取国家秸秆综合利用项目资金2456万元，选取五原县、临河区、磴口县3个重点县实施，重点实施秸秆肥料化、饲料化、燃料化利用，目前正在编制项目实施方案，遴选项目实施主体，在作物收获后，及时开展秸秆还田和打捆离田。

六是以粪污还田为目标，系统开展畜禽粪污资源化利用。全市粪污可收集量480.82万吨，资源化利用量442.7万吨，资源化利用率92.07%。其中，规模化养殖场通过第三方集中处理、堆沤熟化、污水肥料化、异位床发酵等方式，资源化利用321.7万吨，占粪污利用总量的72.67%。规模以下养殖场（户）通过村组集中处理、养殖圈舍内堆沤熟化和活动场原位发酵等方式，资源化利用量121万吨，占粪污利用总量的27.33%。

大力发展农业高效节水

全市以高标准农田建设项目为基础，发展引黄滴灌工程，大力推广引黄高效节水灌溉技术。2019—2022年实施高标准农田232.19万亩，其中2019年建设任务56.09万亩，2020年68万亩，2021年75.6万亩，2022年32.5万亩，目前已全部完工并完成竣工验收。

2022年，新增水肥一体化面积53.6万亩（推广移动式引黄直滤滴灌面积40.4万亩；依托高标准农田建设项目实施水肥一体化面积13.2万亩），亩均节水85立方米，实现节水4556万立方米，全市水肥一体化技术覆盖面积达309.26万亩。完成75.6万亩高标准农田建设项目（减去13.2万亩水肥一体化面积，剩余62.4万亩项目区亩均节水30立方米，减去1.5万亩新增耕地用水量540万立方米，亩均用水360立方米），实现节水1332万立方米。通过以上措施，共计实现农田灌溉节水0.58亿立方米，农田灌溉水有效利用系数由2021年的0.471提高到2022年的0.478。具体措施如下。

一是实施整区域推进高标准农田建设试点项目。河套灌区整灌区推进高标准农田建设国家试点项目于2023年5月12日正式批复，项目建设规模739.39万亩，其中新增200万亩高效节水水肥一体化工程，总计投资149.72亿元，建设周期5年，项目建成后实现节水约2.29亿立方米。

二是推广应用先进农艺节水技术。在河套灌区大力推广引黄滴灌、水肥一体化等高效节水技术，提高水肥资源利用效率。2023年，全市计划新增水肥一体化108.19万亩，项目实施后亩均节水66立方米，可实现节水6600万立方米。依托高标准农田建设项目实施大破大立、土地平整、渠道衬砌、老旧闸门更新等工程措施，有效加快输水速率，缩短灌溉时间5～7天，减少跑冒滴漏，有效提升农田灌排设施能力。2023年实施高标准农田建设项目93万亩，实施后亩均节水18立方米，预计可实现节水909万立方米。通过以上措施，预计可实现节水7500万立方米以上。推动节水技术创新示范，积极探索推广示范智能化滴灌技术，配套智能化远程控制、土壤墒情和养分监测以及智能配肥装置，实现精准灌水施肥。大力发展“土地托管”“代耕代种”“联耕联种”等农业托管模式，提高农业社会化服务水平，大规模开展集中连片种植，优化水资源配置，实现产业节水。

三是鼓励引导调整种植业结构。通盘考虑灌区输配水能力、地下水位、产出效益、生态保护等因素，科学合理规划农业产业布局，积极引导农牧民规模化、集约化发展优势产业、实施高耗水和低耗水作物轮作倒茬等，压减农业生产用水。

在“绿水青山就是金山银山”理念的引领下，巴彦淖尔市树立“亩均效益论英雄”理念，实施沿黄生态“大保护”、生产能力“大强化”等“七大行动”，加快建设河套全域绿色有机高端农畜产品生产加工服务输出基地，提高规模化、标准化、品牌化水平。

首先，创建并全面打响“天赋河套”农产品区域公用品牌。通过与中国标准化研究院合作，建成“天赋河套”农产品联合质量管理中心，制定绿色有机高端农畜产品生产加工标准185项。加大全方位宣传推荐力度，加快“百城千店万柜”布局，品牌知名度逐年提高，荣登2018中国区域农业品牌影响力排行榜第二位，获得2019中国农业最具影响力品牌、中国农产品百强标志性品牌等奖项。授权的12家企业53款产品实现溢价25%以上，带动全市农畜产品整体溢价10%以上，既极大地激发了全市农牧民和各类经营主体紧跟品牌战略、生产高品质农畜产品的积极性，同时倒逼传统农牧业转型升级。

其次，不断优化农牧业区域布局和生产结构，重点发展粮油、肉乳绒、果蔬、蒙中药材、饲草、生物质六大优势特色产业，成功承办全国农村产业融合发展现场会、全国农商互联产销对接会等重大活动，使巴彦淖尔农业在全国的影响力显著提高。

再次，大力实施高标准农田建设和盐碱地改良工程，加大渠、沟、路、林、田配套建设力度，推广喷灌滴灌、水肥一体化等高效节水灌溉技术，耕地质量不断提高。建成国家绿色食品原料标准化生产基地200万亩，5万亩盐碱地改良产业园成为全国样板区，河套地区被中国气象局认证为“黄金农业种植带”。

最后，加大现代农业平台载体建设，柔性引进傅伯杰、张福锁等国内顶级院士和专家，建立了9个院士专家工作站。整合引进国际国内先进的技术和生产经营模式，建成美国金伯利农场、29个田园综合体和128个农牧业示范园区，积极创建国家农业高新技术产业示范区，建设中国—以色列（巴彦淖尔）现代农业产业园、金伯利农场二期、中奥番茄示范园、黄河流域西北地区种质基因库等重大项目，以点带面，示范带动现代农牧业发展，努力建成国家现代农牧业发展示范区。

关于农田排水、化肥、塑膜、点源、面源、内源污染乌梁素海等诸多问题，市农牧局向作者提供如下材料：

在组织保障措施上，成立由市委书记任组长的乌梁素海综合治理工作领导小组，全面负责乌梁素海生态环境综合整治和生态修复工作；组建乌梁素海生态保护中心，重点开展乌梁素海综合治理的协调、调度工作；制定《关于积极整改中央环保督察“回头看”反馈问题　加快推进乌梁素海综合治理的实施意见》和乌梁素海点源、面源、内源污染治理，人工湿地监测运行，环境监管能力建设等13个配套办法（简称“1个意见和13个配套办法”），为推进乌梁素海综合治理提供制度保障；成立巴彦淖尔市生态治理和绿色发展院士专家工作站，为巴彦淖尔市生态治理和绿色发展提供科技支撑、规划引领和技术指导。

在乌梁素海流域上游乌兰布和沙漠，建设全国防沙治沙综合示范区和中国—以色列（巴彦淖尔）防沙治沙生态园，积极探索沙漠治理与光伏发电、沙草产业、蒙中药材等绿色产业相结合的可持续治理模式，阻止泥沙流入黄河、侵蚀河套平原。2020年，乌兰布和沙漠治理区成功创建为国家“绿水青山就是金山银山”实践创新基地。

在城镇和工业园区，为彻底斩断乌梁素海点源污染，制定《巴彦淖尔市城镇污水处理设施和污水管网专项规划》《巴彦淖尔市污水管网建设方案》，积极推进污水处理厂、再生水厂和管网建设，充分挖掘中水回用潜力，尽最大可能将中水回用于工业用水、园林绿化、景观用水、城市杂用水，其余部分进入人工湿地净化达标后通过各级排干沟。

在乌拉特前旗污水处理厂的监控大屏上，作者看到，乌拉特前旗的城镇污水经过13道工序近30个小时的层层处置，直到水质达标后，一部分供给当地电厂使用，一部分先排至人工湿地，通过藻类、鱼类等生物方式进行再净化，最后才进入乌梁素海。

党的十八大以来，中央先后提出“绿水青山就是金山银山”“山水林田湖草沙是一个生命共同体，要一体化保护治理”等治国理政新理念，为我们治理好乌梁素海指明了方向路径，提供了根本遵循。由此，巴彦淖尔市确定了“践行生态文明思想，把乌梁素海流域山水林田湖草沙作为生命共同体，统筹推进全流域生态修复、综合治理和保护开发。由单纯的‘治湖泊’向系统的‘治流域’转变，走以生态优先、绿色发展为导向的高质量发展路子”的治理思路。

2018年8月，按照中央环保督察“回头看”反馈意见，巴彦淖尔市委托中国环境科学研究院对《乌梁素海综合治理规划》开展中期评估及修编。2019年9月20日，自治区人民政府正式批复《乌梁素海综合治理规划（修编）》（以下简称《规划（修编）》）。《规划（修编）》共五大类（点源、面源、生态补水与生态修复、内源、生态环境物联网建设与管理支撑项目），34个项目，总投资24.89亿元，2020年底全部完工。

2018年，巴彦淖尔市获得乌梁素海流域山水林田湖草生态保护修复国家试点工程项目支持，试点工程共七大类、35个项目，总投资50.86亿元，目前35个项目已全部完工。进入“十四五”时期，巴彦淖尔市编制了《“十四五”乌梁素海流域生态环境保护治理规划》，系统推进水环境、水资源、水生态综合治理，持续改善流域生态环境，以期实现乌梁素海湖心断面水质稳定达到Ⅳ类，生态功能显著增强的目标。《规划（修编）》安排建设重点在乌梁素海。

其中在河套灌区，全面开展农业“四控”（控肥增效、控药减害、控水降耗、控膜提效）行动，引导和推动农业绿色生产，实现全市化肥、农药使用量负增长，使农田灌溉用水量得到有效控制。2019年8月，国家农业农村部在巴彦淖尔市举办全国北方农业绿色生产暨农药减量增效现场观摩会，推广市农业“四控”行动方面的经验做法。

在湖区周边，强力推进乌拉山生态修复和乌拉特草原自然修复。一是实施矿山地质环境综合整治工程，改善乌拉山受损山体的地质地貌环境，提高水源涵养功能，提升乌拉山的生态屏障服务功能。二是实施乌梁素海周边水土保持与植被修复工程，促进乌拉特草原自然修复。

在乌梁素海湖区，通过采取底泥原位修复试验示范、湖区水道疏浚、建设河口湿地、水生植物资源化综合利用、生态调控等措施，开展内源治理。同时利用黄河凌汛期和灌溉间隙期进行生态补水，改善湖区水质。

2018—2022年，乌梁素海年生态补水量每年保持在6亿立方米左右。2023年上半年已生态补水2.91亿立方米，湖区水位、面积较为稳定。

在乌梁素海流域山水林田湖草生态保护修复试点工程中，农牧业污染减排工程项目由内蒙古创立达咨询服务有限公司完成。

一、项目由来

内蒙古扼守祖国北部边疆，是国家的重要绿色生态屏障。乌梁素海流域是我国“两屏三带”生态安全战略格局中“北方防沙带”的重要组成部分。

巴彦淖尔市于2018年启动乌梁素海流域山水林田湖草生态保护修复试点工程，涵盖乌梁素海及流域，总面积1.63万平方千米（2445万亩）。规划范围划分为9个污染控制区域。实施七大工程十七大项的35个项目，总投资50.86亿元。

本项目是乌梁素海流域山水林田湖草生态保护修复试点七大工程之一。规划实施农业投入品减排工程、耕地质量提升工程、农牧业废弃物回收与资源化利用工程等3项工程10个项目、16个子项目，计划投资5.49亿元。

二、建设目标

（一）总体目标

根据农业部《重点流域农业面源污染综合治理示范工程建设规划（2016—2020年》，以“四控”（控肥、控药、控水、控膜）“两化”（农

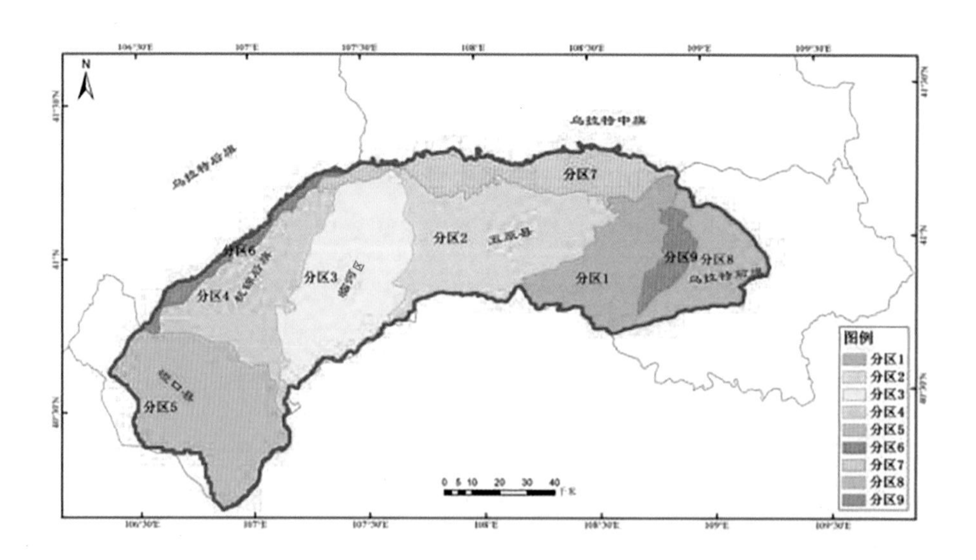

乌梁素海治理规划范围及分区控制图

作物秸秆和畜禽粪污资源化利用）“一整治”（农村牧区人居环境整治）为目标，针对乌梁素海流域农业面源污染特点，采取强有力的农业面源污染治理、防控措施，降低面源输入湖中悬浮物、有机物及氮磷营养盐等的浓度，提高入湖水质，减轻对乌梁素海的污染负荷，在改善乌梁素海整体水质的同时，实现地区农业经济增长方式的转变。

（二）具体目标

1.耕地质量提升

整合农业综合开发、土地整治、千亿斤粮食基地建设、农田水利和改盐增草（饲）兴牧建设项目资金，全面提升耕地质量。本项目实施耕地质量提升62.5万亩，重点采取水肥一体化、增施有机肥和耕地深翻等措施，提高土壤肥力。

2.化肥减控目标

深入推进化肥用量负增长，到2020年，肥料利用率提高到40%以上。通过有机替代部分无机、秸秆还田、高效新型肥料应用、水肥一体化、测土配方施肥等措施，使化肥减量技术应用面积不断扩大，科学施肥体系初步形成。

3.农药减控目标

深入推进农药用量负增长，到2020年，农药利用率达到40%以上。主要农作物病虫害绿色防控技术覆盖率达到50%以上，设施、露地瓜菜病虫害绿色防控实现全覆盖，专业化统防统治覆盖率达到40%以上，高效低毒低残留农药比例明显提高。项目区农药包装废弃物回收率达到100%以上。

4.农用地膜控制目标

到2020年，地膜覆盖面积和农膜残留实现“双减”，全面推广使用国家标准地膜，使用率达到100%。提高残膜机械化回收率，残膜当季回收率达到85%以上。

5.农作物秸秆利用

农作物主要采取三项措施：一是秸秆肥料化利用。结合农机化作业，实施秸秆机械还田，秸秆肥料化（还田）利用率达到20%。二是秸秆饲料化利用。结合畜牧养殖业，大力推广饲用青贮玉米、秸秆压块技术、揉丝技术，推进秸秆饲料化利用，秸秆饲料化利用率达到60%。三是秸秆能源化利用。推广秸秆固体成型燃料，推进秸秆能源化利用5%。到2020年，农作物秸秆综合利用率达到90%。

6. 畜禽粪便利用

实行分类治理技术。针对养殖大户，按户收集畜禽粪污和生活垃圾，氧化塘处理后就近利用；针对规模化养殖场，采取干清粪、固液分离等源头污水减量措施后，固体粪便经过堆肥处理加工成有机肥，污水经过高效厌氧处理后贮存利用。到2020年，全市畜禽粪污综合利用率达到80%以上，畜禽规模化养殖场粪污资源化利用设施配套率达到95%。其中，项目区畜禽粪污综合利用率达到95%以上，畜禽规模化养殖场粪污资源化利用设施配套率达到100%。

三、项目概况

（一）项目建设地点及规模

项目建设地点位于河套灌区，涉及乌拉特前旗、乌拉特中旗、乌拉特后旗、五原县、临河区、磴口县、杭锦后旗7个旗县区66个乡镇（农场、企业）。地理位置为东经106° 09′ 10"～109° 53′ 51"，北纬40° 10′ 01"～41° 49′ 10"。控制范围覆盖乌梁素海，面积1.63万平方千米。

（二）项目区主要建设内容

本项目根据《乌梁素海流域山水林田湖草生态保护修复试点工实施方案》，项目建设主要实施农业投入品减排、耕地质量提升和农牧业废弃物回收与资源化利用三大工程10个项目16个子项目，各项工程主要建设内容见下表。

项目建设规模及主要建设内容表

序号	工程名称	建设内容
一	**农业投入品减排工程**	
（一）	智能配肥站建设项目	新建智能配肥站 100 个
（二）	减氮控磷项目	推广高效复合肥、缓控释尿素、微生物菌剂、颗粒有机肥、高效叶面肥等 89 万公顷（133.5 万亩）
（三）	种植结构调整项目	以名、优、特、新、地理标志产品和新栽培技术推广等为重点，调整种植业结构，主要补贴 0.01 毫米以上农用地膜、高效叶面肥，补贴面积 6666.67 公顷（10 万亩），750 元 / 公顷（50 元 / 亩）
二	**耕地质量提升工程**	
（四）	水肥一体化灌溉项目	乌梁素海西、北岸新增水肥一体化灌溉面积 1 万公顷（15 万亩）
（五）	增施有机肥项目	增施有机肥 6666.67 公顷（10 万亩）
（六）	耕地深松项目	深松土地平整面积 2.5 万公顷（35.5 万亩）
三	**农牧业废物回收与资源化利用工程**	
（七）	农药包装废物回收与资源回收处理项目	
	农药包装废物回收处理	设立 58 个回收点，每年回收废弃包装物 205 吨，连续回收 3 年
	农药包装废弃物区域集中回收中心	建立 5 个农药包装废物区域集中回收中心，农药全程可追溯体系 1 项
（八）	农田残膜回收项目	
	残留农膜回收	3 年回收耕地 26.7 万公顷（400 万亩）的残留农膜
	农膜废弃物处理厂	建立年处理 0.5 万吨的残膜处理厂
（九）	农作物秸秆综合利用项目	
	秸秆颗粒饲料加工厂	扶持 9 个养殖或饲草加工企业

	青贮玉米饲料	重点扶持规模养殖新建青贮池2万立方米
	秸秆收储运服务基地	建立10个秸秆收储运服务基地
	秸秆能源化利用	新建年生产5万吨秸秆颗粒燃料厂1个
（十）	畜禽粪污资源化利用项目	
	固体畜禽粪便+污水服料化利用	扶持104户养殖大户
	有机矿物复合肥	扶持1个年产5万吨有机矿物复合肥厂

（三）项目投资概（估）算总投资54900万元

工程建设费用53700万元，占项目总投资的97.8%。其中，建筑工程费用18984.28万元，占项目总投资的34.58%；设备购置及安装工程费用7982.77万元，占项目总投资的14.54%；生产性和公益补贴费用2.6亿元，占项目总投资的47.36%；工程建设其他费用732.95万元，占项目总投资的1.34%。

建设内容：农业投入品减排工程投资10000万元，占项目总投资的18.2%；耕地质量提升工程投资2450万元，占项目总投资的44.6%；农牧业废弃物回收与资源化利用工程投资19200万元，占项目总投资的35.0%。其他费用1200万元，占项目总投资的2.2%。

四、项目效益

（一）生态效益

乌梁素海是位于黄河宁蒙河段的一个天然水库，维持着2亿～4亿立方米的水量，具有一定的调蓄能力。现有水域还是确保黄河内蒙古河段枯水期不断流的主要水源补给库，对于维系黄河水系具有巨大的不可替代的作用，对于黄河中下游的水量调配发挥着积极的作用。近年来，巴彦淖尔市工业化、城镇化进程的加速带来的工业废水、城镇生活污水以及农业退水的大量排放，给乌梁素海带来一定的影响。乌梁素海的水质恶化和水生态退化等环境问题已经成为该地区经济社会可持续发展的制约因素。

该项目建设将极大地改善乌梁素海流域的农业生产条件，提高农业科技含量，效益表现为改良与修复耕地，提高土壤肥力，减少土壤含盐量，创造良好的土壤条件。增强抵御风沙等灾害的能力，干燥多风的自然条件得到控制，使整体生态环境向良性循环发展。通过实施土壤改良，地下水位下降到1.8米以下，土壤耕层含盐量低于3克/千克，提高有机质含量增加2～3克/千克。生态林是减轻和防止园区各种风灾、低温冻害、霜害的重要屏障。

通过农作物秸秆综合利用和畜禽粪便堆肥化技术措施，形成种、养有机结合的循环发展模式。堆肥化技术将有机固体废弃物改良成稳定的腐殖质，用于肥田或土壤改良。堆肥化技术在实际应用中可以达到“无害化”“减量化”“资源化”的效果，并且具有经济、实用，不需外加能源，不产生二次污染等特点。作为大田和高品质有机蔬菜种植的优质肥料，沼液则通过管道输送后进行大田和温室灌溉，从而实现了整个园区的废物“零排放”和“零污染”。

通过农业投入物减耗、残膜回收综合利用和农药包装废弃物回收措施，从源头上、过程中控制农业面源污染物的排入量，对于从根本上治理农业面源污染起到关键性作用，治理效果明显。

（二）社会效益

1.改善农业生产条件，提高耕地质量

项目建成后，将形成配套较完善的农业生产与生态环境治理良性循环系统，改善当地农业生态环境条件，从而推动当地绿色农业发展；同时通过以农作物秸秆还田、过腹还田综合利用措施，耕地质量进一步提高，使项目区耕地达到高标准农田。

2.增加农民收入，推动农村经济发展

项目实施后，农田基本条件更加完备，随着耕地生产力提高，有利于农民应用先进的生产技术，改善农业生产结构，提高农作物产量和农产品质量，发展多种经营，降低生产成本和风险，从而增加农民收入，改善农民生活条件，促进项目区经济的持续发展。

3.有利于社会稳定

项目实施后，耕地质量的提高、农业产业结构的调整可为项目区内农村剩余劳动力提供就业机会；通过农业面源污染防治，改善农村居住环境条件，从而增强了农民从事农业生产的积极性。

4.起到示范和促进作用

本项目的实施，为乌拉特前旗乃至整个区域农业面源污染防治工作积累经验，良好的示范效应进一步推进乌梁素海流域生态环境治理工程，进一步推进农村经济发展转型，为农村经济建设提供了先进的发展模式。

（三）经济效益分析

根据《农业项目实施方案与经济评价手册》（2002.8）进行效益分析和经济评价，本农业面源污染防治项目属公益性投资项目，故在做经济评价时只做国民经济评价价。根据本工程16个项目国民经济评价结果分析，项目经济净现值（12%）=7803.4万元，经济内部收益率18%，费用效益比1：1.17，投资回收期5.9年。项目经济内部收益率大于12%，费用效益比大于1，项目可行。

乌拉特前旗污水处理厂工程于2018年7月27日开工建设，工程总投资8051万元，其中，中央预算内投资2580万元，自治区预算内投资200万元，地方配套5271万元。主要建设规模及内容为新建日处理污水2万吨污水处理厂1座，铺设污水管网2千米。该工程不仅有利于改善该旗城镇居民生活居住环境，同时对乌梁素海水体改善起到积极的作用。

2019年5月，乌拉特前旗人民政府办公室《关于印发乌拉特前旗乌梁素海流域农业面源染综合治理实施方案的通知》，在巴彦淖尔市7个旗县区中具有代表性。兹全文摘录如下。

乌拉特前旗乌梁素海流域农业面源污染综合治理实施方案

为加速推进中央环保督察“回头看”反馈意见整改到位，全面加强乌梁素海面源污染综合治理，着力提升农业可持续发展能力，根据巴彦淖尔市乌梁素海流域农业面源污染综合治理有关要求，结合我旗实际，特制定本方案。

一、总体要求

树立绿色、低碳、循环的生态农业发展理念，坚持走产出高效、产品安全、资源节约、环境友好的现代农业发展道路，将“四控五化”（控肥、控药、控水、控膜，区域化、无害化、资源化、常态化、精准化）作为防治农业面源污染的主要抓手，着力构建常效化、可持续化的面源污染治理机制，在改善生态环境的同时，全力建设河套全域绿色有机高端农畜产品生产加工输出基地，切实保障乌梁素海流域生态安全，推动农牧业绿色高质量发展。

二、目标任务

到2020年，基本建立生产科学、环境清洁、约束有力、绿色高效的产地环境净化管理制度和技术体系。全旗农作物化肥、农药使用量保持负增长，农药化肥利用率达到40%；测土配方施肥技术覆盖率达到90%；主要农作物病虫害专业化统防统治覆盖率达到40%以上，绿色防控覆盖率达到41%以上；农膜当季回收率达到80%以上；秸秆综合利用率达到85%以上；畜禽粪污综合利用率达到80%以上；规模养殖场粪污处理设施装备配套率达到95%以上。

三、工作内容

重点实施农业投入品减排、耕地质量提升、农牧业废弃物回收与资源化利用三大工程。所有工程优先安排于乌梁素海周边地区及各类园区实施建设。

（一）农业投入品减排工程

智能配肥站建设项目。2019年，全旗补贴任务为20个。遴选标准与条件限定：一是选择交通便利、水电配套、地形高燥的种植业集中区域；二是优选国内外大型肥料生产企业投资运行，形成“连锁超市”式经营模式；三是主选本市肥料经销大户建厂建站，推行“一站式”服务模式；四是政策扶持建设配肥站，经营者负责配套设备与其他附属设施，并建立测土配方营销网络，政策给予配方肥补贴扶持，实现输血与造血相结合。开工及完成时限：2019年3月中旬确定建设地点和主体，3月底开工，8月底完工。

减氮控磷项目。推广新型复合肥、缓控释肥料、微生物肥料等减氮技术，下达任务30万亩，2019年和2020年每年完成15万亩。遴选标准与条件限定：优先集中连片区域化种植；补贴的肥料品种包括高效复合肥、缓控释肥、微生物菌肥；补贴的肥料必须是我市经过2年试验示范，并被列入肥料补贴名录中的推荐产品；补贴标准为每亩限定购肥50千克，项目补贴标准统一为67.4元/亩，其余不足资金由合作社和农户自筹，补贴对象可在高效复合肥、缓控释肥、微生物菌肥中任选一种肥料享受补贴，不能重复补贴。开工及完成时限：2019年3月中旬，确定实施地点和主体，3月底开工，8月底完工。

种植结构调整项目。主要用于发展新特优种植业，补贴标准50元/亩，补贴内容根据种植主体实际需要，以国标地膜和肥料为主。任务为10万亩，2019年和2020年每年实施5万亩。遴选标准与条件限定：瓜类500亩以上连片种植；高粱200亩以上连片种植；大田蔬菜200亩以上连片种植；水稻100亩以上连片种植；特色玉米（爆粒玉米、甜玉米等）500亩以上连片种植；设施农业园区全覆盖；花生等新特作物100亩以上连片种植。开工及完成时限：2019年3月中旬确定实施地点和主体，3月底开工，8月底完工（设施农业除外）。

（二）耕地质量提升工程

水肥一体化灌溉项目。任务10万亩，2019年实施6万亩，2020年实施4万亩。按照我旗实际，经过实地勘测，在总投资不变的情况下，设计建设面积为15.065万亩，其中井灌区5.011万亩，井黄（河）双灌区7.18万亩，黄灌区0.72万亩，智慧农业示范区2.154万亩。遴选标准与条件限定：一是遴选5000亩以上集中连片区域，优先选择土地整治大破大立建成区，建设水肥一体化示范区；二是优选靠近河湖的规模化种植区，发展黄河水澄清水肥一体化；三是对原有项目完成验收，并达到升级改造年限的水肥一体化区域进行提标扩面，建设规模掌握在10000亩以上。提标扩面优先安排智慧农业发展。开工及完成时限：2019年5月底确定建设地点和主体，9月初开工，2020年4月底完工。

增施有机肥项目。下达任务为增施有机肥2.5万亩，要求2019年实施1.2万亩，2020年1.3万亩。每亩推广颗粒型商品有机肥用量1吨，亩补贴800元，重点在设施农业、露地瓜菜上开展有机代替无机行动。遴选标准和条件限定：瓜类连片种植1000亩以上；露地蔬菜500亩以上连片种植；设施农业园区全覆盖。开工及完成时限：露地瓜菜在2019年、2020年3月中旬确定建设地点和主体，3月底分别发放到位；设施农业园区在2019年5月底确定建设地点和主体，2019年7月底、2020年1月底分别发放到位。

耕地深松深翻项目。在秋季，配合施有机肥、秸秆还田或豆科绿肥翻压，旋耕深松镇压一体化作业，建设任务为37.5万亩，2019年实施19万亩，2020年实施18.5万亩。深度30厘米以上，每亩补贴40元。遴选标准和条件限定：一是遴选农机合作社，开展社会化服务；二是农机合作社需安装自动定位检测设备，近三年在市内外作业面积均10万亩以上，农户满意率95%以上，拥有一定资金实力的优先。开工及完成时限：2019年9月底完成50%建设任务，2020年完成剩余建设任务。

（三）农牧业废弃物回收和资源化利用工程

农药包装废弃物回收项目。农药包装物回收补贴。2019年、2020年两年回收175吨（2019年回收87吨，2020年回收88吨）。遴选标准与条件限定：坚持谁销售谁收集的原则，明确各级农资经销商为第一责任人；鼓励贫困户到田间地头捡拾农药包装废弃物，直接送交至镇级转运站；建立使用者、销售者、送交者“三方一体”台账，确保收、交、转过程中计量一致，补贴真实。农药包装物回收点建设。建设11个回收站，每个回收站仓储转运房建设面积不低于150平方米，钢架起脊彩钢结构，每个回收点建设补贴10万元。条件限定：选择远离村庄、水源地、地势高燥、交通便利的非耕地建设回收站，各苏木镇要充分考虑运输半径等问题，合理布局建设地点；普通照明电能够就近解决；公共安全有保障。我旗初步确定为明安镇建2个，其余苏木镇各建1个（沙德格苏木除外），也可探讨建设收贮罐解决。农药包装物回收点计划统一由企业、农药经销商等回收管理。开工及完成时限：2019年3月中旬确定建设地点，3月底开工，6月底完工。农药包装废弃物区域集中处理站。2019年建成1处旗级农药包装集中处理站，建设面积2000平方米，配套移动式压块机、运输车各1台。遴选标准和条件限定：选择相对集中的位置规划建厂，充分考虑远离村庄、水源地，地势高燥、交通便利的非耕地建设旗级包装废弃物收储中心；普通照明电能够就近解决；公共安全有保障；运营主体必须具有一定经济实力，能够组成规范的运营机构，从业人员能够熟练驾驶转运车辆，科学操作压缩机械，准确记载各级包装物转运数据，并建立电子化管理系统；对农药包装废弃物拥有一定基础知识，能够科学仓储，确保不发生人生安全事故。旗级区域集中处理站1个，在乌拉山镇（亨通公司）建设。开工及完成时限：2019年3月底开工，6月底完工。

农田残膜回收项目。残膜回收补贴：2019年、2020年分别回收100万亩，每亩补贴12元。遴选标准和条件限定：鼓励各级农机合作社开展社会化服务，通过组建社会化服务组织回收、转运残膜；社会化服务主体需有能配置残膜回收机械的35马力以上动力装置；回收残膜以各类瓜果蔬菜经济作物为主，以玉米、向日葵残膜回收为辅，确保根茬少、杂物少，便于加工再利用；社会化服务组织要有一定的经济实力，并与残膜回收再利用企业建立紧密的合作机制，带动农户共同推进地膜回收再利用。残膜捡拾机。2019年购置残膜捡拾机500台，扶持农机合作社与农机手购买回收机具，项目给予50%以上的补贴。遴选标准和条件限定：机具作业幅宽1.2米以上，单机价格15000元左右，按照项目补贴70%左右，主体自筹30%的原则购置；优先选择本市范围内的农机具制造销售企业，近年来在当地拥有一定的使用量，农户满意程度高，使用效果好，销售服务有保障。开工及完成时限：在2019年6月底将500台残膜回收机具购置发放到位，7月底陆续开展社会化服务，实施残膜回收工程，建设任务分年度按期完成。农膜废弃物集中处理厂。2019年，建设1个年度处理0.5万吨的残膜处理厂。建设主体为禾兴农牧业有限公司。开工及完成时限为：2019年6月开工，10月底竣工并运行。

农作物秸秆综合利用项目。秸秆颗粒饲料加工厂：2019年，建设9个秸秆颗粒饲料加工厂，重点扶持养殖企业建设。遴选标准和条件限定：必须为规模化养殖企业，通过建设基础设施、配套加工设备、运用技术工艺，推进以玉米秸秆为主的颗粒饲料加工再利用，实现自给自用或商品化外用；建成后，必须及时与周边农户形成秸秆收储运关系，积极处理农作物秸秆，推进秸秆饲料化、肥料化利用。我旗9个秸秆颗粒饲料加工厂，分别确定为额尔登布拉格苏木1个（公忽洞嘎查绿态梦种植专业合作社），大佘太镇2个（红明村加正德合作社、青松草业一分厂），苏独仑镇2个（永和村范贵明合作社、永和林场飞跃合作社），新安镇2个（华宇合作社、朔禾河农业公司），西小召镇1个（公田村公田联发专业合作社），白彦花镇1个（苏特茂农牧专业合作社）。完成时限：2019年10月底完成基础设施建设与机器设备购置工程，及时试运行，确保在2020年5月底全部启动运行。青贮饲料：建设2万立方米的青贮窖池。遴选标准和条件限定：扶持规模化养殖户建设经济适用的青贮窖池；根据养殖户需求设计2～3种类型的青贮窖池，根据建设容积调整单位造价，具体设计类型与补贴标准以市级标准为准；规模化养殖户建成青贮窖池，必须投入运营，发展畜牧业，不能闲置。青贮饲料建设地点包括23个肉牛养殖场、5个奶站。秸秆收储运服务基地。建设5个秸秆收储运服务基地，建设内容为半封闭式饲草料仓储棚，补贴总额800万元。条件限定：扶持规模化养殖户，建设半封闭式草棚，用于收集转运储存各类农作物秸秆；每处2000平方米以上；储草棚建成后，必须购买储存各类饲草料，积极发展畜牧业，推进农作物秸秆饲料化利用。我旗确定秸秆收储运服务基地10处，补贴总额不变，按实际建设面积补贴。10个建设地点，分别在额尔登布拉格苏木2个（公忽洞嘎查弘昌公司、巴音温都尔嘎查国轩公司），大佘太镇3个（红明村加正德合作社、青松草业一分厂、三份子村内蒙古隆华金源农牧有限公司），苏独仑镇2个（永和村范贵明农牧专业合作社、永和林场飞跃农业合作社），小佘太镇1个（大十份子村民福旺种养殖专业合作社），新安镇1个（树林子村华宇农贸专业合作社），白彦花镇1个（牧业三组苏特茂农牧专业合作社）。完成时限：2019年底完成建设与安装工程，并及时投入运行。秸秆能源化利用。2019年建成1个生产秸秆颗粒燃料5万吨的处理厂。确定在苏独仑镇苏独仑村，由内蒙古蒙葵农业有限公司建设。完成时限：2019年10月底完成基础设施建设与机器设备购置工程，及时试运行，确保在2020年5月底启动运行。

畜禽粪污资源化利用。固体畜禽粪便+污水肥料化利用：2019年扶持50户养殖大户配套固体畜禽粪便+污水肥料化利用设施，建设内容为畜禽粪污半封闭式砼混结构集中堆沤处理设施、固液分离设备等。遴选标准和条件限定：遴选规模化养殖大户建设畜禽粪污半封闭式砼混结构集中堆沤处理设施；在奶牛规模化养殖场配套固液分离设备，推进粪污分别处理、循环利用；鼓励本项目中的青贮饲料窖池、颗粒饲料加工、秸秆储草棚的运营主体与该建设主体整合建设；建成后必须适时使用设施设备，科学处理畜禽粪污，推进资源化利用。我旗根据养殖场规模实际情况，结合粪污资源化整县推进项目，总补贴总额不变，由50户变更为75户，建设地点已确定，实现规模化养殖场粪污处理配套全覆盖。完成时限：2019年10月底完成。有机矿物复合肥：2019年建设1家年产有机矿物复合肥6万吨的企业。建设地点定在西山咀农场二分场，建设主体为丰达源公司。开工及完成时限：2019年10月底完成基础设施建设与机器设备购置工程，在2020年5月底启动运行。

四、保障措施

（一）加强组织领导

为确保乌梁素海流域面源污染综合治理工程各项建设任务顺利实施，成立政府分管副旗长任组长，政府办公室副主任及农牧局、科技局局长任副组长，相关部门负责人为成员的乌拉特前旗乌梁素海流域面源污染综合治理工作领导小组。领导小组下设办公室，设在农牧局和科技局，办公室主任由窦文斌兼任，具体负责各项工程技术指导、综合汇总、进度调度、督导考核等工作。各苏木镇、农牧渔场负责建设主体遴选，确定建设地点，配套附属设施，化解纠纷、解决社会矛盾等工作，领导小组各成员单位要牢固树立“一盘棋”思想，结合各自实际成立相应的工作机构，明确专人负责，确立1名分管领导和1名工作人员，按要求上报工作进度。要根据工作职能和工作需要，做好协调配合，确保形成工作合力。

（二）强化示范引导

按照源头控制、过程清洁、末端利用的原则，以“四控”行动为抓手，通过典型示范，辐射带动秸秆综合利用，畜禽粪污资源化利用，残膜、农药包装废弃物回收利用等技术推广普及。充分利用报纸、广播、电视、网络等媒体，加强农业面源污染防治的科普及舆论宣传，为农业环保工作创造浓厚的舆论氛围，引导社会力量积极参与农业面源污染防治工作。

（三）拓宽投资渠道

相关单位要积极争取项目资金，不断拓宽农业面源污染防治经费渠道，同时要加强项目资金整合力度，在不改变用途和符合管理要求的前提下资金尽量集中捆绑使用，重点投入规模化畜禽养殖场污染综合治理、农作物秸秆综合利用、残膜回收、农村生活废弃物回收处置等项目，切实提高资金使用效率，充分体现治理效果。

（四）严格督导考评

坚持“属地管理、分级负责、全面覆盖、责任到人”的原则，领导小组结合各苏木镇农牧场建设任务制定严格的考评细则并开展经常性的督导检查。农科局要做好面源污染治理工作的跟进督导，定期、不定期向旗委政府报告工作推进进度，及时发现反馈工作中存在的问题，全面推动各项工作落到实处。对工作中敷衍应付，推进不力，造成严重后果的单位和个人，一经发现，将视情节严肃追责问责。

杭锦后旗于2018年开始推进乌梁素海流域面源污染综合治理工作，按照全市面源污染治理总体要求，全区域绿色发展、全过程绿色管控、全产业绿色生产，高标准推进国家农业可持续发展试验示范区、农业绿色发展先行先试区、粮食生产功能区、特色农产品优势区、农产品质量安全县“五区”同建，切实落实乌梁素海流域面源污染防治各项措施，助力河套全域绿色有机高端农畜产品生产加工输出基地建设，推动乡村振兴战略全面实施。

一是推行“四控一改”治理面源污染。杭锦后旗投资1.19亿元，完成8.6万亩高标准农田建设，配套各类水利工程；推广井黄双灌与黄河水二次澄清水肥一体化技术1.3万亩，推进了控水降耗；建成固体配肥站、液体加肥站10个，应用土地确权大数据，建立BB肥数据平台，源头推广配方肥55万亩，化肥用量减少20%，利用率提高10%，推进了控肥增效；整旗制推行农药购买实名制，张贴使用专用回收处理标识，建立农药统一采买机制，实行“谁销售、谁收集、谁转运”，蜜蜂授粉、绿色防控、统防统治融合技术覆盖率达到85%，推进了控药减害；在玉米、经济作物上推广不覆膜、一膜两用、适时揭膜等技术，玉米后茬免耕种植向日葵面积达到20万亩，0.01毫米厚地膜使用面积达到42万亩，依托亨润节水灌溉有限公司、月阳合作社年回收利用废旧农膜及滴灌带2600吨，生产果蔬转运筐60万个、滴灌管带1.44亿米，推进了控膜提效；在中科院南土所技术支撑下，改盐治碱，采用“五位一体”技术改良中轻度盐碱地11万亩；整合农综开发、土地治理、千亿斤粮食等项目，采取工程措施改良中重度盐碱地9.3万亩；采用“暗管排盐”技术改造重度盐碱地0.4万亩，推进了改盐增草（饲）工程。全旗共建成国家农业可持续发展试验示范核心区1个，各具特色的田园综合体6个，绿色生产高效示范园区16个，“一区一体一园”建设面积38.5万亩。通过“四控一改”，杭锦后旗面源污染达到有效治理。

二是加大投资，推进生态循环发展。为推进生态循环发展，2018年，杭锦后旗投资1.01亿元，建设锦泰源日处理200吨粪污循环利用项目；投资1.2亿元，建成力景华荣年30万吨畜禽粪便无害化处理及有机肥生产项目；投资2.77亿元，建成杭龙生物质热电秸秆资源化利用项目；投资7900万元，实施奶牛大县粪污资源化利用整县推进项目，实现全旗所有奶牛养殖场粪污资源化利用；全旗210万吨畜禽粪污和120万吨农作物秸秆及农林废弃物全部消纳，推动了上联养殖、下联生产、中联能源的生态循环农业发展。

三是推进环境治理，助力乡村振兴。以农村垃圾污水治理、厕所革命、村容村貌提升为重点，杭锦后旗实施了陕坝镇中南渠村、春光村，头道桥镇民建村、联丰村，二道桥镇永丰村等10个镇（农场）的14个中心村村容村貌整治提升工程；投资3412万元，建成头道桥镇、三道桥镇、蒙海镇污水处理厂；投资330万元，完成农村改厕1680户；投资1600万元，购置压缩垃圾车3辆，清运小车1194辆，发放垃圾桶2200个，垃圾集装箱132个，建成高标准垃圾转运站10个，垃圾焚烧炉3个，垃圾池1885个，大力推广“一村八化”“微治理”等长效管理模式，农村环境得到持续改善。全面落实河湖长制，完善了河湖及河湖长名录，将过集镇斗农级渠沟及全旗大小湖泊海子全部纳入河湖长制管理，推进了各级河湖渠沟水清、岸绿、景美。

2022年，河套灌区中部的五原县，开工实施的“十四五”乌梁素海流域生态环境保护治理规划项目共3个，分别为五原县污水处理厂尾水人工湿地水质净化工程、五原县天吉泰镇污水处理工程建设项目、五原县塔尔湖镇水环境综合治理项目。

巴彦淖尔市农牧局2021年11月11日关于《巴彦淖尔市农业面源污染治理“田长制”实施意见》的政策解读，作者择录部分内容，以示为对上述内容之结语。

总体要求方面。一是以削减土壤和水环境农业面源污染负荷、净化产地环境为核心，夯实各级政府农业面源污染治理主体责任，设市、旗县区、乡镇（苏木）、行政村（嘎查）四级田长，实行“市负总责、旗县区负主责、乡镇（苏木）具体负责、行政村（嘎查）负责落地”的责任机制。二是强化耕地数量、质量、生态“三位一体”保护，坚持永续发展、系统治理、上下联动、多元投入的基本原则。三是充分调动农户、种养殖大户、农业专业合作社等农业生产经营主体参与农业面源污染治理的积极性，构建覆盖全部、责任到人、监管到位的农业面源污染治理监管网络，推动农业绿色高质量发展。2022年6月底前，市、旗县区、乡镇（苏木）、行政村（嘎查）四级“田长制”责任体系全面建立，实现“地有人种、田有人管、责有人担”。到2025年，“田长制”配套制度进一步健全，工作机制进一步完善，优化农田布局，强化农田保护，耕地绿色高质量发展水平明显提升，化肥、农药用量持续负增长，利用率均达到43%以上；废旧地膜回收率达到85%以上；秸秆综合利用率达到90%以上。

主要任务方面。一是摸清工作底数。梳理核实农作物总播面积，实现落地上图、四至清晰、布局合理；针对流转土地和承包土地，厘清种植主体；进一步明晰农业投入品底数及农业面源污染治理成效。二是加强农田建设。实行“渠沟路林田水电技管”全配套，落实好高标准农田建设任务，提升农田基础设施、高效节水、地力培肥、生态景观和维护保养等水平，提高农田生产能力和生产水平。三是推动规模降污。集中精力扶持壮大合作社，加快土地流转，推动土地规模化经营，标准化、集约化生产，把农业面源污染降下来。支持规模化专业合作社、农业龙头企业、社会化服务组织等扩大服务面积，破解分散小农户农业面源污染治理难题。四是抓好技术治污。控肥增效方面，通过精准施肥（推广测土配方施肥技术，提高配方肥到位率）、调整施肥结构、改进施肥方式、有机肥替代化肥、优化种植结构等措施，确保化肥用量保持负增长，化肥利用率稳步提升。控药减害方面，通过应用扇形喷头膜间除草、玉米新型除草剂减量、向日葵机械除草、绿色防控、统防统治等措施，确保农药用量持续负增长，农药利用率稳步提升。主动回收农药包装废弃物，确保耕地内农药包装废弃物全域、全量回收。控水降耗方面，清通农田灌排体系，积极推进“十四五”河套灌区续建配套与现代化改造项目（内蒙古黄河干流水权盟市间转让二期工程）的顺利实施，对骨干渠道进行衬砌，实现工程节水；推广以移动式引黄直滤滴灌、引黄澄清滴灌技术为主的高效节水灌溉技术;配套土地平整、深耕深松等措施，增加土壤库容，提高水资源利用效率；引导农民种植耕地内牧草、中药材等低耗水作物，推广区域化种植和集中连片种植；推进农业水价综合改革，强化管理节水。控膜减污方面。全面使用国标地膜，通过应用地膜后茬免耕“一膜两用”和无膜浅埋滴灌等技术，减少地膜覆盖面积；积极推广残膜回收新机械；建立地膜“谁使用、谁回收”机制，结合耕地地力保护补贴资金发放，破解残膜回收难题。秸秆综合利用方面，通过饲料化、肥料化、燃料化、原料化利用等方式，实现秸秆综合利用率逐年提高，杜绝露天焚烧现象。五是做好示范带动，规划落实好各类“四控”技术示范园区、示范片、示范点，充分调动各层面的自觉性、主动性、积极性，全产业、全过程、全区域推进农业面源污染治理。六是强化种养循环。实行以地定畜、种养结合，积极开展畜禽粪便堆沤腐熟还田，大力发展生态绿色有机农业，促进化肥减量增效、耕地质量提升和农产品品质提升。

组织形式方面。一是市、旗县区、乡镇（苏木）级田长，由政府一把手担任，市级副田长由政府分管领导担任，旗县区级副田长根据辖区耕地面积确定，原则上每20万亩耕地设置一名副田长（由副处级领导干部担任），乡镇（苏木）级副田长数量由旗县区根据实际情况自行确定；行政村（嘎查）级田长，由行政村（嘎查）书记（村、嘎查长）担任。二是设置市、旗县区、乡镇（苏木）“田长制”办公室。市、旗县区“田长制”办公室设在农牧局，负责统筹、协调农业面源污染治理“田长制”工作，农牧局主要领导担任办公室主任。乡镇（苏木）“田长制”办公室由各乡镇（苏木）确定。

工作职责方面。市级田长负总责，统筹推动全市农业面源污染“田长制”工作。旗县区级田长负主责，负责组织实施本辖区农业面源污染“田长制”工作，协调解决“田长制”工作具体问题，对乡镇（苏木）级田长和旗县区直有关单位责任落实情况进行监督和考核。乡镇（苏木）和行政村（嘎查）级田长具体负责，组织实施本区域农业面源污染治理工作，健全技术推广和管理队伍，加强宣传引导、巡察检查和责任监管，实现管理全覆盖。各类种植主体和农户做好各级田长围绕农业面源污染治理所要求的各项工作。各级“田长制”办公室负责处理日常事务，制定配套管理制度并组织实施，编制年度工作计划，指导、监督、推进各项任务落实，抓好宣传培训，承办工作相关会议、现场观摩会，撰写工作报告，开展信息报送等。

工作机制方面。一是田长调度制度。市级田长每年至少召开1次调度会，可委托副田长召开。旗县区田长可不定期召开工作推进会。二是巡察检查制度。市级田长每年至少开展2次巡察检查，旗县区级田长每年至少开展4次巡察检查，乡镇（苏木）级田长每月至少开展1次巡察指导，行政村（嘎查）级田长每周至少开展1次巡察指导，要及时发现并协调解决农业面源污染治理工作中存在的问题，督导种植主体和农户落实农业面源污染治理各项措施。三是督导考核制度。上级“田长制”办公室对下级“田长制”执行情况、田长履职情况等进行督导检查，建立年度考核制度。四是信息报送制度。信息报送执行月报制，由下级“田长制”办公室逐级上报，报送内容包括工作进展、存在问题、意见建议等；旗县区“田长制”办公室要在每年11月底前将本年度“田长制”工作落实情况报市级“田长制”办公室。市级

“田长制”办公室汇总旗县区年度工作落实情况后，上报市级田长、副田长。

保障措施方面。一是加强组织领导。各级政府是落实“田长制”的责任主体，要切实加强组织领导。各旗县区要制定本地区“田长制”实施方案，进一步细化工作职责，加强队伍建设，稳妥有序开展工作。二是强化经费保障。要按照财政事权与支出责任相适应的原则，将工作经费、农业面源污染治理激励资金等纳入财政预算，保障农业面源污染治理“田长制”工作顺利开展。市级财政安排市本级农业面源污染治理“田长制”工作经费，旗县区财政负责安排当地农业面源污染治理“田长制”工作经费和激励资金，可统筹安排各项激励措施，对乡镇（苏木）、行政村（嘎查）实施约束和奖励。

三是加强人员保障。各旗县区根据工作需要，通过高层次人才引进、急需紧缺人才引进、公开招聘等多种形式，强化工作人员保障。四是积极宣传引导。加大农业面源污染治理工作宣传力度，通过报纸、电视、网络等媒体广泛宣传，形成全社会关心、支持、参与和监督的良好氛围。五是加大监督问责。落实逐级督导、考核制度，采取通报、点评等方式，督促工作落实、落地、落细。运用好“田长制”考核成果，对成绩突出的乡镇（苏木）及相关单位和个人进行表彰奖励，对工作不力、责任落实不到位、问题突出的实行约谈，对严重失职渎职的依法依规追究党纪政纪责任。

第三篇　林　草

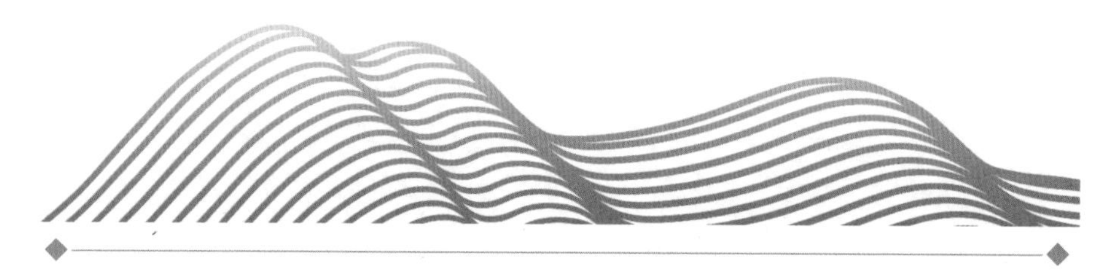

得益于黄河灌溉，凭借排水配套系统，河套灌区林茂草丰，托起阡陌纵横绿色田园。

综观“三北”防护林工程启动46年，特别是党的十八大以来，巴彦淖尔市着力打造乌兰布和沙漠防风固沙林，河套平原农田林网化、阴山南麓与乌拉山南北麓生态绿化工程，下大力气净化乌梁素海，确保黄河安澜。

绿染河套，荫及子孙。

在广袤的“三北”大地上，有这样一座“绿色长城”——它东起黑龙江，西至新疆，跨越13个省（区、市），东西纵横4480千米，总面积435.8万平方千米，接近半个中国。

1978年，党中央、国务院从中华民族生存与发展长远大计出发，果断地作出在我国西北、华北北部和东北西部地区建设防护林体系的重大战略决策，揭开了我国大规模推进国土绿化和生态治理修复的序幕。按照规划，

河套速生杨树

“三北”工程建设期限为1978—2050年，历时73年，分三个阶段八期工程进行建设。目前，已进入第三阶段六期工程建设期。

自1978年“三北”防护林体系工程实施以来，巴彦淖尔市共实施4期，累计建设面积663.8万亩。其中，建成农防林80余万亩，农田林网控制率达到85%以上；乌兰布和沙漠边缘154千米、18.5万亩防沙林带完成更新改造；通道绿化11700千米、38.5万亩；飞播造林、封山育林133.8万亩；其他荒山荒地荒沙等造林393万亩。“三北”工程的实施，使巴彦淖尔市水土流失和土壤沙化得到有效治理，森林植被快速恢复。林草植被的增加，有效降低了风速，减少了土壤侵蚀，减轻了干热风、霜冻等灾害性天气对农业生产的危害，河套灌区粮食稳产高产得到有力保障。防沙林带有效阻止了沙漠东侵，减少了流沙侵入黄河，保护了黄河和包兰铁路的安全。同时，随着林分质量的提高，林分蓄水和涵养水源能力大幅提高，林木固碳和释氧能力明显增强，全市每年的空气优良天数不断攀升。

作者通过电话采访了市林草局造林科科长王峰，据其介绍，随着“三北”防护林工程启动实施，以农田防护林、防风固沙林、草牧场防护林、黄河护岸林等为主的防沙治沙事业得到蓬勃发展。在机制和政策上，坚持国家、集体、个人一齐上，通过政策调动、利益驱动、典型带动、宣传发动的“四动”模式，调动全社会力量参与防沙治沙，把民营企业和造林大户作为防沙治沙的主体力量，先后引进泰川、科发、星月、盘古、三利等企业进行防沙治沙，并积极发展沙产业，先后创办了科发生态产业公司、星月生态农业股份有限公司、盘古农业开发公司、泰顺兴业食品公司等，迈出了防沙治沙用沙的坚实步伐。

20世纪90年代初，全盟把防沙治沙工作纳入农业综合开发和“再造一个河套”总体规划之中，按照林水先行，渠、沟、路、林、田五配套的标准，实行统一规划，综合治理，开发一片，配套一片，见效一片，取得明显效果。杭锦后旗查干乡1991年开发零星沙丘2000亩，当年推沙整地，当地造林、种植，建成标准较高的果粮间作田。磴口县境内的乌兰布和沙区，1991—1994年间治理面积已达19.2万亩，其中人工造林6.3万亩，人工种草6万亩，治沙造田及改造低产田5.2万亩，种植药材0.7万亩，开发利用水面1万亩。河套平原零星沙丘的开发治理面积达到34.7万亩，其中人工造林18.5万亩，封沙育林、育草0.7万亩，治沙造田及改造低产田11.5万亩，种植药材及经济作物2.7万亩，开发利用水面1.3万亩。

到“三北”防护林三期工程结束，已治理沙漠、沙地170.36万亩，其中人工造林59.1万亩，人工种草及改良草场14万亩，封沙育林育草21万亩，种植药材及其他经济作物39.8万亩。与此同时，农田林网化、平原绿化加速发展，全市农田防护林面积达到75万亩，套区800万亩农田得到了绿荫的庇护，林网化程度达到80%以上。

2000年以来，随着西部大开发战略的实施，巴彦淖尔市按照“积极预防，优先保护，综合治理”的原则，确立“四区五线”总体布局，将林业建设的重点确定在乌兰布和沙漠、巴音温都尔沙漠和苏集沙地的治理上，通过人工造林种草、飞播造林种草、封沙育林育草和林、沙、草产业的带动，全面加快防沙治沙进程。同时，相继制定出台《关于加快造林绿化步伐的决定》《关于加快林业发展的意见》《关于加快乌兰布和沙漠治理的实施意见》，不断完善防沙治沙工作机制。同时制定出台一系列优惠政策。

一是坚持“谁投资、谁治理、谁受益”的政策，鼓励有能力的企业、个人和其他经济组织通过承包、租赁、股份合作制等形式进行沙漠治理和经营，并将林权一步落实到位，保障造林者的合法权益。先后引进盘古集团、科发集团等35家企业投资进行公益性治沙。同时采取无偿提供种苗、网围和井灌设备及补贴现金等方式，扶持300亩以上生态重点户500多户，形成了国家、集体、企业、个人共同参与治沙造林的新格局。

二是按照市场化管理、企业化运作的模式，全面推行专业队造林模式，既先由工程队垫支部分工程项目资金，根据检查验收结果兑现造林资金，将造林者的责任与利益紧密结合起来，确保建设质量。

三是进一步调整沙区种植业结构，将粮、经比例由原来1：1的二元结构调整为草、经、粮4：3：3的三元结构。同时在不扩大沙区农作物种植面积的基础上，对已开垦的土地尽可能还林还草；限制高耗水农作物的种植面积，大力发展节水高效的现代灌溉农业和旱作农业，提高种、养殖业效益。凡经批准进入沙区搞开发种植的企业和个人，必须承担种树种草恢复植被的任务。

四是严格控制地下水开采，禁止打深井进行灌溉，大力推广衬砌干支渠道等节水灌溉技术，利用黄河凌汛分洪水和引黄灌溉间隙水对沙区湿地进行补水。据统计，乌兰布和沙区每年生态补水量达4000万立方米。

从2006年开始，巴彦淖尔市着手对“两山一带（狼山、乌拉山和中蒙边境一带）”和乌兰布和沙漠等生态环境脆弱地区实施移民工程。目前，全市生态移民工程进展顺利，项目区林草植被得到改善。

巴彦淖尔市处于《全国重要生态系统保护和修复重大工程总体规划（2021—2035年）》“三区四带”生态安全格局的北方防沙带，是全国土地沙化和荒漠化危害严重的地区之一，也是阻止我国西北风沙东越南侵的重要防线，在西北地区乃至全国生态地位中都十分重要。根据第六次全国荒漠化和沙化监测结果，全市共有沙化土地总面积3154.53万亩，其中轻度544.65万亩，中度753.7万亩，重度1480.55万亩，极重度375.63万亩。市内主要有乌兰布和沙漠、巴音温都尔沙漠、苏集沙地及套内零星沙丘。其中乌兰布和沙漠面积506万亩，巴音温都尔沙漠面积1500多万亩，乌拉特前旗苏集沙地面积60多万亩，套内零星沙丘面积40万亩。

党的十八大以来，依托京津风沙源治理、天然林保护、乌梁素海流域山水林田湖草生态保护修复试点工程、规模化防沙治沙、内蒙古西部荒漠综合治理项目等国家重点生态工程及社会公益造林项目等，巴彦淖尔市共完成防沙治沙面积1490.87万亩，其中林业建设面积694.5万亩，草原完成683.63万亩，水利完成112.74万亩，总计投入资金248473.17万元。

治理成效如下。

一是取得显著的生态效益，有力推进了生态改善。中华人民共和国成立前，全盟境内除分布一些天然次生林和灌木林，人工林面积仅有数百亩。从1950年开始，磴口县、杭锦后旗率先组织发动群众，掀起了轰轰烈烈的大规模治沙造林活动，开启了战天斗地的人沙搏斗光辉篇章。在国家、自治区的大力支持下，经过全市各级党委、政府以及广大干部群众70多年持之以恒、久久为功的努力，依托“三北”防护林、国家重点生态县、京津风沙源治理、天然林保护、退耕还林、内蒙古高原生态保护和修复工程、乌梁素海流域山水林田湖草生沙态保护修复试点项目、规模化防沙治沙试点项目、内蒙古西部荒漠化综合治理项目、“蚂蚁森林”公益造林等国家重点工程项目的实施，开展了乌兰布和沙漠东缘大型防风阻沙骨干林带的营造和更新，形成了乔灌草、点线面结合的治理格局，有效地阻止了流沙东侵，遏制住了过去“沙进人退”的局面，积累了丰富的治沙经验，沙化土地治理进入“整体好转、改善加速”的新阶段，使沙漠东侧河套平原的农田、村庄、道路、水利和交通设施免受风沙危害，保障了农牧业生产的正常发展。

巴音温都尔沙漠通过实施人工造林、封山（沙）育林、飞播造林，形成了50多万亩集中连片沙漠绿洲；山旱区的坡耕地和风蚀沙化土地逐步得到改善；套内零星沙丘通过压沙整地及人工栽植沙生灌木、人工模拟飞播、封育等措施得到治理；乌拉特高平原退化，沙化草牧场和梭梭林区全面实施了网围封育、禁牧休牧、草畜平衡，有效地遏制了草牧场的退化、沙化势头。

林草植被的大幅增加，使得荒漠化趋势得到遏制，干旱、风沙气候状况得到较大改善，区域植被防风固沙、蓄水保土、涵养水源的能力大幅提升，农牧业发展生态环境明显好转。据全国荒漠化和沙化调查结果，全市沙化土地面积由2004年的3219.45万亩缩减到2019年的3154.5万亩，减少了64.95万亩。特别是极重度沙化土地面积由2004年的1030.88万亩降到2019年的375.63

万亩，减少了655.25万亩；植被总覆盖度由2004年的18.39%提高到2019年的20.29%。

二是取得显著的经济效益，有力地促进了沙区民生改善。防沙治沙促进了沙区生产方式转变和产业结构调整，初步形成了以肉苁蓉、酿酒葡萄、中药材、特色果树经济林、生态旅游及林光互补为主的沙产业，带动了加工、储藏、包装、运输等产业的发展，增加了沙区农牧民就业机会，拓展了农牧民增收渠道，加快了脱贫致富。全市产业治沙面积近90万亩，从事沙产业企业129家。种植梭梭64万亩，其中接种肉苁蓉15万亩，年产肉苁蓉1500余吨，产值约5000多万元，约有51家企业及个人从事肉苁蓉产业。种植酿酒葡萄2000余亩，以诺民农林开发有限公司为代表种植的以赤霞珠、品丽珠为

甘草

黑枸杞

黄芪

肉苁蓉

主的酿酒葡萄生产的漠北金爵葡萄酒，获得国际金奖，建成年产500吨有机高端葡萄酒庄1座；以内蒙古圣牧高科草业有限公司为代表的年产有机青贮饲料20万吨饲草料基地建设已具规模；中草药种植企业有金丰农牧林、王爷地、五鑫、绿禾源等40余家，主要种植甘草、锁阳、黄芪、黑枸杞等。

光伏治沙162万千瓦，形成光伏+梭梭、光伏+甘草、光伏+柠条、光伏+四翅滨藜等林光互补模式。在生态旅游方面，以纳林湖旅游发展有限公司为首的旅游业带动已经日渐成熟，现有国家4A级景区2处，国家3A级景区2处，自治区高星级乡村旅游接待户和乡村旅游示范点9家；巴彦高勒镇和纳林套海农场荣获自治区乡村旅游特色景观名镇，纳林湖和金马湖荣获全国休闲渔业示范基地，金马渔村荣获中国旅游总评榜“美丽乡村”称号。

此外，苁蓉酒系列、饮料、制药、中药材、以砖为主的沙制建材、种植养殖等产业正在兴起。依托沙漠丰富的风能、太阳能等，清洁能源成为今后沙产业发展的最大潜力和动力，也使得沙草产业具有更加广阔的发展前景。通过治沙和沙产业的发展，乌兰布和沙区农牧民人均收入近3万元，其中主要收入来源于治沙企业打工收入，从磴口县有关部门提供的数据来看，肉苁蓉企业年佣工人数约780人，枸杞、葡萄、经济林果园年佣工人数约230人；草企业年佣工人数约500人。磴口县林草企业合计年佣工约1500人，佣工年人均收入约2万元。

三是取得显著的社会效益，有力推动了生态文明建设。巴彦淖尔防沙治沙在建设思路、政策机制、组织管理、技术路线、治理模式等方面进行了有益探索，总结出一些自己的经验，比如冷藏苗避风造林、高压水打孔造林等技术，并涌现出杨力生、牛二旦、谢恭德等一大批治沙先进模范人物，形成全社会关注防沙治沙、支持防沙治沙、参与防沙治沙的浓厚社会氛围。

采取的有效措施如下。

一是加强组织领导，实行防沙治沙目标责任制。巴彦淖尔市各级党委、政府历来十分重视防沙治沙工作，积极组织动员各族人民群众同风沙危害进行了长期不懈的斗争。党的十八大以来，巴彦淖尔市认真贯彻落实习近平新时代中国特色社会主义思想，树立正确的生态观，遵循自然规律、经济规律和社会发展规律，切实加强生态安全建设工作的组织领导，2020年组建成立市政府职能部门、正处级的巴彦淖尔市沙漠综合治理中心。在市委、市政府的高度重视下，2018年8月，巴彦淖尔市被列为“新时代”第一批七个全国防沙治沙综合示范区之一。2021年，在国家林草局对防沙治沙示范区调整中，磴口县和乌拉特后旗两个旗县被列入全国防沙治沙综合示范区。全面推行防沙治沙目标责任考核奖惩制度，将防沙治沙任务层层分解到旗县、乡镇苏木，落实到地，严格考核，严明奖惩。防沙治沙工作实行政府负责制，旗县区政府主要领导对防沙治沙负总责，按照职能分工林草、水利等相关部门各负其责、密切配合、齐抓共管、形成合力，有力推动了防沙治沙工作的顺利开展。

二是强化依法治沙，切实保护沙区资源和治理成果。完善和落实加强沙区植被保护的相关制度，切实保护沙区植被和治理成果。落实草原承包经营制度，推行草畜平衡及禁牧休牧、划区轮牧制度，防止因过度放牧对草原造成新的破坏。积极落实严格的水资源管理制度，合理调配生产、生活、生态用水比例，推行节水灌溉方式和节水技术，保障沙区生态用水，加强沙区相关规划和项目建设布局水资源论证工作。落实沙化土地单位治理责任制。加大执法力度，依法严厉打击滥垦滥牧、滥采滥挖、非法征占用沙化土地等破坏沙区植被和野生动植物资源的违法行为。

三是依靠科技进步，大力提高防沙治沙科技水平。在治理过程中，不断加大防沙治沙科研推广的投入力度，努力增强科技创新能力和成果转化能力。支持科技创新，建立健全防沙治沙科学研究和技术推广体系，有计划、有步骤地打造了一批防沙治沙科技示范区、示范点，系统总结推广了一批防沙治沙适用技术和治理模式，引进、培育适宜沙区不同类型区生长的抗逆性的植物良种，特别是加快了防沙治沙科研成果的应用，提高了防沙治沙科技含量。切实加强对土地沙化情况的监测、统计和分析，利用信息化手段提高监测水平，为科学决策提供依据。

四是完善政策措施，不断加大防沙治沙投入力度。防沙治沙是一项社会公益事业，各级政府是投资的主体，坚持政府主导、社会参与、政策扶持、市场拉动的政策支持体系。坚持“谁治理、谁管护、谁受益”的政策，完善金融扶持和税收优惠政策，积极鼓励和引导企业、个人等社会力量参与防沙治沙。建立稳定的政府投入机制，各级政府随着财力的增强，加大了对防沙治沙的资金投入，并将其纳入同级财政预算和固定资产投资计划。在安排中央财政建设投资时，也将防沙治沙作为重点。

五是广泛宣传发动，大力营造良好的社会氛围。防沙治沙是一项全社会的系统工程，充分发动群众，动员社会力量共同参与，进一步提高了全社会关注防沙治沙、支持防沙治沙、参与防沙治沙的意识。大力宣传防沙治沙的重要性，宣扬防沙治沙中涌现出来的优秀个人、良好机制、先进技术，为防沙治沙营造良好的社会氛围。

2018年10月，巴彦淖尔市申报的《乌梁素海流域山水林田湖草生态保护修复试点工程实施方案》，通过国家三部的联合评审，成功入选第三批国家山水林田湖草生态保护修复工程试点。其中乌兰布和沙漠综合治理工程、乌拉特前旗乌拉山南北麓林业生态修复工程、乌梁素海东岸荒漠草原生态修复示范工程、乌梁素海湿地生物多样性保护工程为工程试点的重要组成部分。关于具体情况，市林业和草原局向作者提供了相关资料。

乌兰布和沙漠综合治理工程

关于项目基本情况。项目总投资6.22亿元，项目建设内容分为乌兰布和沙漠防沙治沙示范工程与乌兰布和沙漠生态修复示范工程。其中乌兰布和沙漠防沙治沙示范工程建设内容包括实施造林工程、引水工程、灌溉工程、防火通道道路工程、作业道工程。乌兰布和沙漠生态修复示范工程建设内容为完成梭梭接种肉苁蓉35110亩。截至目前，乌兰布和沙漠防沙治沙示范工程已完工，乌兰布和沙漠生态修复示范工程补贴工作已完成，嫁接肉苁蓉工作需待新种植梭梭达到嫁接条件，将进行嫁接工作。

关于项目实施后取得的成效。一是通过营造林工程、引水工程、灌溉工程、防火通道道路工程和作业道等工程措施，提高了植被覆盖率，恢复了乌兰布和的植被，构建了结构合理、自然协调、稳定健康的梭梭林生态系统；提升了“北方防沙带生态功能”，减少了进入黄河泥沙量，保障了黄河中下游水生态安全，推动了乌梁素海流域生态环境的持续改善，保障了我国北方生态安全。二是增加了当地少数民族地区农民劳务收入，维护了社会稳定；增加了第三产业的需求，多方位增加了就业机会，增加了当地农民收入，促进了经济增长。保障了群众生存环境，使人们的生活、生产条件得到改善，对于构建和谐社会、保障少数民族地区稳定起到重要作用。三是通过对肉苁蓉接种，将产生显著而持久的社会、经济和生态效益，从而实现区域经济、社会、环境、资源等保持一种长期、动态、稳定和协调发展。

乌拉特前旗乌拉山南北麓林业生态修复工程

关于项目基本情况。项目分为造林工程与引水工程，其中造林部分实施人工造林 3.3 亩，其中实施人工植苗造林 2.3 万亩，飞播造林 1 万亩。引水工程部分主要实施提水、输水工程和水源净化工程。截至目前项目已完工。

关于实施后取得的成效。一定程度上缓解了乌梁素海流域水土流失现状，减少了洪水入湖携沙量，有利于改善乌梁素海湖区水生态，减缓湖区沼泽化进程。林业生态修复工程实施后，土壤保水效果提高，有利于提高林地土壤的产出率，提高土地利用率，同时森林覆盖度的提高对当地水源涵养和空气质量改善有着显著作用。

乌梁素海东岸荒漠草原生态修复示范工程

关于项目基本情况。项目总投资 1.68 亿元，主要建设内容：在乌拉特前旗额尔登布拉格苏木和白彦花镇境内阿力奔草原（乌梁素海东、乌拉山北麓）项目区约 6 万亩，实施草原恢复工程、草原配套工程、灌溉系统工程。

截至目前项目已完工。

关于实施后取得的成效。项目实施后，湖区东侧荒漠草原生态环境得到明显改善，土壤部分理化性质的改善已初具效果，草场面积的提高可有效减缓草原荒漠化、土壤沙化进程，降低洪水入湖携沙量，提高土壤保水效果，缓解土壤干旱情况；有利于草场的可持续发展，可提高土地蓄水能力，保养土壤肥力，有利于当地农牧业的发展。

乌梁素海湿地生物多样性保护工程

关于项目基本情况。项目总投资5200万元，主要建设内容为对乌梁素海湿地自然保护区的核心区和缓冲区进行补偿；对保护区实验区内主湖区周边的苇田、水域、农田和滩涂地涉及4个乡镇苏木的15个行政村集体土地，以及1个国营农场、1个国有企业的国有土地进行补偿。截至目前项目已完工。

关于实施后的成效。一是对乌梁素海湿地自然保护区的核心区、缓冲区和实验区的生态补偿，有利于恢复湿地生物多样性，改善湿地生态环境，使进入黄河的水质得到改善，促进乌梁素海湿地生态作用的发挥，也为鸟类提供了重要栖息地和繁殖地，缓减了乌梁素海“人鸟争地、人鸟争食”的矛盾。二是项目通过对核心区、缓冲区的补贴以及实验区各工程的建立，可有效壮大村集体经济收入，同时也能带动农村剩余劳动力就业，提升群众收入水平，助力地方精准脱贫。

2020 年 9 月 15 日，乌拉特前旗发改委批复乌梁素海周边造林绿化工程总面积 223.4 亩，管网敷设总长度 23.52 千米，项目总投资 2131.07 万元。项目施工单位为中交集团第三公路工程局有限公司，上海同济工程咨询有限公司进行了项目全过程的工程咨询服务。该工程于 2019 年 4 月开工建设，2019 年 7 月完工。

2019 年，市林草局完成草原生态修复国家试点项目 55.64 万亩。2020 年，草原生态修复项目 22 万亩，规范京津风沙源治理工程草原项目管理，解决退耕还草项目历史遗留问题，配合开展乌梁素海东岸荒漠草原生态修复示范工程。完成围栏、补播、采种基地等全部工程建设内容，初步形成草原金融创新、补偿机制、监测评估等配套政策的基础框架。做好 6 万亩灌草植物播种以及 1.7 万亩灌木区、4.1 万亩草本植被区、0.12 万亩治理示范区项目建设。

第四篇　山

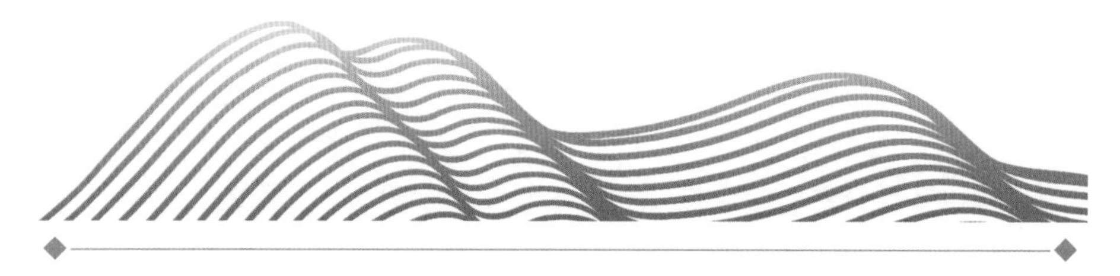

阴山山脉由东向西进入巴彦淖尔，名曰狼山和乌拉山。在乌拉特前旗东部，两山呈现扁担勾子形状；在最大开阔处的平原上，乌梁素海犹如一颗明珠熠熠生辉。曾经一度，沉睡万年的乌拉山跳起舞来，扬起沙尘，雾霾笼罩于乌梁素海。

要恢复昔日的相安无事，须下大力气，投入巨资。于是乎，央企的施工队伍来了，从北京到地方的各种呵护来了。几年过去，乌拉山北麓和南麓、乌梁素海周边绿染大地，生机盎然。

第一章　山花烂漫

被纳入乌梁素海流域山水林田湖草沙综合治理范围的山脉，为乌拉山。“乌拉”，在蒙古语和满语中有“万岁”之意，常用于庆祝、庆贺场面。

乌拉山为阴山支脉，两山走势呈“V”型，西起乌拉特前旗西山咀，东

风景如画的乌拉山

至包头市昆都仑河，东西长94千米，南北宽20千米，山地总面积209万亩。乌拉山南麓东西平行走向由北向南依次为110国道、京藏高速、包银高铁与黄河；北麓与阴山主脉呈三角形相望，乌梁素海居其中。

乌拉山海拔1500~2322米。100多年前，乌拉山风景秀丽。近百年来，山林发生过两次火灾，原始森林被毁灭殆尽，后来仅萌生出片片次生林。1950年后，国家在这里建立国营林场。经过多年的封山育林和人工造林，目前森林面积已达22万亩，主要树种有山杨、白桦、杜松、马茹茹、果柏等。山中还有不少灌木林和野生药林，主要有黄刺玫、酸果、山杏、黄花、绣线菊、金菊、黄芪、山丹等。乌拉山以风景秀丽著称。尤其每年6月至9月，山花烂漫，香气袭人。乌拉山主峰大桦背海拔2322米，素有“塞外小华山”之美称。大桦背葱茏茂密，青松如海，气候宜人，为疗养避暑胜地。极目眺望，滔滔黄河如巨龙奔腾远去，包钢全景尽收眼底；翘首西北，在茫茫的乌拉特草原上一块耀眼的明镜——乌梁素海镶嵌在祖国的北疆；明安川百里沃野，阡陌纵横。

乌拉山位于乌拉特前旗与包头之间，面积1470平方千米。岩石主要为片岩、片麻岩、大理岩、石英岩、花岗岩、砂岩、砾岩等。由于山脉轴部上升幅度较大，引起强烈侵蚀，山脊狭窄而险要。山脉南坡有明显的断层崖俯临黄河，山沟较多，山麓有一系列洪积扇和三级阶地。沉积物由山麓至黄河北岸的三湖河平原，从洪积为主的碎石、沙砾层渐变为冲积粉沙性黏土，灌溉农业发达。山脉北坡因处于雨影区，水流少，沟谷少，奈太川上分布有苏吉沙带。山脉阴坡有薄层黏性土，植被比较茂密，垂直带谱也较明显。乌拉山是内蒙古西部地区主要林业基地，山地草场以放牧山羊为主，羊群每年牧草返青后上山，秋后返回山麓过冬。

乌拉山国家森林公园总面积175.4万亩，由西乌不浪沟奇峰异石猎奇探险区、东乌不浪沟古树溪泉览胜区、大桦背林海度假区3个旅游风景区组成，共有73处景点。景区内生长着油松、侧柏、白桦、蒙古桑、虎榛子等种子植物63科185属，共346种，还有金雕、玉带海雕、蒙古斑羚、猞猁等国家一、二级保护动物24种，富有浓郁的大自然情趣。此外，景区内还有梅力更召等丰富的人文景观，是内蒙古西部的旅游胜地。

站在黄河之滨向北远眺，乌拉山的外貌似乎平淡无奇，然而，当你置身大山深处，则骤生别开洞天、犹入仙境之感。登大桦背，可由西乌不浪入山，沿山道盘旋而行。入山第一险处是大鹰湾，这里古木参天，花草繁茂，曲径盘旋，峡谷幽深。抬眼望去，山顶白云缭绕，两边峭壁刺天；山间青石耸立，峨然数十丈；崖下泉流汩汩，叮咚悦耳。大鹰湾常有苍鹰栖落于古树头或断崖上，平时它们耸翅缩颈，静若灰黑色岩石，一旦倏然飞起，其凶悍矫健的身姿和凄厉的嘶鸣，颇有大鹏展翅扶摇上九霄之气势，令人敛声息气，神情肃然。

过了大鹰湾，便到大石虎。此处崖畔沟底，皆是天然次生林。深秋时节，酸枣树枝头挂满果实，红肥绿瘦，格外醒目。过大石虎后盘旋而上，山势愈趋险峻。又过黄土崖、黑土坝始到大桦背。沿途景色犹如天然公园。登上大桦背主峰，顿觉天高地阔，心旷神怡。

乌拉山天然森林茂密，动物主要有豹、狼、鹿、青羊、盘羊、狍、狐、野兔、獾子、松鼠等走兽和鹰、野鸡、石鸡、啄木鸟、布谷鸟、杜鹃、火燕、夜莺等飞禽。

乌拉山为历代兵家战略要地，秦汉时称阳山，北魏时称跋那山，隋唐时称牟那山，宋辽金时称午腊蒻山，元明清时称穆纳山。清朝以来，乌拉山为蒙古乌拉特部的游牧地。

乌拉山有着丰富的历史文化内涵，位于乌拉山与黄河之滨的三顶帐房古城址，始建于战国时期，为赵武灵王西击林胡、楼烦所建的军事城堡，即当时的九原城，汉朝时的五原郡城，唐朝时的中受降城，出土有陶瓦、陶盆、陶罐、陶坛、三足铁鼎、五铢钱、石臼、铁锅、云纹瓦当和“长乐未央”条砖等文物。

位于乌拉山南麓的张连喜店古城遗址，为汉代五原郡所辖之安阳县。此城扼守东西水陆要冲，是东来西往的关隘。东汉初年，此城废弃。现出土有青灰色和白灰色的瓶、罐、坛、盆等陶器和瓦当、大车轴等文物。

乌拉山上还有赵国古长城遗址。战国时，赵武灵王实行“胡服骑射”，实力大增，夺取河南地，占据整个阴山以南的广大地区。为巩固已得疆域，公元前229年，赵国在乌拉山一线筑长城、城堡和屯田。乌拉山段长城东起代王城，西至高阙塞。城墙为自然石块垒砌，以地形高低起伏而呈弯弯曲曲的东西走向；多修有烽燧和边堡。

第二章　“靠山吃山”

在乌梁素海东岸，群山从河套平原东缘南端拔地而起，组成阴山支脉——乌拉山。横越东西的山脉是古时北方边防的天然屏障，为历代兵家战略要地，崇山峻岭，层峦叠嶂。在群山间，特别是乌拉山，蕴藏着丰富的矿业资源。

乌拉山修复前　中建一局三公司 供图

2000年前后的20多年间，改革开放的号角吹醒了“胆子大一点”“步子快一点”的生意人，他们纷纷“闯”进乌拉山，把那沉睡万年的片岩、片麻岩、大理岩、石英岩、花岗岩等，通过炸药炸、钢钎橇，运出山外，打磨成地板，勾勒出奇石，获利颇丰。其貌不扬的大小石头，被就地粉碎变成筑路石材，或高楼大厦不可或缺的建筑材料。

2023年暑期，作者在乌拉特前旗采访，有朋友说，曾经有人拿着吸铁到山里找矿，吸住一块，便认为那一处山头就是铁矿，可以办成铁矿厂，把铁矿石粉碎成铁粉，卖给包钢或宁夏石嘴山钢铁厂。

此前，采矿业一直是当地的经济支柱，频繁的开采活动造成地质环境破坏。每逢雨季，山洪裹挟着矿渣、废土一泻而下，冲毁山下草原，造成水土流失，向荒漠退化，一遇大风便尘土飞扬。山洪最终冲向乌梁素海，形成严重沙淤，并向湖中央不断延伸，严重破坏了湖区环境。

第三章　修复“疤痕”

2018年，乌拉特前旗在全旗范围内加快推进矿山生态文明建设，将绿色发展理念贯穿于矿产资源规划、勘查、开发利用与保护全过程，全力推进绿色矿山建设，争取在2020年达到绿色矿山建设目标。矿山地质环境恢复治理工作有了明显改观，生态环境得到明显改善。

2018年3月，乌拉特前旗旗委、旗政府先后召开乌拉山林区矿产资源勘

绿色矿山建设　中建一局三公司 供图

查整治暨生态环境整顿工作会议和乌拉山林区地质环境治理修复推进会议，动员全旗干部统一思想、提高政治站位，举全旗之力打好打赢乌拉山自然保护区及周边生态修复攻坚战。同时，要求探、采矿权人开展矿山地质环境实施治理工作；对于有条件的相邻矿山，指导矿山企业联合编制《矿山地质环境治理方案》，采取集中连片治理的方式，联合实施地质环境恢复治理工程，杜绝出现相邻矿山采矿许可证空白区域地质环境破坏治理责任主体不清、无治理责任主体实施治理工程的情况。

同时，在人员密集的地方、独立选厂、干选站点以及个人选料点等地张贴乌拉特前旗人民政府公告，设置公告牌18块，要求对在乌拉山自然保护区及周边矿山资源开发过程中造成生态环境破坏但未进行生态修复的企业，在2018年4月15日前主动认领，限期整改。此外，在非法选矿厂、干选站设立70块警示标志牌，在非法采矿点设置150块警示标志牌。

以“大治”赢“大美”

——乌拉特前旗全力推进乌拉山周边生态环境修复治理

昔日黄沙漫漫、矿山裸露，今时草色青青、绿树成行……随着生态环境修复治理的深入推进，乌拉山焕发出以绿为底的勃勃生机。

绿水青山就是金山银山。近年来，乌拉特前旗旗委、旗政府把乌拉山周边生态环境修复治理作为全旗绿色高质量发展的头等大事，作为统筹推进山水林田湖草系统治理的重要举措，作为深入开展乌梁素海流域综合治理的关键节点，全力克服治理难度大、投入多、矛盾复杂等难题，主动作为，严格治理标准，乌拉山周边生态环境得到明显改善，绿色发展的基础不断夯实。

深挖历史欠账，正视问题，主动作为

乌拉山蕴藏着丰富的铁矿资源。从20世纪80年代开始，由于生态环保体制机制不够完善、监管松散缺位等原因，乌拉山矿产资源无序开采、私挖

盗采、工矿企业“小散乱”等问题突出，乌拉山地质环境遭到较为严重的破坏。据统计，乌拉山周边共形成露天采坑600处、废石渣堆415处、工业广场169处，无序占用草原179处2.2万亩，114条行洪道被不同程度阻塞，需治理面积39.6平方千米。

面对这一难题，乌拉特前旗旗委、旗政府主动作为，对标对表绿色高质量发展要求，制定出台《乌拉山自然保护区及周边生态环境综合治理和修复实施方案》，成立相应工作领导小组和专项工作组，确立了“政府主导、企业主体、全民参与、依法从严”的总体思路，坚持“统筹推进、分类施策、由近及远、分段实施、不留空白”的原则，将治理工作分为集中攻坚、巩固提升、常态治理三个阶段有序推进。

“在发展过程中，我们必须高度重视生态文明建设，走绿色、低碳、可持续发展之路。乌拉山周边生态环境修复治理是我们贯彻习近平生态文明思想的具体实践，也是我旗推进绿色高质量发展的行动探索。”乌拉特前旗旗委书记说。

从2018年开始，该旗将30名处级领导和所有苏木、镇、农牧场、旗直驻旗单位编分为9个包联工作组，在矿山整治一线设立指挥部，实行领导包干负责和工作组现场督导制度，实现了领导在一线指挥、任务在一线完成、问题在一线解决、措施在一线制定，有效加快了乌拉山周边生态环境整治的进度。

严把治理标准，刮骨疗毒有力整改

“我们必须拿出壮士断腕、刮骨疗毒的决心和勇气，以零容忍的态度，强化统筹统揽，严把治理标准，确保乌拉山周边生态环境修复治理的各项任务目标落实。”乌拉特前旗旗委副书记、旗长这样表示。

在治理过程中，乌拉特前旗围绕拆除整治和修复规范两大重点，不断完善整治举措，提高整治标准，形成了“拆除、清理、整治、修复、整合、验收、配套”七步工作法。在拆除整治方面，按照程序依法向各工矿企业发布清理整顿和生态修复公告及限期关停拆除通知；责令企业限期拆除非法建设的生产、生活设施及附属建筑，对于逾期未拆除的，由政府依法进行强制拆除；按照归属和就近原则，责令企业对随意堆放和侵占行洪道的废料进行全面清理；按照“一沟一策、一企一策、一库一策”的做法，严标准、限时限开展整治清理工作。在修复规范方面，按照“宜林则林、宜草则草、草灌优先”的原则，大力推广秸秆纤维毯治理、蜂巢式网格护坡治理、喷浆防尘固化绿化、编铺草方格治理等固土绿化模式，确保绿化成活率。与此同时，引导铁选企业整合重组为7家产能在100万吨以上的整合主体，延伸产业链条，提高资源开发利用水平；组织专家和行业部门业务骨干组建验收组，开展集中验收，提高整治标准，巩固整治成效；科学规划建设工矿企业生活服务区，促使周边公共服务集中规范、整体环境不断优化。

此外，乌拉特前旗旗委、旗政府还将乌拉山周边生态环境治理同“扫黑除恶”“缉枪治爆”专项行动相结合，整合公安、国土、森林、安监、环保等部门力量，组成3个专项巡察组，重点对林区范围内毁林开矿、偷挖盗采、非法占用林地草地违法犯罪线索进行核查。目前，已打击恶势力集团1个、15人，立案24起。

注重整治效果，绿色发展成效初显

“过去，这一片到处是开铁矿留下的废渣堆，如今，经过施工队平整修复，土渣堆没有了，旧矿坑填平了，土地复绿了，环境变好了！”牧民巴雅尔笑着说。

巴雅尔口中的施工队是由内蒙古地矿集团组建的。据项目负责人刘巍介绍，从2018年6月开始，内蒙古地矿集团组织13家二级单位，通过回填清运、清除危岩体、覆土平整、恢复植被、拆除废弃民用建筑、修筑防洪坝等方式，分两期、四个标段对乌拉山周边生态环境进行修复，先后完成了15个无主治理区和沙德格矿区废弃采坑的环境修复。

为了确保整治效果，乌拉特前旗旗委、旗政府坚持专业化整治、高标准修复，通过公开招标，引进内蒙古地矿集团、央企中交集团和中建集团，对乌拉山周边生态环境进行综合治理。2018年，全旗投入3.7亿元，拆除选厂43个、干选站点89处，将乌拉山周边保留的27家工矿企业整合为7个主体，治理工业广场70处，播撒草籽1万多亩，完成治理20.6平方千米。

2019年，乌拉特前旗在督促企业按照绿色矿山建设标准实施提标整治的基础上，利用乌梁素海流域山水林田湖草生态保护修复试点工程项目资金，对剩余空白区域和整治不到位的区域进行治理提标。目前，共清理废渣45万方，回填采坑29万方，挖运山体土方12万方，完成总工程量的70%左右。

心向往之，行必将至。经过全旗上下两年多的不懈努力，乌拉山周边许多矿产开发残存的遗迹逐渐消失，矿区周边慢慢恢复原生的地貌景观，水土流失和土地荒漠化进程得到有效遏制，植被覆盖率逐年提高。

2019年8月16日上午，乌拉山北麓铁矿区矿山地质环境治理工程项目（大坝沟西治理区）举行开工奠基仪式。地勘二院副院长刘建军就项目概况向项目业主单位、监理单位、参建单位进行了介绍。

乌拉山北麓铁矿区矿山地质环境治理工程项目（大坝沟西治理区）作为乌梁素海流域山水林田湖草生态修复试点工程矿山地质环境综合整治工程项目的子项目之一，对于恢复和保护乌拉山自然保护区、乌梁素海流域环境生态系统有着至关重要的作用。

乌拉山北麓铁矿区矿山地质环境治理工程项目（大坝沟西治理区）位于乌拉山镇东北约30千米处，作为原有铁矿开采区，由于长期重开发、轻保护，原有地形地貌景观遭到破坏，形成了岩体崩塌、泥石流等地质灾害隐患，对该地区的生态环境和农牧民生活生产造成严重影响。本次治理工程项目将通过清理废渣堆、回填废弃采坑、清除危岩体、平整治理场地并播撒草籽等方式消除地质灾害隐患，恢复和重塑治理区地形地貌景观，改善了农牧民的生产和生活环境。

2019年6月，内蒙古通过面向全国公开招标，央企中建一局三公司、中交三公局、中交公路规划院中标，随后，三单位工程技术项目部分别移驻乌拉特前旗和磴口县，开始了为期三四年的全国最大、实施最早、业态最全的山水林田湖草沙生态修复试点工程——乌梁素海流域生态治理修复项目工作。负责乌拉山北麓生态修复工程的重担，落在了中建一局三公司副总经理、总工程师梅晓丽，乌梁素海东区项目部经理张富成，总工庞东喆等人身上。2023年酷暑，作者入住乌拉特前旗，接触最多的就是北京人张富成、沈阳人庞东喆。脸晒得黝黑，步伐迈得飞快，是二人的共同特征。

新华社、中国新闻社、中央广播电视总台、新华网、环球网等19家中央媒体一行20余人，在国资委新闻中心副主任张义豪等人陪同下，于2023年7月10日由北京飞抵包头，就近转赴乌拉特前旗。作者有幸受邀参访，当日下午，听取了中建一局关于乌梁素海流域生态治理总结汇报。次日上午，实地参观了乌梁素海流域山水林田湖草沙综合治理项目东片区情况。

在头天的汇报会上，庞东喆第一个发言。他说："乌拉山大量露天采坑的存在，犹如裸露在地表的'地球疤痕'，大量固体废弃物随意堆放，不仅占用土地资源，影响地貌景观，还加剧了当地沙尘天气，使生态环境不断恶化。原有的地形地貌景观遭到破坏，地表植被退化，水土流失严重。"

乌梁素海流域山水林田湖草生态修复试点工程矿山地质环境综合治理项目位于乌拉特前旗，地理位置涉及巴彦花镇、大佘太镇、额尔登布拉格苏木、沙德格镇嘎查村社。治理前，由于矿业开发活动导致治理区域水土流失严重，形成了大量的露天采砂（石）坑、废石（渣）堆、废弃工业广场。每逢雨季、汛期，乌拉山、白云常合山、渣尔泰山大量的砂石、腐殖质随洪水进入乌梁素海和黄河，水质由此受到影响。

针对于此，乌拉山项目治理团队制定实施了地质灾害治理、矿山环境治理、矿山生态修复"三重"治理方案。

第一重是"磨腮削骨"，解决崩塌滑坡问题。大部分露天废弃矿坑边

中建一局集团第三建筑有限公司 供图

坡陡立、风化严重、岩体松散，极易发生崩塌。在矿山治理初期，必须对边坡陡立的危岩体进行削坡，通过长臂矿山挖掘机进行危岩体清除，清除产生的废弃石料，就地堆放于矿坑底部进行垫坡，从而形成合理的山体台阶与边坡，减少崩塌事故发生。

第二重是“垫坡整容”，修复地形地貌。为使矿山治理区恢复原山体地形及地貌景观，对于“凹陷式”露天矿坑和“山坡式”矿坑分别采用废渣回填和垫坡的方式进行整容，使废弃矿坑基本恢复原有地形地貌，同时对规模较大的废渣堆进行边坡整形，按照取高填低的原则，将平整后的坡面地形整体起伏控制在±5度以内，达到外观起伏流畅自然。

第三重是植树种草，让青山绿水再现。结合区域自然条件和原土地利用情况，对经过此前物理修复的边坡进行无人机播撒耐寒草籽，使得植被、地貌景观和土地功能得以恢复，从根本上消除地质灾害。

庞东喆说，项目在实施过程中得到了当地牧民的大力支持。工程实施过程中，大量使用项目所在地的机械和人力也为当地群众创造了增加收入的机会。牧民图布新在矿山治理项目大坝沟西治理区完成治理后，还招待项目部全体成员吃了巴彦淖尔传统美食——大烩菜、手把羊肉。吃饭时，他端起酒杯深情地说，大坝沟西治理区完成治理后，进山的交通方便了，乌拉山青了，乌梁素海水美了。他希望有更多的人走进乌梁素海，走进乌拉特前旗，看草原、看羊群，看看新时代的牧民生活。

如今，乌梁素海流域内606个露天采坑、931个废石（渣）堆、112处工业场地、339处平硐口和1.5千米河道得到治理，废弃矿山变成了绿水青山。

“我们坚持绿水青山就是金山银山的理念，着力解决乌拉山因矿山开发遗留的矿山地质环境问题，恢复提升乌拉山在流域上部的生态屏障服务功能。矿山设计治理，坚持生态优先，绿色发展，从过度干预、过度利用向自然修复、休养生息转变，坚定走绿色、可持续发展之路。”庞东喆如是说。

此外，乌梁素海流域矿山生态修复典型案例项目组人员庞东喆、王俊明、邬东、朱贵昇，四度酷暑严冬，1000多个日日夜夜，舍妻别子，奋战在荒山野岭。他们以亲身经历执笔写出《中国建筑一局（集团）第三建筑有限公司乌梁素海流域矿山生态修复典型案例项目研究报告》。作者摘要如下，以飨读者——

由中国建筑一局（集团）有限公司负责实施的乌梁素海项目矿山地质环境综合治理工程，对露天采场/采坑的防治措施采取清除危岩体、削坡—边坡整形—回填、垫坡—整平—覆土，然后进行植被恢复建设方法，成功解决了矿山治理过程中恢复原山体地形地貌问题，使矿山治理更加标准化及规模化，同时响应国家绿水青山就是金山银山的号召，促进国家生态的可持续发展。

主要亮点及技术

1.无人机测量技术

在矿山治理项目中，复杂多变的地形是施工组织的一大难题。采用无人机＋倾斜摄影实景建模技术，通过对飞行路径的设定，让无人机自动采集地形地貌信息，再将照片数据导入工作站生成具有三维坐标的实景模型，能够更准确地了解治理区危岩、矿坑、尾矿渣堆分部的位置情况。

在矿山修复工程中，地形地貌复杂，测绘困难周期长；无人机测绘通过无人机低空摄影可以获取高清晰影像数据生成三维点云与模型，实现地理信息快速获取，效率高，成本低，数据准确，操作灵活，大大节省了测量员的外业测量工作量。尤其适用于EPC项目，快速完成地形测量，为加快设计进度提供有力保证。

2.长臂钩机清理危岩体技术

传统采用爆破作业清理危岩体，远远就能听到隆隆的炮声，看到滚滚的尘埃，巨大的冲击波及飞石对周围生态环境会造成安全隐患，不但会对周围的环境造成极大的污染和破坏，而且对石材资源造成巨大的浪费。针对这些问题，乌梁素海东区项目通过技术攻关，利用长臂钩机进行危岩体清理的新工艺，以长臂钩机为依托，解决了高处清理危岩体的难题，有效降低了工人的劳动强度，提高了岩石的可再利用率。

治理区部分露天采坑现状条件下，边坡陡立，风化严重，岩体松散，存在崩塌隐患。为消除崩塌地质灾害隐患，设计对其进行清除危岩体，清除危岩体产生的“固废”就地堆放于采坑底部进行垫坡。若危岩体存在于低缓边坡，则利用挖掘机等机械进行清除危岩体；若危岩体存在于高陡边坡，利用普通机械难以施工，则采用长臂矿山挖掘机进行清除危岩体。

“山坡式”露天开采形成的采场/采坑根据现状条件所具备的条件下进行清除危岩体（削坡），形成合理的台阶和边坡，每5~10米设置一台阶，平台宽度为3~5米，台阶高度和宽度可根据采场/采坑边坡高度、边坡角的不同进行合理设置。

3.边坡整形方案优化

对治理区内回填、垫坡后仍剩余的废渣堆进行边坡整形。治理区内存在的规模较大的废渣堆，其边坡较陡，与周边地形地貌极不协调。设计对其边坡进行整形，整形后边坡角度为25°。清理渣堆时应注意保持渣堆上方电线杆的稳定性。最终的清理效果，应该是一个以电线杆为圆心、半径为5米、坡度≤30°的“圆锥体”。该“圆锥体”的实际半径，可根据施工中渣堆与原始地形的实际界线有适当变化。若现状存在的废石/尾矿渣堆距离采坑/采场大于300米且道路不畅通，则根据固废物堆放情况和当地地形地貌进行坡面式整平，整平厚度为0.5米。

4.回填采坑方案优化

对于“凹陷式”开采形成的露天采坑，若周边堆积废渣方量足够，则利用废渣进行全部回填，使回填后的采坑基本恢复至原有地形地貌。采用渣堆回填时，采取就近逐级清理的方法，首先将废弃渣堆清运至采坑的边缘部分，然后推运至采坑的中心区。清理过程中，尽量把大块砾石推运至采坑底部，将细小颗粒的废渣推运至顶部。

若采坑周边缺少回填物源，则对区内边坡高陡的“山坡式”采坑利用废渣进行垫坡。通过垫坡，使高陡边坡与采坑底部自然衔接，使其与周边地形地貌相协调，同时，在收集治理过程中收集土质较好的表土，为下一步播撒草籽的成活率打下基础。

5.无人机飞播

早在20世纪五六十年代，我国就有大飞机飞播造林的记录。不过，大飞机飞播造林主要应用在成片的荒山荒地上，受造林成本高，起飞条件、后勤保障要求高，播撒精准度差等限制，不利于本项目的整体实施。

与20世纪90年代飞播造林使用的运-5型飞机相比，乌梁素海东区项目采用的大疆MG-1P无人机精准飞播造林，速度快、省劳力、投入少、成本低、受地形限制小。在困难造林地、半固定沙地、石漠化山区、高寒山区等生态环境恶劣、立地条件差的地区，无人机飞播造林是一种更为行之有效的生态修复手段。飞播造林后，项目组还以播区为单位实行封禁管理，及时总结飞播造林方法、技术、经验等，为后续大规模开展飞播造林工作做准备。

6.种子包衣技术

因飞播造林区域处于乌拉特前旗沙德格镇牧区内，大量牧民在放牧，为保护整体飞播的成果，项目部采用种子包衣技术。用种衣剂包过的种子播种后，能迅速吸水膨胀。随着种子内胚胎的逐渐发育以及幼苗的不断生长，种衣剂将含有的各种有效成分缓慢地释放，被种子幼苗逐步吸收到体内，从而达到防治苗期病虫害、促进生长发育、提高作物产量的目的。同时，包衣后种子的独特气味可以减少当地牛羊马及田鼠的啃食概率，能有效提高飞播造林后种子的成活率。

矿山地质环境生态修复技术

1.自然修复技术

中建一局在对大余太治理区矿山地质环境进行生态修复的过程中，使用自然修复技术。这种技术是通过人为或非人为干扰，为矿区构建一个生态系统，使矿区的生态环境得到调整与改善。自然修复技术通过封山育林技术、生物因素恢复技术等进行矿山地质的生态环境修复。

封山育林、封沙育植技术，都是通过在矿区周围设置警示牌、围栏等设施，避免人员的进入与干扰，然后再使用合理的封育方式，进行矿区生态环境的自我恢复。

生物因素恢复技术，主要包括动物技术与人工播撒技术。其中人工播撒技术，是通过人工的方式将适合矿山地质的植物种子进行播撒，一般情况下会选择成活率高、生长速度快、适应矿山地质的种子进行人工播撒。在进行人工播撒的过程中，要进行混合播种，这样才能达到最好的矿山地质环境生态修复效果。例如，在矿山地质环境生态修复的前期，播撒草本植物的种子，并加以灌木种子辅助，形成草灌结合，为矿山地质环境生态修复后期播撒灌木或小乔木种子创造良好的生长条件，进而恢复矿区的生态环境。而动物技术，就是科学合理地利用动物的生活习性，以达到促进矿区生态环境恢复的目的。例如，通过在水体富营养化河道引进蜜蜂、蝴蝶等滤食性动物，为植物的生长进行传粉，进而提升矿区植物的生长速度，加快矿区的生态环境恢复。

2.土壤修复技术

对矿区生态环境进行修复，首先修复矿区受损的土壤。而根系植物对矿山地质环境生态修复有着重要的作用，土壤为植物的生长提供了必要的水分与养分。对矿山土壤进行技术修复，包括生物技术、物理技术、化学技术。

生物技术是通过植物、动物、微生物等具有生命体征生物以及生物的代谢产物，来对矿区土壤的性质进行改良，使土壤恢复至开采前或优于开采前，进而达到矿区土壤恢复的效果。

物理技术主要是根据矿山地质环境的条件特点，并通过借助合理的方法将矿山土壤进行生态治理。例如，使用表土分层保存、换土、客土混合机深耕翻土等方法。表土分层法是在矿山开采前，将矿山的表层土壤取走并保存。然后在矿山开采结束后，针对矿山被损毁的土壤地点进行土壤修复，在修复的过程中将事先保存的土壤进行取回，并对损毁地点进行覆盖。表土分层法已经被广泛地应用到现阶段的矿山地质环境生态修复中，并且已经成为构建绿色矿山的标准程序。

3.水污染处理技术

在矿山地质环境生态修复的过程中，恢复水质，是恢复生态环境的重要组成部分。在矿山水污染进行控制与处理的过程中，可以使用中和法、生物化学法、湿地生态工程法、反渗透法、化学法、热力法等。而对于被有毒物质、有害元素、放射元素污染的水源，要使用离子交换和膜技术处理等方法，进行矿区水污染的处理与恢复。例如，在稀土金属尾矿库修复污染地下水的过程中，使用PRB（渗透反应墙）修复技术，可以实现绿色与可持续地下水修复的战略理念，对于我国矿区地下水修复具有重要意义。

综上所述，由中建一局实施的矿山地质环境综合治理工程大佘太治理区矿山资源的开采，对于生产、生活都有着重要的意义，在进行资源的开采过程中，须注意开采的合理性，不因为盲目生产而忽略生态环境保护问题；不因为增加经济效益而对矿产资源进行过度的开采挖掘。在开采结束后，要对开采的矿区进行矿山地质环境生态修复技术处理，以保障矿区的生态环境建设，促进人与自然的和谐发展。

中建一局三公司乌梁素海流域生态修复试点工程项目经理张富成介绍说：“矿山修复是对矿业废弃地污染进行修复，治理内容一般分为生态修复和污染治理。恢复矿山废弃地的生态，只对土壤、植被的恢复是不够的，还需要恢复废弃地的微生物群落，完善生态系统功能，如此才能使恢复后的废弃地生态系统得以自然维持，从而在根本上解决矿山修复治理，真正让废弃矿山变成绿水青山。”

2023年7月11日上午，在张富成带领下，作者有幸同中央媒体记者一行，驱车来到乌拉山北麓、乌梁素海东岸的额尔登布拉格苏木。下了车，几块巨大的公益展示牌格外抢眼。但见成片的苹果树高过人头，果树行间各种植两排灯笼红香瓜，有的已经成熟。张富成介绍，这是乌拉山南北麓林业生态修复建设项目，属于公益性质。以“适地适树、宜林则林、宜草则草”为原则，建设水源涵养林和水保经济林。在生态脆弱的固定半固定沙丘，则以自然恢复为主，减少人为干扰，逐步改善区域生态环境。

通过张富成介绍，细读项目区路边宣传牌，作者获悉相关信息。一是人工植苗造林2300亩，栽植山桃、山杏、酸枣、梨、枣（鲜食枣）、中小型苹果等苗木。几年下来，陆续种植123万株。二是飞播造林1万亩。三是辅助配套工程，新打机电井5眼及配套设施；建设蓄水池2000立方米和1000立方米各1座，铺设地下输水管道521544米；铺设地上内镶压力补偿型滴灌管道3543190米（含滴灌盲管）；修建生产道路168847米；建设网围栏98125米；引黄工程新建提水泵站1座，1000立方米蓄水池1座。

乌拉山南北麓林草生态修复样板公益工程，惠及乌拉特前旗7个嘎查（村）众牧民，使千百年来的荒漠渐渐地变为绿洲。

巴彦淖尔市生态环境局提供给作者的资料中，特别肯定了乌梁素海东岸荒漠草原生态修复示范工程——项目总投资1.68亿元，在乌拉特前旗额尔登布拉格苏木和白彦花镇境内阿力奔草原（乌梁素海东、乌拉山北麓）约6万亩项目区，实施草原恢复工程、草原配套工程、灌溉系统工程。截至2023年上半年，项目已完工。

项目实施后，湖区东侧荒漠草原生态环境得到明显改善，土壤部分理化性质的改善初具效果，草场面积的提高可有效减缓草原荒漠化、土壤沙化进程，降低洪水入湖携沙量，提高土壤保水效果，缓解土壤干旱情况，有利于草场的可持续发展；提高土地蓄水能力，保养土壤肥力，有利于当地农牧业发展。

2019年，中国交通建设股份有限公司第三公路工程局有限公司乌梁素海流域治理项目，同步开展乌拉山矿山地质环境治理工程。对于初次踏入生态环境治理领域的项目建设者来说，相关领域的知识与技术如同茫茫群山一般存在很多盲区，但大家并非知难而退的等闲之辈，秉承着“愚公移山”的精神，对着图纸和设计说明挨个看，上山下山，一转一天。

“说这山路崎岖是不准确的，因为压根儿就没有山路。”当阳光刚照向山头，项目人员便一人拎着一壶白水，夹着一摞蓝纸，戴着一顶黄帽开始攀登，与山羊做伴，同大山较量。攀过陡峭的山坡，越过曲折的山谷，一壶水始终不够喝。

每当登至山顶，他们总是驻足停留，有时可以看见平原之上的乌梁素海，如一面明镜倒映着万里碧空；有时则可看见雄鹰翱翔于青云之间，忽被骤起的乌云压低，风雨如磐似千里长湖倾泻而下。日复一日，他们已经忘记脚下是第几座被征服的山。

项目部采购了一批无人机，用于湖区施工影像记录。无人机同时还可以替代翻山越岭的建设者，用于测算距离，找准方向。10米、50米、100米……无人机常常飞不远，遥控端便提示信号强度不够，因为未采尽的金属矿石形成了强大的磁场，导致信号受到干扰。为了解决这一问题，技术人员便提前为无人机规划好航线，开启自动采集影像功能。

为了修复矿山开采留下的千疮百孔，需要大量物料进行矿坑回填。大家决定“反其道而行之”，逆转矿山开采的过程，将山下的矿渣运回山顶。起初，大家想着用长臂挖机，但在实地勘探后发现部分矿坑高差大，在其面前挖机如同玩具一般。随后众人考虑运用矿山传送带，既然可以通过传送带把矿石运下山去，为何不能再运上来呢？几经尝试后，大家发现由于物料都是沙土和碎石，在传送过程中物料常常会滚落下来。最后决定：修建盘山公路，通过车辆运送物料。

采矿，一直是项很危险的工作，而矿山治理同样如此。从作业人员到工程机械，从现场工况到施工手段，安全监管需要做到全面覆盖。工区负责人日复一日地清点作业人数，不厌其烦地宣讲安全要点。来来往往在盘山公路穿梭的运输车辆重车上、空车下，为保障安全，硬性规定每辆车最多只装载1/3的物料。同时，乌拉山的山坡上处处是危岩体，好比布满山冈的定时炸弹，不及时清除则后患无穷。爆破是最高效的手段。昔日采矿时，此起彼伏的爆破声回荡在山谷间，久久盘旋于牧民耳畔，成为他们挥之不去的恐怖记忆。如今，为了保障牧民人身安全，项目部决定禁用爆破手段，而是通过操作机械“徒手”清除。

填补完坑洞、清理完危岩之后，乌拉山虽不再是千疮百孔，但光秃秃的山冈如同被拔了毛的鸟一般。如果没有植被，“黄土高原”严重的水土流失现象将在这里上演。因此，项目建设者紧接着开展植被恢复工程，为乌拉山披上绿色新衣。

第一步是“覆土”，即将适宜植被生长的土壤平铺开来，厚度达到30~50厘米。这些土看似简单，却“埋”着大学问，土层被分为3层：最低一层是紧实、物质转化慢、不易受耕作影响的底土层；中间一层是起保水保肥作用的心土层；最上面则是松软透气、易于耕植的表层土，且每一层均需要分层压实，以免种植后淋水下陷造成场地不平整。之后进行人工撒播草籽，根据土壤、气候等自然条件，选用耐旱的沙蒿、小叶锦鸡、柠条等植物。如今的矿山现场，绿草如茵，自然有序，一派田园风光。治灾、兴利方案道道相倚，一举两得。

矿山地质环境综合治理，对中交三公局而言属于新兴工程，该项目不仅使其积累了宝贵的施工经验，还打造了一支新时代生态治理标兵。可以说，乌梁素海项目不仅“树木”，也“树人”。

“我的大学老师曾说，下工地后环境艰苦。来到乌拉山时的确是这样，但如今我和我的同事们用自己的双手把荒山变成了绿岭，受点儿苦是值得的。”乌梁素海项目矿山地质环境整治工程的一位技术员说道。

乌拉山上，新枝嫩叶旺盛生长，百年后林涛翻滚、山花烂漫之景不时浮现在建设者的心中，而一批又一批的生态治理标兵也正茁壮成长，在祖国北疆的山河湖海之间为建设美丽中国努力奋斗。

第五篇　沙

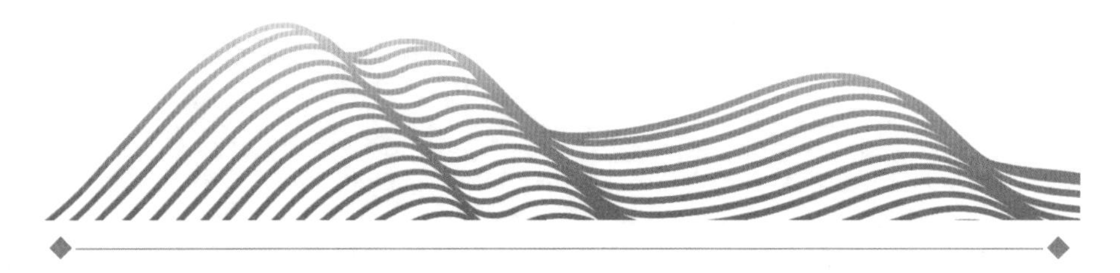

乌梁素海流域总面积为1.47万平方千米，相当于偌大的内蒙古巴彦淖尔市河套平原。其中，近500万平方千米的磴口县境的乌兰布和沙漠，是乌梁素海流域的打头一段——河套源头。

中国八大沙漠中，最具可治理性、持续性、生态绿色型的是乌兰布和沙漠。在地球上，只有乌兰布和沙漠和非洲的撒哈拉大沙漠紧挨并受益于大河。尼罗河全长6670千米，位于非洲北部，穿越11个国家；黄河5464千米，流经乌兰布和沙漠100多千米，途经9个省、自治区。

磴口县境的乌兰布和沙漠呈南高北低、东高西低走势，有利于引黄灌溉。这是它别具特色的地域模式。而靠近黄河的库布其沙漠，就没有乌兰布和沙漠之便利了。在黄河南岸，与北岸“二黄河”同期挖出一条长242千米的南干渠，现灌溉鄂尔多斯面积仅42万亩，这仅仅是北岸总干渠润泽河套灌区的零头。原因就在于南岸地形南高北低，不利于大面积引黄灌溉。

第一章　乌兰布和沙漠七十多年沧桑巨变

乌兰布和，系蒙古语，意为“红色的公牛”。乌兰布和沙漠总面积约1万平方千米，由南往北，2/3属于内蒙古阿拉善盟阿拉善左旗，1/3属于内蒙古巴彦淖尔市磴口县、杭锦后旗、乌拉特后旗。沙漠东缘即南来北往之黄河。西靠阴山西南段狼山。狼山与黄河之间的距离，千百年来随黄河摇摆不定，在50~70千米间变化。

乌兰布和沙漠的形成不过两千年，它是由狂风通过狼山与贺兰山东西40千米缺口，吹过来的腾格里沙漠慢慢堆积起来的。这是主要原因。次要原因多多，此处无须赘述。

“敕勒川，阴山下。天似穹庐，笼盖四野。天苍苍，野茫茫，风吹草低见牛羊。”这是我国古代一首优美动听的民歌，脍炙人口，传唱千年。这首歌原来是用鲜卑语唱的。史料记载，公元546年，东魏高欢围攻西魏重镇玉壁（今山西稷县西南）失利。当众将士听信谣言，士气低落之时，年过花甲的老将斛律金高声咏唱苍劲悲壮、慷慨激昂的《敕勒歌》，使将士无不动容，军心大振。

“沙深三尺，马不能行。”

宋太宗年间，皇帝派大臣王延德回访高昌回鹘时，由鄂尔多斯渡过黄河，途经今磴口县沙金套海苏木，借道狼山与贺兰山大缺口，跨越祁连山，到达今天的新疆。这段记载以及这8个字，出现在王延德的《西域使程记》中。

“沙金套海牧业公社附近……有高达50米左右的沙山分布，不能直接通行。”

这是1963年，中国科学院地理研究所乌兰布和沙漠北部垦区科考工作队，对磴口县境乌兰布和沙漠脸庞的勾勒和文字的描述。让人望而却步。

历史逝去不远，记忆非常深刻。

仅仅把乌兰布和沙漠比作“红色的公牛”，就使人产生无穷的联想。翻开北齐至今1500多年来的磴口历史长卷，黄、绿二色在和谐中不断撕扯、绝杀，精彩而无奈！

“50米高的沙山”，今天怎么大部分变成了小沙包？

沙海神奇，沧桑巨变！

作者8岁至20岁时，在阿拉善左旗巴彦木仁苏木和磴口县巴彦高勒镇粮

原始的未经治理的乌兰布和沙漠

台村这处黄河与乌兰布和沙漠之间互相依存又拼命决斗的地方生活了13年。

在19世纪60年代长达10年光景中，沙漠里的野生食品——俗名“黄克朗”的锁阳，状如黄瓜的肉苁蓉都曾是我辈的果腹干粮。生活窘迫中的男女社员们，踏遍乌兰布和沙漠，掘地三尺，掏挖甘草，采收沙蒿，取其籽粒。

人到暮年，忆起那段时光，心潮澎湃，笔尖泉涌。

艰难与兴奋，痛苦与痛快，纠结在流血的心中，徜徉在展开的白纸之下。

2016年1月，为创作长篇报告文学《穿越乌兰布和》，作者赴阿拉善左旗巴彦浩特镇采访了曾在巴彦淖尔工作了11年，时任中共阿拉善盟盟委副书记、阿拉善盟乌兰布和沙漠生态治理示范园区总指挥，他对乌兰布和沙漠的今天是这样描述的——

“乌兰布和是一头蛮牛，狂傲不羁，一路向东狂奔。它不仅踏平了巍巍贺兰山西麓，而且跨过了奔腾不息的黄河，在甘德尔山站稳脚跟后，继续东侵，一路呼啸着穿越八百里河套，直奔自治区首府呼和浩特。如果再不给它披上绿色，就有可能飞越长城，闯进首都了。

“巴丹吉林、腾格里、乌兰布和三大沙漠在阿拉善盟占三分之一面积，以我盟财力治理沙漠，实在是无奈之举。没办法，沙漠害人到了这种程度，危及生命，侵蚀黄河，不下大资本不行了……”

在采访之前的半个月内，作者在磴口县境的乌兰布和沙漠里，东到县城，西抵阿左旗敖伦布拉格镇，南去二十里柳子，北至金堂庙，驱车几度穿越、考察。在有幸后来荣获内蒙古自治区第十三届精神文明建设“五个一工程”奖的长篇报告文学《穿越乌兰布和》定稿前夕，作者再次驱车经过二十里柳子，来到刘拐沙头，站在沙尖上，心中感慨：“怎么兀奇高的大沙漠不见了？在刘拐沙头上游，一个曾经听起来怕人，名叫“阎王鼻子”的地方怎么也不存在了呢？”

怎样有效地治理乌兰布和沙漠，调教难以驯服的“公牛”，成了阿拉善盟、巴彦淖尔市两旗一县几十万民众，特别是9万多磴口干部群众坚持不懈、奋斗不止的梦想。

巍巍阴山、滔滔黄河，明沙与湖泊，处处美景，绿色摇曳，足令老作家神魂颠倒，寝食难安。为了书写“红色公牛”70多年的狂奔与安卧、吃草和挤奶，全面反映磴口县人民治沙的艰苦奋斗精神，2016年酷夏，在磴口县政府主要领导和分管领导的全力支持下，为了讲述磴口县上下三千年历史的《走进磴口》一书，作者再次受命奔走于磴口县乌兰布和沙漠全境。

巴彦淖尔市境内的沙漠，不同于西南边阿拉善左旗境内的沙漠那样高大、荒蛮、连绵起伏。磴口县因为靠近黄河，有两条渠直接从黄河铁路大桥南段开口引水，总干、干、分干、支、斗、农、毛七级渠道，像蜘蛛网一样纵横密织，布满农牧区，浸润着这片先人们屡屡开发又屡屡失败的沙漠与平原，助力人们开拓着这片两千多年来几度移民、几度败退的沙漠垦区。

如前所述，沙漠紧靠大河，在地球上，除了非洲的撒哈拉大沙漠和尼罗河，就只有乌兰布和沙漠和黄河了。此番壮丽图画，在中国八大沙漠、四大沙地中，都是绝无仅有的。在占内蒙古自治区68%的荒漠化国土面积中，自“三北”防护林工程启动45年来，“磴口模式”，在2023年6月6日那一天被确认。从那一天，不！从那一刻起，内蒙古自治区主要领导、巴彦淖尔市，特别是磴口县领导层奔走相告，激动不已。

乌兰布和沙漠得黄河之便，令人叹为观止。

乌兰布和沙漠的有效治理，为乌梁素海流域一路畅通无阻开了好头。

70多年，在历史的长河中，只是短暂的瞬间。

70多年，在人的一生中，却是马拉松长跑。

70多年间的沙漠治理，我们有过失败，更有过教训。例如，两万多名知识青年从祖国大江南北涌入乌兰布和垦区，不过7年，收兵回营，天女散花。

7年或者10年，它在70多年的“长河中”，亦是一个短暂的瞬间。

成功大于失败！

共产党人治理乌兰布和沙漠的丰功伟绩，虽然只过去了70多年，但她在接下来的又一个“两千年”的未来历史长河中，都会被永载史册。照这样干下去，再过一个70多年，乌兰布和沙漠还存在吗？

踏平青沙人未老，万年黄河乐陶陶。

防沙治沙的“磴口模式”，久久为功。

人们不会忘记，永远长眠在磴口县巴彦高勒镇旧地村西沙窝的磴口县委第一任书记杨力生，20世纪50年代，他曾带领全县人民，拼力营造308华里防沙林带。2006年，磴口县委、县政府在其墓地为老书记树碑立传，2015年重新修葺。2013年春和2015年冬，作者曾两度来到墓前瞻仰。站在墓后的大沙漠顶子上，远眺东方，映入眼帘的是飞跃黄河的三座大桥。低头凝视墓碑，潸然泪下。老书记的足迹遍布内蒙古四大沙漠，领导过32万平方千米上的各族人民，为何选择在这里长眠？是想以一身之躯阻挡乌兰布和沙漠吗？是想永远看护母亲河吗？是眷恋磴口县的老百姓吗？

9万磴口人民不会忘记老书记杨力生。

2022年金秋，磴口县委、县政府再次移位杨力生墓扩建为小陵园，使之成为一处爱国主义教育基地。作者受命磴口县委，字斟句酌，撰写738字墓志铭，经县委领导和老书记的后人审定，最后镌刻于墓碑背面。

2022年，作者应磴口县委邀请，三赴磴口，执笔撰写了21万字长篇报告文学《杨力生：乌兰布和丰碑》。

乌兰布和沙漠与古稀之年的作者结下不解之缘！

乌兰布和沙漠东缘紧邻黄河，包兰铁路、京藏高速公路、110国道等国家重要交通设施均途经此处，沙害问题不但直接威胁到河套平原、黄河水资源安全及国家重要基础设施安全，而且对沙区人民的生产生活产生严重影响，成为制约和阻碍沙区经济社会发展的主要因素。

1978年11月25日，《国务院批转国家林业总局关于在三北风沙危害和水土流失重点地区建设大型防护林的规划》印发，国家三北防护林体系工程正式启动，乌兰布和沙漠治理速度加快。1979年，中国林科院唯一的研究沙漠的专业机构——林科院磴口沙漠林业实验局（现为中国林科院沙漠林业实验中心），在内蒙古磴口县巴彦高勒镇挂牌成立。研究、实验、试种、推广沙生植被和防沙治沙树种上升为国家课题。

从2000年开始，乌兰布和沙区先后实施国家重点生态县、天然林保护、退耕还林、“三北”防护林及日本海外协力贷款造林等一系列重点生态建设工程，修建了乌兰布和沙区穿沙公路，启动了三盛公防凌防汛应急分洪生态补水工程（奈伦湖）。在重点工程的带动下，乌兰布和沙漠东缘原有林带被进一步加宽加密，形成了纵深推进、前挡后拦、全面保护的立体防沙体系，阻止了沙漠的东侵，保障了黄河、包兰铁路、京藏高速公路、110国道、三盛公水利枢纽工程的安全运行和河套灌区农田的稳产增收。

钱学森产业治沙理论，成为“十二五”时期，特别是2014年以来磴口县委、县政府的“亮剑”。

过去，在国家生态工程的全面推动下，乌兰布和沙区造林成果和森林资源存量不断增加，生态环境有了很大改善。但是，受资金、道路、造林难度等因素的限制，沙区的生态建设偏重于治理，造林成果的后续管护和开发利用效果不明显。

产业治沙的理念就是要转变这一局面，它以国家基础建设投入为前提，充分引进企业及民间资本共同参与乌兰布和沙区的治理与利用，从而凝聚各方面的力量推进沙区的建设步伐，提高沙区资源的利用率。据调查，乌兰布和沙区沙产业企业已通过承包、租赁、合作等方式流转沙区土地173万亩。企业作为土地的所有者，在生产经营过程中实行精细化管理，梭梭、葡萄、枣树、中草药等造林形式多样，滴灌、微喷、管道灌溉及日光温室等节水技术普遍应用于沙产业生产中。肉苁蓉接种与产品开发、葡萄酒生产、沙区小杂果深加工等沙产业项目也稳步推进，既提高了造林的成活率和保存率，实现了治沙主体的多元化、治沙投入的多渠道，也为大规模治沙造林绿化创造了条件。

沙区营林由以国家向以民营为主体的改变，使沙区农牧民的闲置土地得到有效利用。农牧民除了有土地租金的收入，还可以在企业治沙中务工，多一份收入。造林模式的转变使乌兰布和沙区生态建设实现了多样化，使沙区其他资源得到了更加充分有效的利用，不仅加快了生态建设的进程，还形成了以产业带动治沙、以治沙促进产业的良性互动发展机制，达到了沙漠增绿、企业增效、农牧民增收的目的。据统计，目前沙区企业的技术工人、长期工人、临时工人，三项用工总量每年达到32万人次，对带动磴口县沙区农牧民就业、调整沙区经济结构、推动地方经济发展起到了巨大的作用，逐步形成了农、林、草、药资源转换增值和产业联动机制，为改善沙区生态、推动企业发展、增加农牧民收入找到了结合点。

沙区造林由过去的国家投入转变为与企业合作造林，既解决了造林资金投入不足的问题，也解决了造林后的抚育管护问题，保证了造林成活率和保存率。据统计，2000—2014年，乌兰布和沙区生态治理资金国家投入近2亿元，而企业在2004—2014年累计投入近16亿元，其中用于生态建设的资金达到4亿多元，形成了沙区生态恢复与企业资源利用的良性循环。磴口县政府寓沙产业开发于防沙治沙中，坚持生态建设产业化、产业发展生态化的方针，乌兰布和沙区生态保护建设成效显著，沙产业发展迅速，涌现出一批以民营企业为代表、以技术创新为特点的沙产业龙头企业。

截至2015年底，乌兰布和沙区境内沙产业企业达到132家，其中从事肉苁蓉产业的企业有20多家，拥有30万亩梭梭林资源，已发展成为集生态治理、苁蓉原料生产、技术研发和产品加工销售为一体的产业链条，已接种肉苁蓉近10万亩。研发的苁蓉系列饮品、苁蓉茶等作为地方特色产品远销区内外，出口到日本、德国等国家，年产值过亿元。新兴的酿酒葡萄产业从2011年起飞速发展，现有酿酒葡萄种植企业19家、专业合作社2家，葡萄种植面积达到1.5万亩，年产值过亿元。

依托磴口县沙漠丰富的风能、太阳能资源，依托政府基础设施的“三通一平”，从 2012 年开始，先后有中电投、国电、国华、蒙华、神华、山路、青岛昌盛日电以及韩国三进集团等中外大型企业，入驻光伏园区，为乌兰布和未来发展带来勃勃生机。

产业治沙的最佳效果就是生态效益、社会效益、经济效益同时显现。实践证明，实施产业治沙，加快发展沙产业，对于防治沙漠化，有效地利用沙区自然资源，缓解人地矛盾，培育沙区经济新增长点，推动西部大开发具有重要战略意义。

近年来，磴口县委、县政府结合地域优势特点提出光伏治沙发展理念，充分利用乌兰布和沙漠充沛的光能资源吸引新能源企业。在发展过程中坚持生态建设优先，坚持在开发中保护、在保护中开发的原则，把保护和治理生态以及绿化作为引进企业和项目建设的必要条件，把社会效益、生态效益和经济效益有效结合，建成集光伏发电、现代农牧业、沙产业、生态旅游为一体的立体经济发展模式。

在建设光伏电站的同时，磴口工业园区在园区绿化、防风治沙方面也取得了丰硕成果，工业园区内道路两侧以垂柳、紫穗槐、金叶榆、花草等形成高低搭配、错落有致的景观绿化带。基地的西、北边界种植起以防风固沙为主的花棒、红柳、梭梭、苏丹草，形成连片连网绿化廊带。一个集光伏发电、沙草产业、生态旅游为一体的太阳能生态产业治理示范基地已初具雏形。磴口乌兰布和沙漠百万级光伏治沙基地已被列入国家“十三五”规划，占用沙地 9 万亩。

磴口县坚定不移走以生态优先、绿色发展为导向的高质量发展新路子，将光伏发电与生态治理有机结合，通过抬高光伏阵列高度、拉大阵列间距，为林草药种植留下了充足的空间，以光伏组件为植被遮阴，减少蒸发量，以植被生长抑制扬尘，减少对发电量的影响，实现了经济效益与生态效益共赢。截至 2021 年底，磴口县光伏装机容量规模达到 37 万千瓦，主要包括光伏 + 牧草、水稻、设施农业、中草药、林业等产业模式，节水治沙、科技治沙、产业治沙的模式初具规模。

磴口县千万千瓦级光伏示范基地建设按照“生态治沙、科技治沙、节水治沙、产业治沙、保护黄河”的治理理念，围绕“生态产业化、产业生态化”的发展模式，规划“十四五”末光伏发电装机容量为1000万千瓦，规划面积约35万亩。通过“光伏+沙产业生态”协同发展新模式，在土地改造、蒸发量减少等方面取得明显成效，实现了乌兰布和沙漠治理跨越式发展，逐步构建完善了沙漠保护体系。示范项目全部投产后，平均每年为电网提供清洁电能361亿千瓦·时，相当于每年可节约标准煤约1264万吨，减少二氧化碳排放量约3600万吨，为加快推进内蒙古自治区实现碳达峰碳排放提供了重要支撑。磴口县千万千瓦级光伏示范基地建成后，不仅可以大幅提高县域经济实力，带动地方财政税收增加，还能够增加林草覆盖率，大面积固定沙丘移动，有效治理沙漠，提高生态治理水平，从而实现经济效益和社会效益双丰收的良性循环新局面。

日月如梭，光阴似箭。

中华人民共和国成立后的磴口县各级领导、各族人民，不忘初心，砥砺前行，迫使“红色公牛”安然卧倒，托起308华里的“绿色长城”，成为北部边疆一道亮丽的风景线！

生态优先，绿色发展。

广袤沙漠中的200万亩已经得到有效治理。近年来，巴彦淖尔市统筹推进山水林田湖草沙综合治理，纵深推进“绿水青山就是金山银山”示范基地建设，依托京津风沙源治理、“三北”防护林、天然林资源保护等国家重点林业生态工程，积极鼓励社会力量参与林业生态建设和产业化经营，围绕内蒙古高原生态修复与保护等草原重点工程，实现草原生态系统良性循环发展。乌兰布和沙漠综合治理等规模化防沙治沙工程，转化为经济发展优势。

“十四五”期间，巴彦淖尔市将做大做强光伏产业，紧紧抓住国家推动实现“碳达峰、碳中和”重大战略机遇，以更大决心和力度抓好减污降碳协同增效，积极争取国家太阳能发电指标和电力外送通道项目，按照“光伏+

沙产业”协同发展思路，积极打造千万千瓦级光伏能源基地，努力建成自治区级光伏产业示范园和全国光伏治沙引领示范区。大力争取国家新能源优惠政策，积极推动电力“源网荷储”一体化和多能互补发展，多举措落实再生能源消纳能力，努力在光伏产业发展上抢占制高点、形成新优势，实现综合经济实力显著提升。

一是做大做强装备制造业。以光伏产业发展为引领，统一规划、整体布局，广泛拓展新能源应用产业链条，推动新能源产业从单一发电向全产业链发展转变，建成自治区重要的新能源装备制造业和运维服务业基地。同步构建高质量绿色低碳产业体系，打造“低碳园区”示范标杆，从而形成新的产业体系。

二是做大做强有机奶业。围绕建设河套绿色农畜产品生产加工基地，稳步扩大养殖规模，重点建设蒙牛、圣牧高科奶源基地，努力推动圣牧高科奶业主板上市，使优质饲草种植达到36万亩，奶牛存栏达到20万头，实现种养环节、加工环节分别突破100亿，建成全国最大的全产业链有机奶源中心。延伸奶业振兴产业链，规模化发展集种植、养殖、生产、加工、物流、销售为一体的肉牛产业，使肉牛存栏量达到10万头，按照肉牛产业全链条发展的思路，加快构建全产业发展格局，把磴口县打造成为自治区西部最大的肉牛生产加工输出基地，实现产业融合水平显著提升。

三是做大做强特色产业。持续扩大设施农业规模，大力发展以华莱士瓜、白莲脆为主的甜瓜产业和以番茄、鲜食糯玉米为代表的果蔬产业，打造全市高标准瓜果蔬菜产业园区。积极推动沙漠生态治理与沙产业发展有机结合，形成以肉苁蓉、甘草、枸杞、黄芪为主的集种植、加工、销售于一体的全产业链，做精中蒙药材产业，使沙漠原料种植示范基地达到25万亩，打造自治区有机沙产业示范基地。积极引进现代化养殖技术，使肉羊饲养量达到130万只、生猪饲养量达到20万口，打造集生产、加工、销售于一体的产业化联合体。健全完善生态渔业发展体系，建设自治区西部最大的渔业生产基地。

第二章　源头治理　样板工程

2023 年 7 月 11 日中午，参观完乌梁素海东区的媒体记者们不辞辛劳，驱车奔赴 200 千米外的西片乌兰布和沙漠项目区。作者随行。

中国建筑一局集团第三建筑有限公司（简称中建一局三公司）负责乌梁素海流域山水林田湖草沙综合治理项目部西片项目经理张恩波和项目总工程师牛东，向各位记者以及中建一局领导、三公司领导及相关部门负责人分门别类，进行了介绍。

沙漠风沙灾害综合治理技术　中建一局三公司 供图

乌兰布和沙漠综合治理工程建设项目是乌梁素海流域山水林田湖草生态保护修复试点工程七大类项目之一，是改善乌兰布和沙漠生态环境、恢复生态功能、加快产业治沙的重要举措。

该项目区位于乌兰布和沙漠刘拐沙头附近，东南距离黄河1.5千米，属于磴口县防沙林场地界。项目区东边是国家级湿地公园奈伦湖，湿地面积45万亩，是内蒙古自治区黄河上四条旅游精品线路之一。

2016年盛夏，作者应磴口县政府主要领导邀请，走进磴口，独笔撰写了31万字的历史散文作品《走进磴口》，书中第九章专章交代了奈伦湖的来龙去脉。奈伦湖是经水利部报请国务院批准后立项，在黄河上开口引水挖成的。在黄河大堤上，在6.4千米的引水渠首，架设了一座60米长、20米宽的泄洪大闸。大闸东端立卧一块大石头，镌刻着9行字——

第一行：黄河三盛公农业用水区

第四行：批准单位：中华人民共和国国务院

第八行：黄河水利委员会

第九行：二〇一四年七月

由此西行，过泄洪闸西，路北，赫然矗立着又一块金属牌子，书写：奈伦湖国家湿地公园。一条取名“乌（素图）磴（口）公路”的全长104千米的柏油路，与黄河南北平行，打通浩瀚无垠的乌兰布和沙漠，连通阿拉善左旗巴音木仁苏木。这是巴彦淖尔市与阿拉善盟共同投资，保护黄河之善举。记者团队此行进出的柏油路（防火墙），于乌磴公路搭接。

项目总投资6.43亿元的乌梁素海流域山水林田湖草沙综合治理项目区西片项目，就设定在这一带，属于磴口县防沙林场地界，项目包括防沙治沙示范工程（4.86亿元）和生态修复示范工程（1.57亿元）两部分。新造林4万亩，补植造林0.65万亩，新建配套工程有：新修作业路128千米、三级油路33千米、输水管道37千米，新建架空电力线路55千米，新建一级蓄水池1座（300米），新建二级蓄水池31座（200米），新建取水泵站1座。

此项试点工程历经4年，已经完成，并产生如下效益。

一是生态效益。可以使沙区的林草覆盖度提高0.6个百分点，有效改善土壤涵养能力，改善沙区生产生活条件，减少沙漠向黄河的输沙量，保证黄河安全运行，保护乌梁素海流域的生态安全，同时对构筑我国“北方防沙带”生态安全屏障具有重要的战略意义。

二是社会效益。有利于增加当地百姓就业机会，加快贫困群众脱贫步伐，推动生态治理科技进步，提高全员社会生态文明意识。

三是经济效益。通过接种肉苁蓉，既可以壮大磴口县沙产业，同时也可以辐射带动周边农牧民增收致富。

以往，沙漠治理只有投入没有收益，而本项目实现了“投入—收益—再投入”的良性循环，实现了生态治理工作由“输血机能”到“造血机能”的转变，为乌兰布和沙漠的综合治理与生态型沙产业的可持续发展提供了样板和模式，实现了生态效益和经济效益双赢。

西片项目总工程师牛东最后介绍说：“作为中建人，我们将继续高标准、严要求投身生态文明建设工作，不断提升履约水平，将生态治理项目打造为‘看得见、摸得着，较先进、可复制’的沙漠治理样板工程。”

在张恩波和牛东带领下，众人拾阶攀上16米高的观景台（一级蓄水池），静听两位讲述治理前后对比，俯瞰项目区整体治理效果——

一是沙丘平整。以往的压沙工作，不对沙丘做任何平整工作，只在沙丘的迎风面设置沙障，风大的时候还是会对沙障造成掩埋，因此固沙效果不是很好。本次沙漠治理遵守保持原地形坡降和整体地貌的原则，根据项目区地形特点平整沙丘，主要以削坡为主，采用推土机等机械设备对部分坡度较大的沙丘进行平整，平整后的单体沙丘的坡度控制在15度以下，然后进行稻草压沙。这种施工方法相比前者，优点是大大减小了沙漠的流动性。项目区最高的沙丘有60米高，目前脚下的一级蓄水池池顶距离原始地面高度约16米，项目区使用推土机最多时达200多台，当时的施工场面相当壮观。

二是压沙对比。草方格沙障是一种防风固沙、涵养水分的治沙方法，规格尺寸为1米×1米，主要采用的材料为麦草、稻草、芦苇。项目区采用机械压沙和人工压沙两种压沙方法。机械压沙功效是人工压沙的50倍，同时机械压沙的深度易于保证。由项目团队研制出的压草覆沙一体机获得实用新型专利。

三是沙障展示区。为了更好地展示不同沙障的固沙效果，项目人员在沙障展示区设置沙柳沙障、尼龙沙障、砾石沙障、PLA沙障，每种沙障各10亩。通过对比得出，草方格沙障既经济且固沙效果较好。

四是取水泵站。主要建设内容包括泵房、配电室、辅助用房、取水头部；泵站配备了3台355千瓦单级双吸中开离心泵，一用一备。项目区从东侧的奈伦湖取水，既可以保护地下水资源又能很好地利用黄河分洪水。

项目区的供水系统采用三级供水，其中一级供水是从取水头部通过加压泵站将水提升至一级蓄水池；二级供水是通过重力流，从一级蓄水池流至二级蓄水池；三级供水通过二级泵房加压之后，使水通过滴灌系统供给苗木。

一级蓄水池：钢筋混凝土结构，容积300立方米，圆形有盖，基础填筑高度为12.5米，填筑材料为风积沙，采用水沉法施工工艺。水沉法的优点是压实度易于保证减少机械的使用，利于降低施工成本。由于蓄水池基础填筑度高，工期紧，普通翻斗车不能在风积沙上正常行使，为了提高运输效率，采用六驱翻斗车进行风积沙运输。

输水管线：采用内外涂塑复合钢管，管道连接采用内衬不锈钢双金属焊接。使用位置为泵站至一级蓄水池、一级蓄水池至二级蓄水池、二级蓄水池及二级泵房。钢筋混凝土结构，容积200立方米，圆形有盖。蓄水池中配有30千瓦水泵2台，一用一备。泵房砖混结构，泵房中配有沙石过滤器、碟片过滤器。

滴灌管道：PE管，呈“丰”字形布置。系统结构依次为二级蓄水池、过滤器、主干管、分干管（地下）、支管、毛管（地上）。

苗木种植：项目区栽植苗木1500万株，主要以梭梭树苗为主。根据苗木的根系长度，地上部分高度尽量深栽。机械种植是先栽植后滴水，人工种植是先滴水后栽植。

作业路：方便物料运输和后期的肉苁蓉采摘。

防火通道：打通沙漠交通网，作为以后的观摩旅游路线。

在治理边缘打卡点上，牛东介绍，梭梭树的年生长长度为30~40厘米时，根系长度可达十几米，发达的根系可以固定10米以上的沙丘，当它们连成片时，就可以阻挡风沙，抑制沙丘的移动。肉苁蓉素有“沙漠人参”之美誉，具有极高的药用价值。肉苁蓉寄生在梭梭树根部，具有活力萌芽的肉苁蓉种子与生长旺盛的梭梭根接触，在适宜的条件下就会萌发。一般接种后第三年采挖，一年能采挖两次，即春季四、五月和秋季十月以后。

在样板区里，牛东介绍道：“项目开始初期，我们选择本地块作为样板区，总面积340亩，景观林带面积11亩，主要施工的内容有平沙、压沙、滴灌管道系统、作业路、苗木种植，样板区为项目的后期施工提供了指导。”

到了扶贫林带，牛东说，为了把扶贫工作做实，做到真扶贫，扶真贫，2020年4月，项目部专门组织成员切实落实精准施策，在当地政府多方支持下，设立1万亩扶贫示范林区，积极助力乡村振兴的发展。

通过整个项目团队4年的努力，乌梁素海流域打头一段的乌兰布和沙漠的草更绿了，天更蓝了，水更清了，生态环境得到了一个质的提升。

观摩、介绍、采访接近尾声，所有人沿着水泥台阶，攀升到观景台上，极目四眺，作者浮想联翩，潸然泪目：东方，黄河好似一条金色的腰带，束紧了乌兰布和沙漠，绑定了“红色公牛”，浩瀚无垠的沙漠满眼绿色；在黄河之滨，在沙漠东缘，是作者童年、少年时期生活过的地方。

作者与众人说：“1966年到1969年的每年腊月，勤快人都会到这一带的沙漠里揉蒿籽。全公社只有我父亲不怕冻死，不怕迷路，领着只有十几岁的我，在深入沙漠腹地六七十里人鸟无踪的地方，苦熬三昼夜，父子俩将七八十斤脱皮筐干净的蒿子背回来……”悲苦而又真实的回忆，引起年轻记者们的兴趣，作者继续说道，“当年，沙漠连绵起伏，有十几米甚至几十米高，从黄河西岸延伸到狼山脚下。现在呢，大沙漠看不见了，流动的沙漠不流动了，满眼绿色！”记者们唏嘘不已。往南瞭，是明显高出项目区的不见绿色的沙漠。作者问牛东，得到证实，确属于阿拉善左旗巴彦木仁苏木地界尚未治理的原始沙漠。

记者团采风活动即将结束，在东眺黄河与黄河泄洪区——奈伦湖不远处，项目部刻意矗立起几块图文并茂的介绍板面。其中有块签名墙，国务院国资委新闻中心副主任张义豪率先签名，在众人提议下，作者签下两行字：“降服‘红色公牛’，一代更比一代牛”！立马有记者发出感叹：“咦，这是一篇治沙文章的标题呀！”

项目团队不畏艰难，在沙漠治理工程中，创新研发出两大机械，分别是轻型压草覆沙机械与梭梭肉苁蓉同步种植一体机，可以实现压沙草方格机械化施工和梭梭与肉苁蓉同步机械化植苗和播种。在大面积压沙工程中，标准化稻草入沙深度、外露高度和方格尺寸，能确保工程质量，有利于缩短工期，提高约4倍工效。在林草工程中，项目团队自主研究并改良了无人机播撒系统，利用5个昼夜、120个小时、1500个飞行架次，完成了万亩沙地的飞播撒种。

在“两山论”的引领下，工程治理成效显著：项目团队已在沙漠中铺设草方格约3000万个，种植梭梭树苗1332万株，铺设沙漠道路157千米，修复矿山面积达66.505平方千米，造林26400亩，填筑海堤236.4万立方米，使“北方防沙带”生态系统服务功能得到进一步提升——减缓沙尘暴、沙漠迁移速度，每年可减少100万立方米的黄沙流入黄河；恢复矿山植被，保持水土，防风固沙，消除地质灾害；改善乌梁素海周边生态环境，为生物提供更好的生存栖息地；有效减少区域地表径流和防止水土流失，使黄河生态安全得到有效保障。

由于工程的良好履约，项目团队继续承接了乌梁素海流域土地占补平衡项目，对沙地、盐碱地、其他草地和残次林地进行改良，改良各类土地总面积约9万亩。这对于改善生态环境、提升耕地质量、增加耕地数量、提供耕地后备资源具有重要意义。

一种种植机器

本实用新型由牵引区和工作区组成，牵引区为履带式农用推土机，工作区由连接区、车轮、工人操作平台、储苗箱、肉苁蓉种子仓、开沟结构、布管器组成。种植机并列2个开沟器，一个用于种植梭梭树，另一个用于播撒肉苁蓉种子，种植梭梭的开沟器两侧加长挡板，控制沙土回流，种植肉苁蓉的开沟器不需要加长挡板。

将梭梭树苗放置于植苗机后部的储苗箱内，随时取用，工人乘坐在开沟器两侧的操作平台上，在植苗机向前运动时向开沟器后方里侧放入树苗即可。肉苁蓉种子丸粒化后装入用于种植肉苁蓉的开沟器上方的种子仓内，随着种植机行走即可自动播种。梭梭肉苁蓉同步种植机变两次操作为一次操作，大幅度提高了效率，节约了种植成本，填补了这一领域的空白。同时在梭梭种植过程中，铺设滴灌管道，为后续给苗木浇水提供了准备。

同步种植一体机中肉苁蓉播种位置距离梭梭种植穴位40厘米，距离统一、固定，方便后期采用机械掏沟的方式快速进行肉苁蓉采摘，提高工效，真正实现肉苁蓉产业化种植。

一种压沙障机器

本实用新型由牵引区、传动区和工作区连接而成，牵引区采用强力四驱或履带式拖拉机，起到牵引作用的同时为工作区运行提供动力输出；通过将支撑架、固定杆、连接架、转轴、齿轮、齿盘、链条、轮胎连接组成传动区，为工作区传输动力；工作区则由材料传送带、压沙轮、置料台、座椅、防护网组成。在牵引机的带动下，轮胎带动转轴，转轴带动齿轮和压沙轮，压沙轮完成压草动作；同时齿轮带动齿盘，齿盘通过链条带动前端齿盘，进而通过转轴带动传送带，将放置在置料台的稻草，由材料传送带传送至输草口处，使得轮胎在前进时带动压沙轮和传送带一起运转，完成一体化铺设草方格沙障施工。

此技术形成实用新型专利一项，提供一种压沙障机器，可快速进行沙障设置，使其埋设深度、外露尺寸满足要求，并且有效提升工作效率。

一种轻型布管工具

本实用新型包括底座、支撑杆、固定杆、轴承、支座、立杆、托盘。底座的上部焊接支撑杆，支撑杆的四边焊接固定杆，支撑杆的上部安装轴承，轴承的侧面焊接支座，支座的上部焊接立杆，支座的边侧焊接托盘。本实用新型布管工具可快速完成滴管的布设，方便快捷，省时省力，将滴灌管道放入托盘上，由轴承的带动下将滴灌送出布设，大大地提升工作效率，极大降低人力、物力等成本。

此技术形成实用新型专利一项，提供一种轻型布管工具，解决现有人工布管施工成本高、效率低、劳动强度大的问题。

一种轻型压沙覆草工具

本实用新型包括手把、手柄、叉头、固定杆、脚踏杆。手把上部焊接手柄，手把下部焊接叉头，叉头上部与手把焊接固定杆，固定杆的上方右侧焊接脚踏杆。本实用新型压沙工具可快速完成压沙工作，使得埋设草方格的效率及质量大提高，有效地治理沙漠，极大降低人力、物力等成本。

此技术形成实用新型专利一项，提供一种轻型压沙覆草工具，以解决传统方锹作业劳动强度大、稻草埋设深度不达标、埋设效率低的问题。

一种用于辅助梭梭树种植工具

本实用新型包括矩手把、手柄、脚踏杆、种植引椎，手把的上方焊接手柄，手把的下部焊接种植引锥，手把的右侧焊接脚踏杆。本实用新型梭梭种植工具可快速完成梭梭的种植，体积小，方便携带，插入泥土即可快速将苗木放入开设的孔内，大大提升工作效率。

在这之前的采访中，市生态环境局办公室主任苗东岩同作者这样表述："在乌梁素海流域上游乌兰布和沙漠，建设全国防沙治沙综合示范区和中国—以色列（巴彦淖尔）防沙治沙生态园，通过积极探索沙漠治理与光伏发电、沙草产业、蒙中药材等绿色产业相结合的可持续治理模式，可有效阻止泥沙流入黄河、侵蚀河套平原。"到2020年，乌兰布和沙漠治理区成功创建为国家"绿水青山就是金山银山"实践创新基地。

乌梁素海流域乌兰布和沙漠治理项目，历经4年，顺利验收交工。参与本项目的单位如下。

勘察单位：甘肃中建市政工程勘察设计研究院有限公司

设计单位：中国市政工程西北设计研究院有限公司

监理单位：上海同济工程咨询有限公司

总包单位：中国建筑一局（集团）有限公司

开工、竣工时间：2019年6月—2022年6月

质量管理目标创"国家优质工程金奖"。奖项内容主要包括：工程规模总建筑面积56370亩，防火通道（三条）33千米，作业路128千米，输水管线37千米，滴灌管道9444千米，10千伏架空线路55千米，造林面积4.8万亩。

项目工程从设计、管理、施工等方面，开展创新工作，共获得授权专利1项，实用型专利7项。

中建一局三公司副总经理、总工程师梅晓丽介绍，在开展技术总策划时采用"4233"生态修复治理施工模式，即四步走标准化沙漠治理，林草修复两大神器，矿山三重治理，海堤整治三步施工法。通过荒漠化治理稳固沙丘、林草修复改善区域土壤及气候条件，巩固治沙成果；通过修复矿山环境遏制地表水土流失，保证植被覆盖度，减少区域土壤沙化；通过海堤治理还原水体生态，保证水体安全。各业态治理多措并举、相辅相成，最终实现流域内人与自然和谐共生，修复黄河之肾，助力黄河流域生态保护。

乌兰布和沙漠综合治理工程建设项目的实施，提高了沙区的林草覆盖

度，减少了沙漠向黄河的输沙量，阻止了沙漠向东侵蚀，使严重沙化沙漠占比减少3%，对构筑国家“北方防沙带”生态安全屏障具有重要的战略意义。同时有效地推动了沙漠环境治理建设项目中的应用，有利于创新生态经济发展示范模式，实现区域绿色高质量发展。

通过发展肉苁蓉产业，形成沙产业新的经济增长点，实现了“用产业收益回报生态建设”的“投入—收益—再投入”的良性循环，实现了生态治理工作由“输血机能”到“造血机能”的转变，为乌兰布和沙漠的综合治理与生态型沙产业的可持续发展提供了样板和模式，实现了生态效益和经济效益双赢。

乌兰布和沙漠综合治理工程以其先进的设计、优良的施工助力黄河流域生态保护，将乌梁素海流域建设成“人与自然和谐共生”的现代化的美丽中国建设实践案例。

第六篇　湖

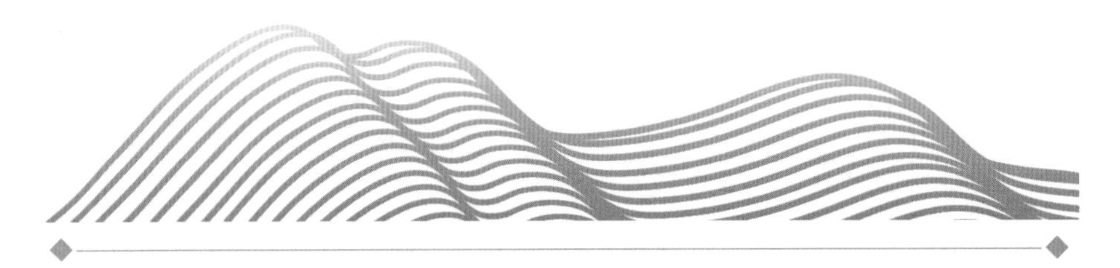

乌梁素海是一个有历史的地方。水从哪里来，流到哪里去？乌梁素海是一个有故事的地方，她经历了哪些狼烟烽火的历史变迁和曲折心酸？乌梁素海是一个神奇的地方，她担当着一个什么样的角色？她的未来对我们有着怎样的影响？

带着这些问题，作者老骥伏枥，壮心不已，多视角，全方位，打造一部长篇报告文学，为的是和大家一起分享她的神奇与美妙，保护她的特色环境，发挥其不可替代的生态作用。

“九曲黄河万里沙，浪淘风簸自天涯。”

乌梁素海是上天赐予我们的礼物，记住她，就是记住了游牧文明与农耕文明共生共融的历史。

天蓝水清不是梦，生态绿色更迷人。

让乌梁素海见证我们的不懈努力！

第一章　湖光十色

在黄河流域，只有宁夏银川市和内蒙古磴口县湖泊、海子众多。磴口县因特殊的地形、地理，留下了多处大小不一的自然湖泊、海子，其中百亩以上的湖泊146个，被誉为“百湖之乡”。面积超过万亩的是奈伦湖、纳林湖、万泉湖；上千亩的是纳林东湖、天鹅湖、马莲坛海子、银沙湖、陈普海子、金马湖、冬青湖、苏亥呼热海子、上河图海子。湖泊和海子主要分布在北部

“塞外明珠”乌梁素海　巴彦淖尔市乌拉特国家级自然保护区管理局 供图

沙区的沙金套海苏木、乌兰布和农场和哈腾套海农场附近。

自磴口县以东，南依总干渠，北抵阴山（狼山），东止乌拉特前旗，还有 300 余处海子、湖泊，有的历史悠久，有的成为旅游集散地，更多的是成为农牧民发家致富的鱼塘。

其中，最为亮眼的就是乌拉特前旗境内的乌梁素海。

据《乌梁素海渔场志》（内蒙古人民出版社1990年6月版）载，乌梁素海的形成迄今160余年。1954年4月，乌梁素海水产局归属绥远省河套行政区安北县人民政府。1957年，河套行政区成立乌梁素海渔场。1958年7月，河套行政区撤销，整建制合并于巴彦淖尔盟。乌梁素海渔场为巴彦淖尔盟行政公署直接管理的相当于县团级的国营企业。1960年3月，乌梁素海渔场划归包头市。1961年，磴口县三盛公黄河水利枢纽工程建成，由“二黄河”引入的黄河灌区退水，改变了百年历史上的大水漫灌、小水湖浅的局面。1963年9月，乌梁素海渔场重归巴彦淖尔盟，称巴彦淖尔盟国营乌梁素海管理局。1969年4月，渔场由兵团接管，改为北京军区内蒙古生产建设兵团二师十九团。1975年11月1日，军级的内蒙古生产建设兵团撤销，师、团建制不复存在，遂恢复乌梁素海渔场原名，为新成立的巴彦淖尔盟农牧渔场管理局18个农场、牧场、渔场之一。

2008年，乌梁素海渔场由巴彦淖尔市农垦局移交内蒙古河套灌区管理总局。2009年1月，乌梁素海渔场改名乌梁素海实业发展有限公司，现在归国有企业内蒙古淖尔开发建设有限公司管理。

漫漫七十载，乌梁素海，大宝贝、贵夫人，频繁地更换“婆家”。谁承想，岁月不饶人，“熬”成老太婆了。她还能焕发青春吗？

乌梁素海的前世今生告诉我们：

她与沙漠虽远尤近，她与黄河血脉相连。

她与草原千丝万缕，她与树木前世有缘。

她和大山遥相呼应，她和蓝天互映互衬。

她和人类相濡以沫，她和历史默默诉说。

海、海子，河套人习惯这样称呼湖泊。

乌梁素海，是蒙古语“乌力亚素”的转音。《内蒙古资源大辞典》载：乌梁素，蒙古语意为“盛产红柳（柽柳）的地方”。乌梁素海位于巴彦淖尔市乌拉特前旗境内，地处干旱半干旱地区，是黄河流域在内蒙古自治区境内最大的淡水湖泊，属于半荒漠地区湖泊湿地，是世界范围内半荒漠地区极为少见的具有很高生态价值的大型多功能湖泊湿地。

乌梁素海地处北纬40° 干旱带区域，该区域属于典型的大陆性气候，干旱少雨，地带性植被为荒漠草原，能存在面积近300平方千米的大型湖泊是极为少见的，其对于河套灌区排水承泄、水质净化和区域防洪调蓄具有重要作用。乌梁素海无论从丰富区域生态系统类型和发挥其生态功能，还是从增加自然景观多样性和维护生态安全等方面，都是极为稀有和珍贵的，具有很高的生态价值和保护意义。

典型性。乌梁素海独有的湿地生态环境孕育了多样的野生动植物，尤其是鸟类资源丰富，有21目53科258种，其种类和数量占比在内蒙古乃至中国均属较高水平；国家重点保护鸟类众多，有国家Ⅰ级重点保护动物15种（鸟纲），国家II级重点保护动物46种（鸟纲），被IUCN（世界自然保护联盟）列为濒危鸟类27种。乌梁素海处于国际八大候鸟迁徙通道东亚—澳大利西亚和中亚—印度交叉的重要节点，是重要的鸟类迁徙和繁殖地，特别是我国的疣鼻天鹅之乡，是我国鸟类保护和研究的典型区域，具有重要意义。

多样性。乌梁素海地处半荒漠地带，湖周边自然环境复杂，既有草原和山地，又有农田和人工林，芦苇、宽叶香蒲等挺水植物生长茂盛；另外，乌梁素海湖区还有数量众多的浮游植物，达7门110属281种，其中绿藻的种属出现最多，其次是硅藻和蓝藻，还有龙须眼子菜、大茨藻等沉水植物。这些都为动物们提供了丰富多样的生境类型和食物来源，使得乌梁素海不仅是多种生物生长繁育的场所，还是我国北方候鸟重要的迁徙通道和繁殖场所。

根据生境特征，乌梁素海地区大致划分为湖中芦苇及蒲草区、湖中明水水草区、沿岸浅水沼泽区、湖中沙洲区等4种生境，类型多样，分布均匀，对于维护区域生物多样性具有重要价值。

脆弱性。乌梁素海北依阴山山脉，南临黄河和库布齐沙漠，平均年降水量为224.2毫米，而年蒸发量高达2000～2600毫米，气候寒冷干燥，多风少雨，周边区域土地荒漠化风险较高。同时，乌梁素海湿地补水水源主要是黄河河套灌区的灌溉退水，面临着水体沼泽化、盐碱化、湖水富营养化、水质恶化和沉水植物大量蔓延、土地荒漠化等生态问题，生态系统极为脆弱，生态修复难度极大。

区位性。乌梁素海流域位于贺兰山与阴山之间的季风通道，是国家生态安全战略格局中“北方防沙带”的重要组成部分，也是阻止库布其沙漠向北侵蚀的重要屏障。乌梁素海也是黄河流域最大的功能性草原湿地生态系统，承担着调节黄河水量、保护生物多样性、改善区域气候等重要功能，是黄河生态安全的“自然之肾”，关系到河套平原粮食主产区的持续发展。

乌梁素海的形成，可追溯到清道光三十年（1850年）以前。它的演变与黄河改道和后套水利开发密切相关。

据《中国历史地图集》所标绘的河套平原上之黄河，从两千多年前的西汉到明朝末年，当黄河流入后套（《辞海》解：狭义的河套）平原后，在今磴口县补隆淖镇西北便分为南北两河。南河（即现今之黄河主河道）在当时为次河道，北河为主河道，它以现在之乌拉河与乌加河为河道，呈一抛物线形沿狼山（阴山西段）山脚下东流，并通过色尔腾山（阴山西段）间的明安川继续东流与石门河（现包头市的昆都仑河）相汇后，转向南流与南河（黄河）重新汇合。

由于新生代第四纪的新构造运动使阴山山脉持续上升，后套平原相对下陷。北河于现今乌梁素海处受阻，不能继续东去而转向南流，形成一段南北走向的弧形河道，于今西山咀附近流入南河。这一段南北走向的河道，即乌梁素海的前身。

到近代，由于草原植被遭到破坏，阿拉善流沙在西北风力的作用下，沿狼山西南端和贺兰山北端之间的40千米缺口不断东侵。同时由于狼山山洪所挟带的沙石不断在山南麓堆积和扩展，致使河床不断抬高，终于在清道光三十年（1850年），古黄河（北河）在今磴口县补隆淖镇长约15千米的河床被泥沙淤塞，迫使北河南移，北河断流后称为乌加河（蒙古语意为“河的一端”，或曰“尖河”），沿阴山脚下东流200千米，在乌拉山西部的旧河道处，尚留有两处积水洼地，即现今乌梁素海湖区中较深的“大巴尔洞”和“海壕”，成为面积总共只有2平方千米的河迹湖。

近代的两次鸦片战争，中国战败，被迫赔款，3800万两白银落入英法两国。没有足够的白银？拿地来抵。广袤的河套大地落入外国教会手中。清入关后规定的“汉人不得越塞开垦”的政策完全失效。河套水利开发由此全面开放。到1930年，河套地区的八大干渠，都直接由黄河开口引水，灌溉田地。因没有控制流量的闸口设施，黄河长年不断地从各个干渠向下游流淌，余水全部退入乌梁素海。是年，黄河水位暴涨，各渠道流量猛增，乌加河退水渠末梢一带的寺公中、田公中二村庄处决堤。到1933年以前，先后将湖区周围的十几个村庄和所耕种的农田全部淹没。

1934—1938年，直至以后的几年，黄河水势更大，水域也得到快速扩展，这里农牧民开发、经营多年的牧场、良田和屋舍全部被淹没。其水域北达台路（即国防公路）南；南抵坝头、三里城；东至坝湾、南场；西到哈惠桥、白盛号、生洼地、黑坝。南北长达60千米，东西宽达25千米。

北河南移，这算不算无奈的选择？乌拉山下聚水为海，这是不是又一个奇迹？

灌区水利开发接踵而来，连年大水终成“海”。

1876年，大批“走西口”农民由内地迁入河套平原开荒，“大巴尔洞”和“海壕”两处水洼占水利之势，适宜耕种，周边人口逐年增多。

1930年，乌梁素海地区大旱，颗粒无收，有人掘开拦河坝，致使河水凶猛下泄，淹没乌梁南、北隆太、红卯图等几个村子。乌梁素海真正成了一个海子。

在普遍年降水量不足200毫米的巴彦淖尔，乌梁素海附近的乌拉山年降水量最高可达350毫米，而大桦背更是树木葱郁。究其原因，是乌梁素海的存在形成了这一带的小气候。乌梁素海每年向大气补水3.6亿立方米，同时入渗地下水，补水0.66亿立方米，使得周边气候湿润、降水量大。

不难想象，如果失去乌梁素海，巴彦淖尔荒漠化将加速，形成新的沙尘暴发源地。

乌梁素海是黄河生态安全的“自然之肾”。乌梁素海是黄河最大的功能性草原湿地，关系着黄河中下游流域水质和水生态安全的“重点区域”，与黄河自然连通，河湖相依，是黄河的天然屏障。

乌梁素海流域是“山水林田湖草沙”齐聚的生命共同体。阴山、黄河、乌拉山森林公园、河套平原、乌拉特草原、乌兰布和沙漠等，所含生态要素与乌梁素海流域共融共生。

乌梁素海流域是我国北方重要的生态安全屏障。乌梁素海的每一圈涟漪，都牵动着一方生态的脉搏。

水润河套，塞上江南。

乌梁素海流域的发展历程，汇集了河套人民智慧水利的实践，是一部战天斗地的征服史。河套人民以锹挖肩担的粗放方式，凭几代人的努力，先后完成4次大规模的水利建设，在“乌加河—乌梁素海—黄河”之间，奇迹般地建成了总长度为6.5万千米的“一首制”自流灌排七级渠系，形成了一个完整水系。

河套自流灌排渠沟与自然孕育的乌梁素海共同形成了今天的乌梁素海流域。“敢想敢干，苦干实干，干成干好”的总干精神，是将乌梁素海流域打造成北方绿色安全屏障的不竭动力。

塞上春深草初绿，黄河套边堪放牧。

何来羌羚携乳畜，旁有韩卢将搏逐。

——《恭题灵羊图》明·谢承举

中华人民共和国成立后，党和政府对后套水利事业进行了有计划的修整：建设了黄河水利枢纽工程，控制了黄河进水量最大的黄济渠、杨家河、乌拉河等渠道，疏通了乌梁素海向黄河的排水渠，并在湖周造堤筑坝，有效地控制了水面的扩展。20世纪60年代，水域面积平均为4万公顷左右。20世纪70年代，由于围湖造田，湖泊面积缩小。1971—1976年，水域面积平均每年只有2.27万公顷。1977年11月，湖水持续20天猛涨，使西北岸围湖坝堤决口，湖面又扩展了0.47万公顷，总面积为2.93万公顷。此后水域面积趋于稳定，水位也保持在海拔1018.5米左右。

长期以来，乌梁素海不但为河套农业灌溉退水发挥作用，而且具有维持生态平衡、调节地方性小气候的水热平衡作用，在改善农副业生产环境方面也起着重要作用。

地理位置

乌梁素海位于东经108° 43'~108° 57'，北纬40° 47'~40° 37'，总面积近310平方千米，其中水域面积为293平方千米，其余为陆地面积。

乌梁素海地处内蒙古西部，河套平原东端，包头市西北，乌拉特前旗境内。乌梁素海是黄河流域在内蒙古自治区境内最大的淡水湖，自治区第二大淡水湖，也是河套农业灌溉退水的枢纽。湖面高程一般在海拔1017.5~1018.5米，最低处位于湖区东南端，高程为海拔1015.0米。湖水最大深度2.5米，小于0.7米深度的水面占总面积的85%。

乌梁素海北靠狼山南麓山前冲积平原，东接乌拉山洪积阶地，西南两岸皆为黄河北岸之冲积平原。东南部与额尔登布拉格苏木毗连，所属嘎查牧点沿东南岸零散分布；西边原有新安乡、树林乡的十几个村落分布在西海岸沿线；西北与苏独仑乡接壤；东面和北面与大佘太镇相望。南北长达40千米，东西宽达10千米。

地形与地貌

乌梁素海地区西北高东南低，由北向南倾斜。湖区南窄北宽，湖底也由北向南缓缓下降。东湖畔弯圆，西湖畔曲直，犹如月牙一般。河套农田退水，分别经乌加河和大小九道排沟，由西向东全部注入湖中。在湖的西南出口处，有排水干沟一道，通往黄河。

湖区东侧分布有少量沙丘，多形成固定半固定的椭圆形丛状或稀疏的大沙纹。沙丘高4～8米，生长着白刺及沙生植被，土质较黏。再往东，是乌拉山和色尔腾山之间的苏集沙地，总面积约100万亩。经过治理，现在沙地面积逐年缩小。乌梁素海渔场境内由于气候干旱，土壤呈淡栗钙土地带。有盐土、半固定风沙土和固定风沙土，也有草甸盐土和生草风沙土。

气候

乌梁素海地区属温带大陆性气候，光热资源丰富，有利于鱼苇生产的发展。一是冬季严寒而漫长，夏季短促而温热，春温骤升，秋温剧降，雨后降温5℃~8℃，寒暑变化显著。二是日照时间长，日照面积大，昼夜温差大，活动积温高，太阳辐射强，光能资源充足。但因无霜期短而不稳，限制了光能作用。三是光、热、水同步，提高了光、热、水的有效性。四是降水少，蒸发快，风多风大，灾害性天气经常发生。

热量。年平均气温6.7℃（1956—1970年）。1月份平均气温为零下12.9℃，7月份平均气温23.1℃。一年中小于或等于零下5℃的126.7天，小于或等于0℃的169.2天，极端最低气温为零下30.8℃（1957年1月30日）。大于或等于30℃的34.4天，大于或等于35℃的一年中平均只有1.1天。年温差为36℃，日温差为13.2℃，水温大于7℃的183天，大于15℃的122天。全年无霜期152天左右，初霜日出现在9月下旬（9月平均有0.8个霜日），终霜日出现在4月中旬（4月平均有0.6个霜日）。湖泊结冻于10月末至11月初，于翌年的3月末或4月初解冻，冰封期约5个月，冰厚0.6～1.0米。

光能。乌梁素海地处河套平原，是全国日照最丰富的地区之一。全年日照时数为3185.5小时，日照率可达72%。

乌拉特前旗太阳辐射量年平均值为150千卡/平方厘米。直接辐射与散失辐射之和，高于同纬度其他地区的平均值（144千卡/平方厘米）。后套高于前套。因此，湖区的太阳辐射量高于150千卡/平方厘米。乌梁素海每年夏春季的辐射量占全年总量的1/2以上。

水分。乌拉特前旗的平均值是224毫米，其中66%降于6月至8月。7.01毫米的降水天数，一年中只有47.5天。乌梁素海水面全年蒸发量为2465毫米，折减系数按70%计算，蒸发程度为1.726毫米，年蒸发量为5.11亿立方米。另据内蒙古水利厅设计院实测确定为1.234毫米，年蒸发量是3.65亿立方米，蒸发量是全年降水量的5.5倍。

风能。风向，冬夏两季有明显的风向变化，冬季多北风或西北风，夏季则多南风。一年中最多出现的风向是南风。风力，年平均风速3.5米/秒（三级）。春季风沙最大，冬季居次。每年平均有10.3天是大于或等于八级的大风日（每秒17.2~20.7米），最多年份有17天，最少年份为3天。大风多在4月和5月发生。

水种与水质

关于水种。乌梁素海是地表径流的汇集处，水源主要来自灌溉退水、山洪及降雨。个别情况下，有少量的黄河倒漾水。

灌溉退水：主要是通过乌加河及塔布等三大干渠向乌梁素海退水。1951—1955年，每年约有4.06亿立方米退水进入湖中；1960—1965年，总排干工程竣工后，后套各大干渠退水都通过乌加河——总排干渠进入乌梁素海。

山洪：来自北、东两岸之山谷，主要有佘太河、哈拉乌苏等8条干谷。

平时无雨，每逢雨后，便有大量的洪水泻入湖中。洪水流入量大约每年为0.52亿立方米。

降雨：按年降雨量224毫米计算，则总水量为0.66亿立方米。

总计上述各项进水，年平均有5.24亿立方米水流入乌梁素海。湖水的主要去路是蒸发和渗漏及向黄河排水。

蒸发：根据西山咀气象站实测，湖水全年蒸发总量为5.11亿立方米。另据内蒙古水利设计院测定和计算，全年蒸发总量为3.65亿立方米，以3.60亿立方米计算，占进水总量的69.5%。

渗漏：经测算，每年全湖渗漏为0.58亿~0.75亿立方米。

排入黄河：平均每年向黄河排水1.17亿立方米。

乌梁素海南端黄河排水渠道上的乌毛计节制闸可以控制湖水的排出量，以保证乌梁素海动植物的所需水位。

关于水质。乌梁素海湖盆浅，水域辽阔，年湖水变化更新的幅度很大，湖水的化学性质受气候影响更大。根据内蒙古水产研究所《乌梁素海水质调查报告》资料，对水质结构分析如下。

湖水呈碱性，明水季节的平均值为8.9，最低值为8.1，最高值为9.6。湖水PH值普遍高于19世纪50年代。

明水期各季节的平均值：总碱度为7.5毫克/升，其中重碳酸盐碱度为5.41毫克/升，碳酸盐碱度为2.19毫克/升。最低值总碱度为3.66毫克/升，其中，重碳酸盐碱度为1.19毫克/升，碳酸盐碱度为0；最高值总碱度为16.3毫克/升，其中重碳酸盐碱度为14.5毫克/升，碳酸盐碱度为5.06毫克/升。

湖水基本上属于硬水或超硬水，明水期各季节的平均值总硬度为30.8毫克/升，钙离子为36.8毫克/升，镁离子为111毫克/升；最低值总硬度为13.9毫克/升，钙离子为14.4毫克/升，镁离子为40.9毫克/升；最高值总硬度为67.2毫克/升，钙离子65.0毫克/升，镁离子为263毫克/升。

钾钠。明水期平均值为455毫克/升，最低值为146毫克/升，最高值为

1448毫克/升。在高碱度水体中，钾钠离子对鱼类是有毒害作用的，但在目前水质条件下，尚未达到毒害作用的程度。钾钠离子都是水生动植物的营养元素，不论直接或间接从水体中获得都是不会缺少的。

氯。明水期间平均值为618毫克/升，最低值184毫克/升，最高值2089毫克/升。氯离子含量在湖水中占阴离子的首位，各季节的平均值差别不太显著，同20世纪70年代以来的资料比较，也看不出氯离子有逐年累加的趋势。目前氯离子的含量对鲤科鱼类的仔鱼或成鱼是安全的。

硫。明水期间平均值为250毫克/升，最低值为80.0毫克/升，最高值为755毫克/升。湖水中的硫酸根离子含量次于氯离子与重碳酸根等离子，但是绝对含量是比较高的，而游离的硫酸根离子对鱼类是无害的。但因湖水较浅，水生植物丰茂，具有在缺氧的情况下还原成硫化氢的充足条件，不论在什么季节都可能发生这种情况。即使是明水季节，在芦苇丛生的小面积静水处，尤其是很多芦苇塘中有大量腐烂植物的情况下，硫化氢之臭味扑鼻，虽然水清见底，但很难见到鱼类。夏季在缺氧的苇塘处，这种现象更为突出。因此，在鱼类越冬时，应尽量保持冰下水体不流动，否则从苇塘流出的含有大量硫化氢之水，会毒死水域中越冬的鱼类。

氮。溶于水中的氨、硝酸根、亚硫酸根都是水生植物可以直接吸收的有效氮的形式，这三种形式的氮统称为“三态氮”。明水期平均值为0.237毫克/升，其中，氨氮为0.217毫克/升，硝酸氮为0.013毫克/升，亚硝酸态氮为0.007毫克/升。最低值为0.137毫克/升，最高值为0.251毫克/升。三种形态同时存在时，藻类一般优先吸收氨氮，水中氮含量以0.3毫克/升为宜。乌梁素海三态氮也接近0.3毫克/升，对藻类生长是很有利的。

磷。明水期平均值为0.028毫克/升，最低值为0.001毫克/升，最高值为0.084毫克/升。一般地讲，大水体水面的含磷指标以0.02毫克/升为宜。从乌梁素海不同季节和全年平均值来看，基本上都达到了这一指标。

硅。明水期平均值为1.49毫克/升，最低值为0.53毫克/升，最高值为3.27

毫克/升。硅是藻类生长所必需的大量元素，而硅藻又是鱼类的良好饵料。目前乌梁素海水中的硅元素含量正常。

铁。明水期平均值为0.055毫克/升，最低值为0.017毫克/升，最高值为0.107毫克/升。铁是水生动植物生命活动不可缺少的重要元素之一。在碱度较强水体中，有部分高价铁离子呈Fe（OH）3沉于湖底，而溶解于水的多为低价铁离子。流进乌梁素海的退水多流经含铁丰富的浅色草甸土地带，使水体中含有一定数量的铁离子。因此，湖中含铁量能够满足水生生物的需要。

总氮。明水期平均值为2.35毫克/升，最低值为0.69毫克/升，最高值为7.00毫克/升。

有机物耗氧量。明水期各季节平均值为23.7毫克/升，最低值为2.56毫克/升，最高值为34.2毫克/升。水中分解的小分子有机物或较大颗粒的有机物质，除了可作为浮游动物的食物，其降解后是浮游植物的营养盐类，其中较大颗粒也可直接被鱼类食用，因此，有机物质是水体中不容忽视的能源之一。乌梁素海有机物丰富，每年有大量枯烂的苇蒲以及死亡的沉水植物，还有大量的水禽栖息，甚至沿湖浅水处有大量的牲畜活动，它们的排泄物加入湖中，在溶氧丰富的情况下，较多的有机物对提高水体生产力很有好处。

含盐量。明水期各季节平均值为1846毫克/升，最低值为727毫克/升，最高值为4266毫克/升。从含盐量角度衡量，乌梁素海已属于半咸水型湖泊。根据多年资料比较，盐类的积累没有直线上升的趋势，目前水中的含盐量对湖水中的鱼类生长和分布无限制作用。

（以上内容摘自内蒙古人民出版社1990年6月版《乌梁素海渔场志》，内容下限年代为1985年）

乌梁素海自然资源得天独厚，为发展畜牧业和渔业生产提供了丰裕的条件。

水生植被

乌梁素海水生植被生长茂密，遍迹全湖。植物种类以乔本科、眼子菜科占优势。

芦苇群落分布面积最大，占全湖水面的2/5，集中分布在湖的中部和北部，生长非常茂盛，生命力强。植株不断向深水区域演进，许多地方已连集成片。湖底显著抬高，生物填平作用迅速，目前已呈芦苇沼泽状态。

在芦苇群落的周围常有香蒲、金鱼藻、茨藻伴生。整个群落经济价值高，芦苇、芦花、蒲草叶、蒲秆、蒲黄、蒲绒质量较好，产量高，远销区内外。狐尾藻群落分布面积大，但多集中分布在湖汊或近岸边。群落外貌不显，多为沉水型，部分露出水面者连接成绿黄色的外貌景观，水下植株茂密旺盛。狐尾藻为群落的优势种，在群落的边缘出现篦齿眼子菜和轮藻本群落生长繁殖速度过快，水草未能充分利用。

轮藻群落分布在湖中央，面积很大，常常是密集成片，或呈丘状，生命力非常旺盛，繁殖极快。除优势成分，在群落外围不密集的地方，伴生有篦齿眼子菜和狐尾藻。

浮游植物

绿藻门有27属。分别是衣藻属、绿球藻属、小球藻属、纤维藻属、四角藻属、月牙藻属、蹄形藻属、栅藻属、韦氏藻属、顶棘藻属、十字藻属、盘星藻属、弓形藻属、空星藻属、胶网藻属、新月藻属、鼓藻属、角星鼓藻属、球囊藻属、卵囊藻属、转板藻属、四星藻属、纺缍藻、多芒藻属、被刺藻属、胶囊藻属、浮球藻属。

蓝藻门有18属。分别是色球藻属、平裂藻属、项圈藻属、鱼腥藻属、颤藻属、席藻属、鞘丝藻属、螺旋藻属、黏球藻属、节球藻属、微囊藻属、隐球藻属、尖头藻属、集孢藻属、蓝纤藻属、束丝藻属、束球藻属、聚球藻属。

硅藻门有25属。分别是针杆藻属、小环藻属、菱形藻属、舟形藻属、桥穹藻属、脆杆藻属、双眉藻属、茧形藻属、波缘藻属、布纹藻属、斜纹藻属、曲壳藻属、棒杆藻属、角刺藻属、直链藻属、窗纹藻属、辐节藻属、冠盘藻属、胸隔藻属、等片藻属、卵形藻属、异极藻属、短缝藻属、双菱藻属、双壁藻属。

隐藻门有2属。分别是隐藻属和素隐藻属。

裸藻门有5属。分别是囊裸藻属、裸藻属、柄裸藻属、鳞孔藻属、扁裸藻属。

甲藻门有4属。分别是薄甲藻属、多甲藻属、角藻属、裸甲属。

金藻门有3属。分别是棕鞭藻属、单鞭金藻属、金色藻属。

黄藻门有1属，为顶刺藻属。

乌梁素海浮游植物数量丰富，以蓝藻为主体，且蓝藻出现季节早、数量大，标志水体已经富营养化。大量浮游植物的存在，为鱼类的生存提供了丰富的饵料。但是乌梁素海没有食浮游植物的鱼类，主要是没有投放白鲢鱼种。因为水浅，估计即使投放也未必生长得好，越冬就更加困难。

陆生植被

由于降水量少，气候比较干燥，乌梁素海陆地植被稀疏矮小，主要为小叶锦鸡儿、旋覆花、骆驼逢、猫头刺、沙葱、冷蒿、篦齿蒿、沙兰刺头、丁羽菊（灰叫驴）、披针叶黄花、甘草等草原植被。

栽培植物：谷类有小麦、水稻、糜子、玉米、高粱等；蔬菜类有韭菜、大葱、大蒜、白菜、菠菜、土豆、黄瓜、西葫芦、西红柿、甘蓝、豆角、辣椒、番茄、水萝卜、香菜、胡萝卜、洋葱、甜菜、苋菜、芹菜等；果类有葡萄、杜梨、海棠子、苹果、苹果梨等；木类有杨树、柳树、沙枣树、榆树、红柳等；观赏植物有君子兰、文竹、海棠、牡丹、芍药、绣球、玫瑰、月季、迎春柳、仙人掌、仙人球、二月兰、令箭、吊兰、万年青、朱顶红、马蹄莲、菊花、倒挂金钟等。

动物

一是浮游动物。原生动物门共有14种，分别是盘表壳虫、圆滑表壳虫、巧砂壳虫、瓶沙壳虫、无棘匣壳虫、盘状匣壳虫、板壳虫、绿急游虫、蓝口虫、肋状半眉虫、弹跳虫、钟虫、湖累枝虫、筒壳虫。

轮虫共有33种，分别是尖刺间盘轮虫、卵形鞍甲轮虫、台怀鬼轮虫、角突臂尾轮虫、萼花臂尾轮虫、壶状臂尾轮虫、蒲达臂尾轮虫、花箧臂尾轮虫、裂足轮虫、管板细棘轮虫、腹棘管轮虫、大肚须足轮虫、三翼须足轮虫、小须足轮虫、螺形龟甲轮虫、曲腿龟甲轮虫、矩形龟甲轮虫、方削尖叶轮虫、月型腔轮虫、囊形单趾轮虫、精致单趾轮虫、卜氏晶囊轮虫、暗小异尾轮虫、鼠异尾轮虫、尾异尾轮虫、冠饰异尾轮虫、针簇多肢轮虫、盘镜轮虫、微突镜轮虫、环顶巨腕轮虫、尖尾环顶巨腕轮虫、长三肢轮虫、尾三肢轮虫。

枝角类共10种，分别是长额象鼻蚤、长肢秀体蚤、圆形盘肠蚤、直额裸腹蚤、多刺裸腹蚤、蚤状蚤、长刺蚤、点滴尖额蛋、网纹蚤、短腹平直蚤。

桡足类共8种，分别是近邻剑水蚤、角突刺剑水蚤、大尾真剑水蚤、如愿真剑水蚤、锯齿真剑水蚤、台湾温剑水蚤、直刺北镖水蚤、咸水北镖水蚤。

二是底栖动物。其中环节动物门有霍甫水丝蚓、瑞士水丝蚓、颤蚓、扁蛭；软体动物门有旋螺、檞豆螺、萝卜螺；线形动物门有水线虫1种。

三是肢动物，有甲壳纲有秀丽白虾、中华新米虾、日本鳊、介形类；蛛形纲有水螨；昆虫纲有小愡、亚州瘦蟌、细蜉、四季蜉、划蝽、水黾、小石蛾、低头石蛾、泥苞虫、石蛾、牙甲、潜水龙虱、水叶甲、蠓蚊（幼虫）。

四是摇蚊科（幼虫），有棒脉摇蚊、刺铗粗腹摇蚊、项圈五脉摇蚊、花翅前突摇蚊、三带环足摇蚊、环足摇蚊、刀突摇蚊、毛突摇蚊、雕翅摇蚊、指突隐摇蚊、结合隐摇蚊、侧钩隐摇蚊、翠绿隐摇某、隐摇蚊、异腹鳃摇蚊、扁股异腹鳃摇蚊、拟长跗摇蚊、长跗摇蚊、等齿多足摇蚊、湖沼摇蚊、羽摇蚊、塞氏摇蚊。

乌梁素海底栖动物密度高、蕴藏量大。经测算，底栖动物平均密度为每平方米1.608个，平均产量70.05千克/公顷，除去软体动物生物量，则每公顷约68.48千克；全湖按2.93万公顷计算，产量为2.010吨，饵料数以7计，则每公顷水面每年可产鱼9.75千克，全湖现有底栖动物年产鲤、鲫等杂食鱼类约28.7万千克。

五是野禽，有小鸊鷉、风头鸊鷉、斑嘴鹈鹕、普通鸬鹚、苍鹭、草鹭、绿鹭、白鹭、黄斑苇鳽、大麻鳽、白琵鹭、粟苇鳽、灰雁、大天鹅、疣鼻天鹅、赤麻鸭、翘鼻麻鸭、针尾鸭、绿翅鸭、罗纹鸭、绿头鸭、斑嘴鸭、紫膀鸭、赤颈鸭、琵嘴鸭、赤嘴潜鸭、白眼潜鸭、风头潜鸭、棉凫、班头秋沙鸭、红胸秋沙鸭、普通秋沙鸭、鸢、松雀鹰、白腹海雕、玉带海雕、白尾海雕、秃鹫、白尾鹞、白头鹞、黄爪隼、红隼、石鸡、琥翅山鹑、环颈雉、蓑羽鹤、小田鸡、黑水鸡、白骨顶、风头麦鸡、灰头麦鸡、金眶鸻、铁嘴沙鸻、红胸鸻、中杓鹬、黑尾塍鹬、红脚鹬、林鹬、矶鹬、半蹼鹬、针尾沙锥、大沙锥、扇尾沙锥、尖尾滨鹬、弯嘴滨鹬、乌脚滨鹬、黑翅长脚鹬、普通燕鸻、银鸥、鱼鸥、红嘴鸥、须浮鸥、白翅浑鸥、鸥嘴噪鸥、红嘴巨鸥、普通燕鸥、白额燕鸥、毛腿沙鸡、岩鸽、四声杜鹃、纵纹腹小鸮、白腰雨燕、普通翠鸟、戴胜、斑啄木鸟、小沙百灵、风头百灵、云雀、灰砂燕、纯色岩燕、家燕、黄鹤鸰、黄头鹡鸰、灰鹡鸰、白鹡鸰、红尾伯劳、楔尾伯劳、灰椋鸟、喜鹊、红嘴山鸦、鷦鷯、蓝点颏、北红尾鸲、黑喉石䳭、穗䳭、白顶䳭、白背矶鸫、虎斑地鸫、白腹鸫、赤颈鸫、斑鸫、山噪鹛、文须雀、北京山鹛、大苇莺、稻田苇莺、白喉莺、褐柳莺、棕眉柳莺、沼泽山雀、褐头山雀、银喉长尾山雀、攀雀、树麻雀、红眉朱雀、锡嘴雀、灰头鹀、灰眉岩鹀、三道眉草鹀、田鹀、苇鹀、小鹀、野鸡。

六是家禽，有鸡、鸭、鹅、鸽等。

七是家畜，有牛、马、羊、骡、驴、猪、狗、猫、兔。

八是野兽，有狐狸、黄鼠狼、野兔、刺猬、鼠。

九是虫类，有蜜蜂、蟋蟀、蝼蛄、跳蚤、虱子、蚂蚁、臭虫、蚊、蝇、蝴蝶、螳螂、蜘蛛、蚯蚓、青蛙、白花蛇、潮虫、蟾蜍等。

特产

一是鲤鱼。乌梁素海盛产黄河鲤鱼。这里所产鲤鱼色泽金黄，肉质细嫩，味道鲜美，蛋白质含量丰富，营养价值高。

二是疣鼻天鹅。乌梁素海是我国疣鼻天鹅最大的繁殖地，2011年被中国野生动物保护协会命名为“中国疣鼻天鹅之乡”。疣鼻天鹅是国家二级重点保护动物。它们冬去春来，在乌梁素海栖息、繁殖。

第二章　从如日中天到日暮黄昏

作者从1976年脱掉军装开始便一直在巴彦淖尔市政府（前身为内蒙古自治区巴彦淖尔盟行政公署）办公室工作和生活，曾多次到过乌梁素海，皆因工作关系。第一次是1979年秋，巴彦淖尔军分区原司令员陈时雨回到阔别13年的巴彦淖尔盟，回访了包括中蒙边境的边防连队、边防团、骑兵团和各旗县党政军领导。陈时雨一行告别巴盟的最后一站是在乌梁素海。那晚的鱼

百鸟齐聚乌梁素海　巴彦淖尔市乌拉特国家级自然保护区管理局 供图

宴令作者至今难忘。刚从湖中捕捞出来的鱼，经过烹调，逐一端上餐桌，炸的、烩的、煎的、蒸的、煮的、炖的，鲤鱼、草鱼、鲇鱼……

“乌梁素海的芦苇，一眼望不到边；金黄金黄的大鲤鱼，惊动了呼市、包头、临河、陕坝、海勃湾、乌达、石嘴山、宁夏；十个轮轮大卡车，一趟一趟地拉……”20世纪八九十年代，这首歌流传甚广，生动地描绘了乌梁素海水清鱼美的场景。当时，乌梁素海每年产鱼都在500余万千克以上，光黄河鲤鱼就占一半多。乌梁素海水域面积合44万亩，一半长满了芦苇，年产达十余万吨，是造纸的好原料。20世纪90年代后期，乌拉特前旗两家造纸企业上缴利税近亿元，约占全旗财政收入的1/4，相关从业人员超过1万。全国有十多家造纸企业来乌梁素海设点抢收原料，芦苇价格曾涨到520元/吨；当时从事芦苇生产的职工每年冬天割两个月的芦苇，收入可达6000元左右，周边地区的姑娘都以嫁到乌梁素海渔场为荣！足见乌梁素海当时的丰饶富庶。原北京军区内蒙古生产兵团二师创办的乌拉特前旗西山咀浆粕厂，日处理芦苇7吨，全厂现役军官和知青618人。到21世纪初，原兵团驻巴彦淖尔盟一、二、三师所属团、营级厂矿绝大多数不复存在，而西山咀浆粕厂却多“活”了二三十年。

曾经，诗歌、歌曲、散文、新闻、通讯，作家和记者妙笔生花，用种种方式盛赞乌梁素海。

而进入20世纪90年代后，这些都渐渐地发生了巨大的变化，犹如当午的太阳，渐渐西斜。

“乌梁素海一定是出了问题……从混浊的水里起出空空的网具，望着黄藻疯长的乌梁素海两眼发呆——鲤鱼没了，草鱼没了，鲇鱼没了，鲢鱼没了，胖头鱼没了，白条鱼没了，王八也没了……甚至连顽皮的泥鳅也少见了。摘掉网眼上的水草，甩了甩上面的水，然后把湿漉漉的散发着腥臭味儿的网具架到木杆上晒起来。”这是曾获徐迟报告文学奖《乌梁素海》文中一段揪心的描述。明珠般璀璨的乌梁素海一度让人忧心蒙尘。

2004年6月26日，乌拉特前旗黄河河段突发水污染事件，乌梁素海严重污染问题浮出水面，并引起国家有关部门和社会的高度关注，国内很多主流媒体对乌梁素海生态环境恶化问题进行了一系列跟踪采访报道。

2007年7月，国家环境保护总局对该乌梁素海区域实施了3个月的流域限批，暂停污染防治和循环经济类以外所有建设项目的环境审批，并有针对性地提出了整改措施。

2008年，乌梁素海湖区一度暴发大面积“黄藻”，水质徘徊在劣Ⅴ类。一场环境治理的保卫战也就此打响。

2009年以来，巴彦淖尔市先后实施完成乌梁素海生态补水，点源、面源和内源治理等工程20多项，投资约32亿元。但是，这远远不够！巴彦淖尔市财政拮据。

有谁知道，捧出乌梁素海的每一掬水，里面有多少苦涩的眼泪。

2023年7月10—12日，中央19家媒体，应国资委新闻中心和中建一局邀请，由北京飞落包头，共赴乌梁素海采访。用餐时，作者与《第一财经日报》高级记者章轲挨着，成为朋友。他随后发给作者的《十年三访乌梁素海——“塞外明珠”是如何恢复昔日光彩的》一线调研文章，很值得品味，现摘录上半部分，内容如下：

2012年5月、2018年6月、2023年7月，十年间，第一财经记者先后三次走访内蒙古自治区巴彦淖尔市，实地见证我国八大淡水湖之一，被誉为“塞外明珠”的乌梁素海的整改成效。

曾经的乌梁素海水草丰美、碧波荡漾、候鸟翔集。然而，自20世纪80年代以来，随着黄河两岸人口的快速增长，水资源、生物资源、矿产资源等不断被开采，生活污水、工业污水流入河道造成流域水质变坏，生态功能日趋下降，乌梁素海水质逐渐变为劣Ⅴ类。

2008年，乌梁素海曾出现面积达8万多亩、持续近5个月的黄藻，使核心区域水面被覆盖，水体严重污染，此事引起国务院领导的高度关注。

2012年5月下旬，第一财经记者在这里采访时看到，乌梁素海景区范围内，水面上漂浮着大量垃圾和数不清的死鱼，不少地方泛着白沫。在乌梁素海湿地水禽自然保护区的圪苏尔核心区，黄藻几乎布满了公路两侧的水面。整个湖区水质黑而腥臭。据当年巴彦淖尔市河套水务集团提供的资料介绍，乌梁素海的水质常年为劣V类，不仅不能饮用、浇地，甚至不能接触皮肤。

“乌梁素海之前根本不是现在这个样子。”当地一位环保人士对第一财经记者说。乌梁素海的湖水来源主要是河套灌区各大干渠的灌溉余水（即黄河水）和山洪补给水，前些年不仅水质好，鱼类资源也极其丰富，是内蒙古第二大渔场，每年鱼产量达500多万千克，其中黄河鲤鱼就占到一半。

除了农田排水，包括巴彦淖尔市在内的上游旗县区也都将自己的生活污水，特别是工业废水排到乌梁素海中。区域污染物排放量远超乌梁素海的水环境承载力。据当地环保部门测算，2008年污染负荷入湖量分别是总氮2292.7吨、总磷247.4吨，而乌梁素海水环境承载力只有总氮722.3吨、总磷40.9吨。

2012年5月下旬，乌梁素海水面大量黄苔滋生，水体已受到严重污染。

第一财经记者当年拿到的另一组数据更为直观：每年进入乌梁素海的水大概是3.5亿立方米到4亿立方米，其中生活污水和工业废水就有2亿立方米，而乌梁素海的总库容只有3.2亿立方米。更令人担忧的是，污水不停地通过入河河道排入黄河。

2004年6月25日，内蒙古河套灌区总排干沟管理局因水位超过警戒线进行退水，将积存于乌梁素海下游总排干沟内约100万立方米的造纸污水等集中下泄排入黄河，造成“6·26”黄河水污染事件，黄河400多千米河段水体完全丧失使用功能，污染源附近的黄河水域80%野生鱼类死亡。包头市5天断水，经济损失约1.3亿元，给200多万市民生产和生活造成的影响则无法估算。

作者最后一次随访乌梁素海，是2014年夏天。由市文联组织40多人的作家采风团队乘坐大巴，从西部磴口县开始，对7个旗县区重点文物保护单位和景区景点进行走访。最后光顾的是乌梁素海。

当时一行人站在乌梁素海景区湖边，不见游人，不见游船，甚至于不见飞鸟和游鱼。作者问身旁的市旅游局副局长宝音吉日嘎拉："甚时候变成这种烂摊账的？"副局长宝音长叹一声："唉，别提它了！一句话说不清楚。"那次难忘的采风中，作者与宝音副局长大巴同座，聊了不知多少话，似乎还说过宁夏的沙湖，说过磴口县沙漠深处的纳林湖。

2016年夏天，作者应磴口县县长邀约，编写了历史散文集《走进磴口》。书中专门有一节介绍纳林湖。作者当面采访纳林湖生态旅游开发有限公司总经理韦春江时得知，其父就是沙湖旅游公司的创始人。退休后，父子俩跑遍全国，义无反顾地选择了磴口县人烟绝少的纳林湖。作者曾经在新华社宁夏分社做过记者，因为工作的关系，对于宁夏平罗县沙湖和内蒙古磴口县纳林湖的历史地理十分熟悉。两相对比，韦家两代人把不起眼的两处湖泊，从黎明前的黑夜里托举到天空，使其渐渐地耀眼夺目。而乌梁素海呢？作者藏书《中国湖泊》中专节介绍过乌梁素海。而当年的沙湖，仅仅是宁夏回族自治区农垦局前进农场的一洼盐碱湿地。

乌梁素海之殇引起了全国的重视和关注，甚至在2015年全国高考新课标卷II文综地理部分，给出了分值为24分的一道题：（1）判断河套平原的地势特点，并简述理由；（2）指出长期维持河套灌渠功能必须解决的问题，并简述原因；（3）分析近年来乌梁素海污染严重的原因；（4）提出治理乌梁素海污染的措施。

阅卷给出的答案如下：（1）从图中引水渠分布看，引水口在西南部，出水口在东北部，灌渠多呈西南—东北走向，可以得出河套平原地势西高东低、南高北低，或者说西南高，东北低。（2）长期维持河套灌渠功能必须解决灌渠泥沙淤积问题；因为河套平原地形平坦，水流缓慢，泥沙很容易沉积，造成灌渠水流不畅。（3）由于农田灌溉退水经过排水渠汇入乌梁素海，残留在土壤中的农药、化肥随灌溉水流流入乌梁素海，造成严重污染；当地工农业、城乡生活废水也排入该湖，加上所在区域气候干燥，降水少，蒸发量大，湖水以水渠进入和排出，吞吐量较小，流动性差，污染物在湖中积累，浓度加大，污染逐渐加重。（4）针对河套平原灌溉退水从农田中带来的农药、化肥对乌梁素海造成的污染，要控制农业生产过程中化肥、农药的使用量；对于工业和生活废水污染，应该严格执行工业和生活废水的排放标准，控制入湖废水排放量；对湖区及时清淤，采用生物措施净化；同时还要执行环境保护法，加大违法排污处罚力度，加大环保宣传，增强人们的环保意识等。

乌梁素海流域的生态问题已日趋严重。21世纪初，中国、挪威、瑞典三国专家经联合调研后发出预警：如果对乌梁素海不加以治理和保护，40年内它可能会消失！

高考试卷给出了纸面上的理论性答案，而我们更要把它精准地写在实践的大地上。

天有昼夜阴晴，人有旦夕祸福。

一处全国闻名的湖泊，再不能以这样的面孔出现在国人面前了。

第三章　巨资修复　璀璨明珠

乌梁素海自然保护区始建于1995年。1998年，经内蒙古自治区人民政府批准，乌梁素海自然保护区晋升为自治区级自然保护区，保护面积37200.26公顷，以保护珍禽及其湿地生态系统为主。保护区范围涉及乌拉特前旗原6个乡镇苏木、5个国营农牧渔场等多家单位；保护区由盟林业局、乌梁素海渔场兼管。

修复后的海堤　中建一局三公司 供图

巴彦淖尔盟编委以巴机编发〔2001〕10号文件批准成立巴盟乌拉特国家级自然保护区管理局，局机关设在临河，2008年增挂乌梁素海湿地水禽自然保护区管理站牌子，管理站设在乌梁素海，为科级事业编制。

2023年6月29日，位于乌梁素海东岸的乌拉特前旗大佘太镇南昌嘎查的鲁引军驾车，引导作者走进了建于乌梁素海东坝一侧沙丘深处的管理站小二楼，在距离小二楼外200多米处，矗立着一块招牌，竖写两行大字：内蒙古乌梁素海湿地生态系统国家定位观测研究站。顺柏油路往里走，长廊两侧树立着多块宣传牌匾。第一块上书写："乌梁素海站是内蒙古自治区第一个申请建成的湿地生态系统定位观测研究站点。主要开展湿地生态系统功能和结构、水体污染控制与治理技术试验示范、湿地内关键物种的保育技术和策略、湖泊冰环境特征等观测研究，依托单位 内蒙古农业大学。"因为是星期天，在小楼里没见到工作人员，只见到一群内蒙古农业大学学生在工作。博士研究生于海峰指着窗外恬静的小湖中十几只浮着的鸟说："那是受伤的疣鼻天鹅，在这里静养。"下到楼外，但见室外墙上挂有七八块金属牌匾，皆为内蒙古大学、内蒙古农业大学以及内蒙古自治区与鸟、湿地有关联的科研机构。

为了摸清乌梁素海湿地自然保护情况，2023年6月的一天，作者电话采访了巴彦淖尔市乌拉特国家级自然保护区管理局陈局长，获悉以下资料。

乌梁素海是中国西部水鸟迁徙的重要途经地，众多雁鸭类迁徙途中的换羽地及迁徙鸟类的育肥场所，鸟类资源丰富多样。分布有鸟纲21目53科258种，分别占内蒙古鸟类目、科、种（22目70科492种）的95.45%、52.64%、54.47%，占中国鸟类目、科、种（26目、108科、1478种）的80.77%、49.07%、17.52%。其中，雀形目有23科90种，占乌梁素海鸟类种数的34.88%；非雀形目鸟类30科169种，占乌梁素海鸟类种数的65.5%，其中，鸻形目鸟类7科58种，占非雀形目鸟类种数的34.32%；雁形目有1科30种，占非雀形目鸟类种数的17.75%；鹰形目2科24种，占非雀形目鸟类种数的14.20%。

乌梁素海分布有国家重点保护动物（鸟纲）61种，占记录总种数（258）的23.26%，其中国家Ⅰ级重点保护动物（鸟纲）青头潜鸭、卷羽鹈鹕、大鸨等15种，国家II级重点保护动物（鸟纲）黑颈鸊鷉、鸿雁、白额雁等46种。依据IUCN（2020版）的全球鸟类的评估分析，保护区内分布极危物种（CR）1种，为青头潜鸭；分布濒危物种（EN）4种，分别是草原雕、玉带海雕、猎隼和大杓鹬；分布易危物种（VU）8种，分别是鸿雁、大鸨、白枕鹤、三趾鸥、遗鸥、乌雕、白肩雕和田鹀；分布近危物种（NT）14种。依据《中国脊椎动物红色名录》（蒋志刚，2016），保护区内分布极危物种（CR）1种，为青头潜鸭；分布濒危物种（EN）10种，易危物种（VU）8种，近危物种（NT）30种。

鸿雁　孙孟和 摄

保护区内鸟类根据是否迁徙以及迁徙方式的不同，居留型分为4种，其中夏候鸟95种，冬候鸟14种，旅鸟106种，留鸟43种。夏候鸟和留鸟属于繁殖鸟类，数量多一些。繁殖鸟（夏候鸟+留鸟）共计138种，占总种数的53.49%。候鸟（夏候鸟+冬候鸟+旅鸟）共计215种，占总种数的83.33%。

全球有八大候鸟迁徙路线，其中三条穿越中国境内，而乌梁素海为其中两条迁徙路线——东亚—澳大利西亚和中亚—印度交叉的重要节点，足见乌梁素海对于鸟类生存繁殖的吸引力巨大。

乌梁素海的鸟类资源多年前就引起了很多专家学者的关注，20世纪60年代初，中国科学院动物所学部委员郑作新等对乌梁素海进行鸟类学研究工作。20世纪80年代，南开大学郑兆祉教授、内蒙古大学邢莲莲等教授对乌梁素海做了大量的鸟类学研究，并出版《乌梁素海鸟类志》一书。

陈局长介绍，保护区建立后，于2009年组织进行了《内蒙古乌梁素海湿地水禽自然保护区总体规划》（2009—2020）的编制工作。在规划期内，主要完成了乌梁素海湿地保护建设项目一期工程、乌梁素海综合治理工程等内容建设。保护区建设了基本的工作和生活设施，主要开展保护管理、宣传教育、科研监测以及协调社区共同保护资源等工作，日常管理工作逐步迈入正轨，各种规章制度逐步完善，保护工作初见成效。

截至2021年底，乌梁素海湿地水禽自然保护区申请各类建设及补助资金共计6531.21万元，其中，中央预算内投资基础建设工程项目资金2911万元；中央财政补助项目3620.21万元，其中，中央资金2150万元，地方配套资金761万元。主要包括内蒙古乌梁素海湿地生态保护示范工程、内蒙古乌梁素海湿地保护建设工程、内蒙古乌梁素海湿地生态系统定位研究站建设项目、内蒙古乌梁素海富营养化治理建设项目等4项工程。

内蒙古乌梁素海湿地生态保护示范工程计划总投资1203万元，资金到位1148万元，国家专项资金721万元，地方配套资金427万元。保护工程完成投资788.7万元，科研监测工程完成投资163万元，基础设施建设工程完成投资

321.5万元，其他费用完成90.8万元。

内蒙古乌梁素海湿地保护建设项目计划总投资1065万元，国家专项资金到位786万元，地方配套资金未到位。其中，保护与湿地恢复工程完成投资166.9万元，科研监测工程完成投资129.37万元，鸟类栖息地恢复工程完成投资424.21万元，其他费用完成65.55万元。

内蒙古乌梁素海湿地生态系统定位研究站建设项目计划总投资371万元，国家专项资金到位371万元。总计完成投资342.68万元，节余建设资金28.32万元。其中，湿地工程完成投资152.1万元，仪器设备购置支出187.58万元。

内蒙古乌梁素海富营养化治理建设项目计划总投资272万元，国家专项资金到位272万元。其中，工程建设完成投资257.45万元，其他费用完成投资14.55万元。

2011—2023年，乌梁素海湿地水禽自然保护区中央财政补助项目包括退耕还湿试点项目、湿地生态效益补偿项目，计划总投资4220.21万元。这些建设内容主要涉及保护、科研、站址基础设施及配套工程建设，保证了乌梁素海保护区各项工作的正常开展。

2011—2012年，项目资金430.21万元，其中，国投资金400万元，地方配套30.21万元。在资金落实情况方面，国投资金到位400万元，地方配套资金未到位。项目支出共计400万元，包含监测设备购置46.309万元，湿地生态恢复工程247.127万元，日常科研监测32.267万元，聘用管护人员59.4万元，勘察设计费、监理费、评审费等其他费用14.897万元。

2013—2014年，项目国投资金200万元，国投资金到位200万元。其中，巡护道路维护、巡护码头、疏浚清淤、鸟类栖息地恢复、黄苔治理、水体消毒、样本采集处理163.71万元，购置小型监测设备12.49万元，聘用管护人员19.8万元，监理、审计等其他费用4万元。

2015—2016年，项目国投资金300万元，国投资金到位300万元。其中，监测、监控设施维护194.2万元，植被恢复38.62万元，监测、监控设备购置24.18万元，聘用管护人员40万元，其他费用3万元。

2016—2017年，项目国投资金300万元，国投资金到位300万元。其中，完善湿地视频监控设施维护190万元，对4辆（艘）车船进行维修保养和燃油补贴17万元，救护及宣传设施建设51万元，科考集编制出版10万元，聘用管护人员30万元，其他费用2万元。

2017—2018年，退耕还湿试点工程项目资金110万元，其中，国投资金100万元，退耕户自筹10万元。在资金落实情况方面，国投资金到位300万元，退耕户自筹到位10万元，其中，退耕户补偿费40万元，湿地恢复费50万元（修筑围堰15.18万元，修引水渠4.82万元，修建水闸30万元），湿地后期维护费10万元（生态补水水费8万元，管护费2万元），其他费用10万元。同时期，保护区2017年中央财政湿地保护补助项目国投资金200万元全部到位。其中，完善湿地监测监控系统160万元，4辆（艘）车船维修保养和燃油补贴10万元，聘用管护人员26万元，作业设计等其他费用4万元。

另外，2017年，中央财政湿地生态效益补偿项目资金500万元，国投资金到位500万元。其中，按照每亩每年18元的标准进行补偿，补偿周期为5年，共发放补偿资金463.50万元；剩余资金用于保护区管理单位在项目实施过程中所产生的工程管理费，包括管护人员聘用、巡护车船购置、车船燃油及维修费、宣传教育和勘测设计费的支出，共计36.5万元。

2018—2019年，保护区中央财政湿地保护补助项目资金200万元，国投资金到位200万元。其中，新建湿地视频监控设施70.5万元，设施设备维护补贴55.86万元，采购小型设备16.64万元，退化湿地修复19万元，聘用管护人员32万元，其他费用6万元。

2019—2020年，保护区湿地保护与恢复项目计划资金300万元，国投资金到位300万元。其中，新建湿地视频监控设施169.6万元，已建建湿地视频监控设施维护投资24.5万元，巡护监测设施设备维护补贴33万元，湿地鸟类监测补助12万元，采购小型设备4.9万元，退化湿地修复10万元，聘用管护人员40万元，其他费用6万元。

保护区2019年度湿地生态效益补偿试点项目资金400万元，国投资金到位400万元，其中，保护区核心区和缓冲区补偿标准为588元/公顷，补偿期1年，补偿资金187.69万元；乌梁素海主海区除核心区和缓冲区，其他明水面补偿标准为270元/公顷，补偿期1年，补偿资金204.34万元；其他费用（现状勘测和方案编制）7.97万元。

另外，保护区2019年度退耕还湿试点项目资金300万元，国投资金到位300万元。其中，保护区西北角苏独仑镇永和村四社实施退耕还湿面积550亩，投资53.9万元；乌梁素海西缘原军区农场农副业生产基地实施退耕还湿面积2450亩，投资240.1万元。

2021年，保护区湿地保护与恢复项目资金300万元，国投资金到位300万元。其中，湿地保护与恢复121.55万元，野生动物疫源疫病监测175.45万元，其他费用3万元。与此同时，保护区野生动植物保护补助资金建设项目资金80万元，国投资金到位80万元。其中，野生水禽救护温室建设60万元，救护防控车维护及燃油费5万元，救护和防控设备购置4.4万元，救护饲料购置2.1万元，救护和防控差旅费5万元，救护劳务费1万元，宣传用品制作及印刷费1万元，其他费用（设计、审计、招投标）1.5万元。

目前，乌梁素海自然保护区已建项目有湿地保护项目、疫源疫病建设项目、湿地生态保护示范工程项目等，建设内容主要涉及保护、科研、站址基础设施及配套工程建设。保护区以湖泊湿地生态系统以及栖息在区域内的珍稀野生动物物种为保护对象，良好地保护了乌梁素海的芦苇及蒲草区、湖中明水水草区、沿岸浅水沼泽区、湖中沙洲区等4种生境类型，维护了湿地生态系统的完整性和稳定性，有利于维持区域生物多样性和生态系统功能的正常发挥。

乌梁素海自然保护区成立近30年来，已建设1处生态定位研究站、6个管护点、7座管护码头，设立了部分界碑、标牌、标桩和围栏等保护管理设施，配置了巡护船、摩托车、望远镜、瞭望塔等巡护监测设备等；设立了气象观测站、生态监测点、观鸟台和投喂点、疫源疫病观测站科研监测站点，配设了科研监测设备和办公设备，基础设施建设已有一定规模。

保护好乌梁素海湿地，是内蒙古生态建设卓有成效的亮丽名片。

乌梁素海自然保护区管理站在2020年机构改革过程中被撤销，将其职能合并在乌拉特国家级自然保护区管理局，属于全额事业拨款单位，目前尚未开展以管理局为经营主体的生态旅游和自然教育等保护区合理开发项目。除事业单位经费，无其他收入。

保护区土壤受到风蚀和水蚀双重侵蚀，生态环境脆弱。根据《全国主体功能区划》和《全国重要生态系统保护和修复重大工程总体规划（2021—2035年）》，该区域是我国生态安全战略格局中“北方防沙带”的重要组成部分，也是阻止库布其沙漠向北侵蚀的重要屏障。《黄河流域生态保护和高质量发展规划纲要》中“一轴两区五极”的发展动力格局——河套平原粮食主产区就位于乌梁素海流域。因此，保护乌梁素海流域的生态环境，就相当于构筑了黄河流域生态保护的“绿色长城”。

乌梁素海是国家半干旱区科学研究的典型区域。乌梁素海流域气候特征为寒冷多风，降雨少且集中，蒸发强烈，因此，该区域存在乌梁素海如此大面积的湖泊是极为少见的；加之乌梁素海珍稀濒危鸟类众多，具有非常高的科学研究价值和感官体验，是一处深受国际关注的湿地生物多样性保护区，吸引了大批国内外的学者专家来此进行科学研究和鸟类观测。20世纪60年代初开始，已有南开大学、内蒙古大学、内蒙古师范大学、中科院生态环境研究中心、中科院动物所等众多高校和科研机构在此展开工作，形成大量研究成果，对乌梁素海生态保护和有效管理提供了可靠依据。

在湿地生态环境研究方面，乌梁素海是河套灌区的唯一承泄区，对于黄河下游水质安全和调蓄防洪具有重要意义，但是由于农业面源污染以及所处区位，湖区面临着水体沼泽化盐碱化、湖水富营养化、水质恶化和沉水植物大量蔓延、土地荒漠化等生态问题，是众多生态学者和水环境研究者开展科学研究的理想场所。但因科研经费短缺、技术力量薄弱和基础设施落后等原因，近年来鸟类和湿地监测工作开展得比较缓慢和滞后，动态变化数据不全面，湿地具体的沼泽化程度及湿地萎缩速度也没有具体数值，监测数据无法为保护区的发展提供科学决策。因此，必须加大保护区科研和监测设施设备投入，建立和完善科研体系，进一步加大科研攻关力度。定期组织力量开展保护区综合科学考察，从而做到对保护区本底资料的清楚掌握，为日后科研和监测工作的开展奠定基础。

申报国家重要湿地的必要性和可行性

巴彦淖尔市委、市政府对申请将乌梁素海列入国家重要湿地名录非常重视，要求乌拉特国家级自然保护区管理局要积极申报。经自治区政府同意，2020年乌梁素海湿地正式列入自治区重要湿地名录；2022年，正式开始列入国家重要湿地目录的工作。

（一）申报国家重要湿地的必要性

1.申报国家重要湿地，是贯彻落实党中央，自治区党委、政府和巴彦淖尔市委、市政府重大决策部署的重要举措

内蒙古自治区党委、政府将乌梁素海保护和修复作为全区发展的战略重点，多次召开专题会议研究治理和保护乌梁素海问题，并于2022年3月印发《内蒙古自治区黄河流域生态保护和高质量发展规划》，明确“加大乌梁素海、哈素海等重点湖泊生态环境保护修复力度；优化水资源配置，做好乌梁素海等重点湖泊生态补水工作，研究推进乌梁素海生态补水工程，维持湖面面积在合理区间”等方面内容。近年来，巴彦淖尔市委、市政府调整工作思路，提出把乌梁素海流域山水林田湖草沙作为生命共同体，统筹推进全流域

生态修复、综合治理和保护开发。坚持“湖内的问题、功夫下在湖外”，由单纯的“治湖泊”向系统的“治流域”转变，走以生态优先、绿色发展为导向的高质量发展路子的新思路，并启动实施生态补水、“渔民上岸”、生物多样性保护、湿地治理及水道疏浚、湿地修复与构建等一系列湿地综合自理工程。

2.申报国家重要湿地，是加快乌梁素海湿地保护和修复进程的客观需要

2001年以来，先后组织实施乌梁素海湿地生态保护示范、湿地保护与恢复、生态定位站、富营养化治理、退耕还林、湿地生态效益补偿和中央财政补助保护和恢复等工程建设项目。通过项目实施，远程视频监控等现代技术手段得到应用，定期组织多部门开展专项巡察行动，协调水利部门持续进行春季分凌补水和夏秋农田灌溉间隙补水，为湿地鸟类创造了安全的栖息环境，改善了湿地水生态环境。据统计，湿地鸟类种数由2000年的185种增加到现在的258种，新增鸟类73种；疣鼻天鹅数量由200余只增加到目前的600余只，遗鸥由原来的几只增加到目前的150余只，鹭类、雁鸭类、鸻鹬类等鸟类数量也大幅增加；湖区水质由劣Ⅴ类变成总体Ⅴ类，部分区域达到Ⅳ类标准；湿地面积扩大4000多亩；当地部分以渔业为主的渔民的生产生活方式和习惯正在改变，湿地保护管理工作走上了法治化、规范化、制度化轨道。湿地保护和修复治理虽然取得了一定成效，但从总体上来看，仍存在智慧化数字化建设滞后、基础设施建设薄弱、管理手段相对落后等问题，湿地生态环境脆弱的态势还没有从根本上得到扭转，保护和修复任务仍很艰巨。湿地保护和修复是一项复杂庞大的生态系统工程，对于经济欠发达的边疆民族地区，依靠地方政府自身力量很难取得突破性进展。特别是目前湿地是自治区级重要湿地，按照事权划分原则，从国家层面上争取建设项目和资金有很大的局限性，现有项目投资规模小且连续性也不强，亟须提高建设规格和保护等级，以期争取更高层面的项目和资金支持，加快湿地保护和修复治理进程。

3.申报国家重要湿地，是助推社会矛盾解决，深入开展乌梁素海湿地保护管理工作的内在动力

乌梁素海湿地保护管理存在的主要矛盾是鸟类保护和渔业生产之间的矛盾。湖区管理主体乌梁素海实业公司历史上是渔场，渔业收入是公司职工的主要经济来源。目前，公司职工生活困难，捕鱼作业对野生鸟类造成惊扰，特别是采取“套地龙”、扎网旋等捕鱼方式时有误捕鸟类现象发生。为兼顾湿地原住民生产生活，避免社会矛盾，2017年和2019年，先后争取生态效益补偿项目资金900多万元，对湿地重点鸟类繁殖区涉及的各类主体进行补偿，并联合市、旗两级相关执法部门开展专项巡察行动进行打击，但受“要生态”还是“要生存”、项目资金投入少及连续性不够等因素制约，渔民对湿地保护管理工作存在抵触情绪，效果不甚理想。申报国家重要湿地获批后，就有条件争取投资量大期限长的湿地补偿项目或将湿地纳入国家湿地生态效益补偿范围，实现湿地保护管理由“堵”到“疏”的转变，从根本上转变传统的捕鱼生产方式，发展其他生态经营产业。

（二）申报国家重要湿地的可行性

乌梁素海湿地申报国家重要湿地具有得天独厚的区位优势、资源优势以及机构人员优势，具备良好的社会基础和实施条件。一是在践行国家“打造祖国北疆绿色生态屏障”战略层面具备申报国家重要湿地条件。湿地地处祖国北疆，生态系统保护意义重大。生物多样性丰富，保护和科研价值极高，具有创建保护治理生态样板和典型示范条件。二是在社情民意基层基础层面具备申报国家重要湿地条件。经过多年来的宣传教育，巴彦淖尔市各级党委政府、社会各界和广大农牧民群众在湿地保护管理和野生动植物保护方面已形成共识，政策可接受性相对较大，推行阻力较小，具有社会和民意基础。三是在机构队伍建设和实践科研层面具备申报国家重要湿地条件。湿地机构队伍建设健全，管理和专业技术人员配置合理。同时，巴彦淖尔市林草、水利、农业、自然资源等相关部门在湿地保护管理方面进行了大量的研究和

探索，积累了丰富的实践经验。四是在法律法规保障层面具备申报国家重要湿地条件。湿地保护不仅有《中华人民共和国湿地保护法》《中华人民共和国野生动物保护法》《中华人民共和国自然自然保护区条例》等国家颁布的法律法规，还有内蒙古自治区《内蒙古自治区湿地保护条例》、国家林业局《湿地保护管理规定》《巴彦淖尔市乌梁素海自治区级湿地水禽自然保护区条例》等地方性法规和部门规章制度。

（三）符合国家重要湿地认定标准的α、b、e三个条件。

按照《国家重要湿地确定指标》规定，只要符合12项指标中的一项，即为国家重要湿地，而乌梁素海符合其中的三项指标。

符合α.具有某一生物地理区的自然或近自然湿地的代表性、稀有性或独特性的典型湿地的条件。

乌梁素海区域内湿地生态系统发育典型，范围内涵盖多种湿地类型；生物多样性丰富，根据《乌梁素海湿地科学考察报告》，区域内有动物30目70科303种，是国际鸟盟确定的重点鸟区之一。根据《2020年内蒙古乌梁素海湿地水禽自治区级自然保护区水鸟调查报告》，乌梁素海地区在动物地理区划中属于古北界、中亚亚界、蒙新区、西部荒漠亚区。在该动物地理区中，乌梁素海具有其代表性、稀有性和独特性。

符合b.支持着易危、濒危、极度濒危物种或者受威胁的生态群落的条件。

根据《2020年内蒙古乌梁素海湿地水禽自治区级自然保护区水鸟调查报告》，乌梁素海范围内分布有鸟类21目53科258种，根据IUCN（2021版）的全球鸟类的评估分析，分布极危物种1种，为青头潜鸭；分布濒危物种4种分别是草原雕、玉带海雕、猎隼、大杓鹬；分布易危物种8种，分别是鸿雁、大鸨、白枕鹤、三趾鸥、遗鸥、乌雕、白肩雕、田鹀。

依据《中国脊椎动物红色名录》（蒋志刚，2016），乌梁素海区域内分布极危物种1种，为青头潜鸭；分布濒危物种10种，分别为棉凫、卷羽鹈鹈、大鸨、白枕鹤、遗鸥、乌雕、白肩雕、玉带海雕、棕尾鵟和猎隼；分布易危物种8种，分别是鸿雁、大杓鹬、红腹滨鹬、黑鹳、金雕、白腹海雕、大鵟和黄爪隼。

符合e.定期栖息有2万只或更多的水鸟的条件。

乌梁素海处于国际八大候鸟迁徙通道东亚—澳大利西亚和中亚—印度交叉的重要节点，是重要的鸟类迁徙节点和繁殖地。根据《2020年内蒙古乌梁素海湿地水禽自治区级自然保护区水鸟调查报告》，在2020年春、夏、秋三季，监测到以秧鸡类、鸻鹬类、鸥类、雁鸭类为主的候鸟6万余只在此区域繁殖和栖息。

（三）近年来保护管理主要工作进展情况

第一，科学规划，组织实施工程建设项目，提高湿地基础设施建设水平。按照2010—2020年建设总体规划，分步实施各类工程建设项目，建成管理站、科研监测实验室、瞭望塔和各类界桩、标牌、宣传牌、公示牌等基础设施建设任务，购置了办公和科研监测设施设备；累计完成水生植物收割清理69平方千米、芦苇蔓延通道控制26千米、输水退水通道疏浚18千米、防护林带建设35千米1860亩、围栏建设52千米等工程建设任务，湿地周边地区森林覆被率较2008年提高了1.5个百分点，湿地湖水矿化度和富营养化有所降低，水质水体环境得到初步改善。2015年，乌梁素海生态定位站正式投入运行。从2016年开始，先后建设视频监控塔8座，布设监控摄像机35台，湿地范围内60%的区域实现远程视频监控，实现了巡察巡护工作管护员现场巡护与远程视频监控相结合的工作目标。2021年，委托国家林草局产业发展规划院编制保护区2021—2030年总体建设规划，正式文本在新修订的《中华人民共和国自然保护区条例》正式颁布后完成。

第二，严格执法，采取有效措施，增加湿地野生动植物资源和种群数量。一是开展专项巡察行动。近年来，在野生鸟类迁徙期、繁殖期等关键时期组织开展“候鸟二号”“绿剑”“畅通候鸟迁徙通道”等专项行动。特别是2020—2022年，连续3年会同乌拉特前旗海事、渔政、生态环境、公安、乌梁海素实业公司等单位组织开展“清网禁渔”专项巡察行动，在此期间，收缴违法捕捞网具912套，烧毁渔网325条，解救被困水鸟上千只。据统计，2020年至今，查处各类破坏野生动植物资源案件18起，处理各类违法犯罪人员23人，收缴野生骨顶鸡卵607枚，疣鼻天鹅卵58枚，野生鸭科类卵1066枚；救护疣鼻天鹅雏鸟39只，苍鹭雏鸟3只。二是加大管护工作力度。聘用15～18名临时兼职管护人员，签订聘任合同，制定考核制度，划定责任区域和巡护路线，积极开展巡察工作。与驻地政府、嘎查村组织及乌梁素海实业公司签订社区共建协议书，制定了举报奖励制度，严厉打击非法偷猎、盗采、挖沙等违法行为。同时，从2021年开始，局机关实行远程视频监控值班制度，工作日期间每班安排2人对保护区进行实时监控，通过全方位多形式巡察，确保巡护全覆盖不留死角。目前，湿地范围内乱占湿地、围垦湿地、排干湿地及乱捕滥猎野生动物等非法活动基本禁绝。三是开展野生动物救护。聘请6名工作人员开展野生动物救护工作。2019—2021年，先后成功救助灰雁、大天鹅、小天鹅、疣鼻天鹅等野生鸟类200余只，成功放归野外数量达80%以上，其中，灰雁放归后，每年都要回到乌梁素海产卵、孵化和育雏，过去很少在乌梁素海筑巢育雏的灰雁现在的数量达1239只；12只因伤残失去飞翔能力的疣鼻天鹅，在野生动物救护中心已经安全度过4个寒冬。2021年，新建450平方米野生动物救护越冬暖棚1处。2023年，维护湿地水禽救护水池750平方米。四是加强宣传教育。2019—2021年，累计向保护区周边农牧民群众发放联系卡400余张，张贴宣传告示1000余张，散发野生动植物法律、法规宣传单6000余份，提高当地群众参与保护区建设和保护野生动植物的责任意识。仅2021年，保护区农牧民群众救护野生动物数量达150余头（只），其中，疣鼻天鹅20只，鸬鹚和白琵鹭各8只。

第三，强化管理，严格执行各项规章制度，加强保护区野生动植物疫源疫病监测防控工作。一是切实加强制度建设。建立健全野生动物疫源疫病监测值班和备勤制度，严格执行紧急重大疫情信息每日专题速报制度，按要求每周向国家林业局疫源疫病监测总站上报监测数据和信息；二是着力强化野生动物疫源疫病监测防控。设立4处监测点，在鸟类迁徙、繁殖等关键时期，组织管护人员24小时水陆两线不间断巡察巡护，发现异常情况及时进行处置。与国家鸟类环志中心和东北林业大学建立鸟类疫病监测合作关系，每年采取鸟类迁徙期采样送检、鸟类迁飞期卫星跟踪等措施，为全国鸟类疫病防控提供监测和预警信息；三是不断提高基础设施建设水平。建成并启用远程视频监控系统，实现24小时不间断监控和重点区域360度监测的目标，极大地提升了湿地监测管护工作水平。

第四，多措并举，认真做好科研宣教工作，提升保护区社会影响力和知名度。一是合作开展科研监测项目。与北京林业大学、内蒙古大学、内蒙古农业大学、内蒙古师范大学等科研院校共同建设教学基地，合作开展科研监测项目。2019年，与内蒙古农业大学合作开展“乌梁素海水生生物多样性保护调查项目”；2020年，与内蒙古自治区林业监测规划院合作开展“保护区水鸟调查项目”；2021年，与内蒙古大学、内蒙古农业大学、市气象局、内蒙古林业勘察设计院、内蒙古林草工程勘察设计有限公司分别合作开展乌梁素海保护区昆虫资源调查、植物群落调查、泥沙入海监测、野生鸟类资源监测等4个科研监测项目。2023年，与内蒙古大学、内蒙古农业大学、内蒙古师范大学分别合作开展第二年度“乌梁素海湿地水禽自然保护区昆虫多样性调查”“乌梁素海湿地挺水植物分布格局演化”“疣鼻天鹅及其生境专项监测”“乌梁素海鸟类常规监测（第四年度）”“保护区两爬动物及哺乳动物调查”等科研监测项目，为乌梁素海保护区生物多样性保护工作开展提供科学依据。2022年，乌梁素海生态定位站被国家林草局评估为优秀站。从2022年开始，保护局积极推进，将乌梁素海生态定位站纳入自治区生态监测网络体系，系统开展乌梁素海生态监测。通过合作开展科研监测项目，实现校地双方联手、理论实际结合、优势互补支撑的工作目标，为保护区建设管理科学决策提供智力支持和科技支撑。二是举办宣教活动。近年来，每年在“湿地日”“爱鸟日”期间，保护局都组织开展以“珍爱湿地、保护鸟类”为主题的宣传活动，发挥警示教育作用，形成规模效应，不断增强社会各界保护湿地和野生鸟类责任意识。2021年，保护局承办了自治区第40届“爱鸟周”暨巴彦淖尔市2021年“爱鸟周”启动仪式。2020年至今，累计印制各类保护区建设和野生动物保护宣传资料2万余份，制作海报、画册及各种宣传品5000多份。三是开展培训活动。2022年9月，成功举办“乌梁素海自然保护区保护与修复高级研修班”，邀请区内外7名专家开展了4个方面的专题培训，并围绕乌梁素海湿地保护与修复和生物多样性保护等7个主题进行研讨交流，同时聘请国内11位知名专家成立第一届乌梁素海湿地水禽自然保护区专家委员会。四是建立科普教育基地。2020年，乌梁素海生态定位研究站被国家林业和草原局评为优秀生态站和长期科研教育基地。2022年，湿地正式获批内蒙古科普教育基地。五是设计制作科普图书和宣传片。2021年，与市广播电视台合作完成湿地宣传片录制工作，征集完成乌梁素海保护区LOGO设计作品。2022年，新建生态保护修复成果展示宣教平台1处，设计制作湿地标本展示柜65平方米，编写完成《乌梁素海湿地水禽自然保护区自然教育读本》。

（四）下一步工作计划

今后，要在完成湿地保护管理常规工作任务的基础上，重点做好以下6个方面的工作。一是以本次国家重要湿地核查指导为契机，结合各位专家提出的意见和建议，查找不足、制定措施、抓好落实，全面推进乌梁素海湿地生态保护和修复。二是全面完成各专项调查监测项目，汇总整理科研成果，完成湿地科学考察报告编写工作。同时，与内蒙古农业大学合作开展“黄苔”预警机制研究，建立预警报告制度，定期向市委、市政府和市林草局报送预警信息。三是编制完成湿地2021—2030年总体建设规划，在争取常规中央和自治区财政湿地保护补助、野生动植物保护补助项目组织实施的基础上，策划争取湿地基础建设项目。四是组织开展湿地观鸟节和摄影采风等活动，创新开发网站、微信公众号等线上宣教载体，编辑出版《中国乌梁素海湿地鸟类》科普图书，充分发挥教学、科研、科普教育基地职能作用，力争将湿地建成巴彦淖尔市生态保护成效展示的窗口、公众自然教育和青少年科普实践的平台。五是定期召开湿地专家委员会成员会议，听取专家建议，借鉴先进地区湿地保护管理的经验和做法，高位推动湿地保护管理工作。六是结合“渔民上岸”措施落实，会同市、旗两级生态环境、自然资源、农牧业、水利等相关部门建立联系会议制度，在乌梁素海保护区开展联合执法专项巡察行动，同时，积极探索湿地生态效益补偿的新机制和新做法，巩固保护成果，推动乌梁素海湿地保护管理工作向更高层次迈进。

巴彦淖尔市委、市政府对于乌梁素海生态保护高度重视，于2020年成立市政府直属事业单位——乌梁素海生态保护中心。保护中心主要负责贯彻落实国家和内蒙古自治区关于乌梁素海流域的总体治理保护规划，组织实施各类工程项目等工作。

作者通过电话采访了内蒙古自治区政协委员，乌梁素海生态保护中心党组书记、主任包巍。包巍将乌梁素海湿地保护区之保护价值总结为以下几个方面。

一是珍稀濒危野生鸟类资源及栖息地的保护价值。乌梁素海是全球同纬度干旱、半干旱地区极为罕见的大型草原湖泊，是全球八大候鸟迁徙通道东亚—澳大利西亚和中亚—印度交叉的重要节点，是重要的鸟类迁徙和繁殖地，得天独厚的湿地生态环境为鸟类栖息繁衍提供了优越的条件，区域内野生鸟类资源极为丰富，是重要的鸟类物种基因库和鸟类资源库。保护区内共分布国家重点保护动物（鸟纲）61种，占记录总种数（258）的23.26%，其中，国家Ⅰ级重点保护动物（鸟纲）15种，国家II级保护鸟类46种，27种鸟类被国际鸟类保护组织列为世界濒危鸟类，保护珍稀野生鸟类及其生境对于世界濒危物种种群的保护和扩大，维持物种的存在具有重要的意义。保护区内丰富的野生鸟类资源及众多珍稀濒危野生鸟类及其栖息地具有重要保护价值。

二是黄河流域最大功能性草原湿地生态系统的保护价值。乌梁素海位于黄河“几字弯”顶端，与黄河河湖相连，密不可分，是黄河生态系统的有机组成部分，拥有黄河流域最大的功能性草原湿地，是黄河生态安全的“自然之肾”，是事关黄河中下游水生态安全的“重要节点”。在防洪减灾方面，乌梁素海是黄河凌汛期中上游河段调洪、分洪的重要蓄洪区，也是阴山山脉乌拉山段最主要的泄洪库，尤其在春季凌汛期过境期间，发挥了重要的防洪减灾的作用。乌梁素海作为河套灌区的重要组成部分，是河套灌区农田灌溉的唯一承泄区，更是最大的天然净化区，每年经三盛公水利枢纽灌溉河套平原耕地1100万亩的农田退排水全部排入乌梁素海，经乌梁素海排入黄河。乌梁素海湿地生态系统的健康直接影响黄河中下游城市饮水和农田灌溉安全。总之，乌梁素海湿地保护对于推进黄河大保护，确保黄河安澜，保障黄河沿岸地区生命财产安全和生态安全具有极强的战略地位，保护价值极高。

他还说，乌梁素海湿地不仅具有保持水源、净化水质、蓄洪防旱、调节气候、美化环境和维护生物多样性等重要的生态功能，同时还具有科学研究、科普教育、旅游休闲等多种社会经济价值，是实现人与自然和谐发展的重要资源。

2020年6月，国家发展改革委、自然资源部联合印发《全国重要生态系统保护和修复重大工程总体规划（2021—2035年）》（下称《双重规划》），明确将重大工程重点布局在青藏高原生态屏障区、黄河重点生态区（含黄土高原生态屏障）等重点区域，共同抓好大保护，协同推进大治理。推动黄河流域生态保护和高质量发展既是长期战略任务，也是重大系统工程，为了有力贯彻落实《双重规划》，内蒙古自治区人民政府2022年3月印发《内蒙古自治区黄河流域生态保护和高质量发展规划》，明确实施黄河流域湿地恢复与保护工程，巩固湿地面积，恢复退化湿地生态系统；强化黄河干支流及重点湖泊保护，加大乌梁素海、哈素海等重点湖泊生态环境保护修复力度；优化水资源配置，做好乌梁素海等重点湖泊生态补水工作，研究推进乌梁素海生态补水工程，维持湖面面积在合理区间；推动重点领域智慧应用，积极推动5G、移动物联网、大数据等技术融合交叉应用，推广“互联网+生态环保”综合应用，强化“互联网+旅游”智慧景区建设等方面内容。

包巍对此信心满满。乌梁素海流域山水林田湖草沙生态保护修复试点工程，以构筑我国北疆万里绿色长城为目标，坚持“保护优先、系统治理”的原则，整体保护，系统修复，综合治理。2018年10月，巴彦淖尔市申报的《乌梁素海流域山水林田湖草生态保护修复试点工程实施方案》通过国家三部委的联合评审，成功入选第三批国家山水林田湖草生态保护修复试点工程，其中乌兰布和沙漠综合治理工程、乌拉特前旗乌拉山南北麓林业生态修复工程、乌梁素海东岸荒漠草原生态修复示范工程、乌梁素海湿地生物多样性保护工程为试点工程的重要组成部分。分项工程实施后，一定程度上缓解了乌梁素海流域水土流失现状，减少了洪水入湖携沙量，有利于改善乌梁素海湖区水生态，减缓湖区沼泽化进程；土壤保水效果提高，有利于提高林地土壤的产出率，提高土地利用率，同时森林覆盖度的提高对当地水源涵养和空气质量改善有着十分重要的积极作用。

包巍介绍，通过上述多种措施，目前湖区整体水质已由过去地表水劣Ⅴ类达到地表水Ⅴ类标准，局部区域水质已达到Ⅳ类标准，生物多样性正加速恢复。

作者来到乌梁素海旅游景区乘船采访，一只凤头鸊鷉凫水捉鱼，喂给身后跟随的幼鸟，这温馨的画面，引得大家纷纷按下相机快门。

“目前，乌梁素海的鸟类约有260种，每到候鸟迁徙时节，数以百万计的鸟儿在这里休憩、觅食，足以说明乌梁素海流域综合治理取得了实效。”对于乌梁素海的小精灵们，包巍如数家珍——逐浪飞行的是燕鸥，赤麻鸭栖息在芦苇边上，优雅的疣鼻天鹅自在悠游……

党的十八大郑重发出“生态优先，绿色发展”的号召。对于乌梁素海生态保护情况，巴彦淖尔市生态环境局最有发言权。作者电话采访市生态环境局白局长，白局长嘱咐局办公室主任苗东岩向作者提供了相关材料，择取如下——

2018年8月，按照中央环保督察“回头看”反馈意见，巴彦淖尔市委托中国环科院对《乌梁素海综合治理规划》开展了中期评估及修编，2019年9月20日，内蒙古自治区人民政府正式批复《乌梁素海综合治理规划（修编）》（以下简称《规划（修编）》。《规划（修编）》共五大类（点源、面源、生态补水与生态修复、内源、生态环境物联网建设与管理支撑项目）、34个项目，总投资24.89亿元，2020年底全部完工。2018年，巴彦淖尔市获得乌梁素海流域山水林田湖草生态保护修复国家试点工程项目支持，试点工程共七大类、35个项目，总投资50.86亿元，目前35个项目已全部完工。

进入“十四五”，巴彦淖尔市编制了《“十四五”乌梁素海流域生态环境保护治理规划》，系统推进水环境、水资源、水生态综合治理，持续改善流域生态环境，以期实现乌梁素海湖心断面水质稳定达到Ⅳ类，生态功能显著增强的目标。《规划》安排建设重点项目13个，建设周期为2021—2025年。总投资35.89亿元，目前已完工6项。

在组织保障措施上，成立了市委书记任组长的乌梁素海综合治理工作领导小组，全面负责乌梁素海生态环境综合整治和生态修复工作；组建了乌梁素海生态保护中心，重点开展乌梁素海综合治理的协调、调度工作；制定了《关于积极整改中央环保督察“回头看”反馈问题　加快推进乌梁素海综合治理的实施意见》和乌梁素海点源、面源、内源污染治理，人工湿地监测运行，环境监管能力建设等13个配套办法（简称“1个意见和13个配套办法”），为推进乌梁素海综合治理提供了制度保障；成立了巴彦淖尔市生态治理和绿色发展院士专家工作站，为巴彦淖尔市生态治理和绿色发展提供科技支撑、规划引领和技术指导。

2009年以前，巴彦淖尔市7个县级城镇中，仅临河区有一座污水处理厂，其余城镇的生产、生活污水未经处理就排放，最终进入乌梁素海造成污染。“塞外明珠”蒙尘，乌梁素海治理迫在眉睫。

在城镇和工业园区，为彻底斩断点源污染，巴彦淖尔市制定了《巴彦淖尔市城镇污水处理设施和污水管网专项规划》《巴彦淖尔市污水管网建设方案》，积极推进污水处理厂、再生水厂和管网建设，充分挖掘中水回用潜力，尽最大可能将中水回用于工业用水、园林绿化、景观用水、城市杂用水，其余部分进入人工湿地，净化达标后通过各级排干沟再进入乌梁素海。

在河套灌区，全面开展农业“四控”（控肥增效、控药减害、控水降耗、控膜提效）行动，引导和推动农业绿色生产，实现了全市化肥、农药使用量负增长，农田灌溉用水量得到有效控制。2019年8月，国家农业农村部在巴彦淖尔市举办了全国北方农业绿色生产暨农药减量增效现场观摩会，推广巴彦淖尔市农业“四控”行动方面的经验做法。

在湖区周边，强力推进乌拉山生态修复和乌拉特草原自然修复。实施矿山地质环境综合整治工程，改善乌拉山受损山体的地质地貌环境，提高水源涵养功能，提升乌拉山的生态屏障服务功能。实施乌梁素海周边水土保持与植被修复工程，促进乌拉特草原自然修复。

在乌梁素海湖区，采取底泥原位修复试验示范、湖区水道疏浚、建设河口湿地、水生植物资源化综合利用、生态调控等措施开展内源治理。同时利用黄河凌汛期和灌溉间隙期进行生态补水，改善湖区水质。2018—2022年5年间，乌梁素海年生态补水量保持在6亿立方米左右。2023上半年，生态补水已达到2.91亿立方米，湖区水位、面积较为稳定。

通过从生态系统整体出发，推进山水林田湖草沙一体化保护和修复，乌梁素海流域生态环境持续好转，湖区水质由劣Ⅴ类提高到整体Ⅴ类，湖心断面水质达到Ⅳ类，水生态环境稳中向好，生物多样性持续恢复，治理工作取得阶段性成效。

乌梁素海污染问题在水里，根子在岸上，想要治污，必须从源头抓起。因乌梁素海及周边资源丰富，过去围湖造田、围栏养鱼、过度捕捞、过度放牧、周边农业面源污染等大量的人为干扰和无序利用，造成乌梁素海生态状况恶化。《规划》通过加强巡护和管理，控制人类活动的过度干扰，尤其是在鸟类迁徙繁殖季节。另外，加强社区共管共建和社区培训，改变周边企业和居民传统的生产生活方式，发展高效生态农业、减少污水排放，推广生态旅游、生态渔业、芦苇无害化回收利用等，使干扰程度减弱至湿地生态系统自身承载能力范围之内，进而通过湿地的自我修复、自我调节能力，实现湿地功能有效发挥，从而实现遏制乌梁素海湿地生物多样性衰退趋势，从源头上治理乌梁素海污染问题。

加快推进生态产业化进程，对乌梁素海进行生态调控。通过回购渔船渔具、渔民培训、安置渔民参与乌梁素海环境管护等方式，减少渔民活动对生态环境的影响；通过投放特定种类的鱼类实现乌梁素海鱼草藻的相对平衡，逐步实现以鱼治草、以鱼净水、以鱼控藻、黄苔爆发预警、恢复生物多样性、改善底泥生态的目标；深入推动乌梁素海生态产业化、产业生态化发展，优化营商环境，加大招商引资力度，扩展生态旅游、芦苇资源加工业、生物科技等为主导的生态产业，以产业收益破解生态治理投入难题；加大对乌梁素海生态修复与发展的科学研究力度。一系列举措为乌梁素海长期治理、有效保护、可持续发展提供了解决方法和路径。

在财政部、自然资源部、生态环境部的强有力支持下，经过招投标，2019年6月，两家央企中标，走进乌梁素海。它们分别是中国交通建设（集团）股份有限公司第三公路工程局有限公司、公路规划设计院和中国建筑一局（集团）有限公司。

中交三公局：一场生态文明理论思想的“绿色实践”

乌梁素海堤坝周长124千米，其中中交三公局承包56千米，中建三公司承包68千米。到2023年夏季，作者走进乌梁素海时，中交三公局已经完工交付验收。紧挨乌梁素海实业发展公司办公大楼有一幢小二楼，宽阔的大门两侧是一副对联，左书：展示中交风采；右写：创建清泥工程。横批16个大字：乌梁素海湖区底泥处置试验示范工程。

作者在乌梁素海流域山水林田湖草沙项目——乌兰布和沙漠治理项目科技总顾问陈安平的帮助下，联系到中交三公局乌梁素海清淤东大滩一区项目部经理陈如平，获得相关资料，摘取如下文字，以飨读者——

近年来，受气候变化、人类活动等多种因素的影响，乌梁素海目前正面临着严峻的生态环境危机。现阶段，乌梁素海湖区主要存在的问题如下。

一是湖区内水动力条件差。乌梁素海湖区内芦苇蔓延成片，将湖区明水面分割成几乎不连通的几个区域。水域面积的减小不利于污染物的扩散与稀释。此外，乌梁素海湖底地形平坦，不利于水体的流动。现状湖区整体流速为0.0005米/秒～0.0500米/秒；开阔水面的流速约为0.010米/秒～0.0050米/秒；芦苇区的水体基本保持静止状态，形成大面积滞水区，流速约为0.0005米/秒～0.0050米/秒；湖区内已有网格水道及航道的流速可达到0.003米/秒～0.03米/秒。因此，通过网格水道的开挖可以有效提升湖区水动力条件。

二是内外源污染物质淤积，湖区营养负荷偏高。乌梁素海承接了河套灌区的点源及面源污染，每年有大量污染物通过各排干渠进入乌梁素海，2018年COD（化学需氧量）排放量为19873吨，氨氮排放量为450吨，总磷排放量为230吨，总氮排放量为3290吨。目前，已有大量外源污染物质在乌梁素海内部淤积，经过长时间积累转换为湖区内源污染物质。乌梁素海湖区芦苇及沉水植物死亡后形成的腐殖物质是湖区内源污染物质的主要来源之一。

三是湖面逐年萎缩，水量不平衡，存在沼泽化发展趋势。受气候变化及人类活动多种因素的影响，乌梁素海湖面已从50年前的800平方千米，减少至现在的293平方千米，近5年平均水量4.2亿立方米，最大库容量为5.5亿立方米。乌梁素海的补水来源主要是河套灌区各级排干沟的农田退水、山洪洪水和黄河分凌补水。按照黄委会要求，河套灌区年均净引黄水量从20世纪八九十年代的52亿立方米减少到现在的近46亿立方米，在20世纪90年代前，河套灌区每年排入乌梁素海的农田退水在7.0亿立方米左右，基本能够满足乌梁素海的生态需水要求。但随着河套灌区节水工程的实施，灌区年均补给乌梁素海的水量由7亿立方米减少为3.5亿立方米左右，且呈现逐年减少趋势。目前，乌梁素海湖区内芦苇面积约占湖区总面积的1/2，芦苇及沉水植

乌梁素海

物的疯涨加速了湖泊的生物填平作用，湖底抬高，底泥淤积深度平均达490毫米。如果照此速度演化，乌梁素海将在未来20年内成为芦苇沼泽地，丧失湖泊的功能。

四是湖区生态多样性受到威胁。乌梁素海内的水生植物包括挺水植物及沉水植物。挺水植物包括芦苇及蒲草，芦苇面积约占整个乌梁素海湖面的1/2以上。沉水植物以较为适应微咸水质的龙须眼子菜和菹草为优势种，占湖区明水面积区域的77.4%，其次是金鱼藻属和轮藻属，穿叶眼子菜和竹叶眼子菜已经消失。湖内鱼类数量最多的为鲫鱼，占80%以上，其次为麦穗鱼、中华鳑鲏、花鳅、泥鳅、黄蚴鱼、鲤鱼等。鱼类从20世纪20多种减少至现在的12种。现阶段，乌梁素海湖区内部生物多样性已受到一定程度的威胁。

2019年4月，中交集团所属三公局、公路规划设计院，积极响应中央关于黄河流域生态环境治理号召，组成治理团队开赴乌梁素海，参与乌梁素海流域生态试验示范区的综合治理。

针对乌梁素海流域“山水湖田林草”的综合治理之路，项目团队深入一线，积极开展项目选址、设计方案比选、质量和进度管控咨询，实施了矿山地质环境综合整治工程、河湖连通与生物多样性保护工程、乌梁素海湖体水环境保护与修复工程、农田面源及城镇点源污染综合治理工程、水土保持与植被修复工程。先后攻克矿山生态环境脆弱、草型湖泊湿地治理效率低维护难、底泥原位修复技术空白、土壤盐渍化植被恢复困难、灌溉水源不稳定、项目建设过程生态环境扰动大等一系列难题。

2022年6月，项目顺利完工。经过中交建设者精心治理，乌梁素海整体水质达到V类标准，部分地区达到IV类标准，新增湿地面积10万亩，新增鸟类40余种，每年有约600万只野生禽类来湿地栖息、繁殖。其中，国家二级保护动物疣鼻天鹅从2000年的200余只增加到现在的近1000只，乌梁素海周边的生态环境也明显改善，重现“塞外明珠”的美景。

中交人不断践行“绿水青山就是金山银山”理念，为乌梁素海流域综合治理提供全新的“中交方案”。该项目被列为国家重点研发项目示范基地，参与国家重点研发专项“内蒙古‘一湖两海’等典型湖泊水资源综合保障关键技术及示范”，成为中国北方干旱半干旱地区流域治理的典范。案例成功入选《IUCN基于自然的解决方案全球标准使用指南》中文版以及《基于自然的解决方案中国实践典型案例》，探索出的经验与模式为类似区域综合治理提供了借鉴。

中交建设者有话说——

公路规划设计院乌梁素海项目设计工程师刘阳：看到乌梁素海这颗“塞外明珠”重焕光彩，作为参与建设的中交人，我感到格外自豪。在乌梁素海“山水湖田林草”试点修复项目后期服务过程中，时间紧、任务重，工作的交叉重叠是挑战，也是机会。我和同事们始终怀着重任在肩的使命感，坚持在干事中长本事，在历练中变“老练”，在攻坚中变“中坚”，为建设山青、水秀、空气新的美丽家园努力奋斗。

公路规划设计院乌梁素海项目设计工程师张晓航：乌梁素海项目是践行“山水湖田林草”综合治理理念的创新性实践，我很荣幸作为设计团队的一员参与到项目前期工作和建设中，并亲身感受到乌梁素海环境的改善提升。未来，我们将按照总书记对乌梁素海的重要指示精神，在今后的工作中继续积极践行生态文明理念，积极做好流域综合治理技术和建设经验的积累、总结、推广工作，参与建设更多生态环修复项目，为建设人与自然和谐共生的美丽中国贡献自己的一份力量。

中交三公局乌梁素海项目总工程师杨波：2019年4月，我们团队投入内蒙古乌梁素海流域“山水湖田林草”综合治理项目建设中。在3年的时间里，三公局建设团队高标准、高质量完成了项目建设，同时也总结出了一套可借鉴、可复制的工艺工法。通过我们的努力，乌梁素海正在成为物产富饶、风景秀美的“塞外明珠”。

中交三公局乌梁素海项目技术员黄子凡：乌梁素海环境综合治理项目，是我大学毕业后参加的第一个项目，当我第一次进入乌拉山铁矿区矿山治理的施工区域时，看到了自然环境被破坏带来的严重影响。矿山范围极广，许多地方甚至无法通车，我和同事便拿着图纸与测量仪器在山中徒步寻找施工区域。经过不懈努力，我们终于摸清了项目的全部修复内容，并紧锣密鼓地开展施工治理。从采坑回填到渣堆清运，从整平覆土到播撒草籽，现在的矿山又重现山草旺盛、牛羊自由奔跑的样子，生态环境得到极大改善，当地农牧民的生活也变得越来越好。

“前面都是水草，走不动了。”2019年7月，设计员林冠豪和同事们首次进入乌梁素海，进行现场踏勘，却被一望无际的水草拦住了去路。通过无人机，林冠豪发现水面几乎被绿油油的水草覆盖，上浮的底泥若隐若现，场面触目惊心。

原来，龙须眼子菜、菹草等水生植物组成了蓬勃茂密的“水下森林”，它们既是水生态系统的重要生产者，也是水环境的重要调节者，对提高湖泊生态系统的多样性和稳定性起着重要作用。然而，由于湖泊面积大，水生植物的收割速度远远赶不上生长速度。经过计算，死亡的水生生物每年以1厘米的速度在湖底不断沉积，导致本该起净化水质作用的水生植物成为主要的内源污染源，水体氮磷营养盐含量增多、水草无节制地疯长竞争等问题相继出现，湖泊富营养化悄然加剧。

为了因地制宜、有针对性地治理乌梁素海的内源污染，项目设计组选取了两处相对独立且污染严重的开阔水域作为底泥原位治理的试验区，进行不同水体修复技术的试验示范。

“以生态系统自净为主要手段，通过人为适当干预水生态环境，是治理乌梁素海的可行途径。”林冠豪说。

一次偶然的发现，让项目部如获至宝。那天的乌梁素海，风和日丽，候鸟成群地从杨波搭乘的小船经过，他看到其中一只鸟儿叼着一条小鱼。正是这次偶然，让项目部确定了“水草减量化+生物控草技术”的可行性。“通过全自动机械割草船在一定时期内‘干净彻底’地削减湖区内源污染物质，结合生物控草技术投放草食性鱼类，充分利用草鱼‘啃青食尖’的食性控制水草的生物量，借助食物链的力量，达到水草减量的目的。”杨波介绍说，在进行“生产者”与“消费者”重塑的同时，项目部还采取本土微生物驯化培养的方式，利用微生物在快速生长过程中的光合作用来提高水体溶解氧浓度，加速消耗、分解底泥及上覆水体中的各类污染物，起到增强水体自净能力、恢复和改善水生态系统的作用。

如今，在沉水植被种植及水草种类优化、螺蛳及贝类等底栖动物投放等辅助措施的共同努力下，底泥的恶臭渐渐地消失了，湖水也逐渐变清澈了。

疏浚利器打通水系经脉

“从远处看，微风吹拂着的丛丛芦苇，仿佛扬起一阵阵麦浪。”回忆起第一次见到乌梁素海的情景，项目总工杨波感慨地说，“好看归好看，但这些芦苇却给治理工作带来了难题。”

总面积293平方千米的乌梁素海，平均水深仅1.5米，湖区内部近一半的区域是芦苇，密集的芦苇将湖区分割成了几乎不连通的若干个区域，加上几近平坦的湖底地形，降低了水体的流动性，给湖区污染物的稀释带来了阻碍。项目部决定采用网格化的方式，对芦苇密集分布的滞水区域进行疏浚，以提升乌梁素海湖区内部动力，清除湖底淤积多年的内源污染物质，使乌梁素海更好地发挥自净功能。

然而，经过一段时间的疏浚作业，项目部发现施工效率总是跟不上计划。原来，起初采用水陆挖机开挖底泥、驳船运输的疏浚作业方式复杂，投入设备多，不仅成本高，施工效率还提不起来，项目建设一度陷入僵局。“2台挖机配5艘驳船，一天还挖不到1000立方米的淤泥，而一艘350型的绞吸式挖泥船一天就能完成4000余立方米的施工作业。能不能使用我们自己的绞吸船？”就在一筹莫展时，杨波提出了自己的想法。他的想法很快便得到了大家的认可。

2020年5月，一艘艘绞吸式挖泥船经拆分后，开启了北上内蒙古的疏浚之旅。虽然是第一次在乌梁素海进行疏浚作业，绞吸船依旧展现了它独特的疏浚天赋。绞吸船的到来丰富了疏浚作业方式，多种疏浚工艺的灵活组合不仅极大地提高了施工效率，同时也降低了作业过程中对湖区水体的扰动，最大限度地保护了湖区的生态环境。经过数月的努力，9艘绞吸式挖泥船顺利完成了全部水道疏浚作业，总挖泥量达500余万立方米。

乡村振兴阻断城镇面源污染

临水而居，择水而憩，自古就是人类亲近自然的本性。水滋养了万物，造就了文明，乌梁素海也不例外。然而，随着时间的推移，乌梁素海周边区域的城镇化进程加快，给乌梁素海造成了严重的负担。为此，在治理湖泊内源污染的同时，城镇面源污染的治理也一并展开。

项目进场后，项目部以乡村振兴战略为契机，扎实推进农村人居环境整治，向各村镇派驻职工，优先解决老百姓身边突出的生态环境问题。马江波是公路规划设计院派驻乌拉特前旗农村的职工，他感慨地说："以前，村子里土堆、粪堆、草堆、渣堆、垃圾堆随意堆放在一起，在这场村容村貌整治提升工作中，打头阵的就是治理脏乱差环境。"

随着"五堆"清理、危旧墙体及棚圈围栏改造提升、村内及通村道路街巷硬化多措并举，村镇行道两侧、广场空地、房前屋后等区域的一排排旱柳、新疆杨、金叶榆拔地而起。村里绿化美化让人赞不绝口："村里的树多了，环境也好了，感觉风沙都没有以前大了。"如今，走进乌拉特前旗的村镇牧区，村容整洁，蜿蜒入户的道路干净平坦，两旁树木葱葱，一幅幅美丽的乡村画卷尽收眼底。

生活污水处理是农村人居环境整治的短板，也是美丽乡村建设必须完成的任务。原来，村里的大部分污水都是直排，要想消除生活污水带来的环境污染，必须实现污水管网全覆盖、全收集、全处理。

随着一个个污水处理站建设起来，管网问题成为设计施工过程中的重、难点。提起管网工程设计中遇到的问题，设计师苟沛一度感到很头疼。他说："污水收集及处理涉及家家户户，早期村里的各种管道都是村民自行建设的，没有统一的规划，狭窄的乡道下面管道错综复杂。污水收集范围变化、旱厕污水难收集、预留入户管网接口变化都是经常遇到的问题。"设计方案经过一改再改，苟沛终于拿出了彻底解决管网问题的最优方案。

村镇污水管网的铺设完成和污水处理设施的建成使用，结合后续的管网入户工作，生活污水有了"出路"，村里再也不会有污水的臭味了。

矿山治理筑牢生态屏障

"水的命脉在山"，作为乌梁素海流域下游重要的生态屏障，乌拉山与乌梁素海共同影响着整个流域的气候和生态。乌拉山矿产资源丰富，采矿业曾是流域经济建设的支柱。然而，长期不合理开采引发了流域山水林田湖草"链式"生态环境问题，地质灾害频发、水环境质量降低、草原荒漠化加剧、农田质量下降接踵而至，每年大量泥沙及污染物随洪水冲入并淤积在乌梁素海，乌拉山生态环境修复迫在眉睫。

"乌拉山地区干旱少雨、土壤贫瘠，生态环境脆弱，加上工程跨度大、范围广、治理区域分散的特点，必须对症下药，绝对不能照搬照抄。"对于乌拉山地质环境技术措施的选择，项目矿山治理设计负责人李义晋和设计组成员十分重视。他们反复踏勘现场，打磨治理方案，最终形成了先进的治理手段与"土办法"并用的治理方案。

小庙子沟位于乌拉山南麓，山高沟深，汇水面积大，沟道内物源丰富，近年来发生多次泥石流地质灾害，造成农田、房屋、道路受损。考虑到泥石流发生突然和破坏力强的特点，设计组在治理的同时还增加了雨量、次声、泥水位及视频等实时监测系统，通过移动网络及时远程获取监测数据，综合分析、联合预警，供相关部门实时掌握现场情况，为应急指挥提供直观、可靠的决策依据，有效降低泥石流的危害。

治理区土壤贫瘠，水土流失严重，治理后的矿山植被恢复困难。为此项目设计组采用了草方格沙障等“土办法”进行植被恢复。采坑回填和渣堆整形后，垂直于主风向在边坡上开挖沟槽，栽植沙柳或插入修剪整齐的芦苇秆，扎设方格状的挡风墙，一方面有效地恢复矿区植被，另一方面起到护坡固土的作用。“草方格沙障造价低、生态效益明显，结合削坡减荷、排导拦挡、清理回填等一系列的工程治理措施，矿山地质环境综合整治能够取得较好的效果。”李义晋介绍道。

“逆向施工”是矿山开采的施工特点，即利用山下矿渣对山顶矿坑进行回填。但实际施工过程中，由于采矿点在山顶，山坡陡峭，而运输车辆在爬坡时是重车上，空车下，加上项目施工期短，施工设备多，机械施工环境复杂，且大部分区域没有通信讯号，存在极大的安全隐患。为此，项目部决定每辆车只装载1/3的矿渣，并配合传送带运输，最大程度地提高运输效率，保障施工安全。

随着乌拉山地质环境治理工程的有序推进，一个又一个矿坑被回填平整，昔日那座地表植被严重退化、碎石废渣随处可见的荒山悄然消失，取而代之的是一片葱郁的草场，乌拉山逐步恢复往日的生机。

多措并举，打造底泥处置示范试验工程

初秋，碧波荡漾的乌梁素海湖泊好似一颗“草原明珠”点缀着内蒙古大地，构成一幅“苇丛如诗如画，百鸟啼鸣婉转”的独特景观，令人赏心悦目。

乌梁素海的生态维护功能立体化，于“点”而言，其是河套灌区关键的水源涵养地；于“面”而言，成片的沼泽湿地相连使该地成为关系黄河生态安全的“自然之肾”；于“线”而言，其不仅是生态安全战略格局中“北方防沙带”的组成部分，也是世界候鸟迁徙的走廊。但物换星移几度秋，昔日明珠早已珠残璧碎。

如何防治乌梁素海水污染问题，首先需要摸清成因。“乌梁素海水污染问题，发生在水里，成因在岸上，据我们的了解，灌区退水与城镇排污等多重因素叠加，致使乌梁素海自身的净化系统常年负载太大。”项目总工程师杨波如是说。

项目部成员通过实地走访调研，摸清了西岸从北至南有义和渠、总排干沟、八排干沟和九排干沟等主要灌排渠沟排水入湖。根据历史记录，项目研究人员发现：灌排水汇聚湖中，从河套平原的农业形成规模之后，一直是补充乌梁素海水量的源头，但与此同时问题也来了，灌区退水中含有大量的农药、化肥，加剧了水体的污染。杨波等人经研究，决定实施点源污水“零入海”行动，建设污水处理站9座及污水管网系统9处，并开展排干沟人工湿地修复工程，改善水动力条件，提升水循环，净化入湖水质。杨波自豪地说：“我们通过乌梁素海湖区生态补水工程，不仅增大了湖水流量，把死水变活水，形成一盘‘棋’，也增加了水的流动性、富氧性，乌梁素海一步步焕然一新。”

但很快，杨波他们便发现一个大问题：侵蚀乌梁素海的外源污染物有所控制，但经年累月形成的内源污染，形势依旧不容乐观。灌区退水中的营养盐，通过吸附、沉淀等方式蓄存在底泥中，使其成为内源的污染源。如何妥善完成乌梁素海迫在眉睫的内源污染修复任务，离不开锲而不舍的尝试与创新，因此，项目部决定实施底泥试验示范工程。

一个十分现实的挑战摆在众人跟前：不见天日的底泥该如何修复？翻泥覆水的施工方案毫无疑问将劳民伤财。在反复推敲方案之后，示范区选用“底泥原位修复技术”。底泥修复工程现场责任人冯宏焱终日驾船漂泊在湖上，不过他可没心情欣赏美景，而是忙着查验底泥的恢复情况：“我们在基本不破坏底泥自然环境的条件下，在原场所进行生物修复。该项技术利用微生物的代谢、分解等功能消耗污染物。”

冯宏焱说：“虽然我们最终琢磨出了一套更为简约的方案，但可谓简约却不简单，小洼区环环相扣，任何一个步骤出了问题，都会引起连锁反应。”示范工程的重中之重在于一体式菌床培养装置。一个庞然大物在湖边搭建起来：整个装置体积庞大，长和宽均达到30米以上，高约4.5米，每天的出水量可以达到600吨。冯宏焱走在罐体上，仿佛是在照看项目的宠物一般：“当示范区的泥水输送进装置后，会通过多级罐体，在这一过程中会投入酵素催化水体中有益微生物的活性，并抑制有害菌繁殖，促进受污染水体向良性生态系统演替。”

项目部谨慎地实施每一步骤，但建设者们却依旧充满焦虑，担忧实际效果并不理想，因此为了可以获得更多的数据和理论支撑，示范工程分为两个区域——小洼区和七作业区，其中小洼区采用酵素修复技术，七作业则采用土著生物驯化技术。

七作业区首先需要采集示范区内的底泥，在实验室中分析选育其中的微生物样本，驯化本土高效降解底泥的微生物菌群，予以扩培，生产出微生物菌液或颗粒，再投撒进示范区水体中。进入水体的微生物释放、增殖，覆载在底泥表层并扩散至内部，消解污染物，成为深度修复底泥环境的“有效法宝”。两处示范区的工作现在都在稳步地推进。

“我希望有一天，当水更清澈，更多鱼儿在水草间穿梭，更多鸟儿在这里嬉戏的时候，我再坐着我的小船，好好欣赏。”冯宏焱憧憬着未来。

先进的设计理念

为统筹推进山水林田湖草系统修复，中交三公局以构筑我国北疆万里绿色长城为目标，坚持“保护优先、系统治理”的原则，整体保护，系统修复，综合治理，按照“一中心、二重点、六要素、七工程”，组织实施乌梁素海流域山水林田湖草生态保护修复试点工程。

“一中心”，即遵循习近平总书记指出的“把内蒙古建设成我国北方重要生态安全屏障，是立足全国发展大局确立的战略定位，也是内蒙古必须自觉担负起的最大责任”为中心。“二重点”，即聚焦于提升“北方防沙带”生态系统服务功能和保障黄河中下游水生态安全。“六要素”，即围绕流域内沙漠、矿山、林草、农田、湿地、湖水等生态要素开展系统治理。“七工程”，就是在前期治理的基础上，分时间、分步骤、分区域，通过3年时间，充分考虑资金年度、投入强度、可行性及地方政府的实施能力，优先启动对国家生态安全格局产生重大影响的工程项目。

根据“尊重自然、差异治理”的主要原则，按照“因地制宜、重点突出”的规划方法，中交三公局将乌梁素海流域生态保护修复分为6个主要治理区域，形成“一带、一网、四区”的生态安全格局，具体包括环乌梁素海生态保护带、河套灌区水系生态保护网和乌梁素海水生态修复与生物多样性保护区、阿拉奔草原水土保持与植被修复区、乌拉山水源涵养与地质环境综合治理区、乌兰布和沙漠综合治理区。

科技创新：项目创新研发矿山整治坡面土壤流失风险评估技术，进行水土流失风险评价，预测不同区域坡面水土流失风险。创新研发改良土壤、恢复植被的可降解边坡水土保持桩技术以及在裸地快速形成植被的种子促萌技术，提高了矿区水土保持与生态效益。创新总结了依据立地条件的近自然植物配置技术，得到了不同立地条件下近自然的植被恢复配置方式。

自主研制芦苇破碎装置，提高工作效率。创新使用底泥围隔网，结合疏浚底泥快速沉淀技术和菌床一体化技术，有效净化水质，削减底泥中的有害物质，形成稳定的循环净化系统。自主研发无人机飞播播撒系统和精准化水肥一体化系统，实现了规模化精准飞播和植被自动化高水平管理。创新研制轻型压草覆沙机械和梭梭+肉苁蓉同步种植机械，标准化沙障间距、入土深度、沙障密度等施工质量标准的同时，节省了工期和人力，显著提升了草方格铺设的产业化进程，实现了梭梭+肉苁蓉生态产业化示范应用。构建基于遥感的沙漠、矿山、林草生态修复效果评价体系，发布相关标准，弥补了该方向标准的空白。

2023年6月，正是乌梁素海的禁渔期，东海岸的码头一片宁静。下旬的一天，鲁引军驾车，驶出乌拉特前旗，向东穿过额尔登布拉格镇，跃上乌梁素海东堤。但见，不远不近，几条拴在岸边的小渔船静静地随风飘浮。几条没见过的大船，靠在海堤内，格外引人注目——长46米、宽6米，船头有锋利的螺旋绞刀头，船上多根粗壮的定位桩和桥架耸然而立。鲁引军向作者介绍：它就是被称为“疏浚造岛”利器的绞吸式挖泥船。堤外是一大堆几十米粗的吸泥外甩铁管。

在湖区湿地治理及湖区水道疏浚工程中，就需要绞吸式挖泥船大显神通。这个“大家伙”的两根定位桩如同两条粗壮的腿，稳稳地插到泥里，作业时，根据数控定位实现左右摆动前行。利用吸泥管前端旋转的绞刀装置，先绞碎淤泥，再经过吸泥管将绞起的泥沙物料，借助强大的泵力，通过管道输送到堆积场或排泥区。

由于乌梁素海芦苇多，容易缠绕铰刀头，为此，中交第三公路工程局有限公司进行了一系列的研究，设计了破碎和清理芦苇的设备，确定了先清除芦苇再进行绞吸作业的方案。可别小看这台绞吸式挖泥船，它每天挖泥可达6000立方米，相当于开挖了一个14米深的标准篮球场。绞吸式挖泥船作业时，挖泥、输泥和卸泥等工作都是一次连续完成，它是目前内河疏浚中效率最高的水下环保挖掘机械。

中交三公局乌梁素海项目部副经理樊振华介绍，底泥含氮、磷等成分，富营养化严重，累积于底泥中的各种有机和无机污染物容易对水体水质造成二次污染，生态清淤、水道疏浚后，既能保证水域面积扩大库容，还能促进水循环，改善水质，增加水体内养分，满足水生生物的生存需要。

乌梁素海湖体芦苇和水草密布，富营养化严重，而工程建设的目的就是要改善整个湖区水流条件和湖水富营养化状态，抑制芦苇和其他水生植物继续蔓延，减缓湖区沼泽化进程，促进湖泊向良性发展，提升水质标准。

工期紧迫，建设人员迅速组织展开施工，没想到刚一开工就遭遇了芦苇送上的“下马威”。“水陆两用的挖掘机日夜赶工进行芦苇清运，可是我们挖的速度赶不上它们生长的速度，今天刚清理过的航道，过几天来看湖底又开始疯长了。”工区负责人冯宏焱回忆着刚进场施工的场景。而且，项目部采用的水陆两用挖掘机和施工小船相配合的常规作业形式极其耗费人力、物力，施工作业效率低，人工操作精确度低，机械的大量使用以及清运过程都会对水体造成二次污染，影响生态及鸟类栖息环境。

为此，项目部展开多次方案研讨，可都无法统一意见。“水环境治理对于我们来说是新领域、新挑战，不能闭门造车。”面对新问题，项目经理邵长权迅速组建疏浚考察组前往广西、广东等地调研，学习国内内河疏浚方面的成功经验。

为期半个月的调研没有白费，新的施工方案很快出炉，即利用绞吸式挖泥船保证施工质量，提升效率，同时引入卫星摇杆定位、三位一体定位，进行全智能化数控操作，可实现24小时持续作业。

施工效率提高了，成本也节约了不少，可施工人员却没有满足于现有成绩。针对芦苇密度高、韧性大，加上土质硬，容易缠绕铰刀头的情况，项目部进行了技术革新，更改绞刀头作业方式，调整绞吸船运行宽度、深度，确定了先清除苇根再绞吸作业的新方案，在芦苇粉碎装置中设计加入了破碎和清理芦苇根系的设备，极大地降低了水泵被堵塞的概率。

“起初引进绞吸船时，我们还担心由于船只过大会惊扰周围鸟类栖息，影响鸟类繁殖。但是经过试验后发现，由于挖动底部淤泥带起许多泥沙和营养物质，促进水体循环，反而吸引了不少鸟类前来栖息。”邵长权介绍道。蓝锦缎似的湖面上，清爽的微风拂过，柔软如丝的水草轻轻摇摆，宛如穿着绿衣裳的姑娘在对镜梳妆，和着阵阵鸟鸣声，充满了诗情画意，是大自然回馈给项目部最特别的礼物。

三年后，建设者们通过水环境综合治理、矿山地质环境综合整治等方式，完成了试验区的修复，推动了乡村振兴战略的实施，让“塞外明珠”乌梁素海重焕勃勃生机。

中建一局：乌梁素海之旅

2023年7月10日至11日，由国务院国资委新闻信息中心出面，配合中国建筑一局（集团）有限公司，举办乌梁素海流域生态治理修复项目媒体开放日。19家中央媒体记者走进乌梁素海，感受全国最大山水林田湖草沙生态治理修复工程的喜人变化。

时隔8年，作者跟随中央媒体记者采访团又一次走进乌梁素海。登上游艇，但见：天蓝水清、百鸟竞舞、苇荡摇曳，宛如一幅幅清丽的水彩画。伴随着清风，扑面而来的水草气息，使人心旷神怡。放眼湖内外，游人如织，欢歌笑语。内蒙古乌梁素海，祖国北疆的“塞外明珠”，正在重新绽放璀璨的光彩。

中国建筑一局（集团）有限公司（简称中建一局）总部位于北京，成立于1953年，是新中国第一支建筑“国家队”。早在1959年，国家建工部（现住建部前身）授予中建一局“工业建筑的先锋，南征北战的铁军”称号。

2018年，为改变乌梁素海流域生态系统日益受损的严重状况，财政部、自然资源部、生态环境部联合发文，决定实施乌梁素海流域山水林田湖草生态保护修复试点工程。之后，又加进一个“沙”字。

如何修复？作为该流域工程的承建单位之一，中建一局给出了自己的答案：始终牢记山水林田湖草沙一体化保护和系统治理的重要要求，充分发挥全产业链优势，以市场化方式整合资源、集成技术、有序管理，围绕“修山—保水—扩林—护草—调田—治湖—固沙”的系统路径开展生态修复，创造性提出“4233”生态修复治理模式，即4步走标准化沙漠治理，林草修复2大神器，矿山3重治理，海堤整治3步施工法。

坚持山水林田湖草沙一体化保护和系统治理，关键是要破解“种树的只管种树、治水的只管治水、护田的单纯护田”的“九龙治水”问题。职能分工有条块边界，但是生态系统是一个整体，有其内在的规律，彼此依存，不可分割。因此各部门打破职能边界，形成合力十分必要。

“从保护一个湖到保护一个生态系统，一体化、系统化修复，是乌梁素海生态综合治理的关键技术和逻辑起点。”在媒体开放日座谈会上，中建一局乌梁素海项目技术总监、三公司副总经理、总工程师梅晓丽女士侃侃而谈，“党的十八大以来，生态文明建设被纳入‘五位一体’总体布局，黄河流域生态保护和高质量发展更是上升为重大国家战略。党的二十大报告全面总结了新时代我国生态文明建设取得的举世瞩目的重大成就、重大变革。主要就是坚持绿水青山就是金山银山的理念，坚持山水林田湖草沙一体化保护和系统治理。

“党的二十大报告还为我们进一步做好生态环境保护工作指引了方向，对推动绿色发展、促进人与自然和谐共生作出重大战略部署。乌梁素海流域项目就是坚持山水林田湖草沙一体化保护和系统治理的生动实践。

“生态是统一的自然系统，是相互依存、紧密联系的有机链条，一体化新路径，折射生态修复治理理念之变。乌梁素海项目就是坚持山水林田湖草沙一体化保护和系统治理的绿色实践。”

与风沙鏖战，和星辰作伴。这是中建一局施工人员的集体感受。中建一局乌梁素海项目东区技术总工庞东喆在媒体开放日座谈会上介绍，乌梁素海流域生态治理修复工程在国家第三批山水林田湖草沙工程中排名首位，是全国最大、实施最早、业态最全的山水林田湖草沙系统治理工程。沙漠治理面积位居全国同类工程前列。中建一局项目部承包乌梁素海流域工程包含乌兰布和沙漠治理（沙）、乌拉山南北麓林草生态修复（林草）、矿山地质环境综合治理（山）、乌梁素海海堤综合整治（湖）、农田面源及城镇点源污染综合治理（田）等5种业态9个子工程。工程难度大，治理种类多，施工环境艰巨。

庞东喆列举了工程的难度：工期紧、任务重、施工环境复杂；内容多，面域大，涉及生态学、物理学、化学、植物学、微生物学和环境工程等多学科交叉，影响因素多；项目区地处沙漠腹地，施工取水困难；工程施工节奏受植物生长规律影响大，工期安排高度紧张。

如何破题？先进的设计理念，是“一局方案”的鲜明特色。针对河套灌区入湖各排干沟外源污染严重、河流水质差的主要问题，采取清淤疏浚、水体曝气充氧、旁侧多塘净化等措施，实现排干沟净化，削减入湖污染物。针对生态保护带的面源、点源污染问题，通过环湖生态保护带的控污减排措施，展开对环湖带的农牧业、城镇和村落污染物整治工程，从源头治理，减少入排干污染物。针对乌梁素海湖区内源污染物沉积、湖区富营养化严重等问题，则以生态系统自净为主要手段，通过人为适当干预修复乌梁素海水生态环境，使乌梁素海恢复往日清水绿岸、鱼翔浅底的景象。

此外，科技创新也是“一局方案”的主要亮点之一。2023年7月11日，中建一局工作人员向中央媒体记者详细讲述了“精准化水肥一体化灌溉系统”和“精准化无人机飞播技术”两大“神器”。以精准化无人机飞播技术为例，该技术通过改造播撒系统，为无人机安装播撒口，结合飞行高度计算播撒角度，对播撒口进行切割打磨等改进措施，最终达到精准飞播要求。

中建一局乌梁素海项目东区项目部经理张富成表示：“我们亲眼见证了漫漫黄沙变成茫茫绿野，‘沙进人退’变成‘绿进沙退’。”

经过4年努力，中建一局交出了一份满意的答案，工程亮点闪闪：

一是跨越乌拉特前旗至包头境内约94千米的乌拉山，修复58平方千米矿山地貌，增强了乌拉山边坡的稳定性和生态屏障服务功能，避免了山体滑坡、坍塌，消除了次生地质灾害的发生。

二是环绕乌梁素海，完成4千米总干渠补水通道及68千米海堤治理，使河湖连通性得到有效改善，生物多样性得到有效保护，改善了乌梁素海流域排干沟的排水畅通性，降低了污染物的潜在风险，强化了排干沟污染物净化功能，削减了污染物入湖量。

邬东，1990年生于乌梁素海西北角的乌拉特前旗新安镇树林子村。2019年6月，当中建一局大部队开进乌梁素海时，他应聘入职中建一局三公司工作。2023年7月11日上午，碧水蓝天，惠风和畅。在几块立柱矗立于水泥墩子里的宣传牌子下，面对摄像机，邬东用一口清晰的普通话介绍道："乌梁素海海堤全长124千米，正在修复治理中，海拔设计高度为1021.32米，堤宽6米，铺设10厘米泥结石路面，由中间向两侧设2%的横坡，海堤部分段落常年受风浪冲刷严重，采用10厘米的蜂巢格室护坡，以助保护堤身结构安全。海堤的加高培厚，增加了乌梁素海的蓄水量，保证了生物的多样性和鱼类种群的数量。

"如何才能保障水生态安全？我们项目团队实施的乌梁素海海堤综合整治工程，采取对于原海堤加高培厚、碾压、护坡'三重'施工法进行综合整治，治理长度68.76千米。第一重，加高培厚。首先对于原海堤路面草根、腐殖土等影响堤防填筑的杂质进行清理，然后就近从海堤两侧挖泥、取土，

对海堤两侧取出的湿土进行移位、翻动、晾晒，将晾晒后的干土，运至已拓宽、平整后的旧堤上，进行加高培厚。第二重，碾压。将原海堤清理后，在第一次铺填前进行平整压实，并在培厚过程中进行分层碾压。第三重，使用新型护坡材料——蜂巢格室。鉴于乌梁素海水面大、水浅小的特点，风浪是造成坝坡破坏的主要因素，蜂巢格室因其结构特点，减小了水流对边坡土体的侵蚀作用，为此，在海堤靠水内侧，采取蜂巢格室进行护坡工程，达到设计标高后，对边坡进行修理。最后，铺堤顶泥结石路面，原有海堤加高培厚完成后，堤顶铺设10厘米厚碎石硬化路面。

“在海堤修复完工后，当地村民驾车到乌拉特前旗城内的路程，从两小时缩短到半小时，既可保障乌梁素海湖堤安全，又极大地保障了湖区外围人民生命财产安全。”邬东自豪而又自信地说，“从我们团队2019年接收修复治理4年来，乌梁素海水质明显改善，由原先的劣质Ⅴ类到Ⅳ类，局部地方达到III类水质。”

山水林田湖草沙各业态治理的社会效益，足令砥砺奋进、开拓创新者们兴奋不已。且听他们这样说——

林草业态负责人王小会：回望4年前，这里是一片“沙漠色”的林草地，稀疏且难以成活的植被在风中飘摇，荒漠化严重，生态系统失衡，水土流失严重，拦污阻沙迫在眉睫。林草修复工程的主要任务是减少区域地表径流和防止水土流失，形成生态型防护网。我们项目团队采用防护林与经济林相结合、林草相结合的方式，增加区域森林植被面积3.3万亩。

为解决大面积造林水资源短缺的问题，团队通过实地考察调研现场情况，走访周边群众，考察滴灌技术厂家，在确定滴灌设备供货商后，我们对现场技术人员进行了培训。技术人员采用5台大疆植保MG-1P无人机，通过改造播撒系统、安装播撒口，结合飞行高度、风速等因素，使无人机播撒达到设计要求，利用120个小时、1500个飞行架次，完成相当于1000个足球场大小的万亩沙地飞播撒种。

如今，遍地黄沙已初现碧色，林业生态修复面积已达3.3万亩，其中，人工造林2.3万亩，飞播造林1万亩。“绿洲”分布在乌拉山北麓的额尔登布拉格苏木和乌拉山南麓的白彦花镇境内，共涉及2个苏木（镇）的8个嘎查。2.3万亩人工植苗造林，山桃、山杏、酸枣、梨、枣（鲜食枣）、中小型苹果树等经济林遍布曾经的荒漠，有的已经挂果，树冠罩住地皮，鸟儿在林间飞舞。

项目团队坚持因地制宜、科学绿化、以水定林、量水而行、适地适树的原则，通过种植山桃、山杏、酸枣、苹果树等，飞播花棒、杨柴、籽蒿等形成生态型防护网，进而增强土壤的持水能力，提高土壤水分入渗性能，有效地减少区域地表径流和防止水土流失，提高乌拉山南北麓生态建设和生态安全水平。在为当地居民谋福祉的同时，项目团队中的每一个人也收获了治理成果带来的幸福感和成就感。

乌梁素海流域山水林田湖草沙生态修复项目部指挥长贾海元：作为一名生态修复工程师，治理好乌梁素海流域生态环境是我的初心和使命。我常激励团队，建设者要有勇于开拓、敢于创新、全力奋进的精神。每天清晨天还没亮，我们就从项目驻地出发来到乌兰布和沙漠，开始一天的治理任务，日复一日，年复一年。

建设者与沙漠荒山为战，采用“4233”生态修复治理施工模式，各业态治理多措并举、相辅相成，最终实现流域内人与自然和谐共生，修复黄河之“肾”，助力黄河流域生态保护。该工程被评为国家第四批“绿水青山就是金山银山”实践创新基地，并被自然资源部《社会资本参与国土空间生态修复案例（第一批）》列入山水林田湖草沙综合治理项目。

在与风沙为伴的工作之余，我喜欢开着越野车在沙漠里穿梭，沙漠里的速度与激情、青春与活力都能够激励我勇敢追逐梦想、不懈奋斗。在科学技术飞速发展的今天，我必须珍惜美好青春年华，不断地开拓创新、勇于拼搏、持续奋斗，更要不断地学习充实自己。

乌梁素海流域山水林田湖草沙生态修复项目东区项目部经理张富成：作为项目负责人，我意识到这是一项复杂而艰巨的任务，需要整个项目团队的长期坚持和共同努力。在实施过程中，我深刻认识到生态修复不仅仅是一项技术工程，更是一项涉及社会、经济和环境的综合性工程。乌梁素海是当地居民的重要生态资源，但由于环境污染和生态破坏，水质下降，湖岸退缩，渔业资源减少，给当地居民的生活和经济带来了巨大影响。我深感责任重大，必须采取行动，为居民创造一个更美好的生态环境。

乌梁素海流域生态治理工程涉及生态、农业、水利、环保等多个领域，需要技术与施工各部门之间的密切配合和协同努力。在实施过程中，我们的项目团队积极推动相关部门之间的沟通和合作，统筹规划和资源配置。因为只有形成合力，才能真正实现生态系统的修复和保护。乌梁素海生态治理是一项持续性工作。山水林田湖草沙生态修复和保护需要持之以恒的努力，不能止步于试点工程的阶段，而是要将其纳入长期规划，确保工程的可持续性和长效性。只有坚持不懈地进行监测和评估，及时调整和改进工作措施，才能确保生态系统的稳定恢复和长期保护。只有保护好生态环境，才能实现可持续发展的目标，为后代留下美好的家园。作为治理区负责人，我将以更加积极的姿态投身于生态修复工作中，努力推动工程顺利进行，为乌梁素海流域的生态治理贡献自己的力量。同时，我也期待通过我们试点工程的成功经验，为全国其他地区的生态修复提供借鉴和启示，共同推动全国范围的生态文明建设。

当地居民谈山水林田湖草沙治理感受——

年近60岁的杨革命是土生土长的磴口人，自小在沙漠边长大的他，记忆深处除了无尽的风沙就是一次次的搬家。谈起过去，他说以前这里经常沙尘肆虐，尤其春夏之交的三、四月份，三天两头刮风。记得有一天傍晚，突然刮起了沙尘暴，漫天的黄沙呼啸而至，仅几分钟原本还亮着的天就彻底黑了下来，吓得正在打理牛羊的他赶紧回到屋里。风吹着门哐哐作响，沙子拍打着玻璃好像随时都要碎裂。杨革命和家人一夜没有合眼。这场沙尘暴不仅封住了门，还把牛棚的顶子刮烂了。经过最近几年的沙漠治理，这里的环境有了明显改变。中建的人来了以后，环境改善了不少！每天都能看到他们在沙窝里忙碌的身影。现在虽然也刮风，但是相比以前，次数少了，威力也弱了。

看着自己家园周围的绿色覆盖面积日渐增大，沙漠越来越远，杨革命激动地说："终于不用担心风沙伤害了，也不需要再搬家了，感谢党和政府，感谢建设者的付出！"

林草修复结硕果，付出者和享受者都有话要说——

这里是内蒙古乌拉特前旗，放眼望去，是风吹草低见牛羊的美好画卷。作为这里的牧民，乌日更达莱和他的家人世代靠放羊为生，养羊是他们唯一的收入来源。这里的羊肉品质非常好，之前在市场上非常受欢迎，近几年行情却跌得厉害。乌日更达莱解释："草料充足的羊，2个月能长到15斤左右，现在我这个羊10斤都长不到。它吃不上东西，瘦啊，羊毛的品质也不好。"俗话说，草肥羊壮。但草场退化严重，羊只能贴在地面啃地皮，羊的品质越来越差。乌日更达莱没了收入来源，他说："我们这个地方啊，一年中几乎半年刮西北风。苏集沙地在我们的北面，大风吹得慢慢南移，草场都沙化了，再过些年可能我们就养不了羊了，怎么生活啊！"

如今，经过中建一局建设者们的修复治理，草场重新焕发生机，乌日更达莱望着绿色的草场，面露欣慰之色："这些年，国家下了大气力治理我们这片土地，天上飞的是播种的无人机，地上跑的是植树种草的大机器，还有上千名工人朋友和我们一起劳动。现在的草场一天比一天绿，草一天比一天高，羊吃得好，我们的收入就上去了，生活也变好了。"

当地还有很多像乌日更达莱一样祖祖辈辈以放牧为生的牧民，绿水青山就是他们的希望！

海堤路修复后，民生感受怎样呢？

当地居民刘杰自小就喜欢钓鱼，在老海堤路走了几十年。他说："以前去乌梁素海周边钓鱼的时候，不管多远我都得走着去，因为路况差，根本开不了车。尤其是下过雨之后，连步行都很难，坑坑洼洼，车轮都会陷进去。"而看到如今焕然一新的海堤路，刘杰别提多高兴了。他笑眯眯地和到外地务工的家人打电话，诉说着海堤的变化："现在路修得可好啦，路基稳了，路也宽了，以前走路需要一个多小时，现在开车只需要20分钟就够了。前些年走在这条路上的时候我就想，什么时候这条路能修成可以跑车的大路就好了，真的没想到，这才几年，愿望真的实现了！"刘杰回忆，建筑工人把原来不好的路面挖了半米多深，换成了外面非盐碱地的土，然后用压路机层层碾压，把路压得非常平顺坚实。"中建一局的朋友们为当地老百姓的出行方便作出了巨大贡献，这绝对是地地道道的惠民工程，感谢他们!"刘杰激动地说。

2022年10月，乌梁素海流域生态治理修复项目进入整体验收阶段。乌梁素海流域生态治理修复项目完工后，将使"北方防沙带"生态系统服务功能得到进一步提升，使黄河中下游水生态安全得到有效保障。在生态综合治理过程中，中建一局建立了一万亩人工种植"扶贫示范林区"，累计为当地1200余人提供了就业机会，他们还教会村民沙漠种植和滴灌安装操作技术，引导更多群众运用学到的技术自主创益增收，彻底摆脱贫困。

2021年，乌梁素海流域保护修复案例入选自然资源部与世界自然保护联盟（IUCN）联合发布的《基于自然的解决方案中国实践典型案例》。乌梁素海生态修复工程子项目乌兰布和沙漠治理区被评为国家第四批"绿水青山就是金山银山"实践创新基地。

"如今四度春秋，中建一局关于乌梁素海流域山水林田湖草沙一体化保护与系统治理关键技术，在国内外发表论文26篇，完成科技成果评价，整体达到国际先进水平，其中3项自主研发技术达到国际领先水平。"梅晓丽说。

中国科学院院士、生态环境研究中心研究员傅伯杰表示，乌梁素海流域系统治理，加强“山水林田湖草沙”要素之间的联系，增强生态系统连通性，整体优化水污染治理、水源涵养、防风固沙、水土保持、生物多样性保护和农牧产品供给等多重生态系统服务功能，对于全球干旱区湖泊治理具有重要示范价值。

河湖安澜，须久久为功。

中建一局党委副书记、工会主席张志平，面对记者自信地说道：“2023年是中建一局成立70周年，中建一局将持续深入开展主题教育，牢固树立‘两山’理念，把生态文明建设摆在更加突出的位置，为建设人与自然和谐共生的美丽中国贡献中建力量，让伟大祖国的绿水青山‘颜值更高’、金山银山‘成色更新’。”

千丝绿藻遮河鲤，百种鱼虾逗雁追。
游艇起锚人和唱，马达声响鸟齐飞。
山清水秀风光好，痴醉迷人忘返归。
天下黄河富一套，乌梁素海风光美。

乌梁素海流域山水林田湖草沙生态保护修复试点工程的实施，将推动乌梁素海流域生态环境的持续改善，使得乌梁素海流域生态系统的稳定性显著增强，稳定改善乌梁素海流域水环境质量，有力保护黄河流域中下游的水生态安全，实现区域绿色高质量发展。“塞外明珠”正逐渐恢复昔日光彩，重新焕发出勃勃生机。

“水光潋滟晴方好，山色空蒙雨亦奇。欲把西湖比西子，淡妆浓抹总相宜。”这是一首古人描述杭州西湖的诗词。乌梁素海相当于50个西湖的面积，我们必定会拥有堪比西湖的美丽诗篇。

“十四五”时期，内蒙古自治区将瞄准筑牢我国北方重要生态安全屏障的战略定位，坚持“绿水青山就是金山银山”“山水林田湖草沙系统治理”理念，对重点流域水生态环境保护作出总体安排部署。

内蒙古自治区生态环境厅印发的《内蒙古自治区“十四五”重点流域水生态环境保护规划》明确，“十四五”时期，重点流域水生态环境保护将坚持山水林田湖草沙综合治理、系统治理、源头治理，统筹水环境、水生态、水资源等要素，持续做好“一湖两海”及察汗淖尔生态环境保护治理。从保护一个湖到保护整个生态系统，“一湖两海”综合治理践行了山水林田湖草沙生命共同体的理念。巴彦淖尔的蝶变也反映出近年来内蒙古生态环境保护发生的历史性、转折性、全局性变化。

根据巴彦淖尔市审计局官方网站2023年8月2日消息，2023年以来，市审计局将乌梁素海流域山水林田湖草沙生态修复试点工程作为审计重点工作，聚焦项目完成情况、项目管理情况和项目绩效情况开展审计，切实履行审计监督职责，发挥审计建设性作用，助推试点工程建设成为山水林田湖草沙生态修复样板工程和示范工程。

一是聚焦项目完成情况。试点工程项目分为七大类35个子项目，总投资50.86亿元，工程数量多，投资金额大。审计重点关注试点工程建设内容是否按照实施方案要求开展，建设内容与批准内容是否一致；关注重大变更调整内容是否经过批准，调整内容依据是否充分，是否存在擅自变更项目建设地点、规模、标准和主要建设内容等问题，确保试点工程按批复要求完成。

二是聚焦项目管理情况。重点关注参建单位履职情况，通过对建设项目重大事项决策情况、基本建设程序履行情况、合同权利义务执行情况、工程结算审核情况和资金管理使用情况进行审计，发现问题，深入分析原因，提出改进和加强项目管理、完善相关制度的意见和建议，督促建设单位及时整改，促进试点工程项目规范管理。

三是聚焦项目绩效情况。重点关注试点工程整体绩效是否达到目标要求，《实施方案》确定的各项目标和工程指标体系是否严格按要求完成；关注试点工程各子项目实施单位年度绩效评价报告是否真实、准确，第三方绩效评价是否合理，依据是否充分可信；关注《乌梁素海流域山水林田湖草生态保护修复试点工程“六个好”目标实施标准》执行情况，确保乌梁素海生态保护修复治理达到预期目标和效果。

乌梁素海流域山水林田湖草沙生态保护修复试点工程项目，作为第三批国家级山水林田湖草生态保护修复试点工程，共计七大类35个重点项目，围绕矿山、湖水、林草、农田、湿地等生态要素，着力解决流域内水环境问题、土壤沙化盐碱化、矿山过度开发、草原退化等生态环境问题，开展整体保护、系统修复、综合治理，总投资50.86亿元。

山

坚持”绿水青山就是金山“银山的理念，着力解决乌拉山因矿业开发遗留的矿山地质环境问题，恢复提升乌拉山在流域上游的生态屏障服务功能。矿山治理坚持生态优先、绿色发展，从过度干预、过度利用向自然修复、休养生息转变，坚定走绿色、可持续的高质量发展之路。

因地制地采取削坡清危、SNS防护网、排导拦挡、清理回填、方格网沙障护坡等措施，消除废弃采坑、废渣和松散堆积物及崩塌、滑坡、泥石流等地质灾害隐患。通过回填（垫坡、压实、平整、整形）等措施，重塑露天采坑、公路沿线及废弃矿山工业场地的地形地貌和土地资源。以宜林则林、宜草则草、草灌优先为原则，恢复矿区植被，依靠生态系统的自我调节能力与组织能力，逐步恢复矿区原有的土地功能，实现乌拉山生态环境的持续改善。

矿山地质环境综合整治工程：工程跨越乌拉特前旗至包头境内约100千米的乌拉山，修复116.28平方千米矿山地貌。截至目前，乌拉山地质环境区域治理面积比率142%，乌拉山地质灾害区域治理率77%，矿山地形地貌景观恢复72%，植被恢复面积12.2平方千米，增强了乌拉山边坡的稳定性和生态屏障服务功能，避免了山体滑坡、坍塌，消除次生地质灾害发生。

水土保持与植被修复工程：因地制宜采取围栏封育、人工造林、飞播造林等多种措施，新增林业生态修复面积3.3万亩，乌拉山南北麓林业生态修复工程草原地面覆盖度由原来的7.3%提高到10.07%，有效减少区域地表径流和防止水土流失。

水

生态补水通道工程对河套灌区黄河凌汛分洪补水通道破坏严重的渠道维修加固，对总排干沟重点塌坡段、渗漏段进行疏通整治，对进水闸、节制闸、泄水闸、排水泵站等配套水工建筑物进行新建或改造，进而增大黄河对乌梁素海的生态补水规模，完善乌梁素海水循环体系，减少湖区滞水区和死水区面积，增强湖区水体自净能力。

排干沟净化工程针对河套灌区入湖各排干沟外源污染严重、河流水质差的主要问题，采取清淤疏浚、水体曝气充氧、旁侧多塘净化等技术措施，实现排干沟净化，减少入湖污染物。

林

突出抓好乌梁素海东岸水土流失、土地沙化及土地盐碱化问题，坚持因地制宜、分类施策，充分发挥各区域比较优势。以“适地适树、宜林则林、宜草则草”为原则，建设水源涵养林和水保经济林。在生态脆弱的固定半固定沙丘则以自然恢复为主，减少人为干扰，逐步改善区域生态环境。在乌梁素海东岸打造具有多种生态服务价值的生态湖滨带，有效防止在降水径流的淋洗和冲刷下，泥沙及其携带的有害物质迁移至乌梁素海，最终达到筑牢湖区东岸“水源涵养屏障”，有力保护乌梁素海流域中下游的水生态安全。

为解决项目区内缺乏灌溉水源的问题，新建取水泵站、加压泵站、管网等配套工程，充分利用滴灌等节水措施，构建湖区东岸灌溉系统，实现湖区东岸生态系统保护及资源的有效利用。

田

充分发挥河套灌区粮食主产区的比较优势，合理利用新技术、新工艺、新材料，因地制宜地开展乡镇土地复垦与盐碱地改良，提升农产品产量与质量，全面支持乡镇打赢脱贫攻坚战，推动乌梁素海流域高质量发展。废弃地变良田的同时，可获得建设用地指标，并能够通过有偿出让创造经济效益，进而牢牢抓住看得见的金山银山，实现流域绿色发展繁荣。

深入贯彻落实乡村振兴战略，加快推进农村牧区环境卫生整治，集中力量攻克老百姓身边突出的生态环境问题，建设美丽乡村。在乌梁素海周边村镇全面开展村容村貌整治行动，清理土堆、粪堆、草堆、渣堆、垃圾堆等，做到村庄内外无暴露垃圾、无卫生死角。修缮危旧墙体，破烂棚圈围栏，改造提升房屋、院落。整修保洁通村及村内道路，做到路面平整、路肩整洁，边坡稳定，排水通畅。本着适地适树、生态与经济效益双赢的原则，在村镇行道两侧、广场空地、房前屋后、环村周边等具备绿化条件的地方“见缝插绿”，实施造林绿化，打造优良生态环境。乌梁素海农村牧区一改以往“破、旧、散、乱”的旧貌，呈现村容整洁、环境优美、基础设施日益完备的新面貌，农牧民生活质量有了显著提高。

深入贯彻水污染防治行动计划，在乌梁素海周边9个乡镇规划建设一体化污水收集及处理系统，包括建设污水处理厂站及配套收集管网，村镇污水经该系统处理后水质可达到国家一级A排放标准。该项工程助力补齐城镇污水收集和处理设施短板，尽快实现污水管网全覆盖、全收集、全处理，解决乌梁素海流域点源污染问题。

湖

乌梁素海坐落于整个流域的收尾位置，来自上游的黄河水在这里“调蓄净化”后流入下游，因此乌梁素海也形象地被称为保护黄河水生态、水安全的“自然之肾”。乌梁素海水动力条件差、内源污染物淤积、水体富营养化严重等问题是乌梁素海湿地保护与修复的重中之重。

湖区湿地治理及湖区水道疏浚工程采用环保绞吸疏浚、水陆挖掘机、定位船+长臂挖机等多种疏浚技术，实现湖区密集芦苇区间的水体交换，有效提升湖区水体的自净能力。清淤疏浚的500余万立方米底泥，采用土工管袋围堰+底泥吹填的工艺，堆放至湖区现有淤泥堆场，疏浚余水在堆场内经自然沉淀+絮凝剂加药沉淀处理达标后排入乌梁素海。工程形成的8处人工堆场在合理规划下，可利用成为生态岛、观鸟岛、人文岛等，为后期乌梁素海综合开发利用提供基础条件。

底泥原位处置试验示范工程着力解决乌梁素海湖区内源污染物沉积、湖区富营养化严重等问题，对集成酵素生物促生、本土微生物驯化培养、水草减量化+生物控草、曝气增氧、水生态系统构建等技术的内源污染生态治理模式进行示范，以生态系统自净为主要手段，通过人为适当干预修复乌梁素海水生态环境，使乌梁素海恢复往日清水绿岸、鱼翔浅底的景象。

草

乌梁素海东岸荒漠草原生态修复示范工程通过采取撒播草籽、围栏封育等措施，有效结合自然恢复与人工恢复手段，恢复荒漠草原植被，提高草原生产力，控制荒漠草原水土流失，使原本脆弱的草原生态系统向良好方向发展，实现人与自然和谐共生。工程实施后，阿拉奔草原生态环境总体有了较大提升。

污染地块治理生态修复工程全面落实土壤污染防治行动计划，通过场地调查进行环境风险评价，以问题为导向，科学修复。采用场地平整、土壤改良、铺设防渗膜及植被恢复措施相结合的方式，做好轻度污染地块土壤污染风险防控及生态环境恢复。

河湖连通与生物多样性保护工程：环绕乌梁素海，完成4千米总干渠补水通道及124.57千米海堤治理，河湖连通性得到有效改善，生物多样性得到有效保护，改善了乌梁素海流域排干沟的排水畅通性，降低了污染物的潜在风险，强化了排干沟污染物净化功能，削减了污染物入湖量。

农业面源及城镇源污染治理工程：建设9座污水处理站及9处污水管网系统，形成村镇一体污水工程，每日处理污水可达630吨。“厕所革命”工程减少氮排放量约1186.21吨/年，减少磷排放量约154.39吨/年。有效改善人居环境，提升村容村貌。

乌梁素海湖体水环境保护与修复工程：疏浚湖区水道90余条，治理湖区湿地6766.7平方千米，底泥开挖630平方千米，增加蓄水量0.67亿立方米，水生植物年处理量超10万吨。治理后，乌梁素海整体水质达到V类，部分地区达到IV类标准。

沙

乌兰布和沙漠生态修复工程：实施新植+补植梭梭林4.8万亩，人工接种肉苁蓉4万亩。沙漠治理初见成效，乌兰布和严重沙化沙漠占比由2017年的23.7%降低到21.8%，提升了“北方防风带生态功能”，固沙量为99.72万吨/年，减少了进入黄河泥沙量，保障黄河中下游水生态安全。

获得荣誉：该项目入选2020年社会资本参与国土空间生态修复案例。

乌兰布和沙漠治理区于2020被生态环境部命名为“绿水青山就是金山银山”实践创新基地；获评2021年基于自然的解决方案中国实践典型案例。

授权发明专利10项，实用新型专利16项，发布标准5项，发表论文40篇。获得2021年度内蒙古自治区零碳科技项目创新大赛二等奖、第十四届中国水土保持学会科技奖。

综合效益

一是生态效益。乌梁素海流域生态修复项目，一方面通过流域水环境治理削减了流域污染物数量，提升了水质情况，增加鸟类余万只，每年可承泄分洪水量2亿立方米以上；另一方面通过植被修复新增植被覆盖面积67.91平方千米，增加植被固碳量10839.1吨/年，增强水源涵养能力和水土保持能力，减少土壤侵蚀量116.1万立方米/年，水源涵养量共计1190.9万立方米/年，系统提升“北方防沙带”功能。

二是社会效益。乌梁素海流域治理项目，有效地减轻了黄河中下游防洪防汛压力，减少了洪涝、泥石流等灾害，保护了人民生命财产安全；项目引导企业和农民绿色生产，促进区域催生新产业、新业态和新动能，加快了贫困人口脱贫步伐，并为西部生态脆弱地区践行“两山”理论、实现绿色发展提供了可借鉴的示范作用。

三是经济效益。沙漠治理工程产出肉苁蓉等名贵中药材，持续期20年，累计收益336000万元；通过秸秆加工、饲料加工、有机肥生产获得经济收益总计772017万元；中水回收利用产生的收益为201.15万元/年。

在乌梁素海湖边，当地人将“山水林田湖草沙相互依存、共融共生，是一个生命共同体”印在标牌上，也印刻在心间，实践在大地上。

久久为功。内蒙古自治区水文部门实行定期水文监测，为乌梁素海“体检”。通过设立在乌梁素海的水文站、水位站，每日进行水量水位监测，定期对流量监测站进行矫正，保证数据的准确。同时，每月向上级部门报告乌梁素海水文监测情况，为分析研判乌梁素海治理工作提供参考。

近年来，随着内蒙古持续推进乌梁素海流域系统治理，为从源头上遏制污染，当地建设大型污水处理厂，借以净化生活和生产污水，兴建网格水道工程，加快水体流动，严控化肥、农药、地膜使用量，推广水肥一体化技术以减轻外源污染。生态补水力度加大、相关治理工程的实施，乌梁素海水质稳定在Ⅴ类，局部区域优于Ⅴ类，水质总体好转。“乌梁素海湖区整体水质已由2010年的地表水劣Ⅴ类，达到现在地表水Ⅴ类，局部水域已达Ⅳ类。并且还建立了灌区节水、黄河汛期补水、应急生态补水相统筹的多元化生态补水机制，以加强乌梁素海水资源优化调度，分时分量向乌梁素海进行生态补水，全力保障乌梁素海生态需水量。”巴彦淖尔市水利局副局长张寰指着碧蓝的湖水介绍说。

黄河的流经，使得河套平原成为沃野千里的“塞外江南”。黄河水经三盛公水利枢纽，通过总干渠（“二黄河”）引入河套灌区1100多万亩农田，农田退水进入末端乌梁素海后，最终退回黄河，形成黄河左岸较为完备的灌排区。

巴彦淖尔市乌拉特前旗额尔登布拉格苏木西羊场嘎查47岁村民李建军是土生土长的本地人，所住村子距离乌梁素海仅3千米左右，他亲眼见证了乌梁素海的兴衰："小时候经常下河摸鱼，后来水质越来越差，最严重的时候不仅湖面时常看到死鸟死鱼，到了开河季以后，村子里关着门窗都能闻到阵阵臭味。"

巴彦淖尔市生态环境局水环境科科长刘昕介绍说："2019年，巴彦淖尔市启动完成了乌梁素海湖区生态天眼智慧监管项目，对相关区域进行高空大场景视频监控。同时，38个水质自动监测站也实时紧盯乌梁素海流域水体水质情况。现在，水边已经闻不到臭味了，鱼虾、鸟类也多了起来，乌梁素海水越来越清了。"李建军打心眼儿里感到高兴。

巴彦淖尔市农牧局科技教育科科长胥福勋用一句话概括了这几年巴彦淖尔人的苦干："我们是以钉子精神全面推进农业面源污染防治工作的。"

为治理农业面源污染，巴彦淖尔市大力推广测土配方施肥、有机肥替代化肥、机械侧深施、水肥一体化、盐碱地改良、绿色防控、统防统治、除草剂替代、玉米后茬免耕"一膜两用"等"四控"技术。

截至2022年底，巴彦淖尔市化肥、农药、农业灌溉用水量实现持续负增长，化肥利用率41.6%，农药利用率41.8%，地膜当季回收率达到85%以上，农业面源污染得到有效控制。

与此同时，巴彦淖尔市还开展了点源污染"零入海"行动，推进污水处理厂提标改造，加快中水处理厂建设，加大污水管网和中水管网铺设力度，做到生活污水和工业废水全收集、全处理、全回用，最大限度地减轻对乌梁素海的污染。

在乌梁素海湖区，实施入海前湿地净化、网格水道、芦苇加工转化等工程，促进水体循环，改善湖区水质；在湖区周边，关停整顿破坏生态、违法违规矿山企业，对集中连片、功能退化的草原生态系统进行修复整治。

久久为功。历久弥香。

内蒙古巴彦淖尔市将全面贯彻落实习近平总书记考察内蒙古自治区、考察巴彦淖尔市重要讲话和重要指示精神，大力弘扬“三北”精神,勇担使命，不畏艰辛，久久为功，努力把习近平总书记的殷殷嘱托变成具体行动和美好现实。

始终牢记维护生态安全的“国之大者”，建设山清水秀空气新的黄河流域生态文明示范区。全面落实《黄河流域生态保护和高质量发展规划纲要》,运用系统思维打好生态治理保护攻坚战，精心呵护乌梁素海这颗“塞外明珠”。坚持点源、面源、内源齐发力，湖里、岸上、流域统筹治，生产、生活、生态一起抓。始终如一守护黄河安澜，坚持“十六字”治水方针和“四水四定”原则，贯彻执行《中华人民共和国黄河保护法》,做好节水、治水、管水、用水、兴水五篇文章，提升防凌防汛、抗灾抢险综合能力。持续建设环境友好型社会，推进绿色机关、绿色家庭、绿色社区建设，推广简约适度、绿色低碳、文明健康的生活理念和生活方式。

坚决打赢黄河“几字弯”攻坚战，建设绿进沙退的防沙治沙“磴口模式”。扛牢黄河“几字弯”攻坚战核心区和前沿阵地的使命责任，因地制宜，因害设防，分类施策，加快“三北”防护林、京津风沙源治理等重点工程建设，加强与周边盟市的区域联防联治，构建上下游联动，点、线、面结合的生态防护网络。严格落实退耕还林还草、退牧还草、草畜平衡、禁牧休牧等政策，实施水土保持与植被修复、森林草原综合保护等工程，推动设施牧业、规模养殖和草原旅游融合发展，打击破坏草原生态违法违规行为，促进草原自然恢复、休养生息。打造阴山千里绿色长城，推广“新能源+矿山修复+沙漠治理”等模式，健全治理保护长效机制，恢复提升阴山及山地丘陵区的生态功能。

牢牢守好河套灌区的千年基业，建设质优量足的现代高效农业集聚区。坚持规模化、智慧化、绿色化发展方向，围绕“地、水、种、粮、肉、奶”六个重点，持续扩大数量，提高质量，增加产量，让“国家优质农产品主产区”实至名归。千方百计提高粮食产量，争创全国一流农高区，形成“龙头带动、一区多园、遍地开花”的发展格局，推动更多优质农畜产品获得无公害农产品、绿色食品、有机农产品和“天赋河套”农产品区域公用品牌、农产品地理标志、“蒙”字标认证，让河套农产品畅销全国，走向全球。

呵，乌梁素海，黄河流域的一颗璀璨明珠。

乌梁素海流域，共和国三个特大粮仓之一。

新时代，新作为，唯愿明珠般的大粮仓再放异彩！

参考书目

1. 陈耳东 . 河套灌区水利简史 [M]. 北京：水利电力出版社，1988.1

2. 巴彦淖尔盟志编纂委员会 . 巴彦淖尔盟志 [M]. 呼和浩特：内蒙古人民出版社，1991.5

3. 王文景 . 后套水利沿革 [M]. 巴彦淖尔盟文史资料第 5 辑 .1985.11

4. 巴彦淖尔市水利志编委会 . 巴彦淖尔市水利志 [M].2007.6

5. 总干渠志编纂领导小组 . 内蒙古河套灌区总干渠水利志 [M].2021.3

6. 乌拉特前旗地方志编纂委员会 . 乌拉特前旗志 [M]. 杭州：开明出版社，2020.12

7. 朱俊风 . 中国沙产业 [M]. 北京：中国林业出版社，2004.8

8. 乌梁素海渔场志编委会 . 乌梁素海渔场志 [M]. 呼和浩特：内蒙古人民出版社，1990.6

9. 陈志国 . 穿越乌兰布和 [M]. 呼和浩特：远方出版社，2016.7

10. 陈志国 . 走进磴口 [M]. 呼和浩特：远方出版社，2018.7

11. 陈志国 . 河套沧桑 [M]. 北京：国际炎黄文化出版社，2009.10

12. 陈志国 . 河套回眸 [M]. 北京：中国文化出版社，2013.10

13. 向春 . 河套平原 [M]. 北京：作家出版社，2012.1

后 记

长篇报告文学《乌梁素海》，犹如一项浩大庞杂的六层楼宇，终于封顶了，经过七八遍修改、“简装”，终于可以交付“验收”了。

这对于一位身患肝癌中晚期术后恢复者，二十多年类风湿性关节炎而导致右手中指、无名指、小拇指指关节残疾终身不治者，十多年糖尿病并发症眼干、眼涩、视疲劳等而难以自控的古稀老人来说，要在短期内，敲打出20多万字的长篇作品，可谓极限挑战。

“人是要有一点儿精神的。”

人，是要有梦想的。为了实现梦想，对于一个老兵来说，什么绝病缠身，什么古稀之年，都靠一边吧！拼了，冲啊！生命诚可贵，奉献价更高！

写一写乌梁素海，一直以来是我的夙愿。2021年10月，我的散文作品《塞外明珠：乌梁素海》荣获中国地方志指导小组办公室、国家方志馆“讲述黄河故事，传承黄河文化”系列活动征文大赛三等奖。

乌梁素海，是一部书，应该不间断地往大去书写。2022年，应巴彦淖尔市委常委、统战部长、磴口县委陈书记诚邀，从春到秋，作者三进磴口，为磴口县委撰写了一部关于乌兰布和沙漠综合治理、“三北”防护林工程的报告文学——《杨力生：乌兰布和丰碑》。

乌梁素海，是一部书啊！

乌梁素海，肯定是一部紧跟新时代的生态好书。

恰逢其时。新华社内蒙古巴彦淖尔2023年6月6日电，全面报道了总书记走进乌梁素海、视察巴彦淖尔情况。

几天后，我将《乌梁素海》的创作设想电话商榷远方出版社社长苏那嘎。第二天，苏社长回复：不错，可以写，是又一部生态作品。出版社愿意并争取年内出版。

苏社长所说的“又一部生态作品”，可谓意味深长。

党的十二大以来，苏社长在远方出版社领导、策划、出版、发行过以长篇报告文学《毛乌素绿色传奇》为代表的一系列生态作品，多次获得国家级、自治区级大奖。其中，我的一部长篇报告文学《穿越乌兰布和》，苏那嘎社长担任总策划，编辑部主任胡丽娟为责任编辑，2016年出版；次年，本书荣获内蒙古自治区第十三届精神文明建设“五个一工程”奖。2018年，我的一部历史散文集《走进磴口》交付远方出版社，胡丽娟担任策划，王叶等人为责任编辑。2020年，该书荣获第二十三届北方十五省市区优秀文艺图书一等奖以及第六届内蒙古自治区职工文学奖三等奖。

苏社长的肯定和鼓励，给了我力量，也给了我信心。我决定写这本书，决定到千里之外的乌梁素海去。

但是，老伴坚决反对，极力阻拦：“你扑死去呀！？为写几本书，熬夜累出绝病，差点儿要了老命……”我哄劝老伴：“咱们去乌梁素海看看，能写就写，不能写，玩儿一趟就回来。”

打点行囊，夏装、秋装，大包小包好几件，从银川火车站出发，之后在临河火车站中转，看望了百岁老父亲。打车，长途，直奔300里外的乌梁素海实业公司。

接下来，是非常不容易的采访活动。书中大部分内容涉及市上近10家局处级单位，且必须找到相关领导。市政府驻地临河区，与乌拉特前旗相隔270里，我俩不会驾车，很不方便。绝大多数单位主要领导很支持：内蒙古河套灌区水利发展中心排水分中心主任孟育川、总干渠分中心书记张建庭、乌拉特分中心书记姬世杰、市乌梁素海生态保护中心主任包巍、市乌拉特国家级自然保护区管理局陈局长等及时与我建立微信，发送电子版资料；市林草局造林科科长王峰、市农牧局办公室主任曹伟、市生态环境局办公室主任苗东岩分别受本单位局长委托，及时递交了相关材料。借此谨向他们表示诚挚的谢意，祝愿他们工作顺利，事业有成。

万事开头难。特别感谢远在呼和浩特市的朋友陈安平，向我引见中建一局三公司乌梁素海流域综合治理东片项目部经理张富成、总工庞东喆、职工郜东以及中建一局三公司副总经理、总工程师梅晓丽，他们几人在后来的采访活动中，对我帮助极大。多次外出采访、观摩、奔波用车，都是张富成交办郜东完成。中建一局在乌梁素海流域的施工项目已经交付验收，几位为祖国建设，南征北战，很难再相见的朋友们，谨向他们致以崇高的敬意！

马永真（研究员，内蒙古自治区社会科学院原院长）为本书作序。字字句句展示了其政治站位高、治学严谨的优秀品质。作品进入校对阶段，他与作者同住呼和浩特一宾馆，连夜加班加点，字斟句酌，悉心审校，令人感动。

三生有幸。再次遇到伯乐、知音苏那嘎社长，从仲夏到深冬，十多次电话指导、问候作者。每次都少不了一句“注意劳逸结合，不要太累了”，实叫人暖流全身。若非苏社长关爱，《乌梁素海》与我无缘！

感谢远方出版社领导对本书的重视与支持，感谢责任编辑对本书的严格把关和细心打磨，令作者十分感动与钦佩。

书中照片由中建一局三公司、内蒙古河套灌区水利发展中心文化处、巴彦淖尔市乌拉特国家级自然保护区管理局、市林草局造林科等单位提供；个别图片从市政府官方网站与部门官方网站下载。未及署名摄影者的，请与作者联系。

书稿定稿前，电子版发送所有采访对象及市委宣传部、前旗旗委宣传部领导、河灌中心文化处领导们把关审读，精准反馈，我心释然。在此表示衷心感谢！

本书涉及巴彦淖尔市水利、农牧业、林草业、山脉、沙漠、湖泊；历史的现实的；政治的经济的诸多方面，依据长篇报告文学须严谨、真实之严格要求，失误与错误在所难免。敬请读者不吝赐教（电子邮箱 hetaocangsang@163.com）。

陈志国